Le chalet du mystère

Double révélation

CARLA CASSIDY

Le chalet du mystère

Traduction française de
ALEXANDRA TEISSIER

Collection : BLACK ROSE

Titre original :
SCENE OF THE CRIME : MEANS AND MOTIVE

© 2016, Carla Bracale.
© 2017, HarperCollins France pour la traduction française.

Ce livre est publié avec l'autorisation de HARLEQUIN BOOKS S.A.

Tous droits réservés, y compris le droit de reproduction de tout ou partie de l'ouvrage, sous quelque forme que ce soit.
Toute représentation ou reproduction, par quelque procédé que ce soit, constituerait une contrefaçon sanctionnée par les articles 425 et suivants du Code pénal.

Si vous achetez ce livre privé de tout ou partie de sa couverture, nous vous signalons qu'il est en vente irrégulière. Il est considéré comme « invendu » et l'éditeur comme l'auteur n'ont reçu aucun paiement pour ce livre « détérioré ».

Cette œuvre est une œuvre de fiction. Les noms propres, les personnages, les lieux, les intrigues, sont soit le fruit de l'imagination de l'auteur, soit utilisés dans le cadre d'une œuvre de fiction. Toute ressemblance avec des personnes réelles, vivantes ou décédées, des entreprises, des événements ou des lieux, serait une pure coïncidence.

Le visuel de couverture est reproduit avec l'autorisation de :

HARLEQUIN BOOKS S.A.

Réalisation graphique couverture : L. SLAWIG (HarperCollins France)

Tous droits réservés.

HARPERCOLLINS FRANCE
83-85, boulevard Vincent-Auriol, 75646 PARIS CEDEX 13
Service Lectrices — Tél. : 01 45 82 47 47

www.harlequin.fr

ISBN 978-2-2803-6805-6 — ISSN 1950-2753

1

Il y avait deux choses que l'agent spécial du FBI Jordon James détestait plus que tout au monde : l'hiver et le meurtre. Et voilà qu'elle s'apprêtait à plonger dans l'un et l'autre en même temps.

Le front soucieux, elle tourna les yeux vers le hublot de l'hélicoptère qui l'emmenait de Kansas City vers la charmante station touristique de Branson, Missouri.

Lorsqu'elle avait décollé, la température était clémente et les forêts avaient de magnifiques teintes automnales. Hélas, à son arrivée à Branson, le thermomètre affichait plusieurs degrés en dessous de zéro et il était tombé dix centimètres de neige pendant la nuit.

Tandis que l'hélicoptère dessinait des cercles pour préparer l'atterrissage, quelques visions surgirent dans la tête de Jordon. Une plage sous un soleil éclatant, un transat, un cocktail de fruits… Elle avait réservé un séjour en Floride pour la fin de la semaine suivante. Avec un peu de chance, cette affaire à Branson serait éclaircie à temps pour qu'elle ne soit pas obligée de reporter ces vacances tant attendues.

Elle se trouvait ici en qualité de simple conseillère, par la grâce d'une faveur accordée au maire de Branson par Tom Langford, son directeur au FBI. Elle ne savait pas grand-chose sur la situation qui l'attendait, sinon que trois meurtres en autant de mois avaient été commis dans un B&B très apprécié de la petite ville et que la dernière victime, poignardée à mort, avait été découverte la veille dans sa chambre par une femme de chambre.

Jordon, qui jouait volontiers collectif en cas d'absolue nécessité, préférait néanmoins travailler seule en règle générale. Cette fois, elle avait le sentiment très net d'avoir été piégée par son directeur, puisque sa mission l'obligerait à travailler avec le chef de la police locale qui, à tous les coups, ne verrait pas d'un bon œil son intervention.

— Sortir de sa zone de confort, rien de tel pour forger le caractère ! lui avait asséné Tom juste avant son départ.

Si seulement elle avait reçu une pièce de dix cents chaque fois qu'il lui avait servi cette sentence ces deux dernières années…

— Et ne jouez plus les cow-boys solitaires, Jordon. Cette attitude a failli vous coûter la vie, l'année dernière.

L'année dernière…

Le souvenir d'une vieille cave et d'un tueur en série nommé Ralph Hicks lui traversa l'esprit. Le lacis de cicatrices de brûlures de cigarette en forme de cœur sur sa hanche gauche se mit soudain à la démanger désagréablement.

Cela faisait presque un an qu'elle avait failli devenir la sixième victime de l'homme qui avait torturé puis assassiné cinq autres femmes en six mois dans la région de Kansas City. Elle avait eu la chance de ressortir vivante de cette cave glauque, humide et glacée, tandis que Ralph Hicks en était reparti dans une housse mortuaire.

Le choc des patins à l'atterrissage la ramena brutalement au présent.

Jordon remercia le pilote, saisit ses deux sacs et sauta sur le tarmac, où elle fut accueillie par un policier en uniforme.

— Agent James ? Je suis le lieutenant Mark Johnson ! cria-t-il par-dessus le bruit assourdissant des pales de l'hélicoptère qui reprenait déjà son envol.

Il s'empara d'autorité de ses bagages.

— Bienvenue, ajouta-t-il avant de se détourner. Je suis garé là-bas.

Jordon se dépêcha de lui emboîter le pas vers le parking, le souffle coupé par les rafales glaciales.

Le chalet du mystère

Une poignée de minutes plus tard, ils étaient à l'abri dans une voiture de patrouille, le chauffage soufflant à plein régime.

— Déjà venue à Branson ? demanda le lieutenant alors qu'ils quittaient l'aéroport.

— Non, mais j'en ai beaucoup entendu parler par des collègues.

Les deux paumes bien calées devant la grille d'aération du côté passager, elle cligna des yeux dans les reflets du soleil de fin d'après-midi sur la couche de neige fraîche.

Fort heureusement, la large double voie qu'ils avaient empruntée avait été dégagée. Mais son chauffeur obliqua soudain dans une rue en pente étroite et enneigée, et Jordon ravala un hoquet. Un virage encore, et ils passèrent sans transition à une petite route secondaire mal entretenue en pleine forêt.

— Le B&B Diamond Cove se trouve au bout de cette route, expliqua son chauffeur en levant le pied alors que la voiture dérapait dangereusement vers la gauche. Le chef de la police Gabriel Walters vous attend sur place.

Jordon ne se détendit que lorsqu'il s'engagea enfin dans une allée menant à une grande maison tout en bois à l'allure avenante. Il s'arrêta près d'une autre voiture de police et coupa le moteur.

— Bienvenue à Diamond Cove, déclara Mark. La réception et la salle de restaurant se trouvent ici, dans le bâtiment principal.

Il pointa le doigt vers la droite.

— Là-bas sur la crête, derrière les arbres, il y a quatre chalets de dimensions plus modestes réservés aux clients. La toute dernière victime, Sandy Peters, a été découverte sur son lit au numéro trois, hier matin, par l'une des femmes de chambre.

Jordon plissa les yeux et distingua sans difficulté les chalets en question, bien visibles à travers les arbres dénudés en cette saison avec leurs petites galeries garnies de fauteuils à bascule invitant à l'observation de la nature.

Un vrai petit coin de paradis pour les amateurs de campagne, songea-t-elle. Au printemps et en été, la forêt environnante devait offrir un cocon rafraîchissant, loin du monde extérieur, égayé par le chant des oiseaux et les facéties des écureuils.

Ce nid douillet à flanc de montagne promettait à première vue un moment de paix à l'écart de l'agitation du monde aux citadins harassés... Une paix que trois horribles meurtres avaient fait voler en éclats.

Le lieutenant ouvrit sa portière, Jordon en fit autant et une bouffée d'air polaire lui gifla les deux joues. La neige craqua sous ses pas. Elle songea de nouveau à la plage et poussa un long soupir.

— Suivez-moi ! lança Mark en récupérant ses bagages sur la banquette arrière.

Négligeant l'entrée principale, il longea le bâtiment en empruntant la galerie qui en habillait le pourtour. Ils passèrent devant une jolie cascade miniature, manifestement chauffée, et dont le filet d'eau rebondissait joyeusement sur les rochers jusqu'à une petite mare, en dépit de la température glaciale.

Ils pénétrèrent ainsi directement dans la salle de restaurant du B&B. Une bonne odeur de feu de bois se mêlait à celle du café fraîchement moulu, agrémenté d'une pointe de cannelle.

La pièce, de dimensions modestes, fit tout de suite bonne impression à Jordon, avec ses deux longues tables couvertes d'élégantes nappes blanches, et dont le centre s'ornait de salières et poivrières en cristal, flanquées de chandelles blanches. Un mur d'étagères présentait des conserves, des confitures et des livres de cuisine disponibles à la vente, et la cheminée garnie de deux fauteuils contribuait à réchauffer l'atmosphère.

Jordon enregistra ces différents détails d'un seul regard, car toute son attention fut captée d'emblée par l'homme assis dans un de ces fauteuils.

Plongé dans ses pensées, le chef de la police, Gabriel Walters, contemplait les flammes, une tasse fumante à la main. De toute évidence, il ne les avait pas entendus entrer.

Coupe de cheveux soignée, carrure joliment découplée

sous la chemise d'uniforme bleu nuit... Le profil dessinait une mâchoire puissante et un nez parfaitement droit.

— Chef ? appela Mark d'un ton hésitant.

Gabriel Walters tressaillit et quitta prestement son fauteuil. Une expression de contrariété traversa son visage, très vite remplacée par un sourire qui réchauffa instantanément Jordon.

Ce sourire manquait peut-être de sincérité, il n'avait pas éclairé les profondeurs des yeux bleus intenses fixés sur elle, mais quelle importance ? Il seyait à son nouveau coéquipier.

— Agent spécial James..., dit-il en serrant la main qu'elle lui tendait.

La poigne était ferme, franche.

— S'il vous plaît, appelez-moi Jordon.

Il acquiesça et lâcha sa main.

— D'accord, Jordon. Asseyez-vous, je vous en prie. Puis-je vous proposer un café ?

— Avec plaisir.

Jordon déboutonna son manteau et le retira avant de prendre place dans le fauteuil près du sien tandis qu'il allait échanger quelques mots avec Mark d'une voix si basse qu'elle n'entendit rien. Le lieutenant prit congé d'un signe de tête et repartit par là où ils étaient arrivés.

Jordon regarda Gabriel s'approcher d'une petite desserte sur laquelle étaient disposées une cafetière, des tasses et tout ce qu'il fallait pour agrémenter un café.

— Crème ? Sucre ? s'enquit-il.

— Noir, répondit-elle.

Cet homme était réellement impressionnant. En plus de ses épaules d'athlète, il avait aussi des hanches minces et un ventre sans une once de graisse apparente.

D'un autre côté, il ne lui avait pas proposé de l'appeler par son prénom, ce qui témoignait d'une certaine réserve à son encontre. Elle ne l'avait vu qu'une minute et déjà elle l'imaginait à la fois introverti, psychorigide et sans doute coincé.

Le charme naturel de Gabriel Walters éveillait bel et bien des sensations plutôt agréables chez elle, mais pour peu que se confirment ces soupçons quant à sa personnalité, il lui deviendrait assez vite insupportable. Le temps trancherait...

Il lui tendit une tasse, qu'elle accepta en marmonnant un remerciement, puis il reprit sa place à côté d'elle.

— Que savez-vous exactement des événements en cours ici ?

— Rien de précis. On m'a simplement dit que trois meurtres avaient été commis et que la dernière victime avait été découverte hier matin.

Il hocha la tête.

— Sandy Peters. Trente-quatre ans, auteur de romans policiers. Selon les propriétaires de ce B&B, elle venait chaque année en janvier s'enfermer ici deux semaines pour écrire.

— Mariée ? Divorcée ?

— Célibataire et d'après tous ses proches contactés par mes soins hier, cette femme ne fréquentait personne. En outre, elle a été tuée de la même manière que les deux précédentes victimes.

— À l'arme blanche, dit Jordon.

— Exactement. Mon enquête n'a révélé aucun point commun entre les trois victimes, hormis le fait que chacune d'elle était l'unique cliente du B&B le jour de son décès.

Jordon but une gorgée de café et se détendit contre le dossier de son fauteuil. La combinaison de la chaleur, des arômes du café et de la voix profonde, feutrée de Gabriel l'aurait facilement plongée dans une douce léthargie, si la conversation n'avait porté sur des meurtres.

Elle se pencha en avant. De vagues effluves d'une eau de toilette boisée, très agréable, envahirent ses narines.

— Donc, reprit-elle, la victimologie ne nous aidera pas beaucoup sur ce cas. Parlez-moi tout de même des autres victimes.

— La première était Samantha Kent, vingt-cinq ans. Elle séjournait ici en compagnie de son époux juste avant Thanksgiving, pour fêter leur premier anniversaire de mariage. Elle a été poignardée sur un sentier près de leur chalet un mardi matin.

Il grimaça et poursuivit :

— La deuxième victime, Rick Sanders, a réservé une chambre ici une semaine avant Noël. Son corps a été découvert dans le cabanon d'invités. Samantha était institutrice à Kansas City, Rick tenait un restaurant à Dallas et il était à Branson pour goûter les plats typiques de la région. Sandy, elle, habitait St Louis.

Jordon fut impressionnée par l'aisance avec laquelle le chef de la police lui communiquait toutes les informations sur chacune des victimes sans l'aide d'aucune note. Il avait manifestement étudié leurs cas avec la plus grande attention. Ce n'étaient pas de simples cadavres à ses yeux, mais bien des êtres humains. Un point pour lui…

Elle ne souffla mot et attendit la suite en sirotant tranquillement son café.

— Le jour où Samantha a été trouvée sur le sentier, la première personne à laquelle nous nous sommes intéressés de près a été son mari, Eric. Il avait néanmoins un alibi solide. Il était ici même dans cette salle, en train de prendre son petit déjeuner avec les propriétaires au moment de sa mort et je n'ai pu lui trouver aucun mobile de crime.

— Que faisait-elle toute seule dehors ? voulut savoir Jordon tout en enregistrant mentalement ces différentes données.

— Samantha était photographe amateur, passionnée de nature. Son mari nous a expliqué qu'elle avait décidé de se passer du petit déjeuner ce matin-là pour prendre des photos. Elle a bu rapidement une tasse de café ici avec lui et les propriétaires pour attaquer la journée, ensuite elle est sortie toute seule.

— Qui a découvert son corps ?

— Billy Bond, le gardien. Elle respirait encore mais elle était inconsciente et saignait abondamment. Elle est décédée dans l'ambulance, pendant le trajet vers l'hôpital. De l'avis du médecin, elle avait été agressée à peine quelques minutes avant l'arrivée du gardien.

— Donc, le tueur est probablement du coin, et vous n'avez aucune idée du mobile.

Gabriel pinça légèrement les lèvres.

— Ni du mobile ni de l'assassin. Je suppose que c'est pour cette raison que Stoddard, notre maire, a jugé bon de sortir l'artillerie lourde.

Un petit rire échappa à Jordon, en dépit de l'air courroucé de son interlocuteur.

— Ne vous inquiétez pas, chef Walters. Je n'ai aucune intention de vous gêner. C'est vous, l'arme de choc. Je ne suis qu'un petit revolver de secours.

Elle retint un soupir. Il avait suffi de trente minutes pour que le très sexy chef de la police locale se mette en tête de la défier au jeu de celui qui crache le plus loin…

Elle n'avait aucune intention de le gêner…

Pourtant quelque chose, chez l'agent spécial du FBI Jordon James, lui mettait d'ores et déjà les nerfs à vif.

Gabriel sentit la frustration l'envahir alors qu'il accompagnait la jeune femme vers les chalets du B&B afin de lui montrer chacune des scènes de crime.

Il n'avait pas été content que le maire insiste pour faire appel au FBI, même en vue d'obtenir de simples conseils. Il avait pris cette décision comme un vote de défiance de la part de son propre patron.

Jordon James n'avait prononcé aucun mot déplacé. Elle s'était conduite en professionnelle jusque-là, mais durant la conversation quelques pensées qui étaient tout sauf professionnelles avaient traversé l'esprit de Gabriel.

Elle était drôlement mignonne, cette fille, avec ses courtes boucles brunes et ses yeux verts qui pétillaient d'intelligence et d'humour.

Lorsqu'elle avait retiré son manteau dans la salle de restaurant, il lui avait été impossible de ne pas remarquer la longueur de ses jambes enchâssées dans un pantalon noir moulant et la courbe de ses seins ronds épousée par le chemisier de coton blanc. Même le holster accroché autour de sa taille ne dénaturait pas sa féminité innée, rayonnante.

Cette attirance immédiate pour Jordon l'avait momentanément secoué, lui qui était habité, *hanté* par la mort depuis la découverte du premier cadavre, près de trois mois plus tôt.

Il lui emboîta le pas sur les marches de bois menant à la saillie sur laquelle avaient été construits les chalets. Ici au moins, au grand air, il ne sentirait plus le parfum fleuri qui flottait dans le restaurant depuis l'arrivée de l'agent James.

Celle-ci se retourna en haut des marches pour l'attendre. En la rejoignant, il pointa le doigt vers une petite structure sur la droite.

— Le cabanon d'invités où a été découvert le corps de Rick Sanders.

Une pancarte de couleurs vives affichant le mot « Bienvenue » peint à la main était suspendue au-dessus de la porte. Une clochette tinta lorsqu'ils poussèrent le battant. Alors qu'il était venu dans ce cabanon au moins vingt fois déjà depuis la nuit du meurtre, Gabriel se surprit à balayer méticuleusement les lieux du regard comme si c'était la première.

Une porte coulissante sur la gauche masquait un lave-linge et un sèche-linge. À droite, une table ronde et des chaises invitaient les hôtes à la détente. Plus loin, une autre porte menait à un petit cellier.

Sur un comptoir, une cafetière multiboissons et un carrousel de dosettes de café. Au-dessous, un réfrigérateur vitré contenait plusieurs eaux minérales et sodas en libre-service.

— Quelle belle idée pour les clients ! commenta Jordon.

Gabriel acquiesça distraitement, l'esprit ailleurs. Il revoyait Rick Sanders affalé sur le sol, le dos criblé de coups de couteau.

— Il n'a rien vu venir, murmura-t-il. Il était debout devant la cafetière, en train d'attendre que son chocolat chaud soit prêt, quand il a été attaqué par-derrière.

Jordon leva les yeux vers la clochette suspendue au-dessus de la porte.

— Il n'a rien entendu ?

— La clochette n'a été installée qu'après le meurtre, expliqua Gabriel.

Il observa Jordon avec attention tandis qu'elle scrutait une nouvelle fois les moindres recoins de la petite pièce. Il ne put s'empêcher de remarquer ses longs cils noirs et ses lèvres pleines, légèrement boudeuses...

Elle passa dans le cellier. Gabriel savait qu'il ne contenait que des caisses de sodas, des boîtes de dosettes de café, des serviettes en papier et autres fournitures.

— D'accord, dit-elle en se retournant vers lui, le visage fermé.

— Vous voyez quelque chose que mes hommes et moi-même aurions manqué ?

— Oui. En fait, je crois que j'ai résolu l'affaire, répliqua-t-elle d'un ton détaché. C'était le colonel Moutarde, dans la bibliothèque, avec une clé anglaise.

Gabriel la fixa, complètement ahuri.

— Prochaine étape ? demanda Jordon sans lui laisser le temps de se ressaisir.

Ils quittèrent le cabanon d'invités et Gabriel emprunta le sentier menant à l'endroit où avait été découvert le corps de Samantha Kent.

— Il y a près de trois hectares truffés de sentiers par ici, expliqua-t-il.

— Seigneur ! J'espère que nous n'allons pas tous les arpenter ce matin ! s'exclama-t-elle en remontant le col de son manteau. Je déteste ce temps. J'ai rendez-vous avec une plage en Floride à la fin de la semaine prochaine et je n'ai qu'une hâte : savourer un délicieux cocktail de fruits en maillot de bain.

— Dans ce cas, il va falloir vous dépêcher de résoudre ce mystère à temps pour partir au bord de la mer.

Il fit encore quelques pas, puis s'arrêta net en s'apercevant qu'elle n'était plus à ses côtés.

Il fit volte-face. Jordon se tenait immobile, les yeux vissés sur lui comme s'il était lui-même une scène de crime à analyser.

— Vous êtes tout le temps aussi désagréable ou vous faites semblant aujourd'hui, juste pour m'épater ?

En dépit de l'air glacial, une vive chaleur envahit les joues de Gabriel.

— Non, je ne suis pas toujours *désagréable*…

Il prit une profonde inspiration et relâcha lentement son souffle.

— Néanmoins, je reconnais que je me comporte mal depuis votre arrivée. Je vous présente donc mes excuses.

Il fallait bien admettre qu'il s'était montré hostile envers elle. Ce n'était pourtant pas de sa faute si elle se trouvait à Branson. Elle ne faisait que son travail, tout comme lui.

— Excuses acceptées, dit-elle d'un ton léger avant de se fendre d'un sourire. Dois-je m'attendre à ce que la comédie continue, ou avez-vous fini de jouer ?

— Je ne sais pas trop, avoua Gabriel en fourrant les mains dans ses poches. Je n'ai rien contre vous personnellement…

Le sourire de Jordon s'élargit.

— J'avais compris. Vous ne me connaissez pas assez pour m'en vouloir. Mais vous y viendrez, à la longue, si je dois m'attarder ici plusieurs jours.

Il la considéra avec curiosité.

— Pourquoi ? Vous êtes si difficile à vivre ?

— Je vous laisserai tirer vos propres conclusions.

Jordon se rembrunit et croisa les bras sur sa poitrine.

— Écoutez, je comprends que la présence du FBI ne vous enchante pas. Mais puisque je suis là, autant essayer de coopérer pour résoudre ces meurtres, non ? Si nous poursuivions la visite, chef Walters ? Je suis en train de geler sur pied.

Et ce serait dommage, songea Gabriel malgré lui tandis qu'ils reprenaient leur marche sur l'étroit sentier. En quelques minutes, ils atteignirent l'endroit où avait été découvert le corps de Samantha Kent.

— Les arbres étaient encore couverts de feuilles lorsqu'elle s'est fait assassiner, précisa-t-il. Aujourd'hui on aperçoit les chalets d'ici, mais ils n'étaient pas visibles à ce moment-là.

Une nouvelle fois, Jordon scruta les lieux en silence.

— Elle n'a pas crié, appelé au secours ? Personne n'a rien entendu ?

— Personne n'a admis avoir entendu quoi que ce soit. Samantha Kent a été attaquée par-derrière, comme Rick. Elle n'avait aucune lésion de défense sur le corps et Billy n'a vu ni entendu personne d'autre dans les bois quand il l'a trouvée.

La frustration de cette enquête qui piétinait amena un goût de bile à ses lèvres tandis qu'un souvenir de cette scène de crime particulière lui revenait en mémoire...

Lorsqu'il était arrivé sur les lieux, Samantha était déjà en route vers l'hôpital, mais son sang avait aspergé les feuilles mortes à l'endroit de sa chute, transformant ce superbe site forestier en un tableau horrifique de mort violente.

— J'en ai assez vu, dit Jordon à voix basse.

Ils gagnèrent en silence le chalet numéro trois, où Sandy Peters avait été poignardée dans son lit. Ils s'essuyèrent les pieds sur le paillasson pour se débarrasser de la neige avant de pousser la porte.

— Quelle jolie chambre ! s'exclama Jordon.

Ils avaient l'un et l'autre enfilé gants et chaussons, puisque le chalet était encore officiellement une scène de crime.

— Toutes les chambres sont très jolies, répliqua Gabriel, resté près de la porte tandis que Jordon arpentait l'espace.

Un lit *king-size* en bois massif, une cheminée en pierre et un jacuzzi deux places encastré dans le sol occupaient la plus grande partie de la pièce. On avait retiré les draps et les couvertures du lit, mais la valise de Sandy était encore ouverte sur une chaise, devant la cheminée, et un peignoir en éponge rose était accroché à un portemanteau, près de la commode.

Gabriel avait laissé les choses en l'état à l'intention de Jordon. Ses hommes avaient seulement emporté comme preuves le téléphone portable de Sandy, son ordinateur et la literie. Le chalet avait été passé au peigne fin, toutes les empreintes relevées, si bien que dès ce soir il demanderait qu'on vienne enlever le reste des affaires de la malheureuse.

Jordon disparut un moment dans la salle de bains. En ressortant, elle considéra le jacuzzi et le petit panier posé sur le carrelage contenant des sels de bain, deux verres à vin et une bouteille de vin blanc.

— Manifestement, il n'y a pas eu de lutte, dit-elle.

C'était un constat plus qu'une question.

— Et la porte n'a pas été forcée, dit Gabriel. Selon toute apparence, Sandy a ouvert à son agresseur qui l'a aussitôt attaquée. Elle est tombée à la renverse sur le lit, les coups de couteau ont continué à pleuvoir là-bas. Vingt, au total.

Jordon fronça les sourcils.

— Très excessif... Le signe d'une rage meurtrière.

Gabriel hocha la tête.

— La même rage que dans les deux autres cas.

— Et l'heure du décès ?

— Le médecin légiste l'a située entre minuit et 5 heures du matin. Hannah, la fille des propriétaires, a croisé Sandy qui sortait du cabanon d'invités vers 21 heures, un soda à la main. Sandy lui a expliqué qu'elle comptait travailler tard, ce soir-là.

— Que faisait donc Hannah dehors en pleine nuit par ce froid ?

— Une de ses missions consiste à s'assurer que le réfrigérateur est regarni chaque soir. Elle avait un peu de retard ce jour-là.

Gabriel tourna le regard vers la fenêtre. La nuit tombait déjà.

— J'ai convoqué l'ensemble du personnel pour une séance d'interrogatoires demain à 8 heures. Vous souhaitez sûrement poser vos bagages. J'ai pris des dispositions pour qu'une chambre soit réservée à votre nom dans un motel tout proche.

Jordon haussa les sourcils.

— Pourquoi irais-je loger ailleurs ? Je suppose qu'il y a des chambres libres ici ?

— Oui, bien sûr, mais il y a aussi un tueur qui considère ce B&B comme son terrain de jeux personnel !

— Raison de plus pour que je reste sur place, rétorqua-t-elle.

Gabriel se rembrunit.

— Sincèrement, cette idée ne me plaît pas. Il serait beaucoup plus prudent pour vous de séjourner ailleurs.

— Je serai très bien ici. Je suis armée et entraînée. Donnez-moi simplement une clé et un numéro de chalet.

Gabriel serra les dents. Il la connaissait à peine, mais ce menton fièrement pointé, cet éclat dans le regard trahissaient une résolution sans faille.

Le tueur qu'ils recherchaient était assez malin pour ne laisser aucune trace derrière lui. Trois meurtres barbares, aucune erreur commise jusqu'à preuve du contraire... Il ne manquerait plus que l'agent spécial Jordon James devienne la quatrième victime.

2

Lorsqu'ils regagnèrent la salle de restaurant dans le bâtiment principal, un couple et deux adolescents les attendaient. Gabriel les présenta à Jordon comme les propriétaires de Diamond Cove, Ted et Joan Overton, et leurs enfants Hannah, quinze ans, et Jason, dix-sept ans.

— J'ai préparé du café et des sandwichs, dit Joan en se levant précipitamment de table, aussitôt imitée par son époux.

Elle s'approcha de la desserte où se trouvait la cafetière en se tordant les mains, l'air un peu perdu.

— Merci, je prendrai volontiers un peu de café, dit Jordon. Et ces sandwichs ont l'air très appétissants !

Les traits avenants de Joan Overton s'illuminèrent comme si elle était ravie de pouvoir servir quelqu'un.

— Nous avons annulé toutes nos réservations pour les deux prochaines semaines, dit son mari.

Jordon s'assit en face de lui tandis que Gabriel s'installait près de Jason.

— Il n'y en avait pas tant que cela, précisa Joan en posant une tasse devant Jordon avant de reprendre sa place à côté de Ted. Non seulement c'est la saison la plus creuse de l'année, mais les demandes sont en chute libre avec toute cette mauvaise publicité. Les réseaux sociaux sont en train de nous détruire !

— Votre B&B est pourtant charmant, dit Jordon. Depuis quand en êtes-vous propriétaires ?

— Nous l'avons acheté il y a un peu plus d'un an, répondit Ted. Nous songions depuis longtemps à quitter notre vie citadine et son rythme infernal pour nous reconvertir dans l'activité hôtelière, et puis ce domaine est arrivé sur le marché. Une saisie hypothécaire... Alors nous avons franchi le pas et déménagé.

— Déménagé d'où ? s'enquit Jordon.

Elle prit la moitié d'un des épais sandwichs jambon et fromage présentés sur un plateau et la posa sur la petite assiette devant elle.

— Oklahoma City, dit Ted.

C'était un grand homme brun, très mince, aux yeux marron. Ses enfants lui ressemblaient davantage qu'à leur mère, plus petite et blonde aux yeux bleus.

— Nous sommes obligés de rester là ? demanda soudain son fils.

Ses joues s'empourprèrent légèrement lorsque Jordon tourna les yeux vers lui.

— Je ne sais rien sur ce qui s'est passé ici et j'ai des devoirs à faire, bredouilla-t-il.

Jordon interrogea du regard Gabriel, qui haussa les épaules.

— Je ne vois aucune raison pour toi de t'attarder ici pendant que nous discutons avec ton père et ta mère, dit-elle à Jason.

L'adolescent avait quitté sa chaise avant même la fin de la phrase de Jordon.

— Et moi ? intervint sa sœur. J'ai déjà dit au chef Walters tout ce que je savais !

— Tant que vos parents sont d'accord, vous pouvez vous retirer l'un et l'autre, répondit Jordon.

— Retournez directement à la maison, ajouta Ted.

— Où habitez-vous ? s'enquit Jordon tandis que les deux adolescents quittaient la salle de restaurant sans demander leur reste.

— Juste en face, de l'autre côté de la route. La maison faisait partie du lot. Très agréable, trois chambres avec vue sur le lac...

— Nous avons aussi un grand garage séparé, assez éloigné de l'entrée pour m'épargner le vacarme des coups de marteau de Ted et ses jurons dès qu'il répare une des voitures ou travaille le bois, précisa Joan.

Durant l'heure suivante, Jordon questionna le couple sur les meurtres, les victimes et la routine quotidienne de Diamond Cove.

Gabriel garda le silence pendant l'essentiel de la conversation. Elle lui fut reconnaissante de la laisser recueillir seule des informations qu'à coup sûr, il détenait déjà.

Le langage corporel du couple indiquait une relation étroite, aimante, et Jordon ne perçut aucune tension sous-jacente autre que celle, bien naturelle, induite par les événements récents.

Le temps qu'elle en termine avec eux, il faisait nuit noire au-dehors.

— L'agent James souhaite loger ici, annonça Gabriel, le front barré d'un pli soucieux. Cela ne devrait pas poser de problème, n'est-ce pas ?

— Bien sûr que non, répondit Joan d'un ton un peu surpris.

Ted parut tout aussi étonné de son choix.

— Êtes-vous vraiment sûre de vouloir faire ça ?

— Absolument sûre, répondit Jordon sans hésitation.

La désapprobation muette de Gabriel était presque palpable. Néanmoins, sa décision était prise et elle ne changerait pas d'avis.

— Soit. Nous vous donnerons le numéro sept, dit Ted alors que tous se levaient. Je vais vous chercher la clé.

Il disparut par une porte qui donnait sûrement sur la réception.

— Le petit déjeuner est servi de 7 heures à 9 heures, dit Joan. Si ces horaires ne vous conviennent pas, faites-le-moi savoir. Nous nous ferons un plaisir de rendre votre séjour le plus agréable possible !

— J'aimerais que vous ne changiez rien à vos habitudes, répliqua Jordon en souriant.

— Pour ma part, je reviendrai vers 7 heures demain, de manière à ce que nous commencions à interroger le personnel vers 8 heures, annonça Gabriel. J'espère que vous ne verrez pas d'inconvénient à ce que je me joigne à l'agent James pour le petit déjeuner ?

— Vous êtes toujours le bienvenu ici, chef Walters, vous le savez ! dit Joan avec chaleur.

Ted réapparut dans la salle de restaurant et tendit une clé à Jordon.

— Le temps d'enfiler une veste et je vous montre le chemin…

— Ne vous donnez pas cette peine, Ted, je m'en charge, répliqua Gabriel.

Il saisit son propre manteau, Jordon l'imita.

— Merci pour les sandwichs, dit celle-ci à Joan. C'était une délicate attention de votre part.

— Mais de rien…

— Par ailleurs, je n'aurai pas besoin d'un service de ménage pendant mon séjour. Il suffira de me donner des serviettes et des draps propres une fois par semaine, pour le reste je me débrouillerai.

Joan hocha la tête.

— Comme vous voudrez. Avec un peu de chance l'affaire sera résolue très vite et vous ne resterez même pas assez longtemps pour cela !

— À demain matin, lança Gabriel en prenant les bagages de Jordon.

Une fois dehors, Jordon le délesta du sac le plus petit.

— Un couple adorable, commenta-t-elle en se dirigeant avec lui vers les chalets.

— En effet. Leurs enfants aussi. Jason et Hannah sont tous les deux d'excellents élèves et ils travaillent ici après les cours.

Il transféra son chargement dans son autre main avant d'ajouter :

— Le problème c'est que ces meurtres sont en passe de détruire leur gagne-pain.

— Alors, qui aurait intérêt à cela ?

En haut des marches, l'air glacial coupa le souffle de Jordon. Elle poussa un soupir de soulagement en atteignant enfin le chalet qui serait son foyer pour la durée de son séjour.

— Plusieurs noms me viennent à l'esprit, dit Gabriel.

Jordon posa son sac sur le sol en silence et sortit la clé de sa poche, le besoin de se mettre au chaud l'emportant sur sa curiosité vis-à-vis de ces suspects potentiels.

Elle se détendit enfin en pénétrant dans la douce chaleur du chalet. Gabriel fit deux pas à l'intérieur et se déchargea du sac qu'il transportait. Jordon retira son manteau et alla presser une commande qui alluma de jolies flammes dans la cheminée électrique avant de se retourner vers lui.

— Eh bien, quelles sont ces personnes qui vous viennent à l'esprit ?

— Entre nous, je préférerais ne pas entrer dans les détails ce soir. Il se fait tard, je vais vous laisser vous installer tranquillement. Si nous en discutions plutôt demain vers 7 heures dans la salle de restaurant ?

Tard ? Mais il était à peine 20 heures !

Mais à le voir planté près de la porte, le dos très raide, Jordon devina que la perspective d'une longue conversation dans l'intimité de cette pièce mettait mal à l'aise le chef Walters.

Peut-être avait-il une épouse à retrouver à la maison, quand bien même il ne portait pas d'alliance ? Elle lui donnait environ trente-cinq ans — largement assez pour vivre en couple et même avoir des enfants.

— D'accord, à demain alors, dit-elle. Oh ! Une dernière chose… J'aimerais si possible disposer d'une voiture pendant mon séjour.

Il hocha brièvement la tête.

— Vous en aurez une dès demain matin. Et nous devrions échanger nos numéros de portable, ajouta-t-il en sortant le sien de sa poche.

Cela fait, le chef de la police la contempla un moment d'un air pensif.

— Vous savez que je désapprouve votre choix. Appelez-moi tout de suite, si vous vous sentez en danger.

Le seul risque pour le moment, songea Jordon, c'était de se perdre dans les profondeurs de ces yeux bleus qu'elle avait observés toute la soirée. Se doutait-il du pouvoir qu'ils recelaient ?

Pendant qu'elle discutait avec les Overton, ils avaient exprimé en alternance l'empathie et une profonde frustration. Ils ne s'étaient éteints que lorsqu'ils s'étaient tournés vers elle, jusqu'à devenir insondables.

— Jordon ?

— Ne vous inquiétez pas pour moi, tout ira bien, assura-t-elle en tapotant son revolver de la main. Bonne nuit, chef Walters. À demain !

Il prit congé sur un bref signe de tête, et Jordon ferma la porte à clé derrière lui. Il n'y avait pas de verrou de sûreté, juste celui monté sur la serrure. Visiblement, la sécurité n'avait guère été prise en compte avant les meurtres. Mais pourquoi n'avait-on pas posé un verrou de sûreté depuis, par précaution ?

Elle se laissa tomber dans le fauteuil le plus proche de la cheminée, toutes ses pensées absorbées par l'homme qui venait de disparaître, emportant avec lui son regard énigmatique et son eau de toilette boisée.

Sauraient-ils collaborer efficacement ? Elle n'en avait aucune idée. Elle n'était même pas certaine que le chef Walters soit disposé à écouter ce qu'elle aurait à dire sur l'affaire. Toutefois elle avait une mission à accomplir et elle s'y attellerait, avec ou sans sa coopération…

Elle s'extirpa de son siège pour aller défaire un des sacs posés sur le lit. Elle le vida rapidement, puis alla disposer ses affaires de toilette dans la salle de bains.

Puis elle installa son ordinateur portable sur la petite table basse devant le feu et, durant la demi-heure suivante, elle nota ses remarques et impressions du jour tant qu'elles étaient encore fraîches dans sa mémoire.

Cette tâche terminée, elle se sentait encore trop tendue pour envisager d'aller dormir. Le plus simple aurait été d'enfiler sa chemise de nuit et de se glisser sous la couette, mais son intuition lui soufflait que le sommeil la fuirait et qu'elle se bornerait à fixer le plafond dans le noir.

L'idée d'affronter la nuit glaciale n'avait rien de très attirant, mais elle enfila tout de même manteau et après-ski, décidée à aller dans le cabanon d'invités pour se préparer un café gourmand qui aurait un agréable petit goût de dessert.

Le sentier était éclairé au sol par de petites lampes solaires et, malgré le froid mordant, elle conserva son manteau entrouvert et la main sur son arme de service. La nuit était calme. Un silence dense, ouaté, régnait dans ce décor naturel d'une blancheur assez irréelle.

Tous ses sens restaient en éveil. Pas question de commettre la moindre imprudence le premier soir, pas plus que tous les autres soirs pendant son séjour.

L'air charriait de légers effluves de conifères. À travers les branches nues, Jordon distingua le bâtiment principal plongé dans le noir. Elle était donc absolument seule sur le domaine de Diamond Cove...

Lorsqu'elle franchit le seuil du cabanon d'invités, une lumière s'alluma et la petite clochette tinta au-dessus de sa tête. Après avoir soigneusement refermé la porte derrière elle, elle s'assura que personne ne se cachait derrière la porte masquant lave-linge et sèche-linge, puis s'avança vers le cellier. Revolver bien en main, elle poussa le battant et relâcha son souffle.

Enfin sûre d'être en sécurité, elle sélectionna une dosette au goût chocolat, la plaça dans la cafetière et fit face à la porte en attendant que la tasse se remplisse.

Voilà donc précisément ce qu'avait fait le malheureux Rick Sanders. Il était venu ici se préparer une bonne tasse de chocolat chaud et s'était retrouvé lâchement poignardé dans le dos.

Au sifflement de la machine, elle se retourna, récupéra sa tasse et ressortit dans la quiétude nocturne.

Elle se trouvait à peine à mi-chemin de son chalet lorsqu'elle eut soudain le sentiment très net d'être observée.

Elle pivota prestement, aspergeant sa main de chocolat brûlant comme elle agrippait de l'autre la crosse de son arme. Personne. Il n'y avait personne sur le sentier derrière elle.

Pas un bruit alentour non plus, aucun signe d'une autre

présence dans la forêt. Jordon accéléra le pas jusqu'à sa chambre, déverrouilla la porte et s'engouffra à l'intérieur. Elle posa le café sur la table basse et écarta le rideau qui masquait la fenêtre pour scruter les abords du chalet.

Elle ne vit rien d'inquiétant.

Et pourtant.

Il lui fut impossible de se défaire du sentiment que quelqu'un, dehors, l'épiait… et guettait le moment idéal pour frapper.

Après une nuit agitée où il lui fut quasiment impossible de trouver le sommeil, Gabriel se leva avant l'aube. Vêtu d'un peignoir en éponge noir, il alla brancher la cafetière avant de filer sous la douche, s'habilla rapidement et s'affala sur une chaise dans la cuisine, une tasse fumante posée sur la table devant lui.

Il aurait dû réfléchir aux meurtres, passer mentalement en revue les entretiens planifiés pour la journée. À la place, sa tête bourdonnait de questions sur la sirène aux yeux verts et aux jambes fuselées qui avait fait irruption dans son enquête… Et dans sa ville… Portée par une bourrasque glacée.

Jordon James saurait-elle accomplir ce qu'il n'avait pas été capable de faire ? Saurait-elle, d'une manière ou d'une autre, identifier le tueur qui lui avait échappé jusqu'ici pour l'envoyer derrière les barreaux ? Si oui, il avait tout intérêt à s'accommoder de sa collaboration.

Tout ce qu'il voulait, c'était ramener la paix dans ses rues. En quittant la police de Chicago trois ans plus tôt, pour assumer ce travail dans le Missouri, il n'aurait jamais cru tomber un jour sur un tueur en série dans une bourgade aussi tranquille, connue en Amérique comme une destination familiale.

Il n'avait pas non plus prévu de travailler pour un maire querelleur et irascible, un sombre crétin prétentieux, savant mélange de cynisme et d'hypocrisie… Pas étonnant que le dernier chef de la police ait démissionné moins d'un après son entrée en fonction ! Plus d'une fois ces trois dernières années,

Gabriel avait lui-même songé à tout lâcher pour recommencer de zéro ailleurs.

Une fois de plus, ses pensées retournèrent vers Jordon James. Il la trouvait très séduisante, c'était indiscutable. Il admirait même le fait qu'elle l'ait renvoyé dans les cordes lorsqu'il l'avait provoquée gratuitement. Pour autant, cela ne signifiait pas qu'il allait l'apprécier. Encore moins qu'ils fassent du bon boulot ensemble.

Elle comptait déjà un mauvais point à son actif — il n'avait pas approuvé sa décision de séjourner à Diamond Cove, elle avait bien vu que cela ne lui plaisait pas et avait tout de même persisté. Elle se précipitait elle-même dans la gueule du loup. Un risque inutile et stupide aux yeux de Gabriel…

Le temps qu'il arrive au bout de ses deux tasses de café et de ses réflexions désordonnées, le soleil avait pointé ses rayons au-dessus de l'horizon.

Presque 6 h 30. Il passa un coup de fil pour qu'une voiture de patrouille soit mise à la disposition de l'agent James à Diamond Cove, puis enfila son manteau et sortit.

La journée s'annonçait longue. Le B&B employait quatre personnes à plein temps, toutes convoquées aujourd'hui ainsi que plusieurs autres venues de l'extérieur.

En se glissant derrière le volant, Gabriel ravala un soupir de lassitude. Tous ceux qu'ils s'apprêtaient à interroger au sujet du dernier meurtre l'avaient déjà été par ses soins après les deux premiers homicides. Il rêvait d'obtenir un élément nouveau susceptible de conduire à une arrestation, mais en son for intérieur il n'en attendait absolument aucun de cette journée.

Dieu merci, les gars de l'équipement avaient bien géré les dernières chutes de neige et les rues étaient dégagées, tant pour les résidents que pour les touristes venus braver les conditions hivernales pour leurs vacances.

Une nouvelle tempête de neige, plus sévère, était annoncée pour le début de la semaine suivante. Jordon avait intérêt à savourer ces journées ensoleillées !

Peut-être auraient-ils la chance de résoudre cette affaire

avant l'arrivée du mauvais temps ? Ainsi elle pourrait honorer son rendez-vous avec cette plage de Floride qui la tentait tant, et lui de son côté retrouverait la routine paisible des infractions courantes dans une ville touristique.

Il se gara sur le parking de Diamond Cove à 6 h 50 précises, juste à côté de la voiture de patrouille destinée à l'usage de Jordon. Il en récupéra les clés sous le tapis de sol avant de se diriger vers la salle de restaurant.

Jordon était déjà installée à table, et la montée d'adrénaline que lui procura sa vue ne fut pas du goût de Gabriel. Elle portait encore le pantalon noir qui moulait si joliment ses courbes avec un chemisier blanc ajusté — l'uniforme officieux des agents du FBI partout dans le pays.

— Bonjour, dit-elle.

Ses yeux brillaient, elle dégageait l'énergie de quelqu'un qui avait bien dormi et qui avait hâte d'attaquer une nouvelle journée.

— B'jour, marmonna Gabriel.

Il posa son manteau sur le dossier d'une chaise, puis alla se chercher une tasse de café avant de s'asseoir en face d'elle. Un parfum de fleurs printanières flottait autour d'elle.

— Êtes-vous du matin, chef Walters ? demanda Jordon.

Il leva vers elle des yeux surpris.

— Je ne m'étais jamais posé la question jusque-là... Pourquoi ?

— Eh bien, mon ex-mari ne l'était pas et mon joyeux babil au petit déjeuner l'irritait passablement. Si vous souhaitez que je garde le silence jusqu'à votre troisième ou quatrième tasse de café, je préfère le savoir tout de suite.

— À quand remonte le divorce ? s'enquit-il, curieux.

— Trois ans. Et vous ? Marié ? Divorcé ? En couple ?

— Célibataire, répondit Gabriel.

Longtemps, il s'était imaginé marié avec deux enfants à trente-cinq ans. Cet anniversaire était passé depuis deux mois et il n'y avait aucune femme dans sa vie. Encore moins des enfants.

Le chalet du mystère

— Tenez, les clés d'une voiture de patrouille que vous pourrez utiliser pendant votre séjour, dit-il en faisant glisser le trousseau sur la table.

— Merci. J'apprécie beaucoup.

— Bonjour, chef, lança Joan en s'approchant, deux assiettes dans les mains. Nous vous avons entendu entrer et je me suis dit que vous étiez prêts tous les deux pour un petit déjeuner !

— Oh mon Dieu, c'est trop joli pour être mangé ! s'exclama Jordon, les yeux rivés sur une énorme gaufre recouverte de fraises et d'une dose généreuse de crème fouettée.

— Parlez pour vous ! répliqua Gabriel en saisissant un des pichets de sirop disposés au centre de la table. Moi je trouve que Joan prépare les meilleures gaufres de la ville.

— Merci, chef, dit Joan avec un sourire ravi.

Elle se servit une tasse de café, puis se joignit à eux. Quelques minutes plus tard Ted s'attabla à son tour pour boire un café pendant que Gabriel et Jordon dégustaient leurs gaufres.

Une bonne demi-heure durant, la conversation se poursuivit, légère et plaisante. Ted et Joan présentèrent à Jordon les différents spectacles ou attractions proposés dans les nombreuses salles de la grand-rue de Branson.

— Si vous avez le temps, allez donc au Butterfly Palace, dit Joan. C'est un de mes endroits préférés ici, on a l'impression de marcher dans une forêt enchantée avec mille espèces de papillons voletant partout !

— Ce serait avec plaisir, dit Jordon, mais je n'ai pas prévu de pause pour profiter de la région. Je pars en vacances en Floride la semaine prochaine pour échapper au froid et à la neige.

— Alors vous pensez que tout sera résolu d'ici là ?

La voix de Ted débordait d'espoir. Il regarda Jordon, puis Gabriel, qui sentit son plaisir de gourmet s'envoler et la frustration revenir en force lui brûler l'estomac.

— Malheureusement, dit-il, je ne peux pas vous promettre de trouver le coupable dans un délai qui favoriserait les projets de vacances de l'agent James.

— Et du reste, ce n'est pas du tout ce que je voulais dire, renchérit Jordon avec un léger mouvement de menton. Mes projets de vacances peuvent être reportés. Je resterai ici le temps qu'il faudra pour aider le chef Walters, conclut-elle en lui décochant un sourire absolument glacial.

— Pour moi toute aide sera la bienvenue, affirma Gabriel dans un effort pour dissiper la tension qui avait brusquement saisi la tablée.

— À propos d'aide, murmura Joan, les yeux sur la porte d'entrée qui venait de s'ouvrir.

Après avoir tapé leurs bottes sur le paillasson, Hilary Hollis, la femme de chambre, et sa fille Ann firent leur entrée dans la salle de restaurant.

Joan se hâta de débarrasser la table, puis disparut dans le bureau avec son mari pour permettre à Jordon et Gabriel de se mettre au travail.

L'entretien fut bref. Gabriel laissa la main à Jordon. C'était Ann, vingt et un ans, qui avait découvert le corps de Sandy Peters en pénétrant dans le chalet pour y faire le ménage.

Les yeux de la jeune femme reflétaient encore l'effroi tandis qu'elle racontait à Jordon cette matinée tragique à jamais gravée dans sa mémoire.

Celle-ci prit des notes sur un petit calepin et dirigea l'entretien comme la professionnelle qu'elle était de toute évidence. Elle obtint les informations dont elle avait besoin tout en gagnant la confiance de ses interlocutrices.

— Comptez-vous me laisser mener tous les interrogatoires ? lui demanda-t-elle après leur départ.

— Oui, si cela vous convient. J'ai déjà échangé avec ces personnes à plusieurs reprises au sujet des deux premiers homicides. Vous détecterez peut-être un élément qui m'a échappé.

Jordon plissa les yeux.

— C'est de l'ironie ?

Gabriel esquissa un sourire chagrin.

— Non. Mais je comprends que vous vous posiez la question.

Il la fixa d'un air grave.

Le chalet du mystère

— Je suis très frustré par cette affaire. Et furieux contre le maire, qui m'humilie depuis mon tout premier jour dans la police de Branson. J'ai bien peur d'avoir transféré sur vous toute cette colère.

Le sourire qui incurva les lèvres de Jordon réchauffa instantanément des zones restées en glaciation au plus profond de lui depuis des mois.

— Excuses acceptées, dit-elle.

— Voilà deux fois déjà que vous acceptez mes excuses avec une facilité déconcertante… Êtes-vous toujours aussi indulgente ? demanda-t-il avec curiosité.

— J'essaie de ne pas me torturer pour des futilités, même si je suis assez soupe au lait de nature. Bien ! Et maintenant, qui allons-nous rencontrer ?

Avant que Gabriel ait pu répondre, la porte s'ouvrit sur Billy Bond.

— Je ne vois vraiment pas ce que je fiche ici, déclara ce dernier en s'asseyant après les présentations d'usage.

Il lança un regard noir à Gabriel.

— Vous m'avez déjà interrogé dix fois quand les deux autres se sont fait tuer ! Je ne sais rien de plus sur les meurtres aujourd'hui.

— Moi, en revanche, j'ignore tout de vous et de ce que vous avez raconté au chef Walters, dit Jordon en le gratifiant d'un sourire charmeur. Vous me ferez bien le plaisir de répondre à quelques questions ? Si vous commenciez par m'expliquer quelles sont vos tâches à Diamond Cove ?

— Je m'occupe du domaine.

— Mais encore ?

Durant quarante-cinq minutes, Jordon questionna l'employé qui travaillait comme gardien au B&B depuis sa réouverture sous la houlette de Joan et Ted.

Gabriel se surprit à admirer une fois de plus la technique d'interrogatoire de Jordon. Alors qu'il observait Billy de près et l'écoutait avec attention tout en sirotant son café, comme les fois précédentes la sensation très nette lui vint que cet homme dissimulait quelque chose… Mais quoi ?

— Quel garçon délicieux ! commenta Jordon avec un petit sourire lorsqu'ils se trouvèrent de nouveau seuls.

— Il lui manque un brin de savoir-vivre, confirma Gabriel.

Jordon consulta ses notes.

— Il a répondu à toutes mes questions assez volontiers, mais pour moi, sa posture et ses mimiques dénotaient un manque de sincérité évident.

Elle releva les yeux et ajouta :

— Regard fuyant, forte odeur de transpiration… Franchement, ce type m'a paru louche.

— Billy Bond figure en tête de liste parmi mes suspects potentiels, mais je n'ai rien pu trouver qui le relie aux meurtres et je ne vois vraiment pas à quel sujet il pourrait mentir.

— Je l'inscrirais sur ma propre liste pour la seule raison que c'est lui qui a découvert Samantha Kent dans les bois, répliqua Jordon. Il a pu la poignarder, puis attendre d'être sûr qu'elle n'était plus en état de l'identifier pour jouer les héros et appeler les secours, sachant qu'elle allait mourir avant d'avoir pu dire un mot à quiconque.

Gabriel hocha la tête. La même hypothèse lui était venue à l'esprit.

— Mais quel serait son mobile ? s'interrogea-t-il à voix haute. Il n'a évidemment aucun intérêt à assassiner les clients, et il ne semble pas avoir de conflit avec les Overton.

— Un fou n'a besoin d'aucun mobile.

Gabriel crut voir passer des ombres de triste augure dans le regard désenchanté de Jordon et se surprit de son côté à refouler tant bien que mal un pressentiment tout aussi inquiétant.

3

Il était près de midi lorsque l'homme à tout faire de Diamond Cove, Ed Rollings, trente-huit ans, visage de chérubin, tout en rondeurs et bienveillance, se présenta à son tour dans la salle de restaurant pour répondre aux questions de la police.

En dépit de son allure avenante, ce garçon figurait lui aussi en bonne place sur la liste des suspects de Gabriel.

— J'ai cru comprendre que votre frère Kevin était propriétaire de ce domaine avant que les Overton ne l'achètent ? lui demanda Jordon.

Gabriel avait pris soin de donner au préalable à sa coéquipière les informations de base nécessaires pour l'aider à conduire son entretien.

Ed acquiesça. Une mèche blonde rebelle tomba sur son front.

— Exact, dit-il. Kev avait de grandes ambitions pour Diamond Cove, mais il n'était vraiment pas doué pour la comptabilité.

Il se mit à rire et secoua la tête.

— C'est toute l'histoire de la vie de Kevin ! Des rêves immenses, et aucun sens des réalités pour les mettre en œuvre...

— Et vous n'étiez pas furieux que les Overton prennent les commandes ?

— Pourquoi furieux ? J'étais bien content qu'ils m'embauchent ! Je travaillais déjà ici du temps où mon frère était propriétaire et les jobs sont rares dans le coin. Non, je n'ai aucune raison d'en vouloir à Ted et Joan. Ce n'est pas leur faute si Kevin a bu le bouillon. Il ne le doit qu'à lui-même.

— Et votre frère, justement ? Est-ce qu'il en veut aux Overton, lui ? demanda Jordon.

— Kevin en veut à la terre entière. Il déteste même ses propres frères, la plupart du temps ! répliqua Ed avec un grand rire.

Tout en les écoutant, Gabriel songeait au moment où les yeux de Jordon s'étaient subitement assombris. Il n'aurait pas dû éprouver ce genre de curiosité, mais rien à faire, les ombres qu'il avait vues danser un bref moment dans les profondeurs de ses prunelles l'intriguaient.

Il s'interrogeait malgré lui sur les causes de son divorce. Il se demandait aussi si ses boucles étaient aussi douces au toucher qu'elles en avaient l'air, il imaginait le goût de ses lèvres pulpeuses…

Il se demandait surtout si le stress de cette enquête n'était pas en train de le rendre fou, tant ces questionnements au sujet de Jordon étaient déplacés.

Tandis que l'entretien se poursuivait, il quitta la table et s'approcha de la fenêtre. De là, il pouvait apercevoir à la fois les chalets sur la crête et le cabanon d'invités.

Chacune des scènes de crime lui revint par flashs, ainsi que toutes les personnes qu'il avait interrogées juste après. S'était-il entretenu par deux fois déjà avec le tueur ? S'était-il assis sans le savoir face à celui qui avait poignardé lâchement Samantha Kent, Rick Sanders et Sandy Peters ? Avait-il, d'une manière ou d'une autre, négligé un détail essentiel ? C'était l'une de ses pires craintes.

— Donc, où étiez-vous le dimanche soir où Sandy Peters a été tuée ?

Gabriel se retourna pour voir comment Ed réagissait à la question de Jordon.

— Au même endroit que tous les soirs ou presque, répondit-il. À la maison, avec ma femme.

— Elle pourra confirmer que vous n'avez pas quitté la maison de la nuit, je suppose ?

Ed se remit à rire.

— Ma femme a un sixième sens, elle sait si je me retourne en dormant… Si j'avais filé en douce elle serait au courant, ça c'est sûr !

Ses yeux clairs offraient toutes les apparences de l'honnêteté candide.

— Écoutez, ajouta-t-il, je n'ai aucune raison d'assassiner quiconque ni de causer du tort aux Overton. Ted me paye bien. Et je serais tout à fait incapable de tuer quelqu'un !

— Ce sera tout pour le moment, déclara Jordon.

Elle consulta du regard Gabriel pour voir s'il avait quelque chose à ajouter.

— Ed se tiendra à notre disposition pour le cas où nous aurions d'autres questions à lui poser, j'en suis certain, dit ce dernier.

— Bien sûr. Vous savez où me trouver, ici ou chez moi avec Millie, assura Ed avant de s'éclipser.

— Un burger pour le déjeuner, ça vous dirait ? proposa Gabriel à Jordon.

— Volontiers. Je meurs de faim.

Elle quitta la table et saisit son manteau posé sur un dossier.

— Mon idée était de manger un morceau vite fait et de filer ensuite au poste de police, précisa Gabriel. Je me disais que vous aimeriez sûrement jeter un coup d'œil aux dossiers complets des deux autres meurtres.

— Tout à fait.

Il leur fallut quelques minutes à peine pour rejoindre la voiture de Gabriel et mettre le cap sur Benny's Burgers, un bistrot simple et de qualité situé à deux pas de la grand-rue.

— Je doute que les deux femmes de chambre aient un lien quelconque avec les événements, commenta Jordon.

— Moi aussi.

Dans la chaleur de l'habitacle, le parfum fleuri de Jordon parut s'intensifier. Il serra les doigts sur le volant.

— Pouvez-vous m'en dire un peu plus sur Ed Rollings et ses frères ? demanda-t-elle.

— Ils sont tous nés ici. Ed et sa femme n'ont pas d'enfant,

ses deux frères habitent aussi dans le coin. Glen a deux ans de moins, il est célibataire et travaille dans une des boutiques de souvenirs. Quant à Kevin, comme vous le savez maintenant, il gérait Diamond Cove avant de faire faillite.

En s'engageant sur le parking du Benny's Burgers, Gabriel constata avec soulagement que la foule du déjeuner s'était dispersée. Il ne restait que trois voitures.

Une poignée de minutes plus tard ils étaient attablés dans un box du fond avec d'appétissants burgers devant eux. Ici au moins, les forts relents de grillades et d'oignons frits étouffaient le parfum grisant de Jordon.

— Je suppose que vous avez déjà interrogé Kevin Rollings ? dit celle-ci avant de glisser une frite dans sa bouche.

— Plusieurs fois, oui, mais pas au sujet du meurtre de Sandy. J'ai prévu d'aller lui rendre visite cet après-midi. Il faisait aussi partie de mes suspects.

— Comme Billy Bond, m'avez-vous dit. D'autres noms que je devrais connaître ?

Gabriel secoua la tête.

— Ma liste de suspects est si restreinte qu'elle en est déprimante, et tous ont un alibi pour les deux premiers meurtres. Vous vous ferez une idée plus claire de notre enquête en épluchant les dossiers au poste.

— J'ai hâte de les lire, dit-elle.

Ils gardèrent un moment le silence pour se concentrer sur leur repas. Gabriel mâchonna distraitement son cheeseburger, hanté par les images des trois victimes qui tournaient en boucle dans sa tête.

L'appétit de Jordon en revanche ne parut absolument pas affecté par ce contexte macabre. Elle dévora son burger et ses frites puis, sur un signe d'assentiment de la part de Gabriel, elle picora dans son assiette les rondelles d'oignon qu'il avait délaissées.

— C'est forcément quelqu'un qui en veut personnellement à Ted et Joan, dit-elle enfin.

— J'hésitais à tirer cette conclusion jusqu'à maintenant,

dit Gabriel en se renversant contre le cuir rouge du box. J'ai eu beau fouiller leur passé, impossible de trouver quoi que ce soit qui les place dans la ligne de mire.

— Que faisaient-ils à Oklahoma City ?

— Ted vendait des assurances, Joan enseignait dans une école. Parents et amis sont unanimes à leur sujet — de braves gens sans l'ombre d'un ennemi. Leurs anciens collègues aussi les estiment beaucoup. Kevin Rollings a peut-être envie de ruiner leur entreprise juste par dépit. Et je n'arrive pas à décider si oui ou non Billy Bond nous cache quelque chose.

— Un sale type, assurément.

— Hélas, ce n'est pas un délit suffisant pour l'enfermer et je ne peux pas non plus arrêter Kevin Rollings uniquement sur des soupçons ! Pour quelle raison avez-vous divorcé ?

La question lui avait échappé avant même qu'il ait eu conscience de vouloir la poser.

Jordon écarquilla imperceptiblement les yeux de surprise, puis sourit.

— J'étais follement amoureuse, je me suis mariée pour jouer à être une femme adulte standard. Il m'a fallu deux ans pour m'apercevoir que je n'étais pas de la race des épouses.

Elle but une gorgée de soda, les yeux brillant de curiosité.

— Et vous ? demanda-t-elle. Êtes-vous de la race des époux ?

— Absolument, répondit Gabriel sans la moindre hésitation.

— Dans ce cas, pourquoi n'êtes-vous toujours pas marié ? Un homme aussi séduisant, avec un travail respectable... Comment se fait-il qu'une jolie fille ne vous ait pas mis le grappin dessus ?

— Je suis difficile et prudent, concéda Gabriel. Avant de dire oui, je veux être sûr que ce sera pour la vie. Mes parents viennent de célébrer leur quarantième anniversaire de mariage et c'est ce même genre de relation durable que je recherche.

— Ah ! Ma devise à moi, c'est : libre et sans attaches.

À ces mots, l'attirance physique que lui inspirait l'agent spécial du FBI Jordon James apparut tout à coup moins dangereuse à Gabriel. Jamais il n'aurait envie de courtiser une fille de ce style, si séduisante soit-elle.

Ce bref échange avait suffi à le convaincre qu'elle et lui attendaient de la vie des choses très différentes. Sans bien savoir pourquoi, il se sentit légèrement apaisé et se détendit pour la première fois depuis l'arrivée de Jordon.

— Content que vous soyez là, en tout cas.

— Merci, chef Walters. Est-ce que cela signifie que vous m'offrez le déjeuner ?

Gabriel sourit.

— Oui, la note sera pour moi et, je vous en prie, appelez-moi Gabriel.

La détente fut de courte durée. Le sourire charmeur qu'elle lui décocha en retour ranima chez Gabriel une tension familière qu'il eut le plus grand mal à ignorer.

Jordon étira les bras très loin au-dessus de sa tête avant de quitter sa table de travail. Seule depuis trois heures dans la petite salle de conférences, elle avait compulsé la totalité de la masse d'informations réunie sur les meurtres de Diamond Cove.

Gabriel et son équipe avaient fait du beau travail. L'enquête sur ces crimes avait été menée avec une rigueur irréprochable. Mais ce n'était pas tout... Jordon avait aussi pris conscience du respect témoigné à Gabriel par tout un chacun dans le poste de police.

Personne ne se risquait à la moindre plaisanterie ou familiarité déplacée à son égard. Le chef de la police menait fermement sa barque en gardant une certaine distance vis-à-vis de ses hommes. Ce qui lui valait d'être aussi très apprécié.

Elle fit quelques pas dans la salle pour se dégourdir les jambes. Sa tête bourdonnait de la foison d'informations enregistrées au fil des dernières heures. Quel dommage que rien dans ces dossiers, pourtant minutieusement constitués, ne permette de cerner le coupable !

Une policière du nom de Jane Albright était passée plusieurs fois durant ce long après-midi pour savoir si elle avait besoin de quelque chose. Jordon avait juste demandé une tasse de café.

Les photos des scènes de crime, absolument effroyables, avaient éveillé en elle non seulement de la frustration, mais aussi une vive colère. Ce criminel devait être attrapé avant qu'une autre personne ne se fasse tuer, et avant que Joan et Ted Overton ne soient contraints de mettre la clé sous la porte !

Un besoin de prendre l'air la submergea soudain. Elle sortit dans le couloir et se dirigea résolument vers le bureau de Gabriel. Elle frappa deux petits coups, attendit d'entendre sa voix et entra.

Il lui parut absurdement séduisant, installé à ce grand bureau en bois, un ordinateur à sa gauche, une pile de dossiers à sa droite. Comme il esquissait un mouvement pour se lever, elle l'en découragea d'un geste et s'assit dans le fauteuil en face de lui.

— Beaucoup de travail, on dirait, commenta-t-elle en désignant les dossiers.

— La routine... Cambriolages, vols à l'arraché, vols de voiture...

Il se tut et se renversa contre son dossier en la dévisageant d'un air interrogateur.

— Si vous attendez de moi le nom du coupable, dit Jordon, inutile de retenir votre souffle ! Après avoir étudié les dossiers, je suis aussi agacée que vous l'êtes assurément. Ce type est intelligent et organisé. Non content d'avoir commis trois meurtres odieux, il s'est aussi débrouillé pour quitter chaque fois les lieux sans laisser la moindre trace...

Gabriel se leva.

— Venez. Nous pourrons en parler en roulant vers le Labyrinthe des Glaces.

Le nom fit frissonner Jordon.

— Le Labyrinthe des Glaces ?

— Une attraction assez récente dans le centre-ville.

L'après-midi et le soir en général, c'est Kevin Rollings qui assure l'accueil.

Jordon quitta son fauteuil à son tour, bataillant contre un léger tremblement.

— Une petite conversation avec Kevin s'impose, en effet.

Tandis que Gabriel lui désignait quelques centres d'intérêt sur la route du 76 Country Boulevard où étaient regroupés plusieurs restaurants et lieux d'animation, Jordon s'efforça d'endiguer la crise d'angoisse qui s'annonçait.

La voix rocailleuse de Ralph Hicks résonnait dans sa tête. *Tu vois les miroirs que j'ai installés partout ? Tu vas pouvoir te regarder hurler !*

Ce monstre avait disposé trois grands miroirs aux murs, de manière à ce que ses victimes ne perdent rien du spectacle des tortures qu'il leur infligeait... Un raffinement dans l'horreur d'une perversité inqualifiable.

Du nerf, ma grande ! se dit-elle fermement. Elle avait survécu aux miroirs et à Ralph Hicks. Ce séjour interminable dans une cave n'allait pas l'affecter aujourd'hui, ni changer son caractère. Elle était capable d'affronter un labyrinthe des glaces sans trembler.

— Pour moi, Kevin Rollings fait un suspect assez crédible, dit-elle, chassant les souvenirs obsédants du passé pour se concentrer sur le présent. Ses alibis pour les autres meurtres n'étaient pas d'une solidité bouleversante.

— Difficile de démonter un alibi corroboré par un membre de la famille. Glen a juré que son frère avait passé la soirée à boire chez lui ces jours-là et qu'il dormait profondément sur le canapé à l'heure des crimes.

— Et, bien sûr, Glen aurait un excellent mobile pour mentir — comme sauver la peau de son frère, par exemple.

— Malheureusement, j'ai eu beau le cuisiner, son témoignage n'a pas varié d'un iota.

Gabriel s'engagea sur un parking devant une grande bâtisse de briques sombres dont la façade s'ornait d'une souris géante au rictus de dément.

— Voyons quel alibi va nous proposer Kevin cette fois pour l'heure du meurtre de Sandy !

Alors qu'ils quittaient la voiture pour s'avancer vers l'entrée du bâtiment, un rayon de soleil creva la couche nuageuse, arrachant aux cheveux de Gabriel des reflets mordorés.

Il marchait avec assurance, comme s'il s'appropriait l'espace à chaque pas. C'était quelqu'un de bien, songea Jordon. Un homme traditionnel aux valeurs traditionnelles, acharné à élucider un triple meurtre dont il semblait avoir fait un cas personnel — sans cela elle aurait travaillé ici avec un simple officier, au lieu du chef de la police en personne. Elle se surprit à prier pour qu'ils parviennent ensemble à envoyer ce tueur derrière les barreaux, où était sa place.

Elle ne vit pas d'autre voiture sur le parking. Sur la route ils n'avaient pas croisé grand monde non plus. À l'évidence la mi-janvier, surtout après une chute de neige, invitait la ville entière au calme.

Ils pénétrèrent dans un petit hall avec un tourniquet dans le fond et un comptoir derrière lequel était assis Kevin Rollings.

Quoique nettement plus âgé que son frère Ed, il avait la même blondeur et le même visage poupin. La ressemblance s'arrêtait là.

— J'étais sûr que vous viendriez me parler ! lança-t-il avec une grimace qui transforma sa mine avenante en un rictus hargneux.

— Bien vu, dit Gabriel avant de présenter Jordon.

— Les fédéraux viennent fourrer leur nez dans les affaires locales ?

Kevin secoua la tête et renifla comme si l'air empestait tout à coup.

— Ravie de vous rencontrer, Kevin, dit Jordon avec un sourire lumineux. Nous avons eu une petite conversation très sympathique avec votre frère Ed ce matin. Il avait toutes sortes de choses merveilleuses à dire à votre sujet.

— Ed est un foutu crétin, répliqua Kevin. Un petit jardinier minable !

Jordon choisit d'aller droit au but.

— Ce que j'aimerais savoir en fait, c'est où vous étiez dimanche soir.

Le garçon se fendit d'un sourire qui n'avait rien d'aimable.

— Facile ! J'ai retrouvé deux potes au Hillbilly Harry's pour boire des bières. Vers minuit je suis rentré chez moi et je me suis écroulé sur le lit. J'étais complètement cuit, je l'avoue. Je me suis traîné de la voiture jusqu'à la porte sans trop savoir comment…

— Encore heureux qu'on ne se soit pas croisés sur la route, intervint Gabriel. Tu te serais retrouvé en cellule pour conduite en état d'ivresse.

— Est-ce que vous vivez seul, Kevin ? demanda Jordon, soucieuse de ne pas perdre le fil de l'échange.

— Ouais. Ma femme m'a quitté deux mois après la faillite de Diamond Cove. Et non, je n'ai toujours pas digéré l'affaire ! Si cette foutue banque m'avait laissé un peu plus de temps j'aurais pu tout arranger…

Ses narines frémirent tandis qu'il poursuivait, lancé :

— Aujourd'hui j'ai un boulot de base payé le minimum et j'arrive à peine à survivre. Je n'ai rien à faire avec les Overton. Déjà que leurs morveux traînent tout le temps ici avec leurs copains… Si je souhaite que Diamond Cove soit rayé de la surface de la terre ? Évidemment ! Si j'ai tué ces gens ? Bien sûr que non.

Il inspira à fond et se leva de son tabouret.

— Il nous faut les noms des hommes qui étaient avec vous, dimanche soir, dit Jordon.

Elle était choquée par la virulence dont avait ouvertement fait preuve Kevin. Une chose était sûre, il en avait dit assez pour garder sa place tout en haut de la liste des suspects.

— Les noms ? répéta Gabriel en sortant stylo et calepin de la poche de son manteau.

Kevin poussa un soupir excédé.

— Glen était là. Et puis il y avait Wesley Mayfield, Tom Richmond, Dave Hampton et Neil Davies. Vous pouvez aller les voir. Ils vous diront que j'étais avec eux dimanche soir et que j'étais très, très loin de Diamond Cove.

— T'inquiète, on vérifiera, dit Gabriel en rempochant le calepin.

— Puisque vous êtes là tous les deux, si vous alliez faire un tour dans le labyrinthe ? Ça ne se bouscule pas aujourd'hui.

Le visage de Kevin froissé par la colère se transforma en un masque enjôleur.

— Allez donc voir la souris à l'intérieur...

— Bonne idée. Ce pourrait être le seul moment ludique de votre séjour, dit Gabriel à Jordon tout en sortant son portefeuille.

Il régla leurs entrées et Jordon déglutit pour conjurer l'appréhension qui revenait au galop.

Ce n'est qu'une simple attraction touristique. Elle passa le tourniquet avec Gabriel sur ses talons. *Du calme. Les miroirs ne peuvent pas te faire de mal.*

Un couloir sombre menait au cœur du labyrinthe. Jordon déboucha peu après dans un espace où cinq reflets de sa personne la contemplaient. Gabriel se trouvait juste derrière elle, présence apaisante alors que l'angoisse lui nouait la gorge.

— Par ici, dit-il en l'entraînant sur la droite dans un boyau couvert de miroirs déformants.

— Vous êtes déjà venu ici ?

— Non ! C'est une première pour moi aussi.

Ils sursautèrent tous les deux lorsqu'un des miroirs s'alluma en affichant une image de la souris folle, tandis qu'un ricanement démoniaque résonnait haut et fort au-dessus de leurs têtes.

— Si je te trouve, la souris, je fais des nœuds avec ta queue ! dit Jordon alors que le miroir reprenait son apparence normale.

— Venez, dit Gabriel. Essayons de trouver la sortie.

Elle le suivit à travers les couloirs conçus précisément pour désorienter les visiteurs, tout en repoussant de sinistres réminiscences. Les cicatrices sur sa hanche la brûlaient, une odeur imaginaire de fumée de cigarette et de chair grillée lui chatouillait les narines...

La souris réapparut soudain derrière un autre miroir, et une voix grave se mit à chuchoter dans les enceintes.

— Attention... Si vous n'êtes pas assez rapides, je vais vous aspirer dans mon trou et personne ne vous retrouvera jamais !

Les yeux fixés sur la souris géante aux dents hypertrophiées, Jordon se sentit instantanément ramenée dans cette cave humide, en sous-vêtements, les poignets menottés au-dessus de la tête, suspendus à des chaînes pendant du plafond.

Personne ne te trouvera jamais ici. Tu seras mon jouet jusqu'à ce que je me lasse de toi. La voix de Ralph Hicks vibra dans son crâne. *Je vais prendre mon temps pour m'amuser avec toi, et tu pourras tout voir.*

Jordon ferma un moment les yeux pour bannir ces souvenirs et lorsqu'elle les rouvrit, Gabriel n'était plus là. Elle était seule... Seule avec les miroirs. Paralysée d'effroi.

Au secours ! À l'aide, par pitié...

Les suppliques se bousculèrent dans sa tête.

Ne le laissez plus me brûler ! Ne le laissez pas me faire ce qu'il a fait aux autres femmes. Je ne veux pas mourir comme ça. Aidez-moi, je vous en prie !

— Gabriel ?

Le prénom resta au fond de sa gorge devenue subitement trop étroite.

— Gabriel !

Cette fois elle avait hurlé.

— Je suis là, dit Gabriel en se matérialisant près d'elle comme par enchantement.

Elle lui agrippa la main et esquissa un sourire forcé.

— Eh bien ! Je vous croyais perdu, dit-elle en espérant que la peur qui la suffoquait ne transparaissait pas dans sa voix.

— Je pense avoir trouvé la sortie. Suivez-moi.

Elle lâcha sa main et avança, scotchée à ses talons, tout en plaisantant pour dissiper sa propre tension.

Après plusieurs tours et détours, et autant d'avertissements de la souris, ils tombèrent enfin sur la porte de sortie.

— C'était plutôt nul, commenta-t-elle une fois à l'air libre.

— Les adolescents de la ville adorent, paraît-il. Et, comme l'a dit Kevin, Jason et Hannah se régalent ici avec leurs copains.

— Sans doute parce que les filles se mettent à pousser des cris et s'accrochent au mâle testostéroné le plus proche, répliqua-t-elle sèchement.

Gabriel sourit.

— Vous voulez manger un morceau avant que je vous raccompagne à Diamond Cove ?

Jordon, qui se sentait encore vaguement nauséeuse, secoua la tête.

— Non, merci, je n'ai pas très faim pour le moment. Le mieux serait que j'achète un sandwich à avaler plus tard. Je le laisserai dans le minibar en attendant que l'appétit revienne.

— D'accord.

Ils montèrent dans la voiture et Jordon se détendit, tout à son soulagement de laisser derrière elle ce maudit labyrinthe. Sa propre faiblesse la révulsait. Elle détestait se sentir encore vulnérable à ce point, avec ses souvenirs incrustés dans le cœur et le cerveau...

Surtout, que Gabriel n'aille pas détecter cette faiblesse chez elle.

— Eh bien, s'exclama-t-elle avec emphase, quel programme pour demain ? Des montagnes russes au fond d'une grotte ? Un cabinet de curiosités à visiter, peut-être ?

— Rien d'aussi grandiose, j'en ai peur. Il nous faudra débusquer chacun des hommes avec lesquels Kevin prétend avoir bu un verre samedi soir.

— À supposer que son alibi soit confirmé jusque vers minuit, cela ne l'innocente pas pour autant. Le meurtre a eu lieu beaucoup plus tard.

— Exact. Mais notre devoir est de tout vérifier pour étayer le dossier, dit Gabriel en s'arrêtant devant un bar à sandwichs.

— Je me dépêche, dit Jordon, la main sur la poignée de sa portière. Vous voulez quelque chose ?

— Non, merci. Il me reste un peu de pain de viande à la maison.

Elle ressortit du bar quelques minutes plus tard, avec un sandwich et quelques sachets de chips et de cacahuètes. Tout ce qu'elle voulait maintenant, c'était un bon bain chaud et du temps au calme pour oublier les miroirs et les réminiscences indésirables.

Elle n'avait pas été fichue de faire fonctionner son mariage, ni de contenter ses parents, soit, mais elle était un super agent du FBI… Et elle n'avait besoin de rien d'autre.

— Voulez-vous que je vous rejoigne directement au poste de police demain matin ? Ou préférez-vous venir me chercher ? demanda-t-elle lorsqu'ils arrivèrent sur le parking de Diamond Cove.

— Je viendrai plutôt ici vers 7 heures, pour le plaisir de commencer la journée avec un des merveilleux petits déjeuners maison de Joan.

— Alors, rendez-vous demain matin dans la salle de restaurant !

Jordon attrapa son sac à main ainsi que le sachet contenant son dîner et sortit dans la nuit froide, non sans un certain soulagement. Ce temps de loisir lui permettrait de se recentrer après cette incursion dans le Labyrinthe des Glaces qui l'avait secouée plus que de raison.

En chemin vers son chalet, elle transféra ses affaires dans sa main gauche, gardant la droite posée sur la crosse du revolver. La nuit avait refermé son cocon de silence autour d'elle et l'air pur, saturé d'effluves de conifères, lui rappela l'eau de toilette boisée, si attirante, de Gabriel.

Un soupir de bien-être lui échappa lorsqu'elle arriva enfin à destination. Un nid douillet, tout chaud, lui tendait les bras. En pénétrant dans le chalet, elle faillit marcher sur un papier. Une feuille pliée que quelqu'un avait sûrement glissée sous la porte en son absence.

Un mot de Joan et Ted, au sujet du petit déjeuner sans doute ?

Jordon posa ses sacs sur la table basse avant d'aller ramasser le papier. Une décharge d'adrénaline la traversa à la lecture du message, rédigé en majuscules rouge vif.

C TOI LA PROCHAINE

4

Pour la première fois depuis des mois, les pensées de Gabriel n'étaient plus polluées par la violence et le meurtre. Une femme avait pris leur place, une jeune et jolie femme au parfum de printemps qui avait frôlé la crise de nerfs dans une attraction touristique conçue pour divertir les touristes.

Elle avait bien essayé de donner le change en plaisantant, mais les signes de sa détresse au cours de leur périple dans le dédale de couloirs du labyrinthe n'avaient pas échappé à Gabriel. Sa voix restait dans les aigus, et son souffle haché. Lorsqu'elle lui avait saisi la main, la sienne était glacée et tremblante. Qu'est-ce qui avait bien pu la mettre dans cet état ?

Jordon incarnait un étrange paradoxe — à la fois assez solide pour séjourner à toute force dans un lieu où elle risquait de constituer une cible de choix pour un tueur redoutable, et bouleversée par un banal jeu de miroirs déformants...

Fascinante, vraiment.

Il obliqua mécaniquement dans la rue menant à son domicile, perdu dans ses pensées. Jordon James... Belle, oui, mais aussi intelligente, et dotée d'un sens de l'humour qui lui rappelait cette fâcheuse tendance, chez lui, à prendre la vie — et sa propre personne — un peu trop au sérieux.

Quel dommage qu'elle n'ait pas voulu dîner avec lui ! Sa compagnie aurait été autrement plus appétissante qu'un reste de pain de viande et une solitude absolue.

La sonnerie de son portable le fit tressaillir. Il pressa la touche sur le volant pour décrocher.

— Chef Walters.

— Gabriel, pouvez-vous revenir à Diamond Cove ?
La voix de sa coéquipière vibrait d'excitation.
— Bien sûr, dit Gabriel. Il y a un problème ?
— À moins que je ne sois victime d'un malade mental, je crois bien que notre tueur vient d'établir le contact avec moi.

Ces mots firent à Gabriel l'effet d'une décharge électrique.

— Est-ce que vous êtes en sécurité ?
— Oui, oui. Venez, dit Jordon, je vous expliquerai.

Elle coupa la communication avant qu'il ait pu lui poser d'autres questions.

Il fit demi-tour dans la première allée qu'il croisa et mit le cap vers le B&B, en proie à un mélange d'inquiétude et d'effervescence.

Le tueur avait établi le contact. Qu'est-ce que cela signifiait ? Jusqu'ici l'enquête n'avait révélé aucune espèce de contact entre le tueur et ses futures victimes…

Il roula aussi vite qu'il put et se retrouva à Diamond Cove cinq minutes plus tard. À peine descendu de voiture, il courut vers le chalet numéro 7.

Une vague de soulagement déferla en lui lorsque Jordon lui ouvrit la porte. Elle avait retiré bottes et manteau et semblait en pleine forme.

— Merci d'être revenu, dit-elle en refermant le battant derrière lui.

Elle désigna une feuille de papier dépliée sur la couette.

— Ce message a été glissé sous ma porte pendant mon absence aujourd'hui.

Gabriel s'avança vers le lit et baissa les yeux vers le papier. Jordon le rejoignit, et son parfum frais lui tourna la tête tandis qu'il déchiffrait le message.

— À votre avis, ça vient vraiment du tueur ? demanda-t-elle. Je n'ai vu aucune allusion dans les dossiers à des notes laissées aux victimes.

— C'est nouveau, en effet, murmura Gabriel, l'angoisse au cœur. Nous devons considérer cette menace comme très sérieuse.

— Peu des gens savent que je loge ici…
— Dans une aussi petite ville, les rumeurs se propagent vite. À l'heure qu'il est des dizaines de personnes sont au courant de votre présence à Diamond Cove.

Il pivota vers elle.

— Il faut que vous partiez d'ici. Faites vos bagages, je vous emmène dans un autre motel.

Jordon recula d'un pas et cala les poings sur ses hanches.

— Je n'irai nulle part !

Ses yeux lançaient des éclairs.

— Si ce message émane bien du tueur, il est notre première pièce à conviction ! Avec un peu de chance il aura laissé une empreinte…

— Et cela montre que vous êtes désormais dans son collimateur. En mon âme et conscience, Jordon, je ne peux pas vous autoriser à rester ici.

L'idée qu'il lui arrive quoi que ce soit l'horrifiait.

Jordon partit d'un petit rire grave.

— Vous savez quoi, chef Walters ? Vous n'avez pas à m'autoriser quoi que ce soit. Puisque vous n'êtes pas mon patron.

Gabriel tourna les yeux vers le bout de papier avant de les braquer de nouveau sur elle.

— Jordon, soyez raisonnable ! Vous vous désignez vous-même comme appât pour un chasseur qui a déjà tué trois personnes…

Une frustration inédite lui brûlait la poitrine. Elle avait raison. Il n'avait pas les moyens de l'obliger à faire quoi que ce soit. En revanche, il avait très envie de la convaincre de changer d'avis.

— Je *suis* raisonnable !

Elle se rapprocha de lui et posa la main sur sa poitrine avant d'ajouter :

— Gabriel, s'il vous plaît, n'en faites pas toute une histoire. Je suis formée à ce genre de situation. C'est mon métier.

La chaleur de cette petite main transperça manteau, chemise et jusqu'à sa peau nue. Une brusque envie le saisit

Le chalet du mystère 53

de l'enlacer et de la serrer étroitement contre lui. Envie qu'il refoula de justesse.

Décidément cette affaire le rendait dingue. Jordon laissa retomber sa main pour la poser sur son propre holster et sourit.

— Ce petit revolver ici pourrait être notre meilleure chance d'attraper le tueur.

— Je préférerais que le petit revolver reste tranquillement dans son étui, répliqua Gabriel.

— Hé ! Vous venez de *plaisanter*…

Il fronça les sourcils. Le ton léger de Jordon ne le rassurait pas du tout. L'instant était grave, très grave.

— Je n'ai vraiment aucune chance de vous faire changer d'avis ? marmonna-t-il pour finir.

— Aucun ! Je suis une fille du matin bavarde, joyeuse et, par-dessus le marché, têtue comme une mule. Demandez donc à mon ex-mari.

Gabriel poussa un long soupir.

— J'ai un sachet hermétique et des gants dans ma voiture. Je vais les chercher et je reviens tout de suite.

Il ressortit du chalet, plus angoissé que jamais. Bien sûr qu'il voulait arrêter le tueur. Mais pas au prix de la sécurité de Jordon.

Elle est entraînée, se dit-il. *C'est un agent du FBI. Elle connaît le risque et l'accepte, manifestement.*

Cette idée ne le réconforta qu'à moitié. Il récupéra un sachet plastique et une paire de gants dans son coffre et se hâta de regagner le chalet en refoulant sa nervosité croissante.

Pendant qu'il glissait la feuille de papier dans le sachet, Jordon s'assit au bord du lit, les yeux brillants.

— C'est le fait nouveau qui nous manquait, dit-elle. Mon intuition ne me trompe jamais.

Gabriel scella le sachet, puis se laissa tomber dans le fauteuil près de la cheminée. Il répugnait à la laisser seule.

— Vous savez, n'est-ce pas, que je me sentirais mieux si vous alliez vous installer ailleurs ?

Jordon secoua la tête.

— C'est ici que je dois être. Demain à la première heure j'interrogerai Ted et Joan pour savoir s'ils ont vu quelqu'un d'inhabituel sur le domaine aujourd'hui.

Gabriel réfléchit un moment.

— Kevin Rollings n'a pas eu le temps de venir jusqu'ici depuis notre départ du labyrinthe.

— Ce message a pu être glissé sous ma porte à n'importe quel moment de la journée. Kevin ne quittera pas si facilement mon panel de suspects. Ni ses frères, d'ailleurs.

— Je suis d'accord avec vous. En rentrant je m'arrêterai chez les Overton pour les interroger dès ce soir. J'aurais dû poster deux hommes ici pour que vous ne soyez pas aussi vulnérable, dit-il en soupirant.

— Jamais de la vie ! riposta Jordon avec vigueur. Ils seraient trop visibles dans cet endroit isolé, leur présence inciterait le tueur à se terrer... Et s'il ne vient pas m'attaquer moi, il aura peut-être la patience d'attendre et d'attaquer un autre client lorsque Ted et Joan rouvriront leurs portes.

Elle se pencha en avant.

— Il faut me faire confiance, Gabriel. Dites-vous que je mesure le risque et que je l'accepte en toute connaissance de cause. Ce fumier n'est pas près de me prendre au dépourvu !

Un sentiment d'impuissance face à l'inévitable terrassa soudain Gabriel. Elle avait raison. Le pire serait que le tueur disparaisse des radars pour viser un jour un autre client — tôt ou tard, les Overton finiraient par rouvrir le B&B...

La seule chose qu'il pouvait espérer, c'était que la note livre un indice, une empreinte... N'importe quoi pouvant mener au coupable.

— À présent, reprit Jordon en souriant, à moins que vous ne souhaitiez me voir barboter nue dans un bain de bulles brûlant, vous feriez mieux de rentrer chez vous.

À ces mots, des visions érotiques échauffèrent le sang de Gabriel. Il les repoussa résolument et se leva.

— Gardez au moins le petit revolver en permanence à portée de main, dit-il en raflant le sachet scellé sur la table basse.

— Ne faites pas la tête, dit-elle en le raccompagnant jusqu'à la porte. Rappelez-vous, les trois autres victimes n'étaient pas armées et n'avaient aucune conscience du danger qu'elles couraient.

Bien sûr. Pourtant Gabriel prit conscience qu'il n'avait jamais autant rechigné à quitter une femme.

— Restez sur vos gardes, lui recommanda-t-il encore.
— Toujours. À demain !

Gabriel sortit dans le froid, un froid qui était cependant très loin de rivaliser avec celui qui lui glaçait le sang à l'idée que Jordon puisse devenir la prochaine victime du tueur.

Jordon se redressa dans un sursaut et empoigna son arme. Le chalet était plongé dans la pénombre. L'unique lumière provenait de la salle de bains, qu'elle avait laissée éclairée toute la nuit.

Elle s'obligea à respirer normalement tout en s'ébrouant pour s'extirper de ses cauchemars. Puis, d'un geste lent, elle reposa le revolver sur la table de chevet. Il n'y avait pas de danger dans le monde réel.

Le réveil indiquait 5 heures passées. Encore une heure avant la sonnerie du réveil, mais elle savait déjà qu'elle ne se rendormirait pas.

Elle posa la tête sur l'oreiller et fixa le plafond. Des mois qu'elle n'avait plus fait de cauchemars... Et voilà que Ralph Hicks et ses miroirs envahissaient de nouveau son sommeil, la ramenant de force vers la cave, les longues heures de terreur... Cette fois une silhouette sans visage s'était aussi invitée dans le rêve : le tueur, bien sûr, qui l'avait d'ores et déjà condamnée à mort, à en croire le message qu'il lui avait laissé.

Elle n'avait du reste aucune raison de ne pas le croire sur parole. Comme les autres victimes, elle était l'unique cliente du B&B et, vu le scénario récurrent des meurtres, c'était le contexte qu'il affectionnait.

Elle se dit qu'il aurait été stupide de sa part de ne pas

ressentir un minimum d'appréhension, qui l'aiderait à rester en vie. Car en ce jour fatidique, un an plus tôt, lorsqu'elle avait frappé chez Ralph Hicks pour lui poser quelques questions sur les meurtres commis dans son quartier, elle n'avait absolument pas eu peur.

Et pour cause, cet individu de quarante-six ans n'était pas identifié comme suspect. Il devait seulement témoigner en qualité de voisin de la dernière victime en date. Jordon n'avait eu nullement conscience du danger avant de recevoir un coup sur le crâne et de perdre connaissance.

L'expérience lui avait appris une leçon essentielle — tout un chacun était un suspect potentiel et le danger pouvait surgir de n'importe où. Avec un soupir, elle se laissa glisser hors du lit, saisit son revolver une fois de plus et s'achemina vers la salle de bains pour se préparer.

Tout en s'habillant elle songea aux personnes interrogées la veille. Kevin Rollings, par exemple, qui n'avait pas caché sa haine envers Diamond Cove et ses nouveaux propriétaires. Cela faisait-il de lui un tueur ? Peut-être n'était-il qu'un entrepreneur raté s'insurgeant verbalement contre les injustices de l'existence.

Quant à Billy Bond, il s'était montré peu coopératif, mais cela ne prouvait rien non plus.

Ils n'avaient pas suffisamment d'éléments, voilà tout. Aujourd'hui, ils battraient encore le pavé pour poser d'autres questions et, pour peu que la chance leur sourie enfin, ils tomberaient sur un détail qui apporterait un éclairage décisif au dossier.

Elle patientait, frigorifiée, près de l'entrée de la salle de restaurant lorsque Joan déverrouilla la porte à 6 h 45.

— Je déteste vraiment l'hiver ! s'exclama-t-elle.

Après avoir retiré son manteau elle se précipita vers la cafetière.

— Moi, je n'y fais plus trop attention, dit Jordon.

Elle semblait soucieuse ce matin.

— Gabriel m'a parlé du message que vous avez reçu,

dit-elle. Mais nous n'avons vu personne près de votre chalet, hier, et nous n'avons remarqué aucune présence étrangère sur le domaine, à notre grand regret... Si vous saviez à quel point j'aurais aimé voir quelqu'un et vous aider à mettre la main sur le coupable, pour que ce cauchemar cesse enfin !

Une tasse de café à la main, Jordon alla s'asseoir à table et fit signe à sa logeuse de venir la rejoindre.

— Tenir un B&B, c'était votre rêve de toujours ? demanda-t-elle, changeant de sujet dans l'espoir de lui faire oublier un peu ses soucis.

— Mon rêve de toujours, oui, même s'il m'a fallu un certain temps pour le faire partager à Ted... Il craignait que cela représente trop de travail pour moi, je crois. Mais j'adore ça ! J'aime voir toute la tribu s'investir dans ce projet. Et j'étais toute disposée à quitter la grande ville pour offrir aux enfants un environnement plus familial.

— Aviez-vous des problèmes avec eux ?

— Rien de grave, non, mais... Jason traînait avec des jeunes qui ne me plaisaient pas beaucoup, et ses notes baissaient. Hannah, elle, avait changé d'attitude, elle commençait à se rebeller...

Jordon sourit.

— Quelle ado n'est pas un peu désagréable avec sa mère ?

Joan se mit à rire, mais sa bonne humeur tourna court et, très vite, ses yeux s'assombrirent de nouveau.

— C'était un sacré pari pour nous, de nous installer ici, vous savez. Nous avons investi toutes nos économies dans l'achat de ce domaine. Si le plan échoue, je ne sais pas ce que nous deviendrons...

— Nous allons coincer cet assassin, Joan. Nous allons l'attraper, vos chalets afficheront de nouveau complet et tout s'arrangera pour vous tous !

Joan lui décocha un sourire reconnaissant.

— Le chef Walters a été merveilleux depuis le début de cette affaire. Il s'investit beaucoup dans son travail et je sais que ces meurtres lui donnent du souci. Je suis contente que vous soyez là pour le seconder.

— Je peux vous garantir que nous faisons le maximum, confirma Jordon.

Joan se renversa contre son dossier.

— Quel dommage que vous n'ayez pas le temps de profiter du paysage et de vous détendre un peu pendant votre séjour !

— J'ai tout de même réussi à visiter le Labyrinthe des Glaces, figurez-vous.

— C'est vrai ? Hannah et Jason adorent cette attraction !

— Pas moi, avoua Jordon.

— Ah bon ? Pourquoi ?

— Je n'aime pas beaucoup les miroirs. C'est une longue histoire...

— Bonjour !

Les deux femmes se tournèrent vers la porte. Gabriel venait d'arriver.

— Bonjour, répondit Jordon.

Joan se leva.

— Je vais m'occuper du petit déjeuner.

Tandis qu'elle quittait la pièce, Gabriel ôta son manteau et alla s'installer en face de Jordon, le visage grave.

— Comment allez-vous ce matin ?

— Très bien.

— Aucun souci cette nuit ?

— Aucun. Gabriel, savez-vous que le fait de froncer les sourcils mobilise davantage de muscles qu'un sourire ?

Il se détendit aussitôt et se fendit d'un sourire.

— C'est mieux comme ça ?

Mieux ? Le mot était faible. Le sourire de Gabriel avait sûrement le pouvoir d'illuminer les terres les plus sombres du globe. Pas de doute, songea Jordon, cet homme lui plaisait beaucoup... Et lui, de son côté, semblait la trouver plus qu'un peu attirante.

Seulement son intuition lui soufflait aussi qu'une brève liaison torride ne serait pas du goût de Gabriel Walters. Or cela n'irait jamais plus loin. Ni avec lui ni avec un autre. Tel était son choix.

Ils passèrent en revue le programme de la journée tout en buvant leur café. Puis Joan leur servit une assiette de *biscuits and gravy* et Ted se joignit au petit groupe tandis qu'ils dégustaient les petits pains moelleux recouverts de sauce à la saucisse, accompagnés d'une salade de fruits fraîche.

Il était à peine plus de 8 h 30 lorsqu'ils montèrent dans la voiture de Gabriel. Leur premier arrêt serait pour vérifier l'alibi de Kevin pour la nuit du meurtre de Sandy Peters.

— Dave Hampton et moi avons déjà eu maille à partir, expliqua Gabriel. J'ai dû l'arrêter plusieurs fois pour état d'ivresse et trouble à l'ordre public. Le garçon a un gros penchant pour l'alcool et dès qu'il boit trop, il devient stupide et désagréable.

— Des ennuis en vue avec lui ? Pas de problème, je suis là cette fois, partenaire !

Gabriel lui jeta un bref regard.

— Vous êtes toujours aussi sûre de vous ? demanda-t-il d'un ton narquois.

— Seulement dans mon travail, répliqua Jordon. Je sais ce dont je suis capable.

— Et de quoi êtes-vous capable, hormis de jouer les gros durs du FBI ?

De pas grand-chose. Jordon ravala de justesse ces mots douloureux.

— Voyons... Je suis douée pour réchauffer les surgelés au micro-ondes. Je peux faire quatre fois la roue d'affilée sans avoir la tête qui tourne, et quand je chante je suis capable de faire hurler à la mort tous les chiens à dix kilomètres à la ronde.

Gabriel lui décocha un sourire éblouissant.

— Je suis impressionné !

— Et vous, Gabriel ? Hormis jouer les gros durs de la police, que savez-vous faire ?

Il fronça les sourcils dans un effort de concentration, puis son visage s'éclaira et le bleu de ses yeux s'éclaircit jusqu'à prendre une teinte inédite et totalement craquante...

— Je sais fabriquer une œuvre d'art à partir d'une canette en aluminium, dit-il. Je peux amener n'importe quel chien à me manger dans la main si je lui tends un bon morceau de viande et je connais par cœur *Blinded by the Light* de Manfred Mann.

— Waouh ! Là, c'est moi qui suis impressionnée.

Mais ce qui troublait Jordon plus que tout, c'était que Gabriel lui ait répondu sur le même ton léger. Elle ne l'en aurait jamais cru capable. Rien de plus séduisant que l'autodérision chez un homme par ailleurs très sérieux...

Cette atmosphère frivole se dissipa néanmoins dès qu'ils s'arrêtèrent devant le Garage Charlie.

— Dave travaille ici comme mécanicien, expliqua-t-il.

— D'accord. Allons discuter avec Dave l'ivrogne pour voir s'il confirme l'alibi de Kevin.

Ils se dirigèrent vers le grand bâtiment à quatre quais, sous un ciel plombé de nuages bas. Des voix masculines se mêlaient au vacarme des outils en pleine action.

La porte d'entrée donnait sur un petit bureau.

— Salut, Charlie ! lança Gabriel à l'homme qui se tenait derrière le comptoir. Comment vont les affaires ?

— Doucement, mais on ne peut pas se plaindre.

Le patron du garage toisa Jordon de la tête aux pieds.

— J'espère que vous êtes là pour un problème de freins, vous ou la p'tite dame ?

— La « p'tite dame » n'a pas besoin de freins, répliqua sèchement Jordon.

— En fait, dit Gabriel, nous sommes venus parler à Dave.

Charlie se rembrunit.

— Bon sang ! Qu'est-ce qu'il a encore fait, celui-là ?

— Rien. Nous voulons juste lui poser quelques questions.

Charlie désigna une porte sur le côté.

— Installez-vous dans la salle de repos, je vais vous chercher Dave.

La salle en question se composait d'une table pliante poussée sur la droite et jonchée de miettes, vestiges de repas antérieurs, de deux chaises et d'un distributeur de sodas. L'air empestait la graisse et l'huile. Ni Gabriel ni Jordon ne choisirent de s'asseoir.

Dave Hampton était un grand type à épaisse crinière brune. Son air revêche semblait greffé sur sa figure de toute éternité. Il dévisagea Gabriel et Jordon d'un regard noir tandis qu'il s'essuyait les mains sur un chiffon crasseux.

— Je n'ai rien fait de mal. Qu'est-ce qui vous amène ?

— Juste deux ou trois questions et tu pourras retourner travailler, dit Gabriel.

— Des questions sur quoi ? voulut savoir Dave en fourrant le chiffon dans la poche de son bleu de travail.

— Sur ta soirée de dimanche dernier.

Dave plissa les yeux.

— Dimanche ? Je n'ai rien fait de mal, répéta-t-il. Si quelqu'un a dit le contraire c'est un foutu menteur !

— Rien à voir, assura Gabriel. Nous voulons simplement savoir où tu étais et avec qui.

— Au Hillbilly Harry's. Avec des potes on a joué au billard et descendu des bières, précisa Dave, visiblement plus détendu.

— Qui était avec toi ?

— Wesley Mayfield, Neil Davies, Tom Richmond et Kevin et Glen Rollings. C'est au sujet de la femme assassinée ?

— À quelle heure avez-vous quitté le bar, les uns et les autres ? demanda Gabriel, ignorant la question de Dave.

— Vers minuit, par là…

— Et aucun de vous n'est parti avant ?

Dave se balança d'avant en arrière sur ses talons, sourire aux lèvres.

— C'est Kevin, hein ? Vous vous demandez s'il a tué cette femme.

Il secoua la tête et lâcha un petit rire.

— Les frangins Rollings sont comme les doigts de la main et Kevin déteste tout ce qui a un rapport avec Diamond Cove…

— J'ai eu l'impression que Kevin ne s'entendait pas si bien que ça avec ses frères, intervint Jordon.

— C'est faux. Kevin a élevé Glen et Ed après la mort de leur mère. À ce qu'il m'a dit, leur père était un poivrot fainéant et c'est lui qui a dû s'occuper de ses plus jeunes frères. Encore une fois, ces trois-là sont comme les doigts de la main.

— Est-ce que Kevin était ivre quand vous avez quitté le bar ? s'enquit Jordon.

Dave fronça les sourcils.

— On était tous un peu faits, mais il ne l'était pas plus que nous. Autre chose ? J'ai du travail au garage, moi.

— Ce sera tout pour le moment, répondit Gabriel.

Ils regagnèrent la voiture en silence.

— Décidément les voleurs n'ont aucun code d'honneur, dit Gabriel en démarrant. Dave a jeté Kevin aux chiens sans une seconde d'hésitation.

— Kevin nous a dit qu'il était complètement ivre. Il ne l'était pas tant que ça d'après Dave, fit remarquer Jordon.

— Apparemment, il était en état de conduire, en tout cas. Et Ed m'a toujours laissé entendre que Kevin n'était pas particulièrement proche de lui ni de Glen.

Jordon remonta frileusement son col. Une sensation de malaise lui balayait le corps comme une bise glacée.

— Ce qui m'inquiète maintenant, dit-elle, c'est la possibilité que nous ayons affaire non pas à un seul tueur, mais à une fratrie d'assassins. Ce qui compliquerait singulièrement les choses.

5

— Et maintenant, boss ? demanda Jordon comme ils se remettaient en route.

— Un peu de shopping, ça vous dirait ?

— Comme toute femme sensée, je suis toujours partante pour une thérapie vitrines !

— Dans la boutique où nous nous rendons, vous aurez le choix entre un T-shirt siglé Branson, une pipe en maïs, un aimant pour la porte du réfrigérateur et des centaines d'articles du même genre.

— Laissez-moi deviner... Et mon conseiller shopping pourrait être Glen Rollings ?

Gabriel esquissa un bref sourire.

— Glen est le plus charmeur des frères Rollings, mais je doute que vous ayez besoin d'un conseiller pour vos achats. Vous semblez être du genre de femme qui sait exactement ce qu'elle veut et finit toujours par l'obtenir.

— Tout à fait.

Jordon détourna la tête vers sa vitre. En cet instant, elle n'avait qu'une envie, que la bouche exquise de Gabriel Walters se pose sur la sienne.

C'était sûrement parce qu'elle avait froid et qu'elle savait que l'embrasser la réchaufferait. Le froid ne la quittait plus depuis son arrivée à Branson. La faute à la météo hivernale. La faute aussi à ce tueur en série impitoyable qu'ils poursuivaient en vain depuis des jours...

Un tueur, ou une équipe de tueurs ? Glen et Ed aidaient-ils le grand frère qui les avait élevés à se venger de sa déroute à

Diamond Cove ? Il était presque impensable qu'on puisse en arriver là pour détruire un commerce. Pourtant des meurtres avaient été commis pour moins que ça, avec le même mobile...

Elle se tourna vers son chauffeur.

— Je ne comprends pas... Si Kevin voulait vraiment détruire Diamond Cove, pourquoi ne pas mettre simplement le feu aux chalets ? Ou fabriquer une bombe artisanale ?

— Je ne sais pas, soupira Gabriel en s'engageant sur le parking de l'Ozark Shed of Souvenirs. Depuis le début, la logique de cette affaire m'échappe. La méthode choisie est bien plus démoniaque qu'un incendie ou une bombe. Poignarder quelqu'un suppose un profil psychologique particulier. Cette personne aime tuer en toute intimité.

C'est avec l'écho de ces paroles entre les oreilles que Jordon se dirigea vers la boutique au côté de Gabriel.

Démoniaque.

Oui, ce qui se passait ici était l'œuvre du diable.

Elle le connaissait bien, et pour cause. Elle s'était retrouvée enfermée pendant des heures dans un sous-sol en sa compagnie, à prier pour que la mort l'emporte le plus vite possible.

Chassant ces pensées angoissantes, Jordon poussa la porte de la boutique et promena autour d'elle des yeux ébahis. Jamais elle n'avait vu autant d'objets hétéroclites réunis en un même lieu. Il y avait de tout. Des cabas et des lampes de camping, de petits cadres en bois et des dérouleurs de papier en forme de cabanes se battaient pour conquérir une place sur les étagères parmi des tubes de dentifrice de voyage, des T-shirts, des sacs à main et des porte-monnaie surchargés de décorations.

Elle suivit Gabriel jusqu'à un comptoir où les accueillit une dame aux cheveux gris.

— Gabriel ! s'écria-t-elle avec un grand sourire qui effaça d'un seul coup toutes ses rides. J'espère que c'est une fiancée que tu nous amènes là, et que tu es venu acheter une de nos magnifiques bagues en or véritable des monts Ozark...

Gabriel se mit à rire, un son grave, profond, presque envoûtant.

— Agent spécial James, je vous présente Wanda Tompkins, la plus perverse de nos concitoyennes.
— Ravie de vous connaître, madame, dit Jordon.
— Moi de même, dit Wanda en tournant de nouveau les yeux vers Gabriel. Donc, si cette jolie fille n'est pas ta petite amie et que tu ne comptes rien acheter ici, que puis-je faire pour toi ?
— Nous aimerions parler à Glen.
— Il est en haut, dans la réserve.
Wanda décocha un sourire espiègle à Jordon.
— Dommage, vraiment, que vous ne soyez pas sa fiancée ! C'est un gars bien qui a besoin d'une fille bien.
— Méfiez-vous, je pourrais bien vous arrêter pour tentative d'entremise, rétorqua Gabriel d'un ton faussement sévère. Et dois-je vous rappeler que ce n'est pas votre première incartade, Wanda ?
Celle-ci éclata de rire et agita la main.
— Filez, mauvais garçon ! lança-t-elle avant de reporter son attention sur un groupe de touristes qui venaient d'entrer dans sa boutique.
— Alors comme ça, Wanda a déjà essayé de vous caser ? demanda Jordon comme ils grimpaient une volée d'étroites marches de bois vers l'étage.
— Lorsque j'ai pris mes fonctions à Branson, cette boutique a été cambriolée. C'est à ce moment-là que j'ai rencontré Wanda. Me trouver une épouse est devenu en quelques mois la mission de sa vie. Elle me téléphone encore régulièrement pour me suggérer de rencontrer telle ou telle jeune femme de sa connaissance...
— Et vous suivez ses conseils ?
— Parfois.
— Ces jeunes femmes ne sont pas bonnes à marier ?
— Pour d'autres sans doute, mais pas pour moi.
Songeuse, Jordon suivit Gabriel à travers les allées du premier étage.
Cet homme était superbe, il portait un uniforme respecté et

semblait bien sous tous rapports. Ce profil séduisait sûrement bon nombre de femmes dans cette ville. Gabriel prétendait être prudent, mais n'était-il pas simplement trop difficile ?

Jordon elle-même avait cru épouser un homme de la même trempe, très respecté, doté de principes et d'une morale solide. Oui, Jack avait été l'amour de sa vie. Et après ce fiasco, plus jamais elle n'offrirait son cœur à quiconque. Néanmoins, quelque chose chez Gabriel l'incitait à croire qu'un moment d'intimité avec lui serait… exceptionnel.

Ils empruntèrent un couloir et débouchèrent sur une remise. Jordon s'arracha à ses pensées parasites. Elle n'était pas là pour vivre une brève liaison torride. Ils avaient un tueur à attraper.

Comme ses frères, Glen Rollings était grand et mince. Il avait les cheveux blonds, les yeux bleu pâle et un visage avenant. Une fois les présentations faites, son regard caressa tranquillement Jordon de haut en bas.

— Vous êtes agent du FBI ? Waouh ! C'est chaud.

Il ponctua sa remarque d'un clin d'œil qui se voulait certainement charmeur, mais qui tomba complètement à plat.

— Nous avons quelques questions à te poser, dit Gabriel.

Glen fixait toujours Jordon.

— L'agent sexy du FBI souhaite peut-être m'attacher pour m'interroger ? dit-il avec un nouveau clin d'œil.

— Laisse tomber, Roméo, rétorqua Jordon en plissant les yeux. On est là pour des affaires sérieuses.

Le sourire de Glen s'évanouit.

— Je devine pourquoi vous êtes là. Tout le monde sait qu'une femme s'est fait descendre à Diamond Cove.

Il secoua la tête.

— Je regrette que mon frère ait acheté un jour ce domaine de l'enfer et je regrette aussi qu'il crache sa haine à tort et à travers devant n'importe qui !

— Alors, où étais-tu dimanche soir ? demanda Gabriel.

Jordon écouta avec attention Glen raconter la même histoire que Dave un peu plus tôt, à l'affût de la moindre incohérence.

— Qu'avez-vous fait après avoir quitté le bar ? demanda-t-elle lorsqu'il eut terminé.

— Je suis rentré chez moi. Seul, hélas !

— Y a-t-il des voisins qui t'auraient aperçu ? As-tu reçu des appels ?

— Mes voisins les plus proches sont un couple de retraités qui se couchent avec le soleil, et non, je n'ai reçu aucun coup de fil.

Glen fronça les sourcils et se tourna vers Gabriel.

— Je vous ai dit que vous faisiez fausse route, la dernière fois qu'on s'est parlé. Je suis un romantique, moi, pas un tueur !

— Vous échangez des textos ? s'enquit Jordon.

— Ça m'arrive, répondit Glen, perplexe. Pourquoi ?

— Simple curiosité. Puis-je voir votre téléphone ?

Glen lui décocha un regard entendu.

— Je suis peut-être un gars de la campagne pas très futé, mais j'ai vu assez de séries avec des flics pour savoir qu'il vous faut un mandat pour ça !

Ce refus ne surprit pas Jordon : le portable était devenu un objet aussi intime qu'une pièce de lingerie fine. On pouvait beaucoup apprendre sur une personne à la seule lecture de ses messages.

N'ayant pas d'autres questions à poser, ils redescendirent au rez-de-chaussée.

— Je ne peux pas repartir d'ici sans acheter un T-shirt siglé Branson, décréta Jordon. J'adore dormir dans des T-shirts dix fois trop grands.

En quelques minutes elle en dénicha un rose fuchsia à la poitrine barrée d'un « **BRANSON** » en grosses lettres noires. Une fois son achat réglé auprès de Wanda, ils regagnèrent la voiture.

Ils traquèrent avec succès deux autres compagnons de beuverie de Kevin et Glen, la nuit du meurtre au Hillbilly Harry's. Puis, vers 18 h 30, ils s'arrêtèrent pour dîner dans une pizzeria.

— Donc, nous savons que Kevin et Glen ont un alibi solide

jusqu'à minuit, le soir où Sandy a été assassinée, résuma Jordon en faisant glisser une part de pizza sur la petite assiette devant elle.

— Mais aucun Rollings ne peut prouver qu'il est resté chez lui toute la nuit après minuit, hormis Ed qui était soi-disant avec sa femme...

Gabriel fronça les sourcils.

— Une petite conversation avec cette dernière s'impose.

— Et vous, pourriez-vous prouver où vous étiez un soir précis entre minuit et 5 ou 6 heures du matin ? À moins d'avoir quelqu'un dans le lit avec vous, poursuivit-elle sans attendre sa réponse, il est difficile d'avoir un alibi pour ce créneau-là.

— Eh bien, heureusement que je n'ai pas à fournir un alibi pour le milieu de la nuit !

Là-dessus il mordit dans sa pizza et détourna les yeux vers la salle.

Gabriel Walters se sentait seul. Dans les moments calmes, on voyait qu'il en souffrait. Jordon comprenait cela car le même vide l'habitait. Un trou béant qui était déjà présent avant son mariage et qui avait doublé de volume le jour où elle avait quitté son mari. C'était une partie d'elle-même qu'elle s'efforçait d'ignorer.

— J'adore les poivrons, dit-elle pour rompre le silence qui s'éternisait entre eux.

Elle en préleva un sur sa part de pizza et le glissa dans sa bouche.

— Croûte épaisse et poivrons... Il n'y a rien de meilleur !

Dix minutes durant, ils évoquèrent les mérites des différentes sortes de pizzas. Un répit bienvenu après ces meurtres qui, toute la journée, avaient été le sujet principal de leurs conversations.

Il était presque 20 heures lorsque Gabriel se gara sur le parking de Diamond Cove. Le soleil s'était couché, le crépuscule avait fait place à la nuit.

— À demain, au petit déjeuner ? dit Jordon en saisissant son sac à main et le sachet brun contenant le T-shirt.

Le chalet du mystère   69

— J'y serai sans faute. Faites attention à vous cette nuit.
— Cessez de vous inquiéter pour moi. Tout ira bien !

Elle mit pied à terre et ouvrit son manteau pour se ménager un accès facile à son arme.

Sur le chemin vers son chalet, la solitude qu'elle avait sentie chez Gabriel résonna profondément en elle. Par moments, elle regrettait de n'avoir personne d'important dans sa vie, quelqu'un avec qui partager les hauts et les bas du quotidien et qui la garderait toute la nuit au chaud entre ses bras solides et réconfortants…

À une époque, elle avait voulu cela. Elle avait cru le mériter. Mais elle n'y croyait plus.

— Déjà donné, marmonna-t-elle en poussant la porte du chalet.

Renouveler cette expérience déchirante, non merci !

Elle laissa son sac à main sur le lit et sortit le T-shirt pour l'emporter, avec son revolver, dans la salle de bains.

Après une douche rapide, elle enfila le T-shirt de coton doux puis s'installa dans le grand lit confortable avec son ordinateur portable. Comme elle en avait désormais l'habitude, elle tapa quelques notes qu'elle enregistra dans le dossier de plus en plus volumineux intitulé « Moyens et Mobile ».

Ces deux éléments offraient souvent la clé de l'énigme. Qui avait les moyens d'exécuter le meurtre ? Qui avait un mobile ?

Elle pianotait sur son clavier depuis une bonne demi-heure lorsqu'un choc contre le mur extérieur près de l'entrée lui glaça le sang. Le cœur battant à se rompre, elle saisit le revolver posé sur le chevet.

C toi la prochaine.

Elle se glissa hors du lit et s'approcha de la porte à pas de loup. Si elle l'ouvrait, tomberait-elle sur un individu brandissant une lame aiguisée, prêt à mettre sa menace à exécution ? Était-ce une attaque similaire à celle qui avait ôté la vie à Sandy Peters ?

Elle crispa les doigts autour de la crosse de son arme. Allons ! Elle n'était pas Sandy Peters, et personne ne la prendrait par surprise. Inspirant profondément pour se calmer, elle tendit la main, tourna le verrou et tira le battant d'un coup sec.

Une rafale de vent glaciale l'accueillit au-dehors, lui coupant momentanément le souffle. Pas de fou furieux agitant un couteau, pas d'agresseur embusqué.

Personne.

Elle avança d'un pas sur le perron et regarda autour d'elle. Rien, et pour cause — les abords du chalet étaient engloutis dans la nuit noire. Impossible de distinguer quoi que ce soit.

C'est seulement en se retournant pour réintégrer sa chambre qu'elle remarqua la position inhabituelle d'un des fauteuils à bascule devant sa fenêtre.

Ce fauteuil avait été déplacé.

Comme si quelqu'un avait tenté de l'observer à travers la vitre et avait heurté le fauteuil par accident. Quelqu'un qui s'était ensuite évanoui dans la nature.

Elle rentra dans le chalet et referma la porte à clé derrière elle. Son cœur battait encore à coups sourds dans sa poitrine lorsqu'elle se recoucha, le revolver braqué vers la porte.

— Viens donc me chercher si tu l'oses, sale type, chuchota-t-elle.

Les quatre jours suivants passèrent trop vite au goût de Gabriel.

Jordon lui avait raconté l'incident du voyeur introuvable et, une nouvelle fois, il avait tenté de la convaincre de s'installer ailleurs, mais elle n'en démordait pas : elle était là où elle voulait être... Là où elle devait être.

Elle avait raison au moins sur un point. Elle était en effet têtue comme une mule et, en dépit de ses efforts, Gabriel n'avait pas réussi à la faire changer d'avis. Le fait qu'elle reste à Diamond Cove malgré le message de menaces qu'elle avait reçu n'en finissait plus de lui donner des cauchemars.

Ils avaient interrogé tous les hommes présents au Hillbilly Harry's le soir du meurtre de Sandy, ils avaient épluché les dossiers dans l'espoir de trouver un détail qui leur aurait échappé. En cette fin d'après-midi du dimanche, Gabriel avait l'estomac noué d'angoisse. D'ici à la résolution de cette affaire, il aurait des ulcères de la taille des monts Ozark.

Les frères Rollings restaient tout en haut de la liste des suspects, comme Billy Bond qui, en sa qualité de gardien, avait pu bénéficier d'un accès facile à toutes les victimes et se tenir au courant de leurs petites habitudes. Aucune preuve cependant, aucun élément nouveau n'avait pu conduire à une arrestation.

Sans surprise, la feuille de papier glissée sous la porte de Jordon n'avait rien donné, ni empreintes ni signes distinctifs. C'était une feuille d'imprimante disponible partout en ville et au-delà.

Parce que le message était rédigé à la manière d'un texto, ils avaient questionné en priorité Jason et Hannah Overton, qui auraient pu s'amuser à le rédiger.

Les deux adolescents avaient clamé leur innocence avec ferveur et Gabriel avait eu la surprise d'apprendre que presque tout le monde aujourd'hui rédigeait ses SMS en langage abrégé. Il s'était senti très vieux, tout à coup.

Il referma le dossier contenant les photos des scènes de crime et leva les yeux vers Jordon installée en face de lui à la table de la salle de conférences. Elle finissait de relire le détail des entretiens qu'ils avaient menés ces derniers jours.

— Si nous bouclions un peu plus tôt aujourd'hui ? proposa-t-il. Au lieu d'aller grignoter un hamburger quelque part, je vous emmène chez moi et je vous prépare un petit plat maison.

— Avec grand plaisir !

Elle se leva et attrapa son manteau, une lueur chaleureuse au fond de ses yeux émeraude.

— Une petite pause fera du bien. Je ne pense qu'aux meurtres depuis une semaine !

— Alors faisons un pacte. Pendant les deux prochaines heures, nous ne parlerons plus du tout du travail.

— Marché conclu, répondit-elle sans hésiter.

Quinze minutes plus tard, ils roulaient vers sa maison.

Lui aussi était obsédé par l'enquête. Pourtant toutes sortes de pensées inappropriées pour sa coéquipière lui avaient traversé l'esprit.

Le parfum de Jordon envahissait ses sens pendant son sommeil. Des visions la représentant habillée exclusivement de bulles dans la grande baignoire du chalet le traversaient dans les moments les plus inopportuns. Rien de plus facile aussi que de l'imaginer au lit, vêtue du seul T-shirt XXL fuchsia qu'elle avait acheté dans la boutique de Wanda.

Était-ce une bonne idée de l'amener chez lui pour le dîner ? Il n'en avait aucune idée. Il savait en revanche avec certitude qu'ils avaient besoin l'un comme l'autre d'une pause dans la routine abrutissante de l'enquête et l'enchaînement de repas sur le pouce avalés à la va-vite cette semaine.

— Vous allez finir par manquer ce rendez-vous avec la Floride si nous ne trouvons pas une piste très vite, dit-il.

— J'ai d'ores et déjà annulé mes réservations. En outre la météo prévoit une grosse tempête de neige ici à partir de demain soir.

Elle se pencha en avant pour régler le souffle du chauffage, comme si le seul fait de penser à la neige la frigorifiait.

— Je suis navré pour vos projets de vacances.

Elle se renversa de nouveau contre son dossier.

— La plage sera toujours là quand nous aurons attrapé ce fumier. Quel menu pour ce soir ?

— Des spaghettis bolognaise, ça vous tente ?

— Fantastique. Vous aimez cuisiner ?

— Oui. Je trouve que c'est excellent contre le stress. Et vous ? demanda Gabriel en jetant un bref regard à sa passagère. Que faites-vous pour vous détendre ?

— J'ai toujours pensé que pousser un long cri primal serait une bonne idée, mais il n'est pas facile de trouver une forêt déserte quand on en a besoin ! En fait, le stress glisse sur moi assez facilement.

— J'avais remarqué.

Il avait en effet noté cette habitude chez elle de recourir à l'humour pour alléger les tensions ambiantes. Et si le rire était un réflexe de défense ? Un moyen de masquer des émotions plus profondes ?

Gabriel se demanda soudain pourquoi la question l'intéressait tant. Après tout, Jordon n'était que de passage à Branson, et il n'avait pas du tout l'intention de se lancer dans une histoire sentimentale avec elle, en dépit de l'attirance viscérale qu'elle exerçait sur lui.

— Jolie maison, commenta-t-elle lorsqu'il s'arrêta devant chez lui.

Gabriel haussa les épaules. La bâtisse était simple, mais avenante avec ses murs peints en brun foncé et les deux imposants conifères qui la flanquaient de part et d'autre.

Les guirlandes de Noël encore en place juraient dans le tableau, sans parler du Père Noël gonflable qui avait perdu son allant à force de se vider de son air. Mais il avait eu jusque-là d'autres soucis plus importants que de décrocher les décorations de fête…

— Le Père Noël a l'air triste, dit Jordon en mettant pied à terre.

— Oui, les fêtes ont été assez sinistres cette année…

— Vous habitez ici depuis longtemps ?

— Depuis mon arrivée de Chicago, il y a trois ans. Ce n'est qu'une location.

Gabriel déverrouilla la porte et s'effaça pour la laisser passer. Ensemble, ils pénétrèrent dans la grande pièce qui faisait à la fois office de salon et de cuisine.

— Faites comme chez vous, dit-il avant d'aller suspendre leurs manteaux dans l'armoire.

Jordon fit le tour de la pièce, les yeux plissés, comme lorsqu'elle avait examiné les scènes de crime. À son tour, Gabriel promena le regard autour de lui. Que voyait-elle ici ?

Un canapé gris, moelleux, confortable, comme une invitation à savourer une séance cinéma sur l'écran plat accroché au mur opposé. Un petit bouquet de fleurs artificielles — cadeau d'une femme brièvement fréquentée — sur la table basse noire. Deux consoles de part et d'autre du canapé, chacune garnie d'une lampe...

Son invitée du jour se tourna vers lui, sourire aux lèvres.

— Votre espace à vivre est exactement tel que je l'avais imaginé !

Gabriel haussa un sourcil.

— C'est-à-dire ?

— Simple et bien rangé. Une place pour chaque chose, chaque chose à sa place. Vous deviendriez fou en colocation avec moi ! ajouta-t-elle avec un petit rire.

— Vous êtes plutôt désordre ?

— J'appellerais plus volontiers cela du chaos contrôlé...

— Intéressant. Si vous ameniez votre chaos contrôlé dans le coin-cuisine, que je puisse commencer à préparer le dîner ?

— D'accord !

Quinze minutes plus tard, une casserole de sauce tomate assaisonnée mijotait sur un brûleur pendant que Gabriel remuait sur l'autre, à la spatule, une poêlée de viande hachée, ail et oignons.

Attablée derrière lui avec une bière, Jordon comblait de son joyeux babil ce moment du soir, d'ordinaire silencieux et auquel il avait fini par s'habituer.

Elle était si brillante, si spirituelle ! Il s'étonna un peu de trouver sa compagnie aussi agréable. En l'espace d'une demi-heure, il apprit qu'elle était fan du rock vintage, de la cuisine chinoise et du yorkshire de son voisin baptisé Taz, qu'elle dansait souvent en petite tenue dans son salon et qu'elle préférait le cheddar blanc plutôt que le jaune.

Tout en dégustant leurs pâtes accompagnées d'une salade et de tranches de pain à l'ail, ils discutèrent de politique et s'aperçurent non seulement qu'ils regardaient les mêmes émissions à la télévision, mais aussi qu'ils avaient lu les mêmes livres récemment.

Jordon l'interrogea sur son travail à Chicago. Il lui raconta quelques enquêtes qu'il avait dirigées là-bas. Elle l'aida ensuite à faire la vaisselle, puis ils s'installèrent côte à côte sur le canapé pour boire le café.

— J'en avais besoin, dit-elle soudain avec un soupir, la tête renversée sur les coussins.

— Du café ?

— Non, idiot ! D'une pause au milieu de cette chasse à l'homme particulièrement déprimante. Sans parler de la disparition programmée de Diamond Cove...

Gabriel sourit.

— Personne n'avait osé me traiter d'idiot jusqu'à aujourd'hui.

— C'est que j'aime appeler les choses par leur nom, voyez-vous, glissa Jordon avec un petit sourire impertinent.

Il éclata de rire.

— Moi aussi j'avais grand besoin de cette bouffée d'air. Nous y verrons peut-être plus clair demain avec un regard neuf.

— Ce qu'il nous faudrait surtout, c'est une preuve toute neuve. Qui ne viendra que si le tueur décide de bouger.

Elle porta sa tasse à ses lèvres, le front barré d'un pli soucieux.

— Nous sommes en train de rompre le pacte, fit observer Gabriel.

Jordon but une nouvelle gorgée de café et hocha la tête.

— Vous avez raison. Alors dites-moi, Gabriel Walters, quelle est votre peur la plus profonde ?

Cette femme le surprenait en permanence.

Il la fixa longuement et comprit que sa question était sérieuse. Au fond de lui, il avait peur de finir sa vie seul. De ne jamais fonder la famille qu'il appelait désespérément de ses vœux... Mais ces choses-là, il ne les partageait avec personne.

— Je dirais que ma plus grande peur en ce moment, c'est que nous n'attrapions pas ce gars et qu'il fasse une autre victime.

Il se garda de préciser qu'il redoutait surtout qu'elle, Jordon, soit cette autre victime.

— Et vous ? reprit-il. Quelle est votre peur la plus profonde ?

— Les grosses araignées velues, surtout celles qui sautent, répondit-elle d'un ton désinvolte.

Il en resta coi.

— Est-ce qu'il vous arrive d'être sérieuse ? demanda-t-il enfin.

— Oui, quand j'envoie les méchants à l'ombre, répondit-elle en relevant légèrement le menton.

Seigneur ! Qu'elle était belle, avec cette étincelle de défi dans les yeux... Décidément elle l'intriguait comme aucune autre avant elle.

En dépit des longues heures de travail en commun la semaine précédente et de leurs nombreuses conversations, Gabriel n'avait pas le sentiment de l'avoir percée à jour. Tout juste avait-il égratigné sa surface. Il n'aurait pas dû avoir envie de creuser plus profond. Une relation superficielle suffisait pour une collaboration professionnelle efficace.

Pourtant, en cet instant précis, avec ce parfum de femme qui dérivait dans la pièce et le vert tendre de ses yeux, il ne put résister à l'envie d'insister.

— Dites-moi pourquoi vous avez peur des miroirs.

Le visage de Jordon se referma instantanément.

— Qu'est-ce qui vous fait croire que j'ai peur des miroirs ?

Il soutint son regard sans faiblir. Le menton pointait, mais une légère rougeur colorait ses joues. Elle reposa sa tasse sur la table basse pour enrouler frileusement les bras autour de sa taille et son regard se perdit quelque part derrière lui. Un soupir tremblant lui échappa.

— Il s'appelait Ralph Hicks, dit-elle à voix basse.

Une ombre voila son regard.

— Il avait déjà torturé et assassiné cinq femmes avant que je ne frappe à sa porte pour l'interroger comme témoin potentiel. Officiellement c'était ma journée de repos, mais j'avais décidé de prendre de l'avance et de boucler cet entretien en rentrant chez moi après le travail.

Elle secoua la tête et pâlit.

— J'aurais mieux fait de rentrer directement à la maison et de danser en petite tenue dans mon salon.

Gabriel refoula une envie subite de la prendre dans ses bras pour la réconforter. Elle semblait si petite, si vulnérable, ainsi recroquevillée dans un coin du canapé.

Elle inspira profondément avant de poursuivre.

— Un homme très agréable, assez effacé. Lorsqu'il m'a invitée à entrer, aucun signal d'alarme ne m'a alertée. J'ai fait quelques pas à l'intérieur et il m'a frappée à la tête avec une batte de base-ball. Je n'ai rien vu venir. Rien.

Jordon dénoua les bras pour reprendre sa tasse, mais Gabriel, spontanément, emprisonna sa main au passage. Glacée, si menue… Elle entremêla leurs doigts, il en profita pour se rapprocher d'elle. Sa pâleur avait viré à un blanc crayeux et sa lèvre inférieure tremblotait brièvement.

— Je suis désolé d'avoir posé cette question, dit-il avec regret.

— Ce n'est pas grave.

Elle esquissa un sourire qui n'atteignit pas ses yeux.

— Par chance, juste avant de m'évanouir, j'ai eu la présence d'esprit de glisser mon portable sous son canapé. Lorsque j'ai repris connaissance j'étais en sous-vêtements, les bras suspendus à des chaînes, et j'avais devant moi trois miroirs immenses, qui couvraient les murs du sol au plafond. Ralph aimait que ses victimes puissent se regarder pendant qu'il les torturait.

Le ventre de Gabriel se contracta à la pensée des horreurs qu'elle avait dû endurer. Il serra plus fort sa main, pris d'une envie folle de la sauver de son passé, de ces cauchemars, tout en ayant bien conscience que c'était mission impossible.

— J'ai eu de la chance dans mon malheur, poursuivit-elle. Le temps qu'il finisse de m'attacher, la fatigue l'a pris, il a brusquement décidé d'aller se coucher. Je ne l'ai revu que le lendemain matin, assez tard. Quand il est redescendu dans la cave pour s'amuser avec moi, mes collègues savaient déjà que j'avais de gros ennuis puisque je ne m'étais pas présentée à l'agence, moi qui ne manquais jamais une journée de travail.

— Ils ont localisé votre portable…

Jordon acquiesça.

— Le FBI a déboulé en force. Ralph avait tout juste eu le temps de jouer avec une cigarette allumée sur ma hanche.

Elle lui lâcha la main pour se caler contre le dossier du canapé.

— La bonne nouvelle, c'est que Ralph s'est pris une balle en pleine poitrine alors que je m'en suis tirée avec une simple cicatrice en forme de cœur...

— Et une aversion pour les miroirs.

— Seulement s'il y en a plusieurs... À présent, ajouta Jordon dont les joues avaient repris un peu de couleur, je pense qu'il est temps que vous me rameniez à Diamond Cove.

Il voulut protester, la garder encore un peu. Mais, à son regard vide, il mesura ce que lui avaient coûté ces confidences et n'insista pas.

Vingt minutes plus tard, ils étaient de retour au B&B. Gabriel descendit de voiture en même temps que sa passagère.

— Qu'est-ce que vous faites ?

— Je vous raccompagne jusqu'au chalet.

Elle avait gardé le silence pendant tout le trajet, et lui s'était maudit d'avoir fait resurgir des souvenirs aussi éprouvants pour elle. Il s'était interrogé sur ce qui se cachait derrière son sens de l'humour et ses éclats de rire. Il connaissait maintenant la réponse.

— Ce n'est pas nécessaire ! protesta Jordon.

— Je sais, mais j'en ai envie. En outre, si les prévisions météo se confirment, d'ici mardi matin je ne pourrai peut-être même plus accéder à Diamond Cove, dit Gabriel en lui emboîtant le pas d'autorité sur le petit sentier.

— Oh ! Ne m'en parlez pas. Encore de la neige, du froid... J'en ai la nausée.

Parvenue devant sa porte, elle se retourna vers lui. Ses traits étaient faiblement éclairés par les petites lampes solaires les plus proches.

— Merci pour le dîner et la conversation, dit-elle.

— Je suis navré qu'une partie de cette conversation ait été pénible pour vous.

Elle lui sourit.

— C'est une chose qui m'est arrivée, voilà tout. Elle appartient au passé, désormais. J'ai survécu.

Son regard s'adoucit.

— En arrivant à Branson j'étais convaincue que vous seriez un imbécile borné, un boulet dans mon travail. Je me trompais du tout au tout. Merci de me supporter, Gabriel.

Il regarda bouger ses lèvres avec fascination et, avant d'avoir compris ce qu'il était en train de faire, il posa les siennes dessus.

Dans la nuit froide, cette bouche brûlait d'un feu bienfaiteur délicieusement engageant. Lorsqu'elle s'entrouvrit pour accueillir son baiser, un désir puissant transperça Gabriel. Toute pensée rationnelle le déserta d'un coup. Il fallut qu'une main délicate se pose sur sa joue pour qu'il recouvre ses esprits.

Il se détacha des lèvres de Jordon et recula d'un pas, effaré par sa propre conduite. Par cette perte de contrôle impardonnable…

— Pardon, bredouilla-t-il. C'était très incorrect de ma part et pas du tout professionnel.

— Incorrect ? Sûrement pas, répliqua-t-elle, les joues roses.

Gabriel fit encore un pas en arrière.

— Tout de même, ça ne se reproduira pas.

— À votre place, je n'en serais pas si sûr.

Elle sortit tranquillement sa clé de son sac à main et lui sourit.

— Bonne nuit, Gabriel. À demain matin.

Là-dessus, elle ouvrit la porte du chalet et disparut.

Gabriel fixa un long moment le battant, le temps que se dissipe son désir. Le froid nocturne s'infiltra jusque dans ses os. Pour finir il tourna les talons et regagna rapidement sa voiture.

Jordon James ne ressemblait à aucune des femmes qu'il avait rencontrées jusque-là. *C'est ta coéquipière, pas une petite amie,* se remémora-t-il en démarrant.

Ils devaient à tout prix résoudre cette affaire, et vite. Ils devaient mettre la main sur le meurtrier afin que Jordon puisse retourner à Kansas City avant qu'il ne commette une sottise pour de bon.

6

La neige se mit à tomber vers 18 heures, le lendemain.

Assise dans la salle de conférences, Jordon regarda les flocons épais, duveteux, voleter jusqu'au sol depuis le ciel gris sombre.

Elle était seule. Gabriel avait été appelé ailleurs vingt minutes plus tôt pour gérer les affaires courantes, un vol à main armée, semblait-il, commis dans une supérette...

Toute la journée, elle s'était laissé distraire par le souvenir d'un baiser. Un simple baiser. Un fichu baiser qu'elle s'étonnait d'avoir apprécié au point de mourir d'envie qu'il se reproduise... Avec une suite, de préférence.

Ni l'un ni l'autre n'y avait fait la moindre allusion aujourd'hui, et Gabriel semblait réellement le regretter. Pourtant ce baiser avait bel et bien existé, et elle ne pouvait en oublier la saveur.

Avec un long soupir Jordon tenta de se concentrer de nouveau sur les dossiers étalés devant elle sur la table. Le mot n'avait pas été prononcé mais, à ce stade, ils se trouvaient bel et bien dans une impasse.

Ils avaient contrôlé et recontrôlé les frères Rollings ainsi que Billy Bond. Si tous ceux-là restaient à leurs yeux des coupables potentiels, aucune preuve concrète ne venait étayer leurs soupçons. Ils avaient aussi sondé avec minutie la vie passée des Overton, mais sans que rien ne les alerte ni ne leur offre un indice quelconque sur l'individu qui pouvait leur en vouloir à ce point.

Pour ne rien arranger, la météo annonçait pour cette nuit un blizzard qui entraverait sûrement leurs investigations du lendemain. Seigneur ! Comme elle détestait l'hiver... Comme elle détestait ce tueur !

Ses yeux dérivèrent de nouveau vers la fenêtre, et la soirée précédente refit aussitôt surface dans sa mémoire. Il n'entrait pas dans ses intentions, au départ, d'évoquer devant Gabriel ce qu'elle avait enduré dans la cave de Ralph Hicks, l'année précédente. Elle croyait avoir masqué avec succès sa crise de panique dans le Labyrinthe des Glaces, mais elle s'était fait des illusions. Gabriel n'avait pas été dupe.

Il lui avait offert exactement le soutien qu'il fallait. Une main chaude et solide, une empathie assez légère pour qu'elle ne se sente pas coupable de partager cette histoire macabre appartenant à son passé.

Elle évitait de se montrer sous un jour aussi peu flatteur, d'habitude. Fragile, vulnérable... Offrir cette image la révulsait. Et voilà que pour Gabriel elle avait dérogé à la règle. C'était si étrange. Alors qu'elle n'accordait pas facilement sa confiance, sept jours avaient suffi pour que Gabriel la mérite à ses yeux. Elle savait d'instinct qu'il garderait pour lui tous ses secrets.

Mais quelle importance, après tout ? Dès qu'ils auraient mis la main sur le tueur, elle retournerait à Kansas City. Le temps passant, Gabriel finirait par oublier jusqu'à son prénom...

Sans qu'elle sache bien pourquoi, cette pensée la démoralisait.

La porte s'ouvrit soudain à la volée.

— Désolé, dit Gabriel en s'approchant de la table.

— Pas de souci, répliqua Jordon. Je me doute que le chef de la police a un certain nombre de sujets à traiter ici en plus de ces meurtres...

— Dieu merci, j'ai des hommes et des femmes motivés dans mon équipe et, la plupart du temps, ils se débrouillent sans moi.

Il se laissa tomber sur une chaise en face d'elle et enfouit ses doigts dans sa tignasse épaisse et brillante.

— J'ai mandaté deux hommes pour enquêter sur le vol à main armée mais, au moment de quitter mon bureau, j'ai reçu un appel furieux du maire.

Jordon haussa un sourcil.

— Est-ce qu'il s'imagine que nous traitons cette affaire à la légère ?

— Stoddard m'a rappelé ses responsabilités vis-à-vis de la ville qui l'a élu. Il était tout bouffi d'orgueil au téléphone... Il m'a doctement expliqué que ce tueur en série pouvait détruire l'industrie du tourisme, capitale pour Branson. Comme si j'étais trop débile pour m'en rendre compte !

— Idiot, à la rigueur, mais débile, sûrement pas.

Cette tentative d'humour pour alléger la tension de Gabriel porta ses fruits. Le regard de ce dernier s'éclaira, il se redressa sur son siège.

— Comme j'aimerais être un magicien ! Je pourrais agiter une baguette et résoudre cette affaire une fois pour toutes...

— Hélas, les baguettes magiques sont clairement en rupture de stock ces temps-ci, dit Jordon avec un petit sourire. Voyons les choses en face, partenaire. Nous avons mené une enquête sérieuse et approfondie, mais un mur se dresse devant nous pour le moment.

Gabriel se pencha en avant et poussa un profond soupir.

— Je sais. C'est terriblement frustrant !

— Allons, un peu d'optimisme. Le tueur va sûrement s'attaquer à moi d'une minute à l'autre. Et je le pincerai ! dit-elle d'un ton dégagé.

Gabriel se rembrunit.

— Jordon, ne plaisantez pas à ce sujet.

Il se leva d'un mouvement brusque et alla vers la fenêtre pour regarder au-dehors.

— Nous aurions intérêt à lever le camp. Il neige fort. Il faudrait aussi vous trouver quelques provisions en cours de route, pour le cas où je ne pourrais pas arriver jusqu'à Diamond Cove demain.

— Ne vous inquiétez pas pour les provisions. Avant votre arrivée ce matin, Joan m'a dit que le petit déjeuner serait servi comme d'habitude, quoi qu'il arrive, et qu'elle veillerait à proposer d'autres repas si nous nous retrouvions bloqués par la neige.

— Et pour ce soir, vous n'avez pas envie d'emporter une part de pizza, une salade, un sandwich... ? demanda-t-il, le nez contre la vitre.

— Inutile. J'ai l'estomac encore plein des burgers de midi. Et il me reste des chips et des cacahuètes au chalet, en cas de petit creux.

En remontant dans la voiture de Gabriel, Jordon fut surprise de constater la vitesse à laquelle la neige s'était amoncelée sur la route. Le paysage était déjà couvert de cinq bons centimètres de poudreuse.

— Vous n'aurez qu'à me déposer, dit-elle. Rentrez vite chez vous ensuite. Les routes deviennent dangereuses.

La suite du trajet lui donna raison. Gabriel manœuvrait lentement dans les rues blanchies car la pluie de flocons sur le pare-brise gênait la visibilité. Brusquement, les roues arrière de la voiture chassèrent dans un virage et Jordon agrippa les rebords de son siège. Gabriel corrigea aussitôt la trajectoire, un muscle tressautant dans sa joue sous l'effort de concentration.

Ils n'échangèrent plus un mot avant d'avoir atteint le parking de Diamond Cove.

— Pas une seconde à perdre, dit Jordon en détachant sa ceinture. Allez vite vous mettre quelque part en sécurité.

Gabriel hocha la tête.

— Je vous appellerai demain matin.

Après l'avoir quitté, Jordon s'engagea à vive allure sur la pente menant à son chalet, le souffle coupé par le vent, la neige lui fouettant le visage. En atteignant la porte, elle se retourna et distingua à son vif soulagement la faible lueur rouge des feux arrière de Gabriel qui s'éloignait.

Pourvu qu'il rentre sain et sauf chez lui, se dit-elle, le cœur serré. Ce n'était vraiment pas le soir à traîner sur les routes.

Ses doigts gelés tremblaient en enfilant la clé dans la serrure. Elle avait à peine poussé le battant qu'une ombre jaillit de la chambre et se précipita sur elle. Jordon n'eut qu'une seconde pour visualiser un masque de ski noir, un manteau sombre et l'éclat d'une lame affûtée qui s'abattait sur elle.

Elle tituba en arrière, lâcha son sac et chercha à tâtons son arme tout en levant un bras devant elle pour se protéger. Bien lui en prit. Le couteau fendit la manche de son manteau. Un cri lui échappa...

Avant qu'elle ait pu dégainer son revolver, l'inconnu la bouscula pour s'enfuir en courant vers la forêt.

Jordon faillit tomber à la renverse, reprit tant bien que mal son équilibre et, sans hésitation, se lança à la poursuite de son assaillant. Pas question de le laisser s'en sortir aussi facilement !

— Arrêtez ou je tire ! cria-t-elle.

Le fuyard disparut derrière un arbre.

Jordon piqua un sprint, le vent hurlant dans ses oreilles, le visage et les doigts presque gelés. Elle n'avait pas le temps de s'attarder sur cette attaque par surprise qui aurait pu la tuer. Entraînement du FBI oblige, elle n'avait qu'un objectif et un seul en tête : rattraper le tueur.

C'était l'occasion parfaite. Celle qu'ils attendaient depuis des jours. Elle ne se laisserait arrêter ni par le froid ni par la neige qui lui volait dans les yeux. Encore moins par la peur qui menaçait de la submerger.

Car, sans aucun doute, il s'agissait bien du tueur en série qu'ils recherchaient. Il avait compté manifestement la poignarder en pleine poitrine pour l'immobiliser au sol avant de l'achever, exactement comme il l'avait fait avec Sandy Peters. S'il avait réussi son coup, tout à l'heure, Gabriel ou quelqu'un d'autre aurait trouvé son cadavre sur le seuil du chalet, le lendemain...

Pas un bruit dans la forêt. Jordon n'entendait que ses propres halètements tandis qu'elle courait au jugé, droit devant elle, en essayant de repérer la silhouette sombre qui partageait son territoire.

Elle s'octroya tout de même une pause pour essuyer la neige sur ses joues. Où était-il passé ? Est-ce qu'il la guettait, caché derrière un sapin, pour l'attaquer une deuxième fois ?

Et s'il était derrière elle ?

Le chalet du mystère

Jordon pivota sur elle-même, les nerfs à vif. Dans sa tête défilaient des images de Samantha Kent, entrée dans ces bois pour prendre des photos, poignardée dans le dos et ressortie sur un brancard.

La neige tournoyait, malmenée par le vent, elle entravait toute visibilité au-delà d'un mètre ou deux. L'air glacial lui brûlait les poumons…

Chaque arbre était une cachette potentielle. Chaque tronc là, devant elle, pouvait abriter le tueur au couteau. Jordon se remit en marche au pas, s'arrêtant régulièrement pour tendre l'oreille, mais seuls les battements de son cœur affolé lui parvenaient.

Elle comprit enfin qu'elle n'avait aucune idée de la direction que son assaillant avait prise. Une déception amère l'envahit. Peut-être ne se trouvait-il même plus dans la forêt !

Le vent la transperçait, son visage, ses doigts s'engourdissaient peu à peu. La neige tombait si dru maintenant qu'elle distinguait à peine sa main tendue devant elle. Le blizzard s'intensifiait.

Dans ces conditions elle n'avait plus le choix. Il fallait renoncer. C'était idiot de courir après quelqu'un dans la tempête, surtout sans bien connaître les lieux et sans même savoir si ce quelqu'un s'y trouvait encore.

La mort dans l'âme, Jordon fit demi-tour pour regagner le chalet… et pila net, totalement désorientée. Elle était comme prisonnière d'une boule à neige. Elle n'avait pas fait attention à la direction qu'elle avait empruntée.

De quel côté se trouvait le chalet ? Devant elle ou sur sa gauche ? Et pourquoi pas derrière elle ? Ou à droite ? Et à quelle distance ? Combien de temps avait-elle couru ?

Clignant des yeux dans la tempête, elle tenta de discerner un point de repère quelconque, en pure perte. Il n'y avait autour d'elle que de la neige et du vent. La situation était grave.

Elle qui avait tenu la peur à distance jusque-là fut brutalement saisie de terreur. Elle était bel et bien perdue en pleine forêt.

Gabriel sentait que la nuit serait longue, comme toujours quand le blizzard soufflait. Jordon le croyait au chaud, bien à l'abri dans le confort de sa petite maison, mais elle se trompait.

En tant que chef de la police, il devait rester sur les routes pour secourir les automobilistes bloqués ou gérer les accidents qui ne manquaient pas de se produire les nuits de tempête.

Après avoir déposé Jordon à Diamond Cove il était retourné directement au poste pour faire poser des chaînes sur ses pneus. Il aurait dû s'en préoccuper plus tôt, avant l'arrivée du blizzard, mais son travail ne lui en avait pas laissé le loisir.

L'opération ne prit que quelques minutes. Gabriel se dirigea ensuite vers la grand-rue et constata avec soulagement que les habitants semblaient avoir pris au sérieux l'alerte météo.

Branson avait des allures de ville fantôme. Les magasins et les restaurants étaient tous fermés, les spectacles annulés et les rues quasiment désertes.

Il choisit donc d'aller se poster sur un parking, au milieu de la grand-rue, le temps que la tempête se calme. De là, il pourrait intervenir rapidement en cas de besoin. La radio branchée sur la fréquence de la police crachotait des informations en temps réel, les hommes qui étaient de garde ce soir rendant compte régulièrement de leur position.

Il venait de se garer lorsque son portable se mit à sonner. À la vue du nom du correspondant, un frisson d'angoisse le secoua.

— Jordon ?

— Désolée... Je suis perdue, Gabriel. Je suis perdue et j'ai si froid...

Il se redressa, le cœur cognant violemment contre ses côtes.

— Jordon, où êtes-vous ?

— Dans la forêt. Quelque part au milieu des arbres... Il m'a attaquée et je l'ai pris en chasse, mais maintenant je ne sais plus où je suis. Il y a tellement de neige, Gabriel. Tout est blanc, partout, si blanc !

La panique faisait dérailler sa voix. La gorge de Gabriel se serra.

— Ne bougez pas, surtout. J'arrive !
— D'accord. Et, Gabriel, s'il vous plaît, dépêchez-vous.

La recommandation était inutile. Il remontait déjà la grand-rue aussi vite que le permettaient les conditions atmosphériques — c'est-à-dire à une allure d'escargot, désespérante pour lui qui s'efforçait de ne pas céder à l'affolement. Foutue neige, qui tombait maintenant en tourbillons aveuglants…

Il garda Jordon au bout du fil tout en réclamant par radio des renforts à Diamond Cove. Sa coéquipière lui raconta d'une voix chevrotante l'agression au couteau dont elle avait été l'objet en arrivant au chalet.

Gabriel en eut le cœur au bord des lèvres. Jordon avait failli se faire poignarder, mais il n'arrivait même pas à assimiler cette donnée. Pour le moment, la menace la plus sérieuse était la météo, et si elle avait quitté le chalet en courant, peu après son propre départ, cela faisait beaucoup trop longtemps déjà qu'elle bravait le froid.

Le temps d'atteindre le B&B, il l'entendait claquer des dents à l'autre bout de la ligne, tandis qu'elle s'efforçait de maintenir un échange. À son grand soulagement, deux de ses hommes l'attendaient déjà sur place.

— L'agent James se trouve quelque part dans cette forêt. Nous allons rester groupés et couvrir la zone, leur dit-il sans préambule. Il est également possible que notre tueur traîne encore dans les parages, alors restez vigilants ! Jordon ? ajouta-t-il dans son portable, nous sommes là et nous avons des lampes-torches. Faites-moi signe dès que vous verrez ou entendrez quelque chose…

— À ce stade je suis officiellement devenue un cornet de glace. Parfum cerise, c'est mon préféré. Si j'étais originaire d'Italie je serais une glace à l'italienne.

Elle lâcha un petit rire proche de l'hystérie.

Il ne fut pas surpris qu'elle se rabatte sur l'humour en dernier ressort. Il la connaissait assez maintenant pour comprendre que c'était sa façon de tenir à distance le stress et la peur.

— La cavalerie arrive, Jordon.

— Un ange de glace, ce serait plus approprié qu'une glace, non ?

Là-dessus, elle se mit à lui raconter les anges qu'elle dessinait quand elle était petite et vivait à Denver avec ses parents.

Pendant ce temps, Gabriel guida la troupe jusqu'au chalet. La porte était restée ouverte, la clé dans la serrure. Le sac à main de Jordon traînait sur le sol, il le lança à l'intérieur, récupéra la clé qu'il fourra dans sa poche et ferma derrière lui.

Inutile de chercher des empreintes de pas ici, une couche épaisse de neige fraîche recouvrait tout, y compris les abords du chalet. Ils s'enfoncèrent dans la forêt, tous ensemble, en appelant Jordon à grands cris tout en balayant le paysage enneigé du faisceau de leurs lampes.

Restait à espérer qu'ils avancent dans la bonne direction. Au bout de quelques mètres à peine, le froid mordant donnait déjà à Gabriel la sensation qu'on lui arrachait la peau du visage. Il n'osa imaginer à quel point Jordon devait être gelée.

La visibilité étant quasi nulle, ils progressèrent lentement, côte à côte de manière à ne perdre personne. Tandis que Jim et Bill hurlaient le nom de Jordon, Gabriel conserva le téléphone pressé contre son oreille.

— Je suis peut-être un bonhomme de neige, lui dit Jordon. Ou plutôt une bonne femme de neige. Ça existe ? Si quelqu'un est en train de me fabriquer, je veux des seins plus gros.

Une chance qu'il n'ait pas mis le haut-parleur. Jordon n'aurait sûrement pas apprécié qu'un autre que lui l'entende.

Combien de temps encore pourrait-elle résister au froid ? Elle semblait déjà partie dans un semi-délire. Il avait aussi conscience de sa vulnérabilité. Si le tueur était toujours dans les parages, elle représentait pour lui une proie idéale.

Il revit Samantha Kent telle que l'avait découverte Billy Bond. À plat ventre sur le sol, se vidant de son sang par les plaies béantes infligées par la lame...

Le chalet du mystère

Ils *devaient* trouver Jordon. Et tout de suite. Mais le vent semblait avaler les cris des hommes, et Gabriel s'aperçut soudain que Jordon avait cessé son babillage.

— Jordon ?

— Je suis là... Je crois que j'ai entendu quelqu'un m'appeler.

— Criez, Jordon ! lui dit-il. Criez aussi fort que possible !

Il détacha le téléphone de son oreille.

Un braillement enroué déchira le silence. Emanant à la fois du combiné qu'il tenait à la main et d'un endroit sur leur gauche.

— Par ici, dit Jim en fonçant dans cette direction.

Elle leur apparut soudain. Ses cheveux bruns et ses épaules étaient couverts de neige, ses yeux luisaient dans le faisceau des lampes.

— Jordon !

Gabriel éteignit son portable et le glissa dans sa poche avant de se précipiter vers elle.

— Gabriel !

Elle se jeta contre lui, enroulant étroitement les bras autour de sa taille.

— Dieu merci, vous m'avez trouvée...

Sa voix s'étrangla dans un sanglot.

Il la serra fort, quelques secondes seulement.

— Filons d'ici, murmura-t-il.

Il passa un bras autour de ses épaules, et ensemble ils suivirent les autres vers le chalet.

La priorité, c'était de l'emmener en lieu sûr et de la réchauffer. Ensuite seulement, il lui ferait raconter dans les moindres détails les événements qui l'avaient conduite dans la forêt en plein blizzard.

À l'arrivée au chalet, il remercia Bill et Jim qui repartirent aussitôt sur la route, prêts à assister d'autres concitoyens en détresse.

Puis il défit son manteau et celui de Jordon, qui tremblait de la tête aux pieds.

— Asseyez-vous, dit-il en désignant la chaise la plus proche de la cheminée.

Il alluma le feu avant d'aller chercher une serviette dans la salle de bains et s'arrêta net. La fenêtre était ouverte, son grillage découpé. La main couverte d'un gant en éponge, il referma le vantail, sans réussir pourtant à le verrouiller car la serrure était cassée. Voilà donc comment le tueur s'était introduit dans le chalet...

Il prit deux serviettes de bain dans la pile rangée derrière la commode et se dépêcha d'aller retrouver Jordon. Elle avait enlevé bottes et chaussettes et frottait ses pieds l'un contre l'autre. Au moins, elle ne semblait pas souffrir de vertiges ni d'hypothermie.

— Je suis désolée. Je ne voulais pas vous causer autant de soucis.

Sa voix se brisa.

— Tenez, séchez-vous les cheveux, dit-il doucement.

Elle obéit tandis qu'il allait prendre une couverture dans le petit placard pour l'enrouler autour de ses épaules.

— Montrez-moi vos mains.

Il en prit une entre les siennes. Les doigts, très rouges, ne présentaient aucun signe d'engelures.

— Vos pieds, maintenant.

Elle hésita une fraction de seconde, puis leva les jambes pour qu'il saisisse ses chevilles. Pas d'engelures non plus sur ses orteils vernis de rose perle...

— Bien, dit-il, soulagé.

Elle reposa ses pieds et, pour la première fois depuis qu'il avait pris son appel ce soir, l'étau qui lui enserrait la poitrine commença à se relâcher. Gabriel rajusta la couverture autour de ses épaules et s'assit au bord du lit, face à elle.

La laine beige de la couverture mettait en valeur le vert éclatant de ses yeux et ses cheveux sombres et humides tout ébouriffés. Elle semblait si fragile... Gabriel mourait d'envie de la prendre dans ses bras pour la réconforter... Mais l'urgence était ailleurs.

— Vous vous sentez mieux ? demanda-t-il.
— Un peu, répondit Jordon.

— Alors, racontez-moi précisément ce qui s'est passé après que je vous ai laissée ici.

Elle grimaça et se redressa sur sa chaise.

— Il m'attendait à l'intérieur. J'ai ouvert la porte, et il s'est précipité sur moi avec un couteau à la main. Il a essayé de me frapper mais, par chance, il a seulement tailladé la manche de mon manteau. Je n'ai pas eu le temps d'attraper mon revolver, il m'a poussée pour s'enfuir vers la forêt. Je ne voulais pas qu'il s'en sorte...

Ses yeux lançaient des éclairs.

— Je n'ai pas réfléchi aux conditions météo. Je n'ai pensé qu'à une seule chose : l'arrêter. Mais très vite la tempête m'a stoppée dans mon élan...

— Est-ce que vous l'avez vu en face ?

Il avait posé la question tout en sachant que, si elle avait été capable de l'identifier, elle le lui aurait dit tout de suite.

— Masque de ski noir, manteau noir ou bleu marine, répondit Jordon en fronçant les sourcils. Tout s'est passé si vite !

— Taille, poids ?

— Je... Je ne suis pas sûre. Plus grand que moi, peut-être ? Avec le manteau, le poids était difficile à estimer.

Elle fit glisser la couverture de ses épaules et poussa un soupir de frustration.

— Je suis agent du FBI et je ne suis pas fichue de décrire précisément mon agresseur... Ni même son manteau !

— Jordon, un peu d'indulgence envers vous-même. Il vous a surprise au beau milieu d'une tempête de neige. En tout cas, je peux vous dire qu'il est entré par la fenêtre de la salle de bains. On dirait que le verrou était mal ajusté.

Elle ramena la couverture dans son dos en frissonnant.

— Qui donc pouvait savoir que le verrou marchait mal ?

— Notre homme à tout faire, Ed Rollings, par exemple, dit Gabriel, le visage grave.

Elle le considéra un long moment en silence.

— Ne me répétez pas encore une fois que vous voulez

que je change de motel. Vous avez raison, j'ai été surprise, mais cela ne se reproduira pas, et je n'irai nulle part ailleurs.

Gabriel fit la grimace. À croire qu'elle lisait dans ses pensées ! Il eut envie de la secouer pour qu'elle reprenne ses esprits. À la place, il s'avança vers la fenêtre et écarta le rideau pour jeter un coup d'œil au-dehors.

Déjà la couche au sol atteignait une bonne dizaine de centimètres, et la neige continuait à tomber vite et fort. Quand bien même il n'y aurait pas eu de conditions climatiques dantesques, sa décision aurait été la même.

Il pivota vers Jordon.

— Je ne vous laisserai pas seule ici tant que cette fenêtre ne sera pas réparée, c'est-à-dire demain au plus tôt.

— Alors, j'ai gagné un doudou pour la nuit ? J'aime.

Les lèvres de Jordon s'incurvèrent en un sourire enjôleur qui éveilla chez Gabriel une tension d'un genre nouveau.

7

Pas moyen de se réchauffer.

Peut-être n'aurait-elle plus jamais vraiment chaud, qui sait ? Même blottie sous la couverture, et sachant que Gabriel resterait avec elle cette nuit, Jordon n'arrivait pas à se débarrasser de ce froid qui avait élu domicile au plus profond de son corps.

Ce n'était pas la frayeur rétrospective d'avoir échappé de justesse au tueur qui la glaçait, mais plutôt le moment où elle s'était retrouvée piégée par la rudesse de l'hiver.

Du moins, c'était ce qu'elle se racontait.

Gabriel arpentait la pièce à la recherche d'un objet, d'une trace quelconque que le tueur aurait laissés avant l'agression. Ses épaules étaient tendues et son visage concentré.

Si seulement la soirée s'était terminée autrement ! Sans cet hiver du diable, elle aurait à coup sûr réussi à capturer le tueur, et l'affaire aurait été résolue.

Elle se prit à rêver : quelle joie ce serait de découvrir demain dans la forêt le corps du coupable mort de froid. Ainsi, il ne menacerait plus personne. Mais la vie faisait rarement ce genre de cadeau…

Ils ne trouveraient rien dans la forêt. La tempête aurait effacé toutes les traces.

Gabriel disparut dans la salle de bains. Jordon ferma les yeux et tenta de se concentrer sur l'agression dans l'espoir de repérer un détail qui lui aurait échappé jusque-là. Visage masqué, épais manteau sombre, grand couteau menaçant — c'était tout ce qu'elle avait vu, et cela ne suffisait pas.

Elle avait pourtant anticipé une attaque et pris des précautions chaque fois qu'elle entrait et sortait du chalet. Même dans ses pires cauchemars, elle n'aurait jamais imaginé que le danger lui tomberait dessus à l'improviste dans cette chambre.

Toute la pièce lui semblait désormais contaminée. Son intimité avait été violée par la seule présence du tueur. Néanmoins, elle était plus déterminée que jamais à rester à Diamond Cove.

— Je devrais aller chercher un kit d'empreintes dans ma voiture, on ne sait jamais, dit Gabriel en ressortant de la salle de bains.

— À quoi bon ? Il portait des gants.

Elle avait vu le couteau, elle avait aussi vu la main qui le tenait, même si elle n'en prenait conscience que maintenant.

— De gros gants noirs, précisa-t-elle. Vous ne trouverez rien ici. Vous n'avez rien trouvé dans la chambre de Sandy Peters ni sur les deux autres scènes de crime. Ce type est prudent, il n'a pas commis une seule erreur jusqu'ici.

Gabriel se rassit au bord du lit. Jordon tira la couverture un peu plus haut sur sa poitrine.

— Je ne pense pas que c'était Ed, dit-elle.
— Pourquoi ?

Elle s'accorda un temps de réflexion avant de répondre.

— Ed est plutôt trapu. Je pense que notre tueur est mince.
— Admettons. Restent Glen, Kevin et Billy Bond comme principaux suspects. Aucun d'eux n'est particulièrement bien bâti.

— Billy Bond connaît les environs comme sa poche. Il est chargé d'entretenir les sentiers... La personne que je pourchassais ne semblait pas courir au hasard, au contraire, elle avait l'air de savoir précisément où elle allait.

— Vous n'auriez pas dû vous précipiter dans la forêt toute seule. Vous auriez pu vous faire tuer, Jordon.

Le regard de Gabriel fixé sur elle restait sombre et troublé.

— Alors je serais morte en train de faire ce que j'aime, répliqua-t-elle. Mais tout s'est bien terminé, en fin de compte, non ? Bien sûr, si j'avais réussi à l'attraper, cela vous aurait évité de devoir voler à mon secours. Avez-vous fouillé la forêt après l'assassinat de Samantha Kent ?

— Chaque centimètre carré de terrain.

— Y a-t-il autre chose sur le domaine que des arbres et des broussailles ?

— Deux vieilles annexes. Un appentis où est stocké le matériel de jardinage et un autre bâtiment un peu plus important, qui tombe en ruines.

— Assez important pour abriter quelqu'un pour la nuit, le temps que la tempête se calme ?

Gabriel passa la main sur sa joue déjà râpeuse.

— J'en doute. Il ne comporte ni porte ni fenêtre et il penche dangereusement d'un côté.

Un frisson traversa Jordon au souvenir de ce froid terrible et de la neige qui avait tout envahi.

— Vous avez encore froid... J'ai aperçu une petite cafetière sur la table de toilette. Vous voulez que je vous prépare un café ?

— Seulement si vous en prenez aussi une tasse.

Elle savait ce qui la réchaufferait. Gabriel Walters. Lui, détenait ce pouvoir. Qu'il la prenne dans ses bras et l'embrasse, et les frissons s'estomperaient comme par magie. Et s'il se glissait ensuite avec elle entre les draps pour lui faire l'amour, mmm... Elle aurait merveilleusement chaud.

Ce n'était pas gagné. Son front plissé, ses épaules crispées signifiaient qu'il avait tout autre chose en tête que de partager un moment d'intimité avec elle. Peut-être même comptait-il passer la nuit sur une de ces chaises plutôt que de partager son lit.

Mais il l'avait embrassée et, pendant ce baiser, ses lèvres avaient le goût du désir. Un désir impérieux, brûlant. Cette semaine, elle avait senti l'attirance qu'elle inspirait à Gabriel. Des regards furtifs, un contact accidentel qui se prolongeait un peu trop... Qu'il en ait conscience ou non, il lui avait bel et bien envoyé des signaux qu'elle avait reçus.

— Je ne vois qu'un seul moyen de me réchauffer, déclara-t-elle soudain en rabattant la couverture pour se lever. J'ai besoin d'un bon bain !

Gabriel écarquilla les yeux.

— Maintenant ?

— Oui, là, tout de suite.

Elle s'avança vers la baignoire et fit couler l'eau. Ignorant le regard stupéfait de Gabriel, elle régla la température, puis versa des sels de bain parfumés au lilas.

Lorsqu'elle releva les yeux, il arborait toujours une expression hébétée difficile à interpréter.

Comme elle ne soufflait mot, Gabriel s'éclaircit la gorge.

— Je vais attendre dans la salle de bains que vous ayez terminé.

— Ne soyez pas idiot. Si cela vous met mal à l'aise, asseyez-vous là et fixez les flammes, dit-elle en commençant tranquillement à dégrafer son chemisier.

Il détourna vivement la tête — trop tard. Jordon avait eu le temps de voir le désir fulgurant, la faim brute, sauvage, traverser son regard.

— Vous aimez les bains ? demanda-t-il d'une voix tendue.

— Je les adore. Maintenant que j'y pense, c'est un de mes meilleurs remèdes antistress.

Le temps qu'elle se déshabille complètement, le jacuzzi était rempli d'une eau brûlante qui sentait divinement bon. Elle s'immergea avec délice et pressa la commande des jets bouillonnants.

Une fois allongée dans cette baignoire de luxe prévue pour deux personnes, elle comprit que cela ne suffirait pas. Elle avait envie d'un bain, certes, mais ici et maintenant, ce dont elle avait réellement besoin, ce qu'elle souhaitait plus que tout, c'était l'homme assis sur son lit.

Elle ne serait pas comblée, elle ne trouverait pas la chaleur dont elle mourait d'envie, tant que Gabriel ne l'aurait pas prise dans ses bras.

*
* *

Un supplice.

Le gargouillis des bulles, les clapotis à la surface, le ronronnement des jets, les faibles gémissements de plaisir qui échappaient à Jordon, tout cela confinait au supplice pour Gabriel.

Ses yeux restaient dardés sur la cheminée, mais au lieu de suivre la danse des flammes dans l'âtre, ils imaginaient une Jordon très, très nue dans la baignoire, à la peau chaude, douce, et délicatement parfumée de lilas...

C'est lui qui était en feu. Enfiévré par le désir qui mijotait en lui depuis une semaine. Jaloux de l'eau jaillie des jets qui ruisselait sur le corps dénudé de Jordon.

Le souvenir du baiser qu'ils avaient échangé la veille, des lèvres de Jordon tendres, fondantes, l'enflammait.

— Je trouve que c'est la soirée idéale pour ouvrir cette bouteille de vin offerte par la maison, pas vous ? lança-t-elle. Aimeriez-vous prendre un verre ?

Il perçut une invitation onctueuse dans sa voix.

Elle était en train de le séduire...

Ce ton engageant. Cette mise à l'eau dans la plus pure décontraction, alors qu'il était assis juste à côté... C'était évident, cette sirène cherchait à le séduire et il chancelait dramatiquement dans sa volonté de ne pas réagir.

Ne te retourne pas, susurra une petite voix dans sa tête. Il le savait au fond de lui : s'il se retournait, s'il la voyait dans cette baignoire, il serait perdu.

Et pourtant.

Malgré toutes les alarmes qui retentissaient à ses oreilles, Gabriel se leva et se retourna.

La beauté de Jordon lui coupa le souffle. Ses boucles brunes lui parurent encore plus charmantes, ses épaules plus crémeuses dans cet écrin de bulles facétieuses qui offrait aussi un aperçu de ses seins adorables.

Il n'eut pas le souvenir d'avoir traversé la pièce. Tout à coup, il se retrouva au bord de la baignoire.

Jordon sourit et lui tendit un verre de vin.

— Vous venez ? L'eau est délicieusement chaude.

La tentation du péché incarnée.

Tout son bon sens le quitta sous l'assaut sensuel que lui portait la sirène. Ses yeux l'invitaient en silence à succomber...

Comme sous l'effet d'une transe, Gabriel défit sa ceinture, la laissa tomber sur le sol. Puis il déboutonna sa chemise et la retira. Il commettait une erreur, et quelque part dans un coin de sa cervelle il en avait conscience, mais il avait froid, lui aussi, et rien d'autre que l'apocalypse ne l'empêcherait maintenant de se glisser dans ce bain.

Il déposa son revolver sur la tablette carrelée, se débarrassa de ses chaussures et de ses chaussettes. Comme son pantalon suivait le même chemin, la petite voix intérieure chuchota que c'était sa dernière chance de stopper cette folie...

Il ne lui prêta aucune attention.

Il n'avait jamais été du genre timide. Il se savait bien bâti. Néanmoins, lorsqu'il entra dans l'eau entièrement nu, le sourire appréciateur que lui décocha Jordon lui donna l'impression d'être Adonis en personne.

Elle était blottie dans un coin de la baignoire, il s'installa à côté d'elle et étendit ses jambes de sorte qu'ils ne se touchent pas. Jordon lui tendit le verre avant de saisir le sien pour porter un toast.

— Aux bains brûlants et aux câlins !

Gabriel ne reprit sa respiration que lorsqu'elle fut de nouveau allongée dans l'eau. Tant qu'il ne la toucherait pas, il n'y aurait pas mort d'homme.

Si leur intimité s'en tenait là, alors ils pourraient se regarder en face sans regrets, demain matin. Fort de cette sage résolution, il s'octroya une longue gorgée de vin.

— Délicieux, j'avoue, commenta-t-il tandis que l'eau chaude tournoyait autour de lui.

Jordon sourit.

— Et vous sentirez la jolie fleur de printemps en sortant !

Son verre était déjà vide. Elle se resservit et lui présenta la bouteille d'un air interrogateur. Gabriel déclina son offre.

— Non, merci.

Surtout, ne pas ajouter trop d'alcool au feu qui le dévorait. Il était déjà à moitié intoxiqué par elle...

Jordon porta son verre à ses lèvres, puis le posa sur le rebord de la baignoire, ferma les yeux et poussa un soupir de plaisir.

Comment pouvait-elle paraître si détendue, quelques heures à peine après avoir subi une agression à l'arme blanche et frôlé la mort dans le blizzard ?

Il s'était retenu de lui reprocher d'avoir pris en chasse son agresseur sans appeler de renforts ni songer un instant aux conséquences. Comment lui en vouloir ? Il aurait réagi exactement de la même façon.

Et comment la regarder maintenant sans la désirer ? Les bulles se désagrégeaient peu à peu, découvrant peu à peu son corps. En désespoir de cause, Gabriel leva les yeux vers le plafond. La dernière chose dont il avait besoin, c'était de faire une bêtise qui compromettrait à coup sûr leur travail en binôme.

De doux clapotis l'informèrent qu'elle changeait de position.
— Gabriel ? Vous voulez bien me frotter le dos ?

Il baissa machinalement les yeux pour répondre. Mal lui en prit. Elle lui tendait un gant humide et une petite savonnette beige, et dans ses yeux il lut non seulement une invitation chaleureuse, mais aussi cette séduction subtile, tout en douceur, qui le rendait fou.

Chaque muscle de son corps s'était raidi.
— S'il vous plaît ?

Il n'eut pas la force de lui dire non. Encore moins de juguler son propre désir. Il saisit gant et savonnette et s'assit, jambes croisées, tandis qu'elle en faisait autant devant lui, de manière à lui présenter son dos.

Il ne la touchait pas, puisque le gant s'en chargeait, se raisonna-t-il tout en faisant glisser l'éponge détrempée le long de son dos gracile. Mais il se racontait des histoires, bien sûr. Il avait envie d'elle et cette envie était manifestement réciproque.

Au diable, le bon sens ! C'était inévitable, fatal — ils ne

sortiraient pas de ce chalet sans avoir fait l'amour si tel était le désir de Jordon.

Cette pensée venait de s'imposer à Gabriel lorsqu'elle se retourna sans prévenir. Le gant lui échappa des mains à la seconde où elle se coula contre lui.

Leurs lèvres se scellèrent, deux seins nus se pressèrent contre sa poitrine. À mesure que leurs sens s'échauffaient, il étendit les jambes et assit sa compagne sur lui.

Cette peau douce et chaude, ces lèvres pulpeuses, le parfum entêtant du lilas... La tête lui tourna. Plus rien n'existait soudain sur terre que Jordon et lui, et cette unique nuit devant eux.

— J'ai envie de toi, Gabriel, murmura-t-elle lorsqu'ils se séparèrent.

Au fond de ses prunelles dansait une lumière dans laquelle il se serait volontiers noyé.

— Moi aussi j'ai envie de toi, Jordon.

Les mots étaient sortis du plus profond de lui.

Elle posa un doigt en travers de ses lèvres.

— J'aime le son de mon prénom dans ta bouche. J'aime la sensation de ton corps contre le mien. À présent, je pense qu'il est temps de nous déplacer jusqu'au lit.

Là-dessus elle s'écarta de lui pour détacher la bonde et vider l'eau.

Gabriel sortit de la baignoire et rafla une grande serviette-éponge au passage pour se sécher rapidement. Puis il en attrapa une seconde et invita Jordon à le rejoindre.

Il avait très officiellement perdu l'esprit et il s'en rendait compte. Mais l'affaire était trop engagée pour y mettre le holà désormais. Jordon se tint debout devant lui, de dos, et il entreprit de lui essuyer les épaules. Ce faisant, il se pencha pour l'embrasser juste derrière le lobe de l'oreille.

Elle renversa la tête avec un gémissement assourdi qui incendia ses veines. Il fit voyager la serviette le long de son dos, sur l'arrondi parfait de ses fesses, puis plus bas, sur le galbe de ses jambes.

Le sang-froid surhumain auquel il s'astreignait depuis qu'elle avait fait couler l'eau dans la baignoire vola en éclats. Lâchant la serviette, il la souleva dans ses bras et la déposa sur le lit.

Pas le temps de rabattre la couette ni d'éteindre les lumières. Ils se jetèrent l'un sur l'autre comme des morts de faim. Gabriel s'appropria la bouche de Jordon d'un baiser ardent tout en savourant le contact de son corps, tout entier moulé contre le sien.

Puis il laissa dériver lentement ses lèvres sur la gorge délicate de Jordon jusqu'à un mamelon qui pointait. Il le taquina de la pointe de la langue, grisé par sa saveur mais aussi par la manière dont les doigts de la sirène se déployaient dans ses cheveux, comme si elle ne pouvait se rassasier de lui...

Lui, en tout cas, n'était pas près de se lasser de la regarder.

— Tu es si belle, si parfaite !

— Je peux presque le croire quand tu le dis, répliqua Jordon d'une voix rauque.

Il poursuivit l'exploration de son corps en contrôlant à peine un désir de bête sauvage. Tout juste ce désir s'adoucit-il d'une pointe d'empathie lorsque ses doigts rencontrèrent le relief des cicatrices sur la hanche gauche de Jordon, et d'une vraie colère à l'idée qu'un détraqué ait joué à l'apprenti sorcier sur son corps.

Sa bouche prit le relais de ses doigts — il aurait tant aimé pouvoir effacer d'un baiser non seulement la cicatrice physique, mais aussi le souvenir de ce moment, de la douleur qu'elle avait endurée, de la terreur de se savoir à la merci d'un tueur en série impitoyable...

Il déplaça une main vers l'intérieur de sa cuisse, la posa sur les replis délicats de son sexe. Elle gémit plus fort et chuchota son prénom tandis qu'il jouait des doigts sur ses chairs les plus intimes, de plus en plus vite.

Elle creusa les reins, arquée à sa rencontre, et se perdit peu après dans le plaisir en étouffant un cri. Un long frémissement la secoua, elle l'agrippa aux épaules, les yeux brillants.

— Prends-moi maintenant, Gabriel. Je te veux en moi !

Sans hésitation, il s'invita entre ses cuisses et pénétra en douceur sa tiédeur humide et si engageante, tandis qu'elle lui griffait le dos du bout des ongles.

Il batailla pour garder son sang-froid mais, dès les premiers coups de reins, une volupté indicible l'envahit et il comprit que résister plus longtemps relèverait de l'impossible.

La raison le quitta tout à fait lorsqu'il reprit ses lèvres dans un baiser passionné. Ils ondulèrent de concert, haletants, pris d'une même fièvre incontrôlable. Elle se raidit brusquement, un nouveau spasme la traversa de part en part et Gabriel ne tarda pas à basculer à son tour dans un bien-être paradisiaque.

Il resta un moment allongé sur elle avant de rouler sur le côté pour laisser son cœur reprendre un rythme plus normal.

Jordon se hissa sur un coude et le considéra, un léger sourire aux lèvres.

— Je ne sais pas pour toi, mais moi j'ai trouvé ça assez incroyable.

Gabriel lui caressa la joue.

— « Incroyable », c'est un peu faible...

Elle s'inclina pour l'embrasser avec une tendresse qui éveilla chez lui des sensations d'un genre très différent.

— Maintenant, je suis merveilleusement épuisée. J'ai juste besoin que tu te lèves pour que nous puissions nous glisser sous la couette.

Elle lui montra l'exemple, il quitta le lit à son tour et ses yeux tombèrent sur le cœur dessiné en relief sur la hanche de Jordon. Une nouvelle fois, l'angoisse lui serra le cœur.

— Prends ton arme, dit-il. Je reviens tout de suite.

Il récupéra la sienne sur le rebord de la baignoire et s'éclipsa dans la salle de bains.

Cette soirée n'avait été qu'un long dérapage. Il vérifia la fenêtre pour s'assurer qu'elle était bien fermée, puis s'approcha du miroir pour contempler son reflet.

Dès la seconde où le tueur avait agressé Jordon, des erreurs en chaîne avaient été commises, d'abord par elle, puis par lui. Faire l'amour avec Jordon en était une énorme, sans contestation... Bon sang ! Ils n'avaient même pas pensé à se protéger.

Elle le touchait comme aucune autre avant elle. Elle le faisait rire et aussi réfléchir. Il avait envie de connaître toutes ses pensées, ses émotions et ses rêves les plus secrets…

Elle était exactement le genre de femme qu'il voulait dans sa vie et elle ne pouvait pas être moins faite pour lui. Elle lui avait dit que le mariage ne l'intéressait pas. Libre comme l'air et sans attaches, telle était sa vie rêvée. Tous les deux attendaient de l'existence des choses différentes, voilà tout.

Dès demain, il prendrait ses distances. Un retour à la normale s'imposait, dans le champ strictement professionnel. Ils redeviendraient de simples coéquipiers, unis dans la traque d'un tueur, rien de plus.

Mais d'abord, il allait retourner dans la chambre et se glisser dans le lit auprès de Jordon. Jordon qui se blottirait contre lui, et dont il aurait de nouveau follement envie.

Il se pencha plus près du miroir.

— Espèce de crétin, chuchota-t-il à l'homme qui le regardait.

8

Jordon se réveilla avant l'aube. Gabriel était niché contre son dos, un bras autour de sa taille et le nez sur sa nuque.

Elle referma les yeux pour savourer l'instant — ce plaisir de se sentir aimée, quand bien même elle savait que c'était un sentiment factice. Gabriel Walters n'aimerait jamais réellement une femme comme elle. Personne ne le pourrait. Néanmoins, quel bonheur de faire semblant un petit moment...

Une chose était certaine, faire l'amour avec lui avait chamboulé son univers. Il avait montré une passion, une intensité si merveilleuses... Avec lui elle s'était sentie incroyablement belle et désirée.

Ils s'étaient de nouveau cherchés au cœur de la nuit, pour jouer ensemble, cette fois, une partition plus lente, alanguie, sur l'air de la volupté.

Elle avait toutefois parfaitement conscience que le lever du soleil signerait pour eux le retour à la routine professionnelle. La douce lumière qui lui réchauffait le cœur ne subsisterait pas. Elle n'était pas là pour vivre une histoire d'amour. L'amour ce n'était *pas* son truc. Elle était venue à Branson pour arrêter un tueur.

Elle demeura sous la couette, pelotonnée dans la chaleur de Gabriel, à écouter leurs cœurs battre tranquillement à l'unisson, jusqu'à ce que le vacarme d'une souffleuse à neige écorche le silence.

Gabriel s'ébroua et se sépara lentement d'elle.

— Bonjour, dit-il en s'asseyant avant de plonger la main dans sa tignasse ébouriffée.

— Bonjour à toi aussi, répondit Jordon.

Il se pencha et saisit son portable sur la table de chevet.

— Seigneur ! 7 heures passées... Je n'avais pas dormi aussi tard depuis le premier meurtre !

Jordon se glissa hors du lit.

— Je prends la salle de bains la première.

Elle prit un pantalon propre, un chemisier et des dessous assortis avant de s'éclipser.

Pourvu qu'il ne parle pas de cette nuit ! Elle n'avait aucune envie d'entendre les regrets qu'il nourrirait sans doute à la lumière du jour.

De son côté, si elle n'éprouvait pas une once de remords sur ce qu'ils avaient partagé, elle n'était pas pressée non plus de se pencher sur ses propres sentiments.

Tout en s'habillant le plus vite possible, elle tenta de chasser cette nuit de passion de son esprit, pour se focaliser de nouveau sur les meurtres. Le tueur avait durci le jeu. Il avait failli lui trouver la peau hier. Elle avait eu de la chance que le premier coup de couteau ne l'atteigne pas en pleine poitrine...

Lorsqu'elle quitta la salle de bains, Gabriel était déjà tout habillé. Il avait fait le lit et se tenait devant la fenêtre, dont le rideau tiré laissait passer un faible rayon de soleil.

— Si le temps dans le Missouri ne te plaît pas, patiente une minute, il changera, dit-elle, plagiant Mark Twain.

Gabriel se détacha de la fenêtre en hochant la tête.

— Difficile de croire que nous étions en plein blizzard hier soir. La journée s'annonce ensoleillée.

Elle s'approcha et regarda à son tour par la vitre. Le soleil matinal étincelait sur les dix ou quinze centimètres de neige accumulés pendant la nuit. Au loin, elle aperçut Billy Bond qui dégageait au souffleur la terrasse de la salle de restaurant, et Ted Overton déblayant à la pelle les sentiers devant les chalets.

— On dirait que tout le monde travaille dur sauf nous, commenta-t-elle.

— Si nous allions prendre le petit déjeuner avant de nous y mettre ?

Quelques minutes plus tard ils s'acheminaient vers le bâtiment principal. Billy avait disparu, seul Ted les salua d'un chaleureux bonjour entre deux énergiques coups de pelle.

Dans la salle de restaurant se trouvaient non seulement Joan, mais aussi Jason et Hannah attablés devant leur petit déjeuner. Billy était en train de se réchauffer près de l'âtre, une tasse de café à la main.

— Bonjour à tous ! dit Gabriel.

Tous lui rendirent son salut, à l'exception de Billy qui se borna à hocher la tête avant de se tourner face au feu. Tous les muscles de Jordon se crispèrent. Était-ce la culpabilité qui l'incitait à se détourner d'eux, ou juste le besoin de chaleur ?

Ils se servirent un café et allèrent s'installer près des deux adolescents tandis que Joan s'éclipsait en cuisine pour leur préparer à manger.

— Billy ? Si vous veniez vous joindre à nous ? lança Gabriel.

Le ton de sa voix indiquait qu'il s'agissait d'un ordre et non d'une simple suggestion. Billy comprit le message car il s'assit sans un mot en face de Jordon.

Elle le dévisagea, mais il évita son regard, plongé dans la contemplation d'un point derrière son épaule, puis de sa tasse, comme si son contenu présentait un vif intérêt.

Était-ce lui qui s'était introduit dans son chalet, la veille ? Était-il le tueur impitoyable qu'ils recherchaient ? Le gardien savait sans doute que le verrou de la fenêtre était défectueux. Il pouvait même l'avoir posé lui-même, de sorte qu'il paraisse efficace sans l'être vraiment.

— Quelle nuit, soupira Gabriel.

Il but une gorgée de café avant de se tourner vers Billy Bond.

— Ça circule comment aujourd'hui ?

— Les routes secondaires restent impraticables, mais les services municipaux avaient déjà bien dégagé les axes principaux quand je suis passé.

— Où étiez-vous pendant la tempête, Billy ?

Le chalet du mystère

Le gardien jeta un bref regard à Gabriel.

— Chez moi, comme toute personne saine d'esprit par ce genre de temps !

— Seul ? demanda Jordon.

Pour la première fois depuis qu'ils étaient entrés dans la pièce, leurs regards se croisèrent. Le regard froid et sans expression de Billy la fit frissonner.

— Ce n'était pas le soir idéal pour faire la fête, répliqua-t-il.

— Et pour une balade en forêt ? s'enquit Gabriel.

Jason et Hannah avaient cessé de faire semblant de manger et prêtaient une oreille attentive à la conversation.

— Je ne sais pas de quoi vous parlez.

Billy avala une gorgée de café et se redressa sur sa chaise.

— Pourquoi irais-je me promener dans la forêt au beau milieu d'une tempête de neige ?

— C'est ce que nous essayons de comprendre. Jordon pense avoir vu quelqu'un dans la forêt, hier soir.

À en juger par la manière dont il présentait les choses, Gabriel ne comptait pas abattre son jeu tout de suite.

— Eh bien, ce n'était pas moi, rétorqua Billy. Sortir marcher par un temps pareil, ce serait de la folie. J'ai des défauts, mais je ne suis pas complètement idiot.

Sur ces entrefaites, Ted passa la tête dans la salle de restaurant.

— Prêt à te remettre au boulot, Billy ?

— Oui.

Le gardien se leva, enfila son manteau et se dirigea vers la sortie.

— Vous pensez que c'est Billy, le tueur ? chuchota Hannah tout excitée.

— L'enquête suit son cours, répliqua Jordon tandis que le souffleur à neige se faisait à nouveau entendre sous l'avant-toi.

— Il a toujours été un peu bizarre, commenta Jason avant de fourrer un morceau de bacon dans sa bouche.

Ted affichait une mine sombre.

— Billy est-il un suspect ?

— Comme l'a dit l'agent James, l'enquête suit son cours, répliqua Gabriel.

Joan apparut avec leurs petits déjeuners et s'assit près de son mari après les avoir servis.

— Je vois que vous avez passé la nuit sans encombre tous les deux, tant mieux. La météo annonce des températures positives pour demain et même de la douceur pour le reste de la semaine.

— Ah ! Que ces paroles sont agréables à entendre, dit Jordon.

Elle posa sa tasse et se tourna vers Ted.

— Je me demandais... À propos de ces annexes dans la forêt... Gabriel m'a dit qu'il y avait un appentis là-bas et aussi un autre bâtiment un peu plus grand ?

— C'est exact, répondit Ted. Deux verrues dans le paysage, de mon point de vue. Je compte d'ailleurs les raser au printemps pour construire un bel appentis tout neuf.

— Est-ce qu'ils sont raccordés au réseau électrique ?

— Pas l'appentis, mais l'autre annexe, oui, alors qu'elle ne nous sert à rien...

— Maman, est-ce qu'on peut sortir ? demanda Jason.

— Allez-y, mais n'oubliez pas de faire votre travail, ce matin. Ce n'est pas parce que les cours sont suspendus à cause de la neige que vous échappez aux tâches habituelles sur le domaine.

— On sait, on sait, répondit Hannah en soupirant, s'attirant un regard réprobateur de sa mère.

Les deux adolescents filèrent sans demander leur reste.

— Pourquoi ces questions sur les annexes ? s'enquit Ted.

— Jordon a été agressée hier soir, et son assaillant s'est enfui dans la forêt, répondit Gabriel.

— Agressée ? s'écria Joan horrifiée en portant une main à sa gorge. Mais que s'est-il passé ?

— Il m'attendait dans ma chambre, expliqua Jordon. Il est entré par la fenêtre de la salle de bains. Il a tenté de me poignarder, et ensuite il a couru vers la forêt.

— Dieu merci, vous êtes saine et sauve !
— Tout va bien, assura Jordon. La manche de mon manteau a été la seule victime.
— Heureusement, murmura Joan.
— Le verrou de la fenêtre de salle de bains, dans le chalet de Jordon, doit être remplacé ou réparé, déclara Gabriel. Dès aujourd'hui, si possible.
— Ed arrivera dans une heure ou deux. Je lui confierai cette mission en priorité, déclara Ted avant de se tourner vers Jordon. Avez-vous vu qui c'était ?

Il grimaça et ajouta aussitôt :

— Non, bien sûr, sinon vous l'auriez déjà arrêté !
— Il portait un masque de ski, dit Jordon en secouant la tête. Je n'ai pas pu l'identifier.
— Nous espérons trouver, dans la forêt ou dans une de ces annexes, quelque chose qui nous mettrait sur une piste, ajouta Gabriel.
— Si seulement ! s'écria Joan avec ferveur. Que ce cauchemar se termine enfin !

Jordon termina rapidement son petit déjeuner, suivie de près par Gabriel. S'ils devaient arpenter la forêt, autant s'y mettre le plus vite possible.

La seule idée d'une promenade dans la neige lui donnait la chair de poule, mais s'ils trouvaient un indice de nature à les aider à coincer le meurtrier, alors chaque pas dans le froid en vaudrait la peine.

Il était presque 8 h 30 lorsqu'ils quittèrent la salle de restaurant. Plus aucun signe de la souffleuse à neige — Billy avait disparu.

— Tu devrais mettre ton arme dans ta poche de manière à pouvoir fermer ton manteau, dit Gabriel.

Son souffle dessinait dans l'air des petits nuages de buée.

— Bonne idée, dit Jordon. Cette plage sous le soleil brûlant de Floride serait parfaite aujourd'hui...
— Une plage n'importe où, renchérit Gabriel en hochant la tête.

Ils se mirent en marche vers la forêt, revolver en main.

— J'avoue que je ne suis pas très optimiste sur ce que nous pourrions trouver là-bas, dit-elle.

Gabriel lui décocha ce sourire qui répandit une vive chaleur dans tout son corps.

— Je croyais que c'était toi l'optimiste de l'équipe ?

Son sourire s'effaça et il s'arrêta net, les yeux légèrement assombris.

— Doit-on parler de la nuit dernière ?

— En ce qui me concerne, dit Jordon, il n'y a rien à en dire. Deux âmes gelées se sont tenu chaud par une nuit d'hiver glaciale.

Elle avait fait un effort pour adopter un ton léger. Contre toute logique, cette nuit n'avait pas été pour elle une simple aventure.

Gabriel soutint son regard un moment, les traits empreints d'une émotion indiscernable.

— D'accord. Alors, au travail !

Il ouvrit la marche et elle lui emboîta le pas.

Comme ils s'enfonçaient dans les bois, Jordon tenta de bloquer le souvenir de la panique qui la paralysait la veille, lorsqu'elle s'était vue perdue dans sa boule à neige... Et qu'elle risquait à tout moment de recevoir un coup de couteau et de devenir la quatrième victime à Diamond Cove.

Par endroits la neige formait des congères, ailleurs le sol semblait à peine blanchi. Les branches des arbres étincelaient au soleil. Le paysage leur aurait sans soute semblé magnifique s'ils n'avaient été en quête d'indices dans leur traque d'un tueur.

Ils avancèrent lentement, en silence, concentrés, balayant la zone du regard avec soin. Si seulement ils tombaient sur un bout de tissu provenant d'un manteau déchiré, un objet tombé d'une poche, n'importe quoi pourvu que cela les aide à identifier le coupable...

Ils se séparèrent en approchant de l'appentis décrit par Gabriel. Celui-ci lui fit signe de partir sur la gauche, tandis qu'il se dirigeait vers la droite.

Elle resserra les doigts sur son revolver, quand bien même elle ne s'attendait pas vraiment à devoir s'en servir. Le tueur avait sûrement quitté les lieux depuis longtemps.

L'appentis abritait une tondeuse autoportée, des râteaux et des pelles, ainsi que du petit matériel de jardin, mais rien d'anormal. Ils fouillèrent partout sans trouver le moindre signe d'une présence ici la nuit précédente.

Le soleil chauffait davantage lorsqu'ils quittèrent l'appentis et poursuivirent leur route. Une nouvelle fois, Jordon scruta le paysage immaculé dans l'espoir de repérer un élément suspect...

Au loin se découpait la silhouette de l'autre bâtiment évoqué par Gabriel. Plus grand que l'appentis, il comportait une entrée sans porte et deux fenêtres sans vitres.

Il semblait totalement abandonné et près de s'effondrer au premier coup de vent. Difficile d'imaginer quelqu'un s'abritant là pendant la tempête de neige... Un soupir échappa à Jordon. Toutes ces recherches n'aboutissaient qu'à des impasses.

Si seulement elle avait pu arrêter le tueur la veille au soir ! se dit-elle. Mais il l'avait cueillie par surprise. Elle aurait dû se débrouiller pour le mettre hors d'état de nuire avant qu'il ne s'échappe en courant.

Plusieurs coups de feu déchirèrent l'air et une balle troua la neige aux pieds de Jordon. Elle eut à peine le temps d'assimiler la chose que Gabriel se jetait sur elle et l'entraînait au sol.

Le cœur de Gabriel battait la chamade tandis qu'il ripostait aux tirs venus du bâtiment. Jordon se dégagea d'une secousse des épaules et murmura :

— Fais le tour par-derrière. Je te couvre et je file derrière un arbre.

Si son instinct le portait plutôt à protéger sa coéquipière, Gabriel se souvint que Jordon était une professionnelle entraînée. En outre, ils formaient une cible de choix avec leurs manteaux sombres sur la neige blanche. Ils devaient se mettre à couvert.

Il hocha brièvement la tête.

Jordon ouvrit le feu aussitôt et se rua vers la droite, priant pour parvenir à s'abriter avant qu'une balle ne l'atteigne.

Camouflé derrière un sapin, Gabriel regarda derrière lui et soupira de soulagement en la voyant accroupie contre le tronc d'un grand chêne.

Plusieurs autres coups de feu partirent du bâtiment, une balle ricocha même sur le sapin. Tirée par qui, bon sang ? Rien n'indiquait jusque-là que leur tueur possédait un revolver !

Jordon répliqua instantanément, et Gabriel courut vers un autre arbre plus proche de l'arrière du bâtiment. Pas question de laisser s'enfuir le tireur. Mais si c'était leur homme, que faisait-il ici ? Il fallait pourtant croire que c'était bien lui, après les événements de la veille…

Aiguillonné par l'adrénaline, il avança encore. Jordon n'était plus en vue. La fusillade se poursuivant, il ne put qu'espérer qu'elle s'en sorte indemne.

Au moins, il n'entendait pas de cri de douleur ni d'appel à l'aide. Mais l'appellerait-elle à son secours si elle était touchée, si elle agonisait dans la neige ? Elle était si dure au mal…

Il acheva de contourner le bâtiment, juste à temps pour voir une silhouette détaler par la porte de derrière. Il reconnut la coupe du manteau noir et le jean baggy — il les avait vus tout à l'heure dans la salle de restaurant.

Billy Bond.

— Jordon, derrière ! cria-t-il avant de s'élancer à sa suite.

Billy courait vite, mais la colère et la détermination donnaient des ailes à Gabriel.

— Billy, stop ! Ne m'oblige pas à te tirer dans le dos !

Loin d'obéir, l'autre poursuivit sa course, mais Gabriel se rapprocha suffisamment pour se jeter sur lui et le plaquer au sol.

Jordon surgit à point nommé pour coller le canon de son arme contre la tempe de Billy.

— Un geste et je tire, dit-elle d'une voix ferme.

— Pitié, ne tirez pas !

— Billy, mais à quoi tu joues, bon sang ? s'écria Gabriel, obligeant le gardien à se relever en même temps que lui.

Il le menotta pendant que Jordon le délestait du revolver qu'il avait dans la poche tout en procédant à une fouille en règle.

— Billy joue à l'apprenti chimiste, répondit-elle pour lui. C'est un labo de meth. J'ai traversé le bâtiment, et il contient de quoi faire planer tout l'État pendant un bon moment.

— Je ne sais pas de quoi vous parlez, répliqua Billy, la bouche déformée par un rictus hargneux.

— Alors pourquoi tu nous tirais dessus ? demanda Gabriel tout en le poussant vers le bâtiment.

— Je ne vous tirais pas dessus ! Ce devait être quelqu'un d'autre. J'étais juste en train de couper des branches…

— C'est ça. Et moi je suis la reine d'Écosse ! répliqua Jordon en riant.

Une fois à l'intérieur, Gabriel promena un regard ahuri autour de lui.

Une plaque chauffante était branchée à une prise électrique qui pendait de l'ampoule accrochée au plafond. Des bocaux rouges et violets luisaient dans la pénombre, et une vieille table de travail très abîmée était jonchée de bouteilles de déboucheur liquide, de diluant pour peinture et autres substances entrant dans la composition de la drogue.

La colère envahit de nouveau Gabriel. Le combat contre la fabrication et l'usage de la méthamphétamine représentait un travail à plein temps. C'était un fléau mortel qui détruisait les familles…

Billy était-il seulement un fabricant de drogue et un dealer, ou était-il aussi un tueur ?

— Allons-y, dit-il en tirant Billy sans douceur vers la porte.

Quelques minutes plus tard ils grimpèrent dans la voiture, direction le poste de police. Le trajet s'effectua en silence. Gabriel roula prudemment, refoulant son impatience à l'idée de coincer Billy dans une salle d'interrogatoire pour une longue discussion. Bientôt, ils sauraient si oui ou non, ils avaient arrêté le tueur.

Par chance les routes principales avaient été dégagées, mais le réseau secondaire attestait encore de la tempête qui avait balayé la région pendant la nuit.

Il sentait la tension émanant de Jordon — elle se posait sûrement les mêmes questions que lui au sujet de Billy Bond et de son lien avec les meurtres au B&B.

Était-ce lui qui l'avait agressée ? Qui était entré par la fenêtre avec l'intention de la tuer ? Gabriel crispa les doigts sur le volant dans un effort pour brider sa colère.

Une fois au poste, il installa Billy dans la petite salle d'interrogatoire, puis il mandata son bras droit, le lieutenant Mark Johnson, pour rassembler l'équipe formée pour nettoyer les labos de stupéfiants.

Jordon observait à travers la petite fenêtre du couloir Billy assis devant la table, la tête entre les mains.

— Nous savons maintenant pourquoi il nous semblait louche, dit-elle. Il avait en effet quelque chose à cacher.

— Un foutu labo de meth, grommela Gabriel en secouant la tête.

— Et peut-être aussi quelques meurtres ?

Jordon tourna vers lui un regard sombre.

— Allons lui poser la question, dit Gabriel.

Billy se redressa en les entendant entrer. Le rictus méprisant avait disparu. Son visage n'exprimait plus que désespoir et désolation.

Jordon resta debout. Gabriel s'assit et lut ses droits à Billy qui repoussa d'un geste l'offre d'un avocat.

— J'ai de gros ennuis, pas vrai ? demanda-t-il.

— Une petite quinzaine d'années pour la drogue, dit Gabriel. Si j'ajoute une tentative de meurtre, c'est la perpétuité.

Billy écarquilla les yeux.

— Je n'essayais pas de vous tuer, juste de vous effrayer pour vous faire fuir. C'était idiot, hein !

— En effet. On représente la loi. On ne fuit pas les balles, rétorqua sèchement Jordon.

— Des méthamphétamines... Mais qu'est-ce qui t'a pris, Billy ? Depuis combien de temps ça dure, ce petit trafic ?

Billy grimaça et secoua la tête.

— On a diagnostiqué un cancer du sein à ma sœur il y a trois mois. Elle avait besoin d'argent pour le traitement et j'étais désespéré.

— Assez désespéré pour poignarder trois innocents ? demanda Jordon.

Billy la regarda, puis il regarda Gabriel. Il avait pâli.

— N'essayez pas de me coller ça sur le dos. Je ne sais rien sur ces meurtres, il faut me croire !

Il se pencha en avant et fixa Gabriel droit dans les yeux.

— Je plaide coupable pour le labo de meth, déclara-t-il avec feu, mais je n'ai pas tué ces gens !

Un étau enserra la poitrine de Gabriel. Il croyait Billy. Mais s'il n'était pas leur tueur, alors qui était-ce ?

9

Ils interrogèrent Billy durant près de deux heures. Ce dernier finit par réclamer un avocat lorsque Gabriel exigea le nom de chaque personne impliquée dans le trafic de drogue.

On le conduisit dans une cellule en attendant l'arrivée de l'avocat. De leur côté Jordon et Gabriel reprirent la voiture pour regagner Diamond Cove.

— C'est un crève-cœur, mais je le crois, dit Jordon en réglant le chauffage côté passager sur la puissance maximale. Je suis persuadée qu'il n'était pas dans la forêt, cette nuit, et je le crois quand il dit que ce n'est pas lui qui m'a agressée. Bref, selon moi Billy n'est pas notre homme.

— Je suis d'accord, convint Gabriel, et c'est à la fois une bonne et une mauvaise nouvelle. D'un côté, nous pouvons le rayer de la liste des suspects. De l'autre, cela signifie que notre meurtrier court toujours.

Tournée vers la vitre, Jordon regardait le paysage défiler sans le voir, tout occupée à passer mentalement en revue les suspects restants. Les frères Rollings... Et c'était tout. Le coupable était-il parmi eux, ou avait-il complètement échappé à leur radar ? Quelle pensée déprimante !

Elle se retourna vers Gabriel.

— Je suppose que nous allons vérifier les alibis de plusieurs personnes pour la nuit dernière ?

— Absolument, même si l'urgence est plutôt de nous assurer que la fenêtre de ta chambre est réparée.

Il se gara devant l'entrée de Diamond Cove, où stationnaient déjà deux voitures de police, ainsi qu'un camion de la police scientifique. Plusieurs agents se tenaient autour, le camion renfermait sans doute déjà la totalité du contenu du bâtiment désaffecté.

Mark vint les accueillir à leur descente de voiture.

— Chef… Le camion est chargé, nous sommes prêts à partir. Dieu merci, il n'avait pas dû faire sa petite cuisine récemment, les vapeurs n'étaient pas toxiques. Heureusement qu'il n'y a ni porte ni fenêtres, et que la tempête a soufflé cette nuit.

— Bien, commenta Gabriel.

— Avez-vous trouvé de la meth prête à l'emploi ? demanda Jordon.

Mark sourit.

— Assez pour envoyer Billy en prison pour très longtemps.

— Une brebis galeuse en moins dans les rues…

— Nous vous laissons boucler le travail, dit Gabriel en touchant le bras de Jordon. Viens, allons voir Ted et Joan.

En emboîtant le pas à Gabriel, Jordon ne put s'empêcher de penser au bonheur que lui avaient procuré ses bras autour d'elle toute la nuit, et à la sensation de confort qu'elle éprouvait à ses côtés. Leurs échanges étaient si faciles qu'elle avait l'impression qu'ils se connaissaient depuis des mois et non des jours… Elle ne ressentait pas le besoin de se censurer devant lui. Elle savait qu'elle pouvait être elle-même, naturelle, et qu'il n'y trouverait rien à redire.

Elle l'avait mal jugé au tout début. Il n'était pas psychorigide, il était déterminé. Il n'était pas coincé, mais concentré, et bien plus encore… Intelligent, souvent drôle… Et, plus important que tout, il semblait la *toucher*.

Peut-être avait-elle simplement un faible pour cet homme depuis qu'il l'avait plaquée au sol en faisant barrage de son corps aux balles qui sifflaient autour d'eux. Son premier instinct avait été non pas de courir pour se mettre à couvert, mais de la protéger, elle.

Non que tout cela ait une quelconque importance. Comme ils pénétraient dans la salle de restaurant, Jordon refoula résolument l'étrange mélancolie qui la gagnait.

Ted était assis près du feu et Joan à l'une des tables. Il y avait de la tension dans l'air. Joan se leva à leur arrivée et se tordit les mains.

— Nous ne savions pas, dit-elle, le regard sombre. Vous devez me croire... Nous n'avions aucune idée de ce que faisait Billy dans ce vieux local.

— Un labo de meth, cracha Ted avec une grimace écœurée. Autant dire le repaire d'un criminel ! Et tout ça ici, sous nos yeux, sur le domaine où nous vivons avec nos enfants ! Rien de tel ne serait arrivé si nous étions restés chez nous à Oklahoma City.

De manière évidente, les événements étaient en train de fracasser ce que Jordon avait pris pour une relation de couple harmonieuse et aimante.

— Asseyez-vous, Joan, dit posément Gabriel. Personne ne pense que Ted et vous avez quoi que ce soit à voir avec le trafic de Billy.

Jordon alla se chercher une tasse de café tandis que Gabriel s'installait à côté de Joan.

— Depuis quand Billy faisait-il sa sale petite cuisine à Diamond Cove ? demanda Ted d'une voix sourde.

Jordon s'assit près de Gabriel, face à la cheminée et à Ted. Il émanait de cet homme une colère froide, colère dirigée non seulement contre l'acharnement du sort, mais aussi contre son épouse.

— J'ai fouillé ce local après l'assassinat de Samantha Kent dans la forêt, et il n'y avait absolument rien là-bas, dit Gabriel. Billy nous a dit qu'il avait commencé juste après Noël lorsqu'il a appris que sa sœur souffrait d'un cancer et qu'elle avait besoin d'argent pour se soigner.

— Est-ce qu'il a tué tous ces gens ? demanda Ted. C'est lui, le tueur qui essaie de nous détruire ?

— Nous ne le pensons pas, déclara Jordon.

Ted fronça les sourcils.

— Donc, un assassin se promène toujours en liberté dans le coin, dit-il en secouant la tête.

Il fixa Joan.
— « Femme heureuse, vie heureuse. » Tu parles !
Il se leva et abattit sa tasse sur la table.
— J'ai du travail dans le bureau.
— Je suis désolée, dit sa femme dès qu'il eut quitté la pièce. Il est bouleversé. Moi aussi... Tout est si compliqué en ce moment !
Ses yeux étaient pleins de larmes, elle semblait au bord du désespoir.
— Ne vous inquiétez pas, nous comprenons, dit doucement Jordon.
— Ed est-il déjà arrivé ? s'enquit Gabriel.
— Oui, quelques minutes avant vous. Je l'ai envoyé directement dans votre chalet pour s'occuper de la fenêtre, ajouta Joan en regardant Jordon.
Gabriel quitta la table à son tour.
— Nous allons surveiller son travail.
Jordon avala une longue gorgée de café avant de se lever elle aussi.
— Joan, tenez bon. Tout finira par s'arranger.
— Je l'espère. C'est moi qui ai insisté pour changer de vie. Ted n'a accepté que pour me faire plaisir.
Joan ramena une mèche derrière son oreille d'une main tremblante.
— Je veux juste que tout ceci s'efface pour que nous puissions vivre nos rêves...
— Nous ferons tout ce qui est en notre pouvoir pour cela, Joan, promit Gabriel.
— Le climat se tend, commenta Jordon alors qu'ils gagnaient ensemble son chalet. Ce qui se passe entre Joan et Ted me désole.
— Dommage collatéral. Il y a toujours plus de victimes que de morts lors de ce genre de drame.
— L'effet de ricochet...
Le ventre de Jordon se contracta.

— Je veux si fort attraper ce type que j'ai comme un goût de bile dans la bouche.

— En parlant de goût, nous ferons une pause-déjeuner en partant d'ici, avant d'interroger tout le monde.

Jordon jeta un coup d'œil à son portable. Presque 15 heures ! Étonnant, comme une course-poursuite dans les bois et l'interrogatoire d'un dealer pouvaient occuper le temps...

La porte du chalet n'était pas fermée à clé. Ils trouvèrent Ed dans la salle de bains, en train de poser un verrou de fenêtre tout neuf.

— J'ai aussi installé un nouveau grillage, leur expliqua-t-il tout en resserrant les dernières vis du verrou. J'avais signalé le problème à Ted, il y a un mois, mais avec tout ce qui se passe ici ce détail nous était sorti de la tête.

Il posa son tournevis, ouvrit la fenêtre et testa le nouveau loquet à plusieurs reprises.

— C'est bon ! décréta-t-il en rassemblant son matériel.

— Juste un instant, Ed, dit Gabriel. Nous avons quelques questions à vous poser.

— Des questions à quel sujet ?

— Où étiez-vous hier soir ?

Ed les considéra d'un air ahuri.

— J'étais chez moi... Kevin et Glen sont venus passer la soirée avec moi et ils ont dormi sur place. On a joué aux cartes en vidant des bières. Ce matin Millie nous a préparé des saucisses et du pain perdu au sirop de fraises, mon plat préféré.

Jordon ne souffla mot, en proie à une frustration croissante. Elle n'avait pas encore la certitude qu'Ed était innocent, mais l'alibi qu'il venait de fournir — non seulement pour lui-même, mais aussi pour ses frères — semblait presque trop beau pour être vrai...

— Autre chose ? demanda Ed avec son affabilité coutumière. J'ai encore du travail sur le domaine.

— Ce sera tout pour le moment, répondit Gabriel.

Après le départ de l'homme à tout faire, il se tourna vers Jordon.

— Allons vite manger un morceau. Ensuite nous irons échanger un mot avec Millie.

— Crois-tu vraiment que sa version sera différente de celle d'Ed ?

— Sûrement pas. Mais nous remarquerons peut-être un détail chez elle qui contredira ce magnifique alibi collectif.

— Si cela ne te dérange pas, j'aimerais la voir avant d'aller manger, dit Jordon, soucieuse de régler au plus vite le maximum de questions en suspens.

Gabriel haussa les épaules.

— Pas de problème.

— Va-t-elle seulement nous laisser entrer ? demanda Jordon alors qu'ils quittaient le chalet.

Gabriel lui décocha un bref sourire.

— Ce serait très grossier de laisser des visiteurs dehors pas une froide journée d'hiver...

— Et Brandon est réputé pour sa convivialité, acheva Jordon en hochant la tête. Compris.

Pourquoi ne pouvait-elle chasser de son esprit la *convivialité* de Gabriel ?

Pendant l'interrogatoire de Billy, elle avait repensé à l'intimité partagée avec lui la nuit précédente. Et lorsqu'ils étaient entrés dans la chambre pour rejoindre Ed, ses yeux avaient filé vers le lit dans lequel ils avaient fait l'amour.

D'une manière ou d'une autre, il avait réussi à la troubler plus qu'aucun autre homme depuis Jack. Elle avait espéré ne plus sentir brûler ces étincelles ni éprouver cet indicible émoi dans son cœur, jamais, pour personne. Aussi fou que cela paraisse, lorsqu'elle partirait d'ici, le chef de la police garderait plus qu'un petit morceau de son cœur qu'elle croyait blindé.

Elle s'ébroua mentalement et prit subitement conscience qu'une pièce manquait dans ses idées, comme si elle avait oublié quelque chose d'important... Mais quoi ? Impossible de mettre un nom dessus. C'était comme d'entendre tourner en boucle dans sa tête un fragment de chanson sans que le titre lui revienne.

Gabriel s'engagea dans une rue étroite qui, heureusement, avait été dégagée dans la journée. Les maisons étaient petites et construites à bonne distance les unes des autres.

— Pas de chance, Ed habite tout au fond d'une impasse et n'a pas de voisins proches. Je doute que quiconque dans le quartier ait remarqué si les voitures de Kevin et de Glen étaient restées garées ici toute la nuit, ou pas.

Jordon poussa un long soupir.

— Nous aussi, nous sommes dans une impasse. Rien n'est facile dans cette affaire. Je ne peux pas retourner à Kansas City sans qu'elle soit résolue. Ma réputation serait ruinée !

— Quelle réputation ? demanda Gabriel.

— Celle d'une flic volontaire adepte du vite fait bien fait.

Il la gratifia de son fameux sourire charmeur.

— Je m'en voudrais de gâcher cette réputation. Faisons donc vite et bien, et bouclons cette enquête !

— Amen.

Il s'arrêta devant une petite bicoque, peinte dans un marron lugubre, avec une porte d'entrée rouge vif. L'allée était complètement dégagée, si bien qu'on ne pouvait pas déterminer si une ou trois voitures avaient passé la nuit là.

Pourvu qu'ils trouvent une réponse à l'intérieur ! se dit Jordon. Il fallait arrêter ce type au plus vite... Et aussi rentrer à Kansas City avant que Gabriel ne creuse un chemin plus profond dans son cœur.

Maigre à faire peur, les cheveux châtain clair, Millie Rollings les considéra d'un œil bleu, passablement soucieux, avant de les inviter à entrer dans un petit salon propret qui sentait la cire naturelle au citron et le café refroidi.

Gabriel n'avait jamais eu l'occasion d'échanger avec la femme d'Ed plus de quelques mots, de temps à autre, à l'épicerie. Elle lui évoquait un petit oiseau nerveux, et cette impression ne se démentit pas lorsqu'il la présenta à Jordon.

— Ed m'a dit qu'une jolie fille du FBI séjournait à Diamond

Cove, dit-elle en rajustant machinalement une mèche de ses cheveux ternes.

— Pourrions-nous nous asseoir le temps de vous poser quelques questions, si cela ne vous dérange pas ?

— Bien sûr ! Je ne vois vraiment pas ce que je peux vous raconter d'intéressant, mais... Je vous en prie, dit-elle avec un geste vers le canapé.

— Tout à l'heure, Ed nous a expliqué que vous aviez eu des invités, cette nuit, dit Jordon. Est-ce exact ?

— Oui, répondit Millie en s'installant sur une chaise en face d'eux. Mes beaux-frères sont venus jouer aux cartes et n'ont pas pu repartir avant ce matin à cause de la neige. Je leur ai préparé un petit déjeuner consistant, avec des saucisses et du pain perdu au sirop de fraises, le préféré de mon mari.

Elle se tapota de nouveau les cheveux et son regard dériva au-dessus de la tête de Jordon.

Intéressant, songea Gabriel. Millie venait d'utiliser exactement les mêmes mots que son mari pour décrire le petit déjeuner. Il aurait aimé jeter un coup d'œil à son portable pour voir si Ed l'avait appelée tout de suite après leur passage au garage.

— Vous avez conscience, n'est-ce pas, que nous recherchons la personne qui a commis trois meurtres de sang-froid ? dit-il. Si vous nous cachez quoi que ce soit à propos de ces crimes, ou si vous mentez sur la présence de Kevin et Glen ici cette nuit, vous encourez une longue peine de prison ferme.

Millie se renversa contre son dossier comme s'il venait de la frapper. Sa lèvre inférieure se mit à trembler et lorsque sa main fila à nouveau vers ses cheveux, ce fut pour en tortiller fébrilement une mèche.

— Je ne suis pas une menteuse. Pas du tout, assura-t-elle. Je n'irai pas risquer une peine de prison, surtout pour ces deux abrutis. Ed et moi, sommes de braves gens.

— Quelquefois les braves gens commettent des erreurs lorsqu'il s'agit de protéger leur famille, souligna Jordon d'une voix douce.

— Pas moi en tout cas. Et maintenant, je pense qu'il est temps que vous repartiez, tous les deux.

Joignant le geste à la parole, elle se leva et les toisa d'un air de défi.

Rebelle, le petit oiseau. Gabriel ne sut s'il fallait en rire ou s'en agacer. Il se leva à son tour, suivi de Jordon.

— Madame Rollings, si vous savez quelque chose, même un petit détail, c'est le moment de parler, insista cette dernière.

— Je ne peux pas vous aider, et si vous avez d'autres questions, adressez-vous à mon mari, répliqua Millie en ouvrant la porte d'entrée. À présent, s'il vous plaît, allez-vous-en.

— Ton avis ? demanda Jordon une fois dans la voiture.

— Honnêtement, je ne sais pas quoi penser.

Gabriel démarra et s'éloigna de la maison.

— Elle peut très bien dire la vérité, comme elle peut mentir.

— Est-ce que des rumeurs circulent sur leur couple ? Est-ce que son mari la bat ? Est-ce qu'elle a peur de lui au point de nous raconter exactement ce qu'il lui a demandé de dire ?

— Pas à ma connaissance, répondit Gabriel. Mais on ne sait jamais ce qui se passe dans l'intimité des gens.

— C'est vrai. Nous devrions interroger les voisins, au cas où quelqu'un aurait vu les voitures ici.

Ils mirent près d'une heure à faire le tour des résidents de la rue. Hélas, cette nuit-là, tout le monde ou presque s'était calfeutré à l'intérieur sans prêter attention aux allées et venues des voisins.

En remontant en voiture, ils n'étaient pas plus avancés.

— J'ai faim, déclara Jordon. Le petit déjeuner semble remonter à des années-lumière.

— Qu'est-ce qui te ferait envie ?

Une autre nuit au chalet, songea-t-il. Une autre nuit à tenir son joli corps souple contre le sien, voilà une perspective appétissante...

— Un steak bien juteux, par exemple ? proposa-t-il, espérant que sa voix ne trahissait pas sa frustration.

— Oui ! Parfait.

Il était presque 18 heures lorsqu'ils s'arrêtèrent devant un restaurant de grillades populaire où Gabriel avait ses habitudes. Contre toute attente, deux voitures seulement étaient garées sur le parking en ce début de soirée.

La fatigue le terrassa alors qu'il descendait de voiture. Rien d'étonnant, entre le choc de la nuit précédente, l'échange de coups de feu avec Billy et tous les autres événements survenus au cours des vingt-quatre dernières heures…

Cette affaire le minait et lorsqu'il ne pensait pas aux meurtres, il pensait beaucoup trop à Jordon. En allant se coucher la veille, il était déterminé à prendre ses distances vis-à-vis de sa coéquipière. Seulement ils avaient refait l'amour au milieu de la nuit, et cette distance qu'il croyait avoir la force de s'imposer n'était toujours pas là.

Diable ! Il avait de nouveau envie d'elle là, ce soir, tout de suite.

Bob Carson, le propriétaire du restaurant, les accueillit en personne à leur arrivée.

— Peu de monde aujourd'hui avec ce temps, chef. Vous avez le choix, une table, un box… ?

— Merci, Bob.

Gabriel prit les menus qu'il lui tendait et guida Jordon vers le fond de la salle où un seul box était occupé par un couple.

Ils hésitaient encore sur leur choix lorsque Bob surgit près de leur table, un carnet de commandes à la main.

— Mes serveuses sont coincées par la neige…

— Est-ce que cela signifie que nous devrons aussi faire la cuisine ? demanda Gabriel en souriant.

Bob éclata de rire.

— Non ! Vous avez de la chance, le cuistot et un commis ont réussi à rouler jusqu'ici. Que puis-je vous servir ce soir ?

Tous deux optèrent pour un faux-filet, avec pommes au four farcies pour Jordon et purée de pommes de terre pour Gabriel, et commandèrent des boissons sans alcool. Cela fait, Jordon se renversa contre le dossier de sa banquette en cuir rouge.

Elle était d'une beauté fragile et irréelle, mais la fatigue se lisait dans ses yeux cernés.

— Tu as l'air épuisée...
— Je le suis, concéda-t-elle.
— Assez travaillé pour aujourd'hui. Après le repas je te ramène au chalet, à moins que tu ne sois enfin prête à prendre une chambre ailleurs ? dit-il, plein d'espoir.

Le rire de Jordon, légèrement voilé, éveilla en lui toutes sortes de sensations indéfinissables.

— Vous êtes tenace, chef Walters !
— Jordon, ta sécurité me tient à cœur...
— Elle me tient à cœur aussi, pour autant je ne vais pas courir me cacher. Ed a réparé le verrou de la fenêtre et, si cela peut te rassurer, tu n'auras qu'à me raccompagner jusqu'à ma porte tous les soirs et vérifier les lieux avant que j'en reprenne possession.
— Aurais-tu des pulsions suicidaires ?
— Bien sûr que non, répondit-elle très vite. Je reconnais que je prends des risques, mais ils sont toujours calculés.

Ils furent interrompus par l'arrivée des plats commandés. Jordon observa un silence très inhabituel pendant le dîner. Elle semblait distraite.

Était-ce à cause de la fatigue ? se demanda Gabriel. À moins qu'il ne l'ait indisposée avec sa question sur les pulsions suicidaires... Il aurait aimé l'inviter à de plus amples confidences sur son caractère, et sur son humeur du jour, mais il préféra lui laisser de l'espace et respecter son mutisme.

Au bout d'un moment, elle posa sa fourchette et le considéra d'un air songeur.

— Une pensée m'a tracassée tout l'après-midi, et je viens juste de mettre un nom dessus.
— Oui ?
— Ted.

Gabriel haussa les sourcils.

— Quoi, Ted ?

— Je me demande simplement jusqu'à quel point Joan a dû lui forcer la main pour qu'il accepte de venir s'installer ici...

Ses yeux s'assombrirent légèrement.

— Et jusqu'où il serait prêt à aller pour retourner vivre à Oklahoma City.

Gabriel inspira à fond. Était-ce possible ? Ted irait-il jusqu'à saboter l'entreprise familiale en tuant trois personnes de sang-froid pour casser le rêve de sa femme et ramener tout son petit monde dans ce qui était à ses yeux son vrai port d'attache ?

— C'est une hypothèse aussi folle qu'abjecte, dit-il enfin.

— Je sais, répliqua Jordon. Mais nous savons depuis le début que nous courons après un malade. Ted habite juste en face. Il a ses entrées et une connaissance parfaite du domaine.

— Mais il avait un alibi solide pour le meurtre de Samantha Kent. Il était en train de prendre son petit déjeuner dans la salle de restaurant avec d'autres personnes, objecta Gabriel.

— Il suffirait que le légiste se trompe d'une vingtaine de minutes sur l'heure exacte du crime. Ce qui aurait laissé à Ted le temps de la poignarder, de se laver et de se présenter au petit déjeuner.

Elle se pencha en avant. Dans ses yeux avait reparu la flamme qui manquait tout à l'heure.

— Ed nous a dit qu'il avait parlé à Ted du verrou cassé, il y a un mois. Pourtant c'est cette chambre-là que Ted m'a donnée. Pourquoi pas une autre ? Je sais que nous avons fouillé leur passé, mais nous les considérions comme des victimes... Je suggère simplement de reprendre sous un angle différent nos recherches sur Ted.

Elle reprit sa fourchette, et Gabriel posa la sienne, son appétit envolé à la pensée qu'ils n'étaient parvenus à rayer un suspect de leur liste que pour en ajouter un autre.

10

Une nouvelle semaine s'écoula avec une lenteur désespérante. L'enquête était au point mort, et ils se raccrochaient à ce qu'ils pouvaient... Seul fait positif notable, le temps s'était réchauffé et la neige avait fini par fondre.

Seule dans la salle de conférences, Gabriel s'étant attelé à d'autres tâches dans son bureau, Jordon venait de relire les entretiens ainsi que les notes des huit derniers jours.

Ils avaient parlé aux voisins et amis de Glen, Ed et Kevin, afin de mieux cerner les trois frères qui figuraient en tête de leur liste de suspects.

Ils avaient aussi passé des heures au téléphone avec toutes les anciennes connaissances de Ted et Joan à Oklahoma City qu'ils avaient pu débusquer. Cette fois l'enquête n'avait pas pour but de trouver un ennemi du couple...

Leurs efforts s'étaient concentrés sur la recherche, dans le passé de Ted, d'un indice quelconque laissant entrevoir une âme tourmentée. Il affichait un casier judiciaire vierge, hormis une simple amende pour excès de vitesse quatre ans plus tôt.

Ils avaient discuté avec d'anciens collègues. Jordon avait fouillé longuement les réseaux sociaux sur lesquels il était le plus actif, étudié ses messages, scruté ses photos jusqu'à en rêver la nuit — sans rien débusquer d'anormal.

Elle en avait fait autant du côté de Joan. Et même, en désespoir de cause, du côté de Jason et Hannah, dans l'idée que parfois les enfants témoignaient d'une tension familiale.

Joan était active sur les réseaux sociaux, du temps où elle enseignait, mais son activité de blogueuse enthousiaste et avenante s'était recentrée sur le site officiel de Diamond Cove depuis le déménagement. Elle avait brutalement cessé après le premier meurtre.

Jason, lui, partageait peu, et uniquement avec d'autres adolescents. Il évoquait sa tristesse de quitter ses copains, mais les messages plus récents indiquaient qu'il avait de nouveau le moral et s'était fait de nouveaux amis. Quant à Hannah, elle fréquentait peu les réseaux sociaux, chose un peu étonnante pour une jeune fille de quinze ans.

Jordon soupira et laissa son regard dériver vers la fenêtre la plus proche, derrière laquelle le crépuscule commençait juste à teindre le monde d'ombres violacées. Un nouveau jour s'achevait et le fin mot de l'affaire leur échappait encore.

Toutefois, elle s'était bel et bien rapprochée de son coéquipier. Il hantait ses rêves désormais. Certains d'un érotisme électrisant, d'autres très doux, et riches de toutes sortes de merveilles que la vraie vie ne lui donnerait jamais.

Elle s'était peu à peu profondément attachée à lui, et son intuition lui soufflait que c'était réciproque. Son besoin de résoudre cette affaire au plus vite n'en devenait que plus pressant.

Alors qu'ils se connaissaient depuis un peu plus de deux semaines à peine, ils avaient sans doute passé plus de temps ensemble que la plupart des couples mariés en six mois…

Chacun avait découvert les petites manies de l'autre. Jordon savait maintenant que Gabriel aimait les hamburgers sans ketchup avec double dose de mayonnaise et qu'il ne buvait jamais de café froid. Son niveau d'énergie déclinait avec le jour, mais le regain venait après le dîner.

Détails superficiels que tout cela. Mais Jordon avait aussi appris que Gabriel avait le cœur tendre, qu'il nourrissait une passion cachée pour les droits des animaux, et que ses yeux devenaient plus doux et d'un bleu plus pâle en se posant sur elle.

Pour rien au monde elle ne lui briserait le cœur. Un homme si bon méritait une femme assortie. Et quand bien même elle aurait tout donné pour se persuader du contraire, cette femme, ce ne serait jamais elle.

Une bouffée de solitude l'envahit, lui traversa le cœur et fit éclore des larmes inattendues.

À une époque, elle rêvait de partager sa vie avec un homme hors du commun. Elle s'imaginait épousant un homme qui serait son refuge, qui resterait à ses côtés jusqu'à la mort. Mais ces rêves lui avaient été volés et plus jamais elle ne croirait à de telles fables.

Cette affaire était en train de la miner, et pas seulement sur le plan professionnel. D'un geste plein de colère elle s'essuya les yeux et se redressa sur sa chaise. Elle était bien, seule ! C'était comme ça, voilà tout, et s'en désoler ne servait à rien.

La porte de la salle s'ouvrit sur Gabriel. Sa présence emplit la pièce, gorgée d'énergie et de vitalité masculine.

— Eh bien, où en étions-nous ? demanda-t-il.

Jordon repoussa ses dossiers.

— Dans la même impasse que la semaine dernière, répliqua-t-elle avec un pessimisme inhabituel dans le ton. Ce serait bien si nous pouvions au moins mettre la main sur quelqu'un disposant d'un mobile, mais je commence à me demander si un seul de nos suspects a pu commettre ces meurtres.

Un soupir lui échappa.

Gabriel fronça les sourcils.

— Voilà qui ne ressemble guère à la partenaire volontaire adepte du « vite fait bien fait » que j'ai appris à connaître et apprécier...

— Je ne suis pas d'humeur aujourd'hui, je suppose.

— Trop de travail, pas assez de détente, de quoi déprimer l'agent James ?

— Possible, concéda-t-elle.

— Dans ce cas, je recommande un déplacement immédiat vers le bar le plus proche.

Elle se leva aussitôt et saisit son manteau.

— Je te suis !

Il lui rendit son sourire.

— Ah ! Le « vite fait bien fait » est de retour...

Quinze minutes plus tard, il se garait devant une petite

taverne au nom gravé sur une pancarte de bois accrochée au-dessus de l'entrée : Joe's.

— Je sais, c'est un bistrot assez quelconque, mais c'est aussi mon coin préféré, les jours où j'ai besoin de décompresser, expliqua Gabriel en coupant le moteur. Musique en sourdine, boissons fortes et de qualité, et personne pour exiger de moi autre chose que de régler l'addition en partant !

— L'endroit parfait pour conclure une journée passablement déprimante, on dirait, répliqua Jordon en souriant.

Ils descendirent de voiture et au moment de pénétrer dans l'établissement Gabriel l'invita à le précéder en posant la main au creux de ses reins. Un contact désinvolte parmi tant d'autres partagés depuis leur nuit d'amour, mais ce soir elle se sentait particulièrement fragile et ce geste l'affecta plus profondément que les autres.

Le Joe's possédait un long comptoir de bois poli garni d'une douzaine de tabourets. Deux hommes étaient assis aux deux extrémités du bar, et l'homme à la barbe grisonnante qui se tenait derrière les salua d'un signe de tête à leur entrée.

Jordon se laissa guider par Gabriel jusqu'à une petite rangée de box aux tables garnies de bols de cacahuètes. Un air country évoquant un amour perdu et un cœur brisé descendait des enceintes accrochées au plafond. Jordon retira son manteau et se glissa sur une banquette de cuir noir.

— Que puis-je t'offrir ? lui demanda Gabriel.

Elle se concentra.

— Un gin tonic avec un zeste de citron vert, répondit-elle enfin.

Pas de verre de vin civilisé ce soir. Elle avait envie… Non, besoin, d'un alcool fort pour enrayer ce blues très inhabituel chez elle.

Elle regarda Gabriel s'avancer vers le comptoir. Ce n'étaient pas ses sentiments croissants pour lui qui la démoralisaient à ce point. Pas du tout, se dit-elle fermement.

Le vrai problème, c'est qu'elle avait peur d'être rappelée à Kansas City avant qu'ils n'arrêtent le meurtrier. Le travail était la seule réussite de sa vie. Alors, partir sur un échec ! C'était inenvisageable après avoir déjà échoué sur tant d'autres plans…

Il revint avec leurs boissons et s'assit en face d'elle.

— Quel est ton poison ce soir ? demanda-t-elle.

— Whisky soda. Mon père m'a appris le plaisir du bon whisky dès que j'ai atteint l'âge d'en déguster un avec lui de temps à autre.

— Tu es resté proche de tes parents ?

— Très. Ils ont quitté Chicago pour s'installer en Floride il y a plusieurs années, mais ils viennent me rendre visite au moins une fois par an et nous restons en contact par téléphone.

— Ils sont sûrement très fiers de toi.

Gabriel sourit.

— C'est vrai, mais je pense qu'ils le seraient quel que soit mon métier.

La porte d'entrée s'ouvrit et Jordon vit soudain apparaître Glen Rollings. Le relâchement qui pointait enfin s'évapora instantanément, son corps se tendit comme un arc.

Gabriel suivit son regard et marmonna un juron dans sa barbe.

— Qu'est-ce qu'il fabrique ici ?

Glen s'avança vers leur box avec la plus grande décontraction.

— Comme le monde est petit ! Chef Walters, je ne savais pas que nous partagions la même buvette… En passant devant j'ai aperçu votre voiture et je me suis dit : tiens, si j'entrais lui dire bonjour ?

Il cligna de l'œil vers Jordon avant d'ajouter :

— Je n'allais pas laisser passer une petite chance de revoir la fille la plus chaude de la ville…

— Bonjour et au revoir ! lui renvoya Jordon sans prendre la peine de masquer son irritation.

— Circule, mon vieux. On est occupés ici, dit Gabriel en fusillant l'intrus du regard.

— Hou là ! Pourquoi tant de haine ? répliqua Glen.

— On n'est pas d'humeur amicale aujourd'hui, mon collègue et moi, dit Jordon.

— Ah. D'accord. Alors à plus tard, hein ?

Glen tourna les talons et alla s'installer sur un tabouret au comptoir.

— Je suis venu ici je ne sais combien de fois, dit Gabriel, et je n'ai jamais croisé un seul Rollings. Cette apparition surprise ne me plaît pas.

Jordon jeta un nouveau regard à Glen. Il avait une bière devant lui, et sa position sur le tabouret lui permettrait de les observer en douce.

— Tu crois qu'il nous a suivis jusqu'ici ?

— Je ne sais pas. Peut-être que c'est un habitué de ce bistrot et que je n'ai pas eu l'occasion de le croiser.

Il but une gorgée avant de prendre une poignée de cacahuètes.

— Ignore-le.

Ils gardèrent le silence quelques minutes. Jordon sentait le regard de Glen peser sur elle. Comment suivre le conseil de Gabriel, dans ces conditions ?

Glen était-il leur homme ? En voyant la voiture dehors, s'était-il demandé si elle était seule dans le bar... Seule et vulnérable ?

Tous les meurtres avaient eu lieu sur le domaine de Diamond Cove, pour autant cela ne signifiait pas que le prochain ne se déroulerait pas ailleurs. Le tueur pouvait toujours passer à la vitesse supérieure. Il lui suffisait peut-être qu'elle soit cliente du B&B...

Glen finit assez vite sa bière et quitta le bar. Alors seulement, Jordon sentit ses muscles se dénouer peu à peu.

— Vraiment bizarre, murmura-t-elle.

— Ce n'était peut-être qu'une impression ? Il a vu la voiture, il a pensé qu'il pouvait te séduire... Je crois qu'il a un faible pour toi.

Soulagée que les pensées de Gabriel suivent un chemin moins sombre que les siennes, Jordon se redressa sur sa banquette et picora quelques cacahuètes.

— Parle-moi de tes parents, reprit-il. Tu ne les évoques jamais, alors que tu sais tout sur les miens.

— C'est parce que nous ne sommes pas vraiment proches. Mon père et ma mère tiennent un cabinet juridique florissant à Denver. Ils sont tous les deux avocats de la défense, spécialisés en affaires très médiatisées. Ils voulaient que je suive leur trace et que j'entre dans leur cabinet, mais ce n'était pas le côté de la loi que j'avais envie de servir.

— Ils n'ont pas approuvé ta décision de devenir agent du FBI ?

Une vieille douleur tenta de s'emparer d'elle, mais elle la repoussa — elle avait accepté depuis longtemps l'idée qu'elle n'était pas la fille dont avaient rêvé ses parents.

— Ils n'ont pas approuvé mon choix de carrière et encore moins mon manque d'intérêt pour leurs relations haut placées.

Un sourire amer lui vint aux lèvres.

— Ils étaient sans doute déçus aussi que j'aie des cheveux bruns et bouclés et non de belles tresses blondes brillantes...

— J'adore tes cheveux, répliqua Gabriel. Et je suis très content que tu sois agent du FBI et avec moi ce soir.

Ses yeux brillaient dans la pénombre du bar.

— Merci.

Jordon rafla quelques cacahuètes, consciente de la douceur un peu excessive de ce regard, de la chaleur terriblement attirante dont il était gorgé.

— Et sinon, dans quels autres coins aimes-tu traîner pendant ton temps libre ? demanda-t-elle, déterminée à ramener la conversation vers un sujet plus léger.

— Je vais parfois jouer avec les chiens au refuge animalier de la région.

— Pourquoi ne pas en adopter un ? s'enquit Jordon avec curiosité. Le meilleur ami de l'homme...

— Mon mode de vie ne conviendrait pas à un chien. Mes journées de travail sont longues, ce ne serait pas juste.

— Les longues journées de travail compliquent toutes les relations, répliqua Jordon.

Il acquiesça.

— Ceux qui ne sont pas dans la partie ne comprennent pas la passion que nous éprouvons pour ce travail.

Il inclina la tête et la considéra avec intérêt.

— C'était un problème pour ton couple ?

— Pas vraiment. Jack aimait que je rentre tard. Cela lui laissait tout le temps de me tromper avec des femmes qui étaient meilleures que moi.

Elle baissa les yeux sur son verre vide, ahurie d'avoir lâché ce fragment de son passé.

— Meilleures que toi ? Mais qu'est-ce que ça veut dire, ça ?

Elle releva la tête.

— Puis-je avoir un autre verre ?

Gabriel soutint son regard un moment, puis il se leva sans un mot pour se diriger vers le comptoir.

Bon sang ! Qu'est-ce qui l'avait poussée à évoquer les failles de son couple ? Entre l'arrivée de Glen et cette conversation, cette pause était tout sauf rafraîchissante.

La réponse à cette question lui apparut tout à coup alors qu'elle contemplait le dos de Gabriel. Elle devait se souvenir qu'elle n'était pas douée pour être une épouse digne de ce nom. Quelque chose dans la façon dont Gabriel la regardait lui donnait envie de croire le contraire, mais elle connaissait la vérité et devait s'y tenir.

Il revint bientôt avec le verre qu'elle avait réclamé.

— À présent, parle-moi de ce minable que tu as épousé.

Elle avala une longue gorgée de gin avant de répondre.

— Ce n'était pas un minable. J'ai rencontré Jack dans une soirée caritative. Propriétaire d'une compagnie d'assurances, figure très respectée de la communauté, séduisant, intelligent et charmeur... Je suis tombée raide dingue de lui. On s'est fréquentés pendant huit mois, puis on s'est mariés.

Elle était si heureuse, si sûre d'avoir trouvé l'homme de sa vie ! Même ses parents, à qui ses choix ne plaisaient jamais, avaient adoubé Jack.

— Nous avons connu deux mois de bonheur avant que les fêlures commencent à apparaître. Il me trouvait trop désor-

donnée, alors je me suis évertuée à ranger, nettoyer, classer...
Il n'aimait pas mes plaisanteries, j'ai essayé de rester sérieuse.
La première année n'a été qu'un long ajustement mutuel.
Et puis, un beau jour, j'ai appris par un ami commun qu'il
fréquentait une autre femme.

Un coup de poignard, sur le moment. Néanmoins, elle
s'aperçut à sa vive surprise que la douleur avait presque disparu.

— Lui en as-tu parlé directement ? demanda Gabriel
avec douceur.

— Oui. Il a reconnu avoir bu un verre avec elle plusieurs
fois, pas plus. Il m'a juré qu'il ne la reverrait plus, qu'il voulait
que notre mariage fonctionne, et je l'ai cru.

— Et le mariage a duré.

— Je ne voulais pas d'un nouvel échec. Épouser Jack,
c'était la seule chose que j'avais faite avec l'approbation de mes
parents, si bien que je voulais réussir à tout prix. Seulement,
j'ai trouvé des SMS sur son téléphone prouvant qu'il avait une
liaison — et, oui, j'avais fouiné.

Alors qu'elle portait de nouveau son verre à ses lèvres, elle
prit conscience qu'elle était plus qu'un peu éméchée. L'alcool
fort ne lui réussissait pas.

Elle esquissa un sourire chagrin.

— Le problème, ce n'était pas Jack. C'était moi. Je n'ai pas
su le rendre heureux. Je n'ai pas su être une bonne partenaire.
Je n'ai pas l'étoffe d'une épouse, point final.

— Ce n'est pas vrai !

Le regard of Gabriel la réchauffa instantanément.

— Tu n'avais pas l'étoffe d'une épouse de Jack, c'est tout,
et pour moi il reste un minable !

Elle se mit à rire.

— Les coéquipiers se doivent mutuellement une loyauté
sans faille. Je te promets de détester quiconque te brisera le
cœur ! Et maintenant, je pense qu'il est temps pour moi de
retourner au chalet.

Ils se levèrent et enfilèrent leurs manteaux. Jordon attendit près de la porte pendant que Gabriel réglait les consommations. En quittant le bar avec elle, il avait la mine des mauvais jours.

— Qu'est-ce qui ne va pas ? lui demanda-t-elle une fois dans la voiture.

Il boucla sa ceinture et se tourna vers elle, le regard sombre.

— Joe vient de me dire qu'il n'avait jamais vu Glen ici avant ce soir.

À ces mots toutes les pensées morbides qui avaient traversé l'esprit de Jordon alors que Glen la matait depuis son tabouret de bar revinrent en force.

— Il nous a pourtant laissé entendre qu'il était un client régulier, dit-elle.

Gabriel s'engagea sur la route menant au B&B.

— Je ne sais pas s'il représente une menace réelle ou s'il a simplement aperçu la voiture de patrouille en passant devant le bar comme il l'a prétendu. La seule chose certaine maintenant, c'est que ce type est un menteur.

La nuque calée contre l'appuie-tête, Jordon ferma les yeux. Le souci nouveau d'un Glen harceleur, couplé au voyage retour vers son mariage brisé, dissipait à vive allure l'agréable griserie de l'alcool.

Elle se tourna sur son siège pour regarder derrière elle, mais aucune voiture ne les suivait.

— Ne t'inquiète pas, dit Gabriel. Je surveille, moi aussi.

— Je ne comprends pas... On dirait que Kevin et Glen font tout pour qu'on les suspecte. Est-ce de la pure bêtise ou un calcul savant pour brouiller les pistes ?

— Ce ne sont pas de grands intellectuels, mais ils sont malins. J'appellerai Mark, il trouvera quelqu'un pour garder un œil sur Glen. Je veux connaître tous ses faits et gestes.

— Bon plan, approuva Jordon.

— Je suis navré que la soirée se termine de cette façon. J'espérais que nous pourrions décompresser un peu.

— Ce n'est pas ta faute si Glen est venu gâcher l'ambiance.

Il ne leur fallut qu'une poignée de minutes pour atteindre Diamond Cove. Ils descendirent de voiture et s'acheminèrent vers le chalet, guidés à travers la nuit noire par les lampes solaires.

Gabriel sortit son arme tandis qu'elle déverrouillait sa porte. C'était devenu leur routine depuis le soir de son agression.

Ils pénétrèrent en coup de vent dans l'unique pièce. Gabriel se précipita vers la salle de bains pour vérifier que personne ne s'y cachait et que la fenêtre était bien fermée.

Jordon ouvrit le placard et regarda sous le lit. Une fois les lieux sécurisés, Gabriel s'installa dans le fauteuil près de la cheminée et elle s'assit au bord du matelas face à lui.

— Tout va bien, on dirait, dit-elle.

Il hocha la tête, une lueur de désir au fond des yeux.

— Jordon, à propos de ton mariage... La seule erreur que tu as commise c'était de ne pas épouser un homme qui aimait ton sens de l'humour, un homme qui se fichait du ménage, de la cuisine et de toutes ces absurdités. Tu as simplement besoin d'être avec un homme qui te comprend et qui t'aime comme tu es.

Jordon quitta le lit d'un bond, effrayée à l'idée qu'il allait dire quelque chose de stupide, qu'elle allait craquer pour ses mots doux et qu'il deviendrait en fin de compte une personne de plus qu'elle aurait déçue.

— Je suis fatiguée, Gabriel. Je n'ai plus envie de parler de mon passé, de Glen Rollings, des meurtres... De rien, en fait. J'ai juste besoin de dormir un peu.

Il se leva à son tour et la rejoignit près de la porte.

— Alors, je vais simplement te souhaiter bonne nuit.

Le ton de sa voix contenait la promesse d'étreintes réconfortantes, de la chaleur d'un corps contre le sien.

Elle pouvait l'avoir avec elle pour la nuit, si elle le souhaitait. Tout ce qu'elle avait à faire, c'était lui demander de rester. Il dirait oui, elle le savait. La tentation était forte, Jordon se cuirassa le cœur.

— Bonne nuit, Gabriel, dit-elle en ouvrant la porte.

Il fit un pas dehors et se retourna.

— Tu sais que je suis plus qu'un peu fou de toi...

Le cœur de Jordon se serra violemment.

— Ça te passera, affirma-t-elle avec force. Je n'ai jamais été à la hauteur des attentes de quiconque, Gabriel. Je n'ai aucune chance de correspondre aux tiennes.

Elle referma la porte avant qu'il ait pu réagir et appuya la tête contre le battant de bois. Si seulement il ne lui avait pas confié ses sentiments... Si seulement il était le crétin borné qu'elle avait cru voir en lui au tout début...

Mais non. Gabriel était un homme qu'elle pourrait aimer, un homme capable de combler les vides de sa vie. Seulement elle refusait de l'aimer. Elle tenait trop à lui pour tomber dans une béatitude rose bonbon qui se consumerait nécessairement jusqu'à former un jour ou l'autre un tas de regrets au goût de cendres.

11

Il avait eu envie d'elle ce soir. Il avait eu envie de la prendre dans ses bras et de lui faire l'amour. Le besoin le tenaillait d'effacer d'une manière ou d'une autre les insécurités que son ex-mari avait gravées dans son âme. Sans entrer dans les détails, elle lui en avait dit assez pour qu'il comprenne que le mariage l'avait blessée au point de lui faire croire qu'elle ne valait rien.

Au lieu de rentrer chez lui, Gabriel retourna au poste de police, hanté par leur conversation au Joe's. Alors qu'elle avait tant à offrir à celui qui capturerait son cœur, elle était persuadée de n'avoir rien à donner !

Ce soir, elle l'avait proprement rejeté. Chassé du chalet comme s'il était le diable en personne. Il ne savait que faire des sentiments qu'elle lui inspirait, mais une chose était certaine : ces sentiments ne l'intéressaient pas, elle.

À son arrivée au poste il ne s'étonna pas de trouver Mark au travail dans son bureau.

— Tu sais que les heures sup ne sont pas rémunérées, lui dit-il en s'installant sur la chaise en face de lui.

Mark sourit.

— Sheila a pris l'avion ce matin pour passer deux semaines avec ses parents. La maison est si silencieuse sans elle que j'ai préféré venir faire un sort à la paperasserie en retard. Et toi, que fais-tu là si tard ? Je croyais que vous aviez fini pour la journée, l'agent James et toi.

— C'est exact, mais…

Le chalet du mystère

Gabriel raconta à Mark l'arrivée inopinée de Glen au bar et conclut :

— Je veux qu'on le file. J'ignore à quoi il joue, mais ça ne me plaît pas. Sa venue au bar n'avait rien de naturel.

— Je m'en occupe, dit Mark. J'en toucherai un mot à Ben avant de partir, tu sais combien lui et son équipe sont doués pour les missions de surveillance discrète.

Gabriel acquiesça, soulagé. Ben Hammond tenait une agence de détectives privés en ville, et la police, qui était en sous-effectif chronique, faisait souvent appel à lui.

— Sacré morceau, hein ?

Gabriel n'eut pas besoin de lui demander à quoi il faisait allusion — Mark faisait partie de l'équipe qui avait travaillé à leurs côtés sur cette enquête.

— En quittant Chicago je pensais laisser aussi derrière moi ce genre d'affaire inextricable, avoua-t-il.

— Tu pensais sans doute aussi travailler pour un maire qui serait un être humain normal et rationnel, dit Mark d'un ton ironique. Il nous a tous lâchés dans ses deux dernières conférences de presse !

Gabriel secoua la tête.

— On se démène pour mener cette enquête à bien et il se lamente de l'absence de progrès…

— L'agent James tient le coup ?

— Comme nous tous, elle se sent lasse et frustrée.

Et, selon elle, jamais elle n'avait été à la hauteur des attentes des autres.

Gabriel se rembrunit en se remémorant ses paroles juste avant qu'elle ne le mette à la porte. Quelque chose chez l'agent spécial effronté et plein d'humour Jordon James lui tordait le cœur.

— Elle est solide, en tout cas, commenta Mark.

— En effet.

— Le bruit court que Ted Overton passe pas mal de temps seul dans certains troquets depuis quelques jours.

Gabriel fronça les sourcils.

— Je donnerais cher pour savoir ce qu'il cuve : ses remords ou simplement son désespoir.

— Aucune idée, mais mes sources sont unanimes, il cherche à oublier quelque chose, c'est sûr.

Gabriel se leva brusquement et poussa un long soupir.

— Rentre chez toi, Mark. Offre-toi une vraie nuit de sommeil.

— Le conseil vaut aussi pour toi, dit Mark sans esquisser un mouvement pour quitter sa chaise.

Rentrer chez lui ? Pas encore.

En redémarrant, Gabriel comprit qu'il ne trouverait pas le repos avant de savoir où se trouvait précisément Glen Rollings ce soir. Il lui fallait s'assurer que ce type n'était pas garé au pied de Diamond Cove, en train de planifier une nouvelle agression sur la personne de Jordon.

Glen habitait non loin de son frère aîné, mais pas dans une petite villa proprette. Les murs de son cabanon minuscule semblaient manquer cruellement d'entretien depuis au moins vingt ans.

Des volets étaient cassés, d'autres pendaient dans le vide et ne tenaient plus que par un clou. Quant à la couleur d'origine des murs, avec le temps elle avait viré au gris sale.

Gabriel se sentit mieux en voyant la voiture de Glen garée devant et la lumière allumée à l'intérieur. Il s'arrêta juste après le cabanon et appela Mark.

— Sache que Glen Rollings est chez lui en ce moment. Tu pourras transmettre l'info à Ben tout à l'heure.

— J'ai déjà parlé avec lui. Je lui ai donné l'adresse de Glen, il envoie quelqu'un sur place d'ici une demi-heure maxi.

— Merci, Mark. J'apprécie beaucoup.

Les deux hommes raccrochèrent et Gabriel reprit enfin la route de chez lui. L'idéal aurait été de poster un homme pour protéger Jordon, mais c'était déjà mieux que rien. Il n'avait pas les moyens de mettre tous les suspects sous surveillance, mais l'apparition de Glen au bar avait été suffisamment étrange et perturbante pour justifier une filature. Bien sûr, le maire

Donald Stoddard ne se priverait pas de râler et de déplorer le recours à une agence privée...

« Je n'ai jamais été à la hauteur des attentes de quiconque, Gabriel. »

Les paroles de Jordon le hantaient encore à son coucher. Elle avait de très loin surpassé ce qu'il attendait d'elle sur le plan professionnel, et il avait découvert en elle une femme désirable et excitante.

Il sombra dans un sommeil agité, rempli d'images d'une silhouette sombre armée d'un long couteau pourchassant Jordon à travers la forêt. Lui-même courait après eux, volant au secours de Jordon, mais les arbres prenaient vie et l'enlaçaient de leurs branches pour le retenir...

Il était à peine 7 heures, le lendemain, lorsqu'il pénétra dans la salle de restaurant de Diamond Cove, où étaient déjà installées Jordon et Joan.

Joan semblait hagarde, comme si elle n'avait pas dormi depuis des jours. L'étincelle de malice si avenante dans son regard avait disparu, voilée par l'ombre que cette affaire jetait sur toutes les personnes concernées.

Les deux femmes le saluèrent, puis Joan quitta sa chaise d'un bond pour disparaître dans la cuisine. Gabriel se servit une tasse de café avant d'aller s'asseoir en face de Jordon.

— Tout va bien ? demanda-t-il, ne sachant de quelle humeur elle serait ce matin, après leur conversation de la veille.

— À en croire Joan, Ted boit trop, les enfants commencent à se rebiffer et tout son univers s'écroule. Cette affaire commence à m'énerver sérieusement, conclut-elle, le regard plein de colère.

— Nous ne pouvons suivre que les pistes identifiées, et pour le moment il n'y en a aucune, répliqua Gabriel. Glen est placé sous surveillance. S'il est notre homme et qu'il bouge, il sera arrêté avant d'avoir pu faire du mal à quelqu'un d'autre.

— Et si ce n'est pas lui ?

Gabriel fronça les sourcils.

— Alors nous trouverons le vrai coupable. Je ne peux pas mieux te dire...

Il était toujours incapable de deviner son humeur.

— Je sais, dit-elle. Je me sens frustrée, c'est tout.

Un long soupir lui échappa.

— Peut-être faut-il que je le provoque davantage ? Que j'apparaisse comme une proie plus vulnérable ? Je pourrais passer mes nuits assise dans le fauteuil à bascule devant ma chambre. Ou peut-être...

— Arrête ! s'écria Gabriel horrifié en se penchant en avant. Je t'interdis de faire une chose pareille !

— D'accord, d'accord. J'aimerais simplement que cette pourriture sorte du bois.

Elle but une gorgée de café, puis reposa sa tasse.

— Tu sais que je ne peux pas rester ici indéfiniment.

Elle soutint longuement son regard avant de baisser les yeux sur sa tasse.

— Sais-tu combien de temps tu vas encore passer ici ? demanda Gabriel.

Son cœur parut soudain trop grand pour sa poitrine, un nœud se forma dans sa gorge.

Il savait, naturellement, que le séjour de Jordon n'était que temporaire, mais depuis quelques jours il avait enfoui cette réalité au plus profond de sa mémoire. Il était plus facile de ne pas penser à son départ.

— J'ai parlé avec mon directeur, hier soir. Il me donne deux semaines supplémentaires. Ensuite il sera temps pour moi de rentrer, dit-elle.

— Et voilà ! lança Joan en revenant dans la salle de restaurant avec deux assiettes d'œufs brouillés garnis de petites crêpes et de tranches de bacon croustillant.

Deux semaines. C'était peu. Gabriel saisit sa fourchette sans grand enthousiasme car son appétit venait de s'envoler. Ils avaient quatorze jours pour attraper le tueur.

Et lui avait deux semaines pour tenter d'enrayer l'amour croissant que Jordon lui inspirait.

Assise au milieu du lit, Jordon fixait l'écran de son ordinateur portable. 21 heures passées. Une nouvelle journée improductive touchait à sa fin.

Plus grave encore, elle était amoureuse de Gabriel et elle avait envie qu'il soit là maintenant, dans son lit... Dans sa vie, pour toujours.

La nuit où ils avaient dormi ensemble, elle avait cru qu'il resterait une simple passade, un souvenir délicieux qui la réchaufferait plus tard, pendant les soirs de solitude. Mais Gabriel dans son lit était excitant et merveilleux et, hors de son lit, il était tout ce qu'elle avait toujours voulu, tout ce qui la faisait rêver chez un homme.

Cependant elle savait que ce serait le mariage ou rien avec lui — il ne se contenterait jamais de moins. Or il était exclu pour elle de revivre ce cauchemar. Il avait tout du mari parfait, elle n'avait que le profil d'une maîtresse. Et se persuader d'autre chose serait un mauvais service à rendre à l'un comme à l'autre.

Les sourcils froncés, elle quitta le lit, refusant de penser à toutes les choses qu'elle ne s'autoriserait pas dans la vie. Elle savait qui elle était — et que Gabriel en ait ou non conscience, il méritait beaucoup mieux.

Elle avait presque éprouvé du soulagement lorsque Langford, son directeur, lui avait annoncé qu'il lui retirerait l'affaire au terme de ces deux semaines supplémentaires. Elle n'avait plus qu'à s'accrocher à son cœur pendant les quinze jours à venir, et se souvenir qu'elle était un loup solitaire.

À présent, une bonne tasse de café dans le cabanon d'invités, et au lit ! Elle enfila son ceinturon, puis son manteau, et quitta le chalet.

La température avait de nouveau fraîchi, mais la neige laissée par le blizzard avait fondu au cours des deux dernières journées, plutôt clémentes.

Comme toujours lorsqu'elle quittait sa chambre la nuit,

elle garda une main sur son revolver, tous ses sens en alerte. Le silence était total ici. Cela ne l'empêcha pas de balayer la zone d'un regard acéré. Elle était prête à accueillir tout ce qui pourrait jaillir de l'ombre. Plus jamais elle ne se laisserait prendre au dépourvu.

Elle atteignit le cabanon, ouvrit la porte… et se figea. La clochette n'avait pas tinté. Mieux, elle avait carrément disparu du clou auquel elle était accrochée d'habitude.

Le souffle court, elle dégaina son revolver et s'accroupit. Était-il ici dans la pièce avec elle, ou à l'extérieur, tout près, comptant sur le fait qu'elle ne remarquerait pas ce silence ?

Est-ce qu'il attendait qu'elle se tourne vers la machine à café et regarde la tasse se remplir pour passer à l'attaque et la poignarder dans le dos comme il l'avait fait avec Rick Sanders ?

D'un mouvement vif elle pivota vers le seuil, puis de nouveau face à la porte de la buanderie et à celle du cellier. Son cœur battait au même rythme que la minuterie d'une bombe dans sa poitrine. En dépit du froid nocturne, ses doigts transpiraient sur la crosse du revolver.

Où était-il ? Elle se plaça de manière à garder les deux portes dans son champ de vision, ouvrit celle de la buanderie et retint son souffle.

Personne ici.

Un frisson la secoua. Pas question de céder à la peur qui menaçait de la submerger. Restait encore à vérifier le cellier tout en surveillant ses arrières, au cas où quelqu'un surgirait de l'extérieur.

Le pouls toujours à deux cents à l'heure, elle saisit la poignée de la porte du cellier, la tourna et poussa le battant. Même dans le noir complet, il était facile de constater que personne ne se trouvait à l'intérieur.

Elle obliqua vers la porte donnant sur l'arrière du cabanon. Toute envie d'un bon café l'avait quittée, chassée par l'angoisse folle qui lui nouait le ventre.

La clochette était encore accrochée au-dessus de la porte, deux soirs plus tôt, lorsqu'elle était venue ici se préparer un

Le chalet du mystère

café. Elle n'était pas tombée sur le sol et Ted et Joan n'avaient aucune raison, absolument aucune, de l'avoir enlevée.

Elle ressortit à pas comptés, le regard fusant dans toutes les directions, et regagna son chalet sans encombre. Une fois en sécurité, elle se laissa choir sur le lit. Alors seulement son cœur consentit à reprendre une allure normale.

C'était lui. Le tueur avait enlevé la clochette. Il s'amusait avec elle. Était-il quelque part près du cabanon d'invités tout à l'heure ? En train de la regarder fouiller les lieux ? Riant de sa peur ?

Son ventre se contracta, non de peur cette fois, plutôt de colère. Il était là, tout près... Bon sang ! Il était forcément au courant de la clochette accrochée au-dessus de la porte. Il savait forcément qu'elle se rendait au cabanon le soir pour se faire un café.

Avait-il compté sur sa distraction ? Espéré qu'elle serait assez tête en l'air pour entrer dans le cabanon sans prêter attention à la clochette manquante, se planter devant la machine à café et se laisser attaquer par-derrière ?

Si oui, alors il la prenait pour une imbécile. Elle fronça les sourcils. Ce serait logique, après tout. Ils ne l'avaient pas encore attrapé, alors qu'il se promenait juste sous leur nez...

La rage bouillonnait encore dans ses veines, le lendemain matin, lorsqu'elle se présenta dans la salle de restaurant. Gabriel était déjà là, en train de bavarder avec Joan.

— Bonjour ! lança-t-elle d'un ton sec. La clochette au-dessus de la porte du cabanon d'invités a disparu, ajouta-t-elle avant que l'un ou l'autre ait pu réagir.

— Comment ça : « disparu » ? balbutia Joan.

Jordon se dirigea d'un pas martial vers la cafetière.

— Le clou est toujours là, mais la clochette a été décrochée.

— Mais qui aurait pu faire une chose pareille ?

Sans un mot, Jordon se tourna vers Joan, qui porta une main à sa bouche.

— Le tueur... Pour pouvoir entrer sans se faire entendre !
— Bingo ! C'est exactement ça !

Une tasse pleine à la main, Jordon alla s'asseoir à table face à Gabriel, qui la fixa d'un air sombre.

— Quand as-tu découvert cela, exactement ?
— Hier soir, vers 21 heures, j'ai décidé d'aller me faire un café au cabanon. À la seconde où j'ai poussé la porte, j'ai pris conscience que la clochette n'avait pas tinté.
— Et tu quittes souvent ton chalet le soir pour aller te faire un café ? demanda-t-il d'un ton lourd de reproches, le regard vissé au sien.
— Je vais m'occuper du petit déjeuner, dit très vite Joan avant de s'éclipser.
— Un soir sur deux, environ, répondit Jordon.
— Dites-moi, agent James, ces soirs-là, vous avez réellement envie d'un café, ou vous cherchez seulement à provoquer le tueur ?

Il était bel et bien furieux. Comme si lui donner de l'« agent James » ne suffisait pas, son regard noir, ses lèvres pincées trahissaient sa colère.

Elle lui répondit par un grand sourire.

— Je t'avais prévenu le premier jour : je suis difficile à vivre.
— Ce n'est pas drôle, Jordon. Je fais des cauchemars, je rêve qu'il t'arrive malheur...

Elle le considéra avec surprise.

— Tu rêves de moi ?
— Ne change pas de sujet, dit-il en secouant la tête. Réponds à ma question !
— J'ai oublié ce que tu m'as demandé.

Gabriel se renversa contre son dossier et poussa un soupir excédé.

— As-tu fait exprès de tenter le tueur ?

Jordon baissa les yeux vers sa tasse de café et s'octroya un temps de réflexion avant de regarder de nouveau Gabriel.

— Je ne sais pas, répondit-elle enfin avec franchise. Je

veux dire, j'adore le café et j'aime en boire une tasse le soir, mais peut-être qu'inconsciemment j'espérais attirer le tueur.

— Tu n'es pas seule dans cette aventure. Nous formons une équipe, Jordon. C'est déjà suffisamment pénible de te savoir ici la nuit, si maintenant tu prends des risques inconsidérés qui te mettent encore plus en danger...

Il n'acheva pas sa phrase, mais son regard s'adoucit et sa bouche se détendit légèrement.

— Je n'irai plus me faire un café le soir, dit-elle très vite, de peur qu'il ne s'apprête à prononcer des paroles idiotes qui lui tordraient le cœur.

— Je suis à peine rassuré, répliqua Gabriel.

Joan revint sur ces entrefaites avec leur petit déjeuner, interrompant à point nommé cette conversation.

— Je demanderai à Ed de suspendre une autre clochette dans le cabanon dès son arrivée.

Jordon échangea un regard entendu avec Gabriel. Il était fort possible que l'homme chargé de remplacer la clochette soit aussi celui qui l'avait enlevée...

Elle était convaincue que son assaillant, le soir de la tempête, n'était pas l'homme à tout faire, mais peut-être se trompait-elle ? Avec le recul, sa certitude vacillait. Tout s'était passé si vite !

Se pouvait-il que le tueur ait enlevé la clochette pour dégager le passage à l'un de ses frères ? L'idée des trois Rollings agissant de concert avait quelque chose de très perturbant.

La journée avait à peine commencé, et déjà un martèlement lancinant lui labourait la nuque. Elle avait un meurtrier à débusquer et un homme merveilleux à oublier.

12

Dix jours jusqu'au départ de Jordon.

Et demain, plus que neuf.

Détachant le regard de son bureau, Gabriel se tourna vers la fenêtre la plus proche. La nuit venait de tomber, une nouvelle journée s'achevait…

Dès la disparition de la clochette du cabanon d'invités il avait mis aussi Kevin Rollings et Ted Overton sous surveillance rapprochée, mais en quarante-huit heures ni l'un ni l'autre n'avait fait quoi que ce soit de suspect.

Gabriel savait qu'il ne pourrait justifier ces filatures trop longtemps sans preuve tangible d'un lien entre ces hommes et les meurtres, hormis la haine avouée de Kevin pour Diamond Cove.

Un coup frappé à sa porte le tira de sa rêverie. Mark entra dans le bureau et vint s'asseoir en face de lui.

— Une journée frustrante de plus, hein ? dit-il. Qui sait, le tueur a peut-être achevé son œuvre. Diamond Cove court à la ruine, c'est bon, il a fini…

Gabriel sourit.

— Bel effort d'optimisme, mais nous savons toi et moi qu'il ne s'arrêtera pas là.

Son sourire s'envola.

— Et à cette heure, on dirait que nous en sommes réduits à attendre son prochain coup.

— Il a désigné l'agent James comme sa prochaine victime, mais jusqu'ici il n'a pas réussi à l'atteindre. Espérons qu'il ne changera pas d'avis pour s'en prendre à quelqu'un d'autre, comme à un membre de la famille Overton par exemple.

— Aucun signe n'indique que la famille est en danger, ce qui renforce les soupçons concernant Ted, dit Gabriel. Toutefois, je leur ai recommandé de ne pas traîner sur le domaine seuls, surtout de nuit.

— Je sais que l'agent James doit quitter bientôt la ville. Que se passera-t-il quand sa cible aura disparu ?

Un étau enserra la poitrine de Gabriel, sans qu'il sache si c'était l'idée de voir partir Jordon qui le perturbait tant ou l'éventualité d'une nouvelle cible pour le tueur.

— Aucune idée, répondit-il. Je ne peux pas empêcher Ted et Joan de rouvrir le B&B et cela signifie que n'importe lequel de leurs clients sera une victime potentielle...

— Si clients il y a.

— Oh ! Il y en aura. Au pire, ce seront des crétins ravis de séjourner sur une scène de crime, dit Gabriel avec une moue de dégoût.

— Alors il n'y a plus qu'à espérer que notre homme s'en prenne à l'agent James dans la semaine qui vient, conclut Mark.

C'était bien la dernière chose que souhaitait Gabriel. Que le tueur soit enfin capturé, ça oui, mais sans impliquer Jordon ! Il était tiraillé entre son instinct de policier, qui lui soufflait qu'un agent du FBI était parfaitement capable de se défendre, et son instinct d'homme qui le portait à protéger l'élue de son cœur.

— Je m'en vais, dit Mark en se levant. À demain matin !

— Bonne nuit, Mark.

Gabriel éteignit son ordinateur et se leva à son tour. Il était temps de raccompagner Jordon au chalet. Emmitouflé dans son manteau, il se dirigea vers la salle de conférences dans laquelle elle travaillait seule depuis une heure, lui-même étant pris par d'autres délits commis sur le territoire.

Dès qu'il ouvrit la porte de la salle, son parfum fleuri l'assaillit. Elle leva les yeux des papiers qu'elle était en train de lire, et son sourire le réchauffa jusqu'à l'âme.

— Encore un jour de bouclé, dit-elle.

Elle glissa une feuille dans la pochette kraft posée devant elle et repoussa sa chaise.

— Encore un jour qui se termine en impasse, répliqua-t-il.

— Ne te flagelle pas, Gabriel, dit-elle en enfilant son manteau. La balle est dans le camp du tueur, tu le sais aussi bien que moi.

— Inutile de me le rappeler... Tu as faim ? Veux-tu grignoter un morceau avant que je te ramène à Diamond Cove ?

Ils avaient déjeuné tard, mais il préférait de loin dîner avec elle plutôt que seul dans sa cuisine.

— Je n'ai pas très faim, sincèrement. J'aimerais juste rentrer.

Il acquiesça, malgré sa déception. Elle s'était montrée distante vis-à-vis de lui toute la journée. Très silencieuse pendant le déjeuner, repliée sur elle-même comme jamais... Comme si, mentalement, elle tournait déjà la page et les laissait, lui et ces meurtres, derrière elle.

Elle n'ouvrit pas la bouche jusqu'à la voiture.

— La météo annonce des chutes de neige pour ce soir, dit-il pour briser le silence, tout en démarrant.

— Sans blizzard cette fois, avec un peu de chance...

— Pas de souci. Ils prévoient seulement quelques centimètres.

— Tant mieux.

Là-dessus elle se tourna vers sa vitre et le silence retomba, aussi pesant qu'avant.

Il tenta de penser à une stupidité quelconque, un sujet assez léger pour la faire sortir de sa coquille, mais les choses dont il avait envie de discuter étaient tout sauf légères ou stupides.

Ce soir la profondeur de ses sentiments pour Jordon aspirait à s'exprimer. Son cœur débordait. C'était fou, pourtant il savait, jusqu'au tréfonds de son âme, qu'elle était celle qu'il voulait, non pas juste pour les dix jours à venir, mais pour le restant de sa vie. Et jusqu'à ce moment, il l'avait sincèrement crue en passe de tomber amoureuse de lui.

Une fois à Diamond Cove, ils mirent pied à terre et, comme toujours, Gabriel sortit son arme lorsqu'elle glissa sa clé dans

Le chalet du mystère   153

la serrure de la porte du chalet. Tout était calme. Ils retirèrent leurs manteaux et il s'assit près de la cheminée.

— Un petit café avant que je m'en aille ? proposa-t-il.

— Comme tu voudras, bien que l'arôme n'ait rien à voir avec le café du cabanon d'invités…

Elle s'avança vers la tablette sur laquelle la cafetière côtoyait un petit panier contenant des dosettes de café, de crème, de sucre.

Il la regarda verser l'eau dans le bac de l'appareil, caler la dosette de café, puis allumer.

Elle était si belle et en même temps si inconsciente de son charme… Un charme qui n'était pas seulement physique. Son esprit, sa beauté rayonnaient de l'intérieur.

Il se leva pour presser l'interrupteur qui donna vie aux flammes dans la cheminée. En se rasseyant, il comprit que cette nuit ne se terminerait pas sans qu'il ait exprimé précisément le fond de son cœur.

— La journée a été longue, dit-elle enfin lorsque le café fut prêt.

Elle remplit deux tasses et posa la sienne sur la table de chevet. Puis elle déplaça ce qui ressemblait à une chemise de nuit rouge posée sur le lit, un flacon de produit pour cheveux et un tube de mascara, et s'assit.

— Elles sont toutes longues depuis quelque temps, répliqua Gabriel.

À l'époque où il travaillait à Chicago, il avait affronté un homme défoncé au PCP et armé d'une machette. Une autre fois, lui et son coéquipier s'étaient trouvés pris dans une fusillade entre des gangs rivaux.

Pourtant rien de ce qu'il avait vécu dans sa vie ne l'avait rendu aussi fébrile que cet instant face à une femme aux cheveux bouclés et aux yeux verts dont l'esprit le faisait sourire.

— Tu es restée très silencieuse aujourd'hui, fit-il observer.

Elle hocha la tête.

— J'essayais juste de comprendre quelles étaient nos options maintenant…

— Moi, je sais quelle option me plairait.

Il posa sa tasse sur la table et soutint son regard avec intensité, ignorant la brusque sécheresse de sa gorge.

— Laquelle ? demanda-t-elle avant de boire une gorgée de café.

— Jordon, je ne parle pas de l'enquête. Je parle de nous… De toi et moi.

À ces mots, elle reposa sa tasse sur le chevet et parut rentrer dans sa coquille.

— Il n'y a pas de « toi et moi », Gabriel.

— Jordon… Je suis amoureux de toi et je crois que c'est réciproque.

Son cœur tambourinait dans sa poitrine tandis qu'il prononçait enfin les mots qui lui brûlaient les lèvres.

Elle détourna les yeux la première.

— Tu as cette impression parce qu'on a couché ensemble.

— Jordon, j'ai adoré faire l'amour avec toi, mais mes sentiments dépassent très largement le côté physique de notre relation. J'aime la façon dont tes yeux s'illuminent juste avant que tu ne dises quelque chose de drôle. J'aime la façon dont ils se plissent quand tu réfléchis intensément.

Il se pencha en avant. Les paroles maintenant fusaient de sa bouche comme la vapeur de la soupape d'une cocotte-minute.

— Jordon, à l'issue de cette affaire, quel que soit le résultat, je ne veux pas te dire au revoir. Je te veux dans ma vie pour toujours. Je veux…

Il s'interrompit brusquement. Elle avait levé la main.

— Arrête, Gabriel. S'il te plaît, arrête !

Elle se leva et fit quelques pas pour s'éloigner un peu plus de lui.

Inspirant un grand coup, Gabriel poursuivit :

— Je sais que la distance peut représenter un obstacle au début, mais il y a moins de quatre heures de route entre ici et Kansas City. Rien ne nous empêche de continuer à nous voir pendant nos jours de congé et, le cas échéant, je serais prêt à déménager.

Le beau visage de Jordon n'affichait aucune joie. Au contraire, elle le fixait d'un air hagard, presque horrifié. Elle ferma les yeux un bref moment et, lorsqu'elle les rouvrit, un sourire flottait sur ses lèvres.

— Désolée, jeune homme. Vous avez dû me confondre avec une autre.

Gabriel bondit sur ses pieds, tous les muscles tendus.

— Ne plaisante pas alors que je suis en train de déposer mon cœur à tes pieds…

Les joues de Jordon s'empourprèrent, elle détourna le regard.

— Alors cesse de déposer ton cœur, rétorqua-t-elle à voix basse.

— Soit, je me tairai lorsque tu m'auras dit que tu ne m'aimes pas, dit-il en se rapprochant d'elle. Dis-moi que je ne signifie rien pour toi et je partirai. Je n'en parlerai plus jamais.

Il capta alors dans ses yeux ce qu'il cherchait, un désir ardent et doux à la fois, une nostalgie… Mais tout cela disparut très vite et son visage se referma.

— Je te l'ai dit, je n'ai pas l'étoffe d'une épouse, je n'ai jamais été à la hauteur des attentes de quiconque.

— Oh ! Jordon, non seulement tu as été à la hauteur des miennes, mais tu les as très largement dépassées !

La lèvre inférieure de Jordon se mit à trembler, elle lui tourna le dos.

— S'il te plaît, va-t'en, Gabriel. Avant d'ajouter un mot que tu regretterais.

Il contempla son dos raidi en songeant que ce n'était pas une forteresse imprenable. Plutôt une femme qui avait peur de croire qu'elle méritait d'être aimée.

Il ne savait pas comment abolir cette peur. Il ne savait pas quoi dire d'autre. Alors il se borna à ne plus bouger, et à l'aimer.

Jordon guetta le bruit de la porte s'ouvrant puis se refermant, signe du départ de Gabriel. Mais plusieurs minutes s'écoulèrent et rien ne se produisit.

Son cœur souffrait le martyre.

Tomber amoureuse de Gabriel avait été si incroyablement facile, mais ce... ce rejet à lui opposer tenait de l'impossible. Elle avait une envie folle de ce qu'il lui offrait, pourtant elle savait qu'elle ne pouvait être moins faite pour un homme tel que lui...

Elle se raidit en sentant deux mains se poser sur ses épaules.

— Jordon, chuchota-t-il, son souffle tiède lui chatouillant délicieusement l'oreille.

Elle ferma les yeux pour conjurer les larmes qui montaient.

— Jordon, ne jette pas ce que nous avons.

Elle inspira profondément et pivota sur elle-même, délogeant ses mains au passage.

— Tu as pris les choses trop au sérieux, visiblement. Nous n'avons rien du tout, Gabriel. Nous avons couché ensemble. Pas de quoi en faire une montagne. Nous avons partagé quelques fous rires et du bon temps, mais ce n'est certainement pas de l'amour.

Il la dévisagea. L'intensité de ce regard lui donna l'impression qu'il lui sondait l'âme jusque dans ses recoins les plus secrets.

— De quoi as-tu si peur ?

— Je n'ai peur de rien ! répliqua Jordon avec feu.

Pourquoi s'acharnait-il à compliquer les choses ? Ne pouvait-il simplement accepter ses paroles et s'en aller ?

— Tu sais ce que je crois ? Je crois que tes parents et ton ex-mari t'ont joué un sale tour. Ils t'ont fait croire que tu n'étais pas digne d'aimer... d'être aimée. Or c'est totalement faux !

— Merci, docteur, pour cette psychanalyse sauvage, rétorqua Jordon.

Il eut le toupet de sourire.

— Si tu savais combien je te trouve adorable et absolument merveilleuse... J'ai attendu des années pour te trouver. Tu es la femme avec laquelle je veux construire ma vie. Je veux que tu portes nos enfants et je veux vieillir avec toi.

Ces paroles dessinaient un avenir magnifique, un avenir

Le chalet du mystère

dont elle rêvait à une époque et qui entrait encore en résonance avec son désir dans un tout petit coin de son cœur.

Une part d'elle-même avait envie de tendre la main et de saisir ce qu'il offrait — mais une voix plus forte dans sa tête lui martelait qu'elle serait idiote de croire possible ce genre d'avenir avec lui.

— Tu cherches juste à t'accrocher à quelque chose de bon parce que ton enquête piétine et que tu te sens frustré, riposta-t-elle.

Une flamme s'alluma dans ses yeux.

— Tu t'imagines vraiment que mes sentiments à ton égard sont nés de ma frustration professionnelle ?

Un rire dénué de joie lui échappa. Il secoua la tête.

— N'essaie pas de m'expliquer comment je me sens et pourquoi. Un saut dans l'inconnu avec toi ne me fait pas peur.

— Alors, tu es un imbécile ! s'écria-t-elle. Et arrête de sous-entendre que j'ai peur. Je ne suis pas lâche, je suis réaliste, Gabriel.

— Moi, je pense que tu es lâche, répliqua-t-il du tac au tac. Je pense que tu m'aimes, Jordon, mais que tu es trop effrayée pour nous donner une chance. Tu es capable d'inviter un tueur en série dans ta vie, mais pas un homme qui t'aime. Tu as plus peur de donner ton cœur que de donner ta vie !

— Va-t'en ! cria Jordon.

Tout son corps se hérissait de fureur maintenant.

— Sors d'ici tout de suite !

Elle s'avança d'un pas raide jusqu'à la porte. Elle n'avait aucune envie d'entendre ce qu'il avait encore besoin de lui dire. Aucune.

Gabriel demeura parfaitement immobile, seul son regard s'agitait, vissé sur son propre visage. Pour finir il alla récupérer son manteau sur la chaise et l'enfila.

Elle ouvrit la porte, et le froid nocturne s'engouffra dans la pièce, un froid qui n'était rien en comparaison de la glace qui enchâssait son cœur.

En arrivant devant elle, il leva la main comme pour lui

caresser la joue, mais elle s'écarta d'un bond pour éviter ce contact. Un muscle tressauta dans la joue de Gabriel, ses yeux s'assombrirent.

— Tu n'es pas seulement lâche, Jordon. Tu es aussi une ravissante idiote.

Là-dessus, il disparut dans la nuit.

Elle claqua la porte derrière lui, donna un tour de verrou puis s'adossa contre le bois, aveuglée par les larmes.

Une ravissante idiote... Une lâche... Comment osait-il lui dire des choses pareilles ?

Pour qui se prenait-il ? Il ne la connaissait pas réellement. Il ne pouvait pas être amoureux d'elle. Il se racontait des histoires, voilà tout, et elle n'allait pas se laisser aspirer dans ces affabulations.

Néanmoins, son cœur se serra si fort dans sa poitrine qu'elle en perdit momentanément le souffle. C'était lui l'idiot, s'il croyait qu'elle pouvait être celle qui partagerait sa vie !

Elle s'arracha à la porte pour aller s'effondrer sur le lit, la vue toujours brouillée et la menace de sanglots la rendant encore plus furieuse contre lui.

Ce n'était qu'un sot qui avait confondu des câlins délicieux et quelques fous rires partagés avec l'amour. Elle lui avait dit en face ce qu'elle pensait du mariage et des relations. Il aurait dû taire ses propres sentiments, point final.

Et s'il t'aimait vraiment ? lui souffla une petite voix dans sa tête. *Et si le destin vous avait réunis pour que tu connaisses enfin le bonheur ? Pour que tu obtiennes enfin ce dont tu rêves depuis toujours au plus profond de ton cœur ?*

— Non, dit-elle à voix haute, réduisant au silence la petite voix.

Elle n'était pas lâche, elle ne voulait pas mettre de nouveau son cœur en danger, voilà tout.

Très bientôt elle aurait quitté Branson, et Gabriel trouverait un jour ou l'autre une femme qui lui conviendrait. Une femme ordonnée. Capable de cuisiner de bons petits plats pour lui et pour les enfants qu'ils auraient peut-être. Une femme qui serait tout ce qu'elle-même n'était pas et ne pouvait pas être.

Qu'il aille au diable, lui et ses yeux doux, sa délicatesse, ses sortilèges qui l'avaient rendue amoureuse alors qu'elle ne voulait aimer personne ! Les larmes se mirent à couler sur ses joues. Elle ne fit pas un geste pour les essuyer.

Recroquevillée sur le lit, elle pleura tout son soûl la femme qu'elle avait été un temps, qui avait cru à ses rêves de mariage et d'amour-toujours... Et celle d'aujourd'hui qui n'y croyait plus, parce qu'ils avaient été détruits par un homme qui lui avait pris son amour puis l'avait trahie encore et encore...

Il lui sembla qu'elle pleurait depuis des heures lorsque ses larmes enfin se transformèrent en petits sanglots étouffés. Elle roula sur le dos et fixa le plafond. Comment allait-elle continuer à travailler avec Gabriel alors qu'elle était en colère contre lui ?

Et d'abord, pourquoi cette colère ?

La raison n'était pas claire, mais Jordon accueillit l'émotion et s'y accrocha. Elle était un loup solitaire, à lui de respecter cela ! L'idée qu'elle puisse être autre chose à ses yeux l'exaspérait.

Elle se leva et passa dans la salle de bains, où elle s'aspergea le visage d'eau froide. Puis elle contempla fixement son reflet dans le miroir.

Termine cette mission et quitte ce champ de mines ! s'ordonna-t-elle mentalement. *Dès que tu auras fait ce que tu as à faire, retourne à la vie solitaire et sécurisée que tu t'es construite !*

À la longue, elle oublierait qu'elle avait aimé un homme bien comme Gabriel. Elle devait l'oublier, parce qu'il n'y avait pas de place pour lui dans sa vie.

Elle ressortit de la salle de bains et entreprit de retirer son holster, lorsque la vue d'un bout de papier dépassant de la porte l'arrêta net. Elle dégaina aussitôt son arme, le cœur partant au grand galop, se précipita vers la porte, qu'elle déverrouilla et ouvrit à la volée. Personne sous le porche. Les yeux plissés, elle fouilla l'obscurité...

Elle resta ainsi en alerte de longues minutes, dans cette

nuit qui lui semblait soudain hostile et menaçante. Lentement, elle se baissa, ramassa le papier, puis referma la porte à clé et alla s'asseoir sur le lit. La feuille blanche lui brûlait les doigts. À quel moment avait-elle été glissée sous la porte ?

Après le départ de Gabriel sûrement, sinon il l'aurait vue. Pendant qu'elle pleurait ses rêves brisés et l'amour de Gabriel, le tueur lui avait laissé un nouveau message…

Ses mains tremblaient en dépliant le papier.

> *Un jeu du chat et de la souris*
> *Au Labyrinthe des Glaces*
> *Viens seule ou je ne jouerai pas*
> *Viens à minuit affronter tes peurs*

Jordon lut la note une deuxième fois, puis jeta un coup d'œil au réveil sur la table de chevet. 23 h 40.

Elle quitta le lit d'un bond et sortit son portable de sa poche.

Viens seule ou je ne jouerai pas.

C'était le grand duel final. Jordon le sentait jusque dans ses tripes. Le souffle court, elle rempocha le portable, les doigts encore tremblants.

Vite, elle enfila son manteau et saisit les clés de la voiture de patrouille, qu'elle n'avait pas utilisée depuis son arrivée. Puis elle quitta le chalet.

13

Qui allait-elle affronter dans les miroirs ?

Jordon crispa les doigts sur le volant. La voiture fendait la nuit d'encre, cap sur l'attraction touristique.

Kevin Rollings, qui travaillait à l'accueil et connaissait sûrement chaque recoin du labyrinthe ? Était-il celui qu'ils recherchaient ?

Ou bien un de ses frères ? Ed était-il réellement le charmant homme à tout faire qu'il prétendait être ? Glen avait-il réussi à semer celui qui le surveillait ? S'était-il garé devant chez lui, puis éclipsé par une fenêtre quelconque pour venir ici en finir avec elle ?

Sa gorge se serra. Elle déglutit pour refouler sa panique croissante. Allait-elle se perdre dans son passé, une fois les portes du labyrinthe franchies, assaillie, impuissante, par des visions de la cave de Ralph Hicks, dans laquelle elle avait cru mourir ?

Elle ne pouvait pas permettre cela. Sinon, celui qui l'attendait dans le labyrinthe réussirait là où Ralph Hicks avait échoué. Si elle cédait à la peur, elle y laisserait sa peau, sans l'ombre d'un doute.

Elle atteignit le Labyrinthe des Glaces trois minutes avant minuit. Le parking était désert et le bâtiment d'autant plus impressionnant qu'il semblait émerger de l'ombre. Jordon descendit de voiture, son revolver à la main, tous les muscles en tension maximale et le cœur affolé d'une peur familière. Serait-il là ? Ou était-ce seulement un nouveau petit jeu pour se moquer d'elle, comme la clochette manquante du cabanon ?

Il n'y avait qu'une façon de le savoir.

Humectant ses lèvres sèches, elle mobilisa toutes les connaissances acquises au fil de ses entraînements. Rester calme, posée, en contrôle total. C'était impératif.

La porte du labyrinthe n'était pas fermée à clé. C'était une invitation à entrer pour affronter le tueur. Jordon poussa le battant et pénétra dans le bâtiment en position accroupie. L'éclairage de sécurité conférait à la petite entrée une atmosphère fantomatique.

Elle vérifia derrière le comptoir où était assis Kevin lors de sa précédente venue avec Gabriel. Personne. Elle relâcha son souffle…

Son regard se fixa sur le tourniquet. Une fois ce seuil franchi, elle serait dans le Labyrinthe des Glaces.

Tu peux le faire, se dit-elle. *Tu es un agent du FBI, une guerrière, et le moment est venu de mettre un terme à la folie de ce tueur.*

Son ventre était si noué qu'elle en avait la nausée, elle ne respirait plus que par à-coups.

Tu peux le faire !

Elle franchit le tourniquet et pénétra dans le labyrinthe. Des lampes s'allumèrent et cinq reflets d'elle-même surgirent, les yeux hagards et terrifiés… Exactement le visage qu'elle avait dans les miroirs de Ralph.

Deux, trois respirations profondes l'aidèrent à se recentrer. Pas question d'être cette femme effrayée dans la glace ! Elle ne bougea pas avant de se sentir calmée, et parée pour tout ce qui pourrait arriver.

— Il y a quelqu'un ? lança-t-elle d'une voix forte.

Silence.

Était-elle seule ici, ou partageait-elle l'espace avec la personne qui en avait brutalement tué trois autres ? Quelqu'un avait nécessairement allumé les lumières. Elle ne pouvait pas être seule. Ayant obliqué à droite, elle se retrouva quelques mètres plus loin face à une nouvelle série de miroirs.

De quel côté Gabriel l'avait-il guidée pour sortir d'ici ?

Elle ne se rappelait plus comment trouver la sortie et, de toute façon, elle s'attendait à une rencontre avant d'avoir atteint l'issue du labyrinthe.

— Il y a quelqu'un ? répéta-t-elle.

« Attention... Si vous n'êtes pas assez rapide, je vais vous aspirer dans mon trou et personne ne vous retrouvera jamais ! »

Les mots tombés du plafond se conclurent sur le ricanement de la souris. Jordon pivota sur elle-même et ses cinq reflets en firent autant. Tendue comme un arc, elle attendait que quelqu'un se montre...

Était-elle censée attendre cette apparition, ou traverser le labyrinthe pour se porter à la rencontre de son persécuteur dans un autre boyau de miroirs ? L'incertitude de la situation lui donnait envie de hurler.

Elle avança de quelques pas, avant de s'apercevoir que c'était un miroir et non un couloir. Elle partit alors à gauche et tomba sur un autre couloir.

Un mouvement derrière elle la fit se retourner d'un bloc, mais elle comprit vite que ce n'était qu'un reflet. Impossible de déterminer qui était la personne qu'elle venait d'entrevoir, encore moins à quelle distance elle se trouvait.

La vision avait été si fugace qu'une identification était impossible. Jordon ne savait même pas s'il s'agissait d'un homme ou d'une femme... Cela ne confirmait qu'une chose, le tueur était bien là et s'amusait à ses dépens.

Elle se remit en marche à pas lents, la peur toujours chevillée au corps tandis qu'elle affrontait un reflet d'elle-même après l'autre. Il lui semblait qu'une odeur de cigarette flottait dans l'air, mêlée à la puanteur de la chair calcinée.

Les cicatrices sur sa hanche la brûlaient et la démangeaient, rappel de ses cauchemars, de Ralph et de sa torture. *Cesse de ressasser le passé*, s'ordonna-t-elle, *c'est ici que ça se passe*. Elle ne pouvait pas revenir dans cette cave où elle s'était vue mourir de mort lente et douloureuse.

— Amène-toi, espèce de minable ! cria-t-elle.

Un gloussement de fille lui fit écho.

— Vous allez mourir ici, ce soir, agent James !

Cette voix familière…

Jordon se figea, réfléchissant à toute allure. Ce ne pouvait pas être… Hannah ? Tout cela ne serait donc qu'une blague de mauvais goût, un canular d'adolescente ? Pour faire peur à l'agent du FBI ! Avec d'autres lycéennes, peut-être ? Était-ce leur idée d'une soirée amusante ?

— Hannah ? Arrête ce petit jeu ridicule. Ce n'est pas drôle ! Sors de là et viens me parler maintenant !

— Je n'ai pas envie de parler. Vous êtes la prochaine victime, Jordon. Vous logez à Diamond Cove et ça signifie que vous devez mourir.

Ces paroles donnèrent à Jordon la chair de poule. Était-ce *possible* ? Tous ces meurtres, commis par une jeune fille de quinze ans… ? Allons ! Mais alors même qu'elle s'évertuait à rejeter cette hypothèse, la réalité des faits s'imposa. Et dans les faits, même des adolescents pouvaient être des tueurs de sang-froid.

Un flash éclata sur sa gauche et la douleur lui transperça le haut du bras. Elle pivota sur elle-même, mais Hannah avait disparu, ravalée par le labyrinthe. Jordon eut le souffle coupé à la vue du sang chaud suintant le long de son bras. La blessure était profonde.

Ce n'était donc pas une blague ridicule, ni un jeu puisque le sang avait coulé. Son cerveau se mit à tourner à plein régime. Aucun des clients assassinés ne se serait méfié de Hannah. Hannah connaissait leurs habitudes, la forêt aussi lui était familière. Elle avait les moyens de commettre les meurtres. Restait à comprendre quel était son mobile.

— Pourquoi, Hannah ? Pourquoi fais-tu ça ? Pourquoi avoir tué tous ces gens ?

— Parce que je veux rentrer chez moi !

La voix de Hannah débordait de rage.

— Je n'étais pas d'accord pour déménager dans cette ville idiote. Ma place n'est pas ici. Maintenant, personne ne voudra loger à Diamond Cove et mes parents nous ramèneront à Oklahoma City, là où j'ai mes amis.

Jordon resta abasourdie par le fiel contenu dans la voix de Hannah, mais aussi par l'incroyable fourberie qui avait donné naissance à ce plan diabolique.

Elle affermit sa prise sur son revolver, et une image du visage de Joan lui traversa l'esprit. Joan et ses doux yeux bleus, Joan et son amour pour sa famille — la fin de cette histoire ne serait pas heureuse pour elle...

Mais pouvait-elle tirer sur la fille de Joan ? Pouvait-elle sérieusement ôter la vie à une enfant de quinze ans ? Avec un peu de chance elle n'en arriverait pas à cette extrémité, mais si une seule des deux devait sortir vivante d'ici, elle presserait la détente sans regret.

Un cri lui échappa lorsqu'un couteau, jailli de l'ombre, la cueillit au milieu de la cuisse. Elle pivota, se précipita sur sa gauche et entrevit Hannah à quelques mètres devant elle.

— Stop ! Hannah, ne m'oblige pas à tirer !

Hannah éclata de rire et disparut aussitôt. Jordon ralentit le pas, avançant avec précaution, ne sachant d'où viendrait la prochaine attaque.

Sa plus grande peur était d'être agressée par-derrière. Ne pas voir arriver Hannah, ne pas l'entendre approcher, jusqu'à ce qu'une lame plonge dans son dos.

Cet espace la désorientait, c'était incontestable. À l'inverse, Hannah était très à l'aise dans le labyrinthe. C'était elle la souris régnant sur lieux, elle le rongeur maître du secret des miroirs.

Le liquide poisseux sur son bras et le sang qui traversait maintenant son pantalon inquiétaient Jordon, mais ce n'était pas le moment d'y penser. Elle devait trouver un moyen de désarmer Hannah sans que l'une des deux y laisse sa peau.

Gabriel roulait sans but, en se repassant en boucle dans la tête sa dispute avec Jordon. Quelle idée de lui avoir confié ses sentiments !

Il aurait dû au moins attendre la veille de son départ. Peut-être une autre semaine passée ensemble l'aurait-elle disposée à envisager la poursuite de leur relation...

Tout à l'heure, elle n'était manifestement pas prête à entendre ce qu'il avait sur le cœur. Le moment était mal choisi, certes. Pour autant, cela ne signifiait pas qu'elle ne tenait pas à lui. Lorsqu'elle posait les yeux sur lui pendant leurs pauses, il avait vu briller dans son regard de l'amour, ou du moins un sentiment qui lui ressemblait fort. Il avait senti cette énergie émaner d'elle lorsqu'ils se touchaient par inadvertance ou riaient ensemble...

Le pire, c'étaient ces mots aigres prononcés au moment où ils s'étaient quittés. S'il pensait sincèrement ce qu'il lui avait dit sur cette peur qu'elle avait de donner son cœur, il avait sans doute été trop dur avec elle. Il s'était laissé déborder par ses émotions.

Que ses parents, par leurs exigences et leur froideur, et son ex-mari par ses trahisons l'aient amenée à se croire indigne d'amour... Cela le hérissait.

Il se retrouva soudain sur le parking de Diamond Cove et s'aperçut qu'il avait inconsciemment fait demi-tour pour s'excuser. Il l'avait poussée à bout et il ne voulait pas se coucher avant de lui avoir demandé pardon.

Il était tard, près de minuit d'après l'horloge du tableau de bord. Possible qu'elle dorme déjà... Qu'à cela ne tienne, il n'attendrait pas le lendemain. Le besoin de lui présenter des excuses sur-le-champ était aussi puissant que tout à l'heure celui d'exprimer ses sentiments.

L'air glacé le saisit lorsqu'il mit pied à terre. Le même froid exactement que celui qui lui enveloppait le cœur depuis qu'il avait quitté le chalet...

Il n'avait aucune intention de s'excuser de l'aimer — Il tenait simplement à lui faire savoir qu'il était navré de l'avoir bouleversée et qu'il voulait juste son bonheur. Ainsi, avec un peu de chance, il n'y aurait pas de tension entre eux le matin venu.

La dernière semaine avec elle ne devait pas se dérouler dans la gêne. Telle n'était pas l'impression qu'il souhaitait lui laisser au moment de son départ...

En arrivant devant le chalet, il fut soulagé de voir de la lumière filtrer par la fenêtre. Bien ! Apparemment, elle était encore réveillée.

Il frappa à la porte d'un doigt léger et attendit. Comme rien ne se passait, il frappa un peu plus fort.

— Jordon, c'est moi. J'aimerais te parler. S'il te plaît, ouvre-moi.

Les secondes s'égrenant, un vague sentiment de malaise le gagna. Jordon n'était vraiment pas du genre à l'ignorer. Il la connaissait assez bien pour savoir que si la colère l'animait encore, elle ouvrirait la porte pour mieux l'accabler ensuite.

Bon sang ! La voiture de patrouille qu'il avait laissée à sa disposition... Était-elle encore sur le parking lorsqu'il s'était garé ? Il était si préoccupé tout à l'heure, si accaparé par ses pensées qu'il n'y avait pas fait attention.

Il fit demi-tour et courut jusqu'au parking. Le malaise vira à la peur panique lorsqu'il découvrit que la voiture n'était plus là. Où avait-elle pu aller ? Qu'est-ce qui avait bien pu la pousser à quitter sa chambre au beau milieu de la nuit ?

De colère, aurait-elle eu l'idée d'aller faire un tour en voiture pour décompresser ? C'était peu vraisemblable. De longues secondes durant, sa cervelle refusa de tourner rond.

Lui était-il arrivé quelque chose après qu'il l'eut quittée ?

Le tueur avait-il repris contact avec elle ?

Le regard de Gabriel se posa sur la maison des Overton, là-bas, de l'autre côté de la rue. Il devait entrer dans le chalet. Il devait chercher un indice expliquant ce départ précipité. Peut-être était-elle seulement sortie se défouler, songea-t-il tout en sprintant vers la rue. Ou manger un morceau...

Toutefois, en plein hiver à Branson une nuit de semaine, tous les magasins fermaient tôt. En outre, aucune de ces explications rationnelles ne lui semblait convaincante.

Déranger les Overton ne lui plaisait pas, mais une sonnette

d'alarme résonnait haut et fort dans sa tête. Jordon avait peut-être des ennuis, de gros ennuis.

Il sonna à la porte, entendit le ding-dong résonner quelque part dans la maison, compta jusqu'à dix et sonna de nouveau. Des lumières s'allumèrent à l'intérieur et Ted vint lui ouvrir, en T-shirt et bas de pyjama écossais, un revolver à la main.

— Chef Walters ! s'écria-t-il, surpris.

— J'ai besoin que vous m'ouvriez la porte de Jordon, annonça Gabriel sans préambule.

— Donnez-moi juste une minute.

Il disparut dans un couloir, revint peu après en jean et manteau, et tous deux quittèrent la maison.

— Il y a un problème ? demanda Ted.

— Je n'en suis pas sûr.

L'angoisse lui nouait l'estomac. Il avait vaguement espéré qu'elle soit revenue avant eux au chalet, lestée d'un sac de la supérette la plus proche rempli de victuailles, navrée de leur avoir causé du souci pour rien.

— J'espère que je n'ai pas réveillé toute la maisonnée, dit-il.

— Juste Joan et moi. Il faudrait une bombe pour tirer du lit Jason ou Hannah à cette heure-ci.

En atteignant le chalet, Ted sortit de sa poche un épais trousseau de clés. Il batailla un moment pour trouver la bonne et déverrouilla enfin la porte.

Gabriel se précipita à l'intérieur et balaya la pièce des yeux, le cœur battant. Presque immédiatement il repéra la feuille de papier pliée en quatre sur le lit.

Sa poitrine se contracta. Cette feuille ressemblait comme une sœur à la note laissée précédemment par le tueur. Il la saisit et la déplia. Son sang se glaça à la lecture du petit poème morbide.

— Je file, dit-il à Ted. Ne touchez à rien ici. Fermez à clé derrière moi, c'est tout.

Il sortit sans attendre la réponse de Ted et dévala le sentier jusqu'à sa voiture, la tête bourdonnante. Il devait la trouver. Bon sang ! Il devait la rejoindre le plus vite possible...

Minuit vingt à l'horloge du tableau de bord. Elle avait rendez-vous avec le tueur vingt minutes plus tôt dans un lieu qui lui avait causé une attaque de panique lors de leur dernier passage.

Elle serait vulnérable non seulement face à un assassin sanguinaire amateur d'arme blanche, mais aussi face aux démons terrifiants de son passé. Pourquoi ne l'avait-elle pas appelé dès qu'elle avait reçu la note ?

La question à peine formulée dans sa tête, il connaissait déjà la réponse. Elle était furieuse contre lui tout à l'heure, et le message lui enjoignait de venir seule. Il jura tout bas.

Il quitta le parking pied au plancher et tenta de la joindre, mais l'appel bascula directement sur la messagerie. Que se passait-il ? Il jeta un nouveau coup d'œil à l'horloge. Presque une demi-heure depuis le rendez-vous. Tant d'abominations pouvaient se produire dans ce laps de temps...

Il essaya de nouveau de l'appeler, avec le même résultat. Puis il contacta Ben Hammond. Le détective privé décrocha dès la deuxième sonnerie.

— Vous avez des hommes sur Glen et Kevin Rollings ?

— Oui. Au dernier rapport ils étaient tous les deux chez eux.

— Dites-leur d'aller frapper chez les frères pour avoir la confirmation qu'ils sont là où ils sont censés être, puis rendez-moi compte le plus vite possible, dit Gabriel d'un ton pressant.

Ben le rappela au moment où il arrivait sur le parking du Labyrinthe des Glaces. L'unique autre voiture garée là était celle de Jordon.

— Confirmé, dit Ben. Mes hommes ont parlé avec les deux frères.

— Merci, Ben.

Gabriel coupa le moteur, plus troublé que jamais. Si Ted était chez lui, si Kevin et Glen Rollings étaient également chez eux, alors qui diable se trouvait à l'intérieur avec Jordon ?

*
* *

— Hannah ! Sors et viens me parler ! cria Jordon.

Il régnait depuis quelques minutes un silence inquiétant. Jordon n'avait aucune idée de l'endroit où se tenait Hannah dans le labyrinthe. Comment la trouver dans ces conditions et mettre un terme à cette folie ?

Elle avait erré dans des couloirs et buté sur des impasses, les nerfs à vif, anticipant à tout moment une nouvelle agression.

Ses blessures semblaient avoir enfin arrêté de saigner, mais la tension ambiante la vidait de son énergie. Elle n'avait aucune idée du temps qui s'était écoulé depuis son entrée dans le bâtiment, mais cela lui semblait une éternité.

Le ricanement de la souris déchira soudain le silence et Jordon s'accroupit de manière à parer une attaque venant de n'importe quel côté.

Ses reflets la hantaient. Ils l'aspiraient malgré elle vers les tourments du passé. À certains moments, elle ne voyait que sa propre image, à d'autres c'était le fantôme de Ralph Hicks qu'elle apercevait juste derrière elle. Elle avait envie de crier tant l'angoisse la tenaillait.

— Hannah, il faut que ça s'arrête maintenant...
— T'as raison.

La voix vint de tous les côtés à la fois et une douleur aiguë dans le dos coupa le souffle de Jordon. Elle se retourna à demi. Quatre miroirs lui renvoyaient le reflet de Hannah. L'adolescente souriait en levant son couteau ensanglanté.

Jordon avança d'un pas, les genoux en coton. Du sang chaud coulait le long de sa colonne vertébrale et sa main armée tremblait tandis qu'elle fixait les quatre Hannah.

Laquelle était réelle ?

Le temps parut suspendre son cours... puis, en une fraction de seconde, tout bascula. Jordon tira, le verre vola en éclats. Et zut, un miroir !

La douleur la crucifiait, sa vue était brouillée par les larmes. Un gémissement lui échappa. Si elle devait tirer sur chaque miroir, qu'à cela ne tienne, elle le ferait. Elle se donna à peine le temps de reprendre son souffle avant de presser de nouveau la détente, et cette fois la balle toucha sa cible.

Hannah hurla et lâcha son couteau pour saisir sa cuisse à deux mains, juste au-dessus du genou gauche. Elle esquissa un pas et s'écroula, hors de portée des miroirs.

C'était fini.

Affaire résolue.

Jordon rengaina son revolver — un simple geste qui pompa presque toute son énergie. Elle ne respirait plus que par à-coups et son dos lui faisait un mal de chien.

Elle s'approcha, juste assez pour écarter le couteau d'un coup de pied, puis recula, terrassée par la fatigue qui l'envahissait, remplaçant l'adrénaline qui s'écoulait dans ses veines quelques minutes plus tôt.

S'asseoir, juste une minute, pour souffler, avant d'appeler Gabriel... Elle se laissa choir sur le sol et s'adossa au mur. La tête lui tournait, des frissons glacés lui traversaient le corps.

Hannah continuait à hurler, jurer et pleurer, mais le son semblait venir de très loin. Confrontée à trois reflets d'elle-même Jordon s'étonna vaguement qu'aucune vision du passé ne vienne la hanter, qu'aucune image de Ralph Hicks et de sa cave ne s'impose à elle. Elle ne voyait qu'elle, seule, comme elle l'avait toujours été.

La douleur dans son dos grimpa d'un degré, coupant de plus en plus sa respiration. Elle se demanda si elle était en train de mourir. Cette pensée la rendait si triste...

Elle aurait dû prévenir Gabriel. Son cœur se serra. Il allait être obligé de nettoyer ce chantier qu'elle avait provoqué. Au moins, Hannah ne pourrait plus faire de mal à quiconque.

Des points blancs dansaient devant ses yeux. Froid. Elle avait si froid ! Elle était revenue dans sa boule à neige, immergée dans un hiver âpre, brutal...

Ses yeux se fermèrent.

Elle aurait mieux fait de rentrer chez elle et de danser en petite tenue dans son salon.

14

Gabriel s'avança vers le labyrinthe, l'angoisse au cœur. Il n'avait aucune idée de ce qui l'attendait à l'intérieur, ni de la personne qu'il trouverait là en plus de Jordon.

Billy Bond était en prison, et tous leurs autres suspects sous contrôle — l'auteur de cette note avait donc échappé à leur radar. Qui cela pouvait-il être ?

Il s'introduisit rapidement dans le hall d'accueil, revolver en main. Personne. Il franchit le tourniquet et pénétra dans le labyrinthe. Aussitôt il entendit des cris de femme, des appels à l'aide émanant des profondeurs du dédale de miroirs.

Ces cris lui firent l'effet d'une décharge électrique. Était-ce Jordon ? Non... Il ne le pensait pas. Qui que ce soit, elle n'était pas seulement en train de jurer, elle pleurait aussi en réclamant sa mère.

Sa bouche s'assécha. Si ce n'était pas Jordon, où était-elle donc ? Les questions se bousculaient dans sa tête et son anxiété grimpait peu à peu. Il fallait appeler des renforts, mais pas avant de savoir exactement ce qui se passait — les effectifs supplémentaires risquaient de compliquer la situation.

Dans le couloir où il se trouvait, il ne voyait rien d'autre que des reflets de lui-même. Il avança, prit le premier couloir possible sur la droite. Un autre couloir désert...

Les cris avaient cessé, cédant la place à un silence effrayant. Il continua sa lente progression, glacé de peur, conscient qu'il pouvait être agressé à chaque pas...

Et si ces cris étaient une ruse ? Un piège pour qu'il se

précipite au secours de la victime et se fasse poignarder par le tueur ? Jordon avait-elle connu ce sort ?

Oh mon Dieu, non ! Par pitié, non...

Elle n'avait peut-être pas envie de tisser une relation sérieuse avec lui, mais il la voulait évidemment vivante, en pleine forme, avec un avenir qui avec un peu de chance l'amènerait à aimer quelqu'un de bien...

Une prière expresse franchit les lèvres de Gabriel. Surtout, qu'elle ne soit pas blessée.

Il arpenta le labyrinthe, obliquant d'un côté, puis de l'autre, pour vérifier chaque couloir avec une lenteur obligée, mais exaspérante.

En désespoir de cause, il s'arrêta, dos au mur, au fond d'une impasse.

— Jordon !

Ce prénom jaillit du plus profond de lui-même avec une note de désespoir.

— Jordon, où es-tu ?

— Ici ! Aidez-moi, par pitié, je suis blessée !

La voix féminine venait de sa gauche et il la reconnut tout à coup.

— Hannah ? appela-t-il, incrédule.

Mais que diable faisait-elle ici ?

— Elle m'a tiré dessus. J'étais venue l'aider et elle m'a tiré dessus par accident ! cria Hannah.

— Où est Jordon ?

Gabriel tenta de se guider au son de la voix de l'adolescente.

— Elle est là. Elle... Elle est morte. Il l'a poignardée et il est parti en courant...

À ces mots, Gabriel eut la sensation que toute énergie vitale désertait son corps et tituba contre un des miroirs. *Non !* hurla une voix dans sa tête. Ce n'était pas possible. Terrassé par le chagrin, il s'arracha au miroir et reprit sa marche.

Il ne pouvait pas penser à Jordon en cet instant. Il devait repousser sa peine. Il devait se concentrer. Il tira sa radio de sa ceinture et appela des renforts.

— Hannah, continue à parler pour que je puisse te trouver !

Il mobilisa tout le professionnalisme dont il était capable. Jordon les avait quittés. Jordon était morte. En dépit de son cœur brisé, déchiré, à l'agonie, il avait une mission à accomplir.

Hannah se remit à pester et hurler. Deux détours encore, d'autres couloirs, et il toucha au but. Avec effort, son cerveau enregistra à toute allure la scène qui se présentait à lui. Hannah gisait sur le sol, elle saignait de la jambe, une blessure par balle apparemment. Un couteau ensanglanté traînait aussi, par terre, non loin d'elle.

Mais ce fut la vue de Jordon qui lui coupa le souffle et l'anéantit. Elle était assise, adossée à un des miroirs, les yeux fermés, livide, inerte.

Il se précipita vers elle et s'accroupit pour chercher son pouls du bout des doigts. *Encore vivante, par pitié. Encore vivante. Pas morte.*

Oui ! Oui, il y avait un pouls.

Il agrippa sa radio une seconde fois.

— J'ai besoin d'une ambulance au Labyrinthe des Glaces. Un agent blessé. Je répète, un agent blessé !

Il lui toucha le visage. Sa peau était froide et pâle, si pâle...

— Jordon ? Jordon, peux-tu ouvrir les yeux ? Peux-tu me parler ?

Aucune réaction.

Son pantalon était déchiré et rougi au niveau de la cuisse, mais le saignement semblait avoir cessé. Gabriel n'avait aucune idée des autres blessures qu'elle pouvait avoir reçues.

Il avait peur de la bouger, même légèrement pour vérifier. D'après Hannah, elle avait été poignardée par le tueur. Elle devait donc avoir d'autres plaies, dans le dos ou quelque part hors de vue, sous son manteau.

— Et moi ? Je suis blessée. Elle m'a tiré dessus ! gémit Hannah d'une voix plaintive.

À contrecœur, Gabriel quitta Jordon pour s'approcher de l'adolescente. La balle l'avait touchée juste au-dessus du genou et si la plaie saignait un peu, manifestement aucun organe vital n'avait été touché.

— Accroche-toi, dit-il sobrement. Les secours sont en route.

— Et l'agent James, elle va s'en sortir ?

Au fond des yeux sombres de Hannah tremblait une lueur de panique.

Gabriel recula d'un pas pour tenter d'imaginer la scène. Hannah blessée par balle. Jordon apparemment poignardée et le couteau sur le sol, en évidence…

Jamais le meurtrier qu'ils traquaient depuis des semaines n'aurait oublié son arme. Il ne commettait pas ce genre d'erreur et, de toute façon, ça n'avait aucun sens. Impossible, donc, de croire à la version des faits livrée par Hannah.

Il contempla fixement l'adolescente. Et, peu à peu, une autre version, monstrueuse, effroyable, prit forme dans son esprit.

Était-il possible que… Que cette grande et svelte jeune fille soit responsable de toutes ces morts, de tous ces ravages ?

— C'est terminé, Hannah, déclara-t-il en choisissant ses mots avec soin. L'agent James s'en sortira et elle pourra me raconter tout ce qui s'est passé ici ce soir.

Il voulait y croire. Il avait *besoin* d'y croire.

Une expression de colère impuissante froissa le petit visage de Hannah.

— Je voulais juste rentrer chez moi ! Si plus personne ne venait à Diamond Cove à cause des meurtres, papa et maman retourneraient à Oklahoma City et je retrouverais ma vie normale !

— Chef Walters ! appela une voix grave. Nous arrivons !

Gabriel identifia aussitôt la voix. C'était celle de Ty Kincaid, médecin urgentiste.

— Il nous faut deux brancards, cria-t-il en retour.

L'équipe médicale mit un temps fou à les trouver. Enfin, Hannah et Jordon furent transportées jusqu'à l'ambulance.

Jordon était toujours dans le coma lorsqu'ils lui retirèrent son manteau pour découvrir la blessure sanguinolente dans son dos. De son côté Gabriel mit officiellement Hannah en état d'arrestation avant le départ de l'équipe médicale.

Il suivit l'ambulance jusqu'à l'hôpital, où les deux patientes furent prises en charge dès leur arrivée et emmenées en salle d'opération.

Resté seul dans la salle d'attente, il fit les cent pas, le cerveau en ébullition, ses réflexions fusant dans tous les sens. Leur tueur, c'était Hannah. Les blessures de Jordon étaient-elles profondes, graves ? Une gamine de quinze ans les avait baladés et rendus fous, tout ça parce qu'elle n'avait pas envie de vivre ici. Était-il arrivé à temps ou le coup de couteau dans le dos de Jordon avait-il été mortel ?

Alors seulement, il prit toute la mesure de l'angoisse absolue qui noyait ses yeux de larmes et lui broyait le cœur pour la première fois de sa vie.

À l'arrivée de Mark, venu se joindre à lui dans cette veille insoutenable qui tournait au supplice, il se sentait vidé, anéanti.

— Comment va-t-elle ? demanda Mark.

— Aucune nouvelle pour le moment, soupira Gabriel en s'effondrant sur une chaise.

Mark s'assit à côté de lui.

— C'est une guerrière, répliqua-t-il.

Bien sûr. Mais ce n'était pas suffisant pour alléger la morsure du désespoir dans ses entrailles…

— Les hommes s'activaient tous sur la scène de crime quand je suis parti. J'ai contacté Kent Myers pour qu'il garde l'attraction fermée au public jusqu'à nouvel ordre.

— Au moins tout est fini maintenant, ne restent plus que la collecte de preuves et le nettoyage, dit Gabriel, les yeux rivés sur la porte menant à la salle d'opération, priant pour qu'elle s'ouvre enfin sur un chirurgien porteur de bonnes nouvelles.

— Qui aurait pensé que notre criminel était une jeune adolescente ? Tu crois que le procureur exigera qu'elle soit jugée comme une adulte ?

Gabriel se tourna vers Mark.

— En tout cas, je l'encouragerai en ce sens. Ces meurtres, ce n'était pas une bagarre de cour de récréation. Ils n'avaient rien de spontané. Tout avait été soigneusement planifié. Hannah a même fait preuve d'une ingéniosité hors normes, tant dans la phase de préparation que dans l'exécution. Il faut l'enfermer pour un long moment.

Il se tourna de nouveau vers la porte battante. Pourquoi était-ce si long ? Pourquoi est-ce que personne ne sortait de là pour venir lui parler ?

— Un café ? proposa Mark.

— Non, merci.

Il avait l'estomac à l'envers. Hors de question de tenter de boire quoi que ce soit.

La porte s'ouvrit enfin sur le Dr Gordon Oakley. Les deux hommes bondirent sur leurs pieds.

— Chef... Mark...

Gabriel dévisagea le chirurgien avec attention.

— Comment va-t-elle ?

— L'agent James se repose tranquillement. Ses blessures ont nécessité sept points de suture sur la jambe et vingt et un dans le dos. L'entaille sur le bras était superficielle.

Gabriel poussa un profond soupir de soulagement. Puis il fronça les sourcils.

— Alors pourquoi était-elle inconsciente ?

— Je penche pour l'effet conjugué du choc nerveux et de l'épuisement. Nous l'avons mise sous perfusion et nous lui avons administré des antalgiques. Elle restera en observation ici jusqu'à demain soir au moins.

— Puis-je la voir ?

— J'aimerais mieux qu'elle ne soit pas dérangée avant demain, répondit Gordon. D'après ce que j'ai compris, elle vient de vivre un trauma assez lourd. Elle a besoin avant tout d'un repos complet. Vous pourrez la voir dans la matinée.

Déçu, Gabriel hocha néanmoins la tête — il voulait avant tout le meilleur pour elle. Les dix minutes suivantes, le chirurgien évoqua la blessure de Hannah, qui était encore au bloc. Ses parents avaient été prévenus et se trouvaient dans une salle d'attente privée.

— Je vais aller parler aux Overton, dit Mark après le départ de Gordon.

— Et moi, je veux une garde à plein temps pour Hannah tant qu'elle restera ici, déclara Gabriel. Je dois retourner sur la scène du crime.

— Je m'occupe de tout ici, assura Mark.

Les deux hommes se séparèrent sur ces mots. Gabriel quitta l'hôpital et, dès qu'il fut seul dans sa voiture, le flot d'émotions de la nuit faillit le submerger.

Après avoir lancé le moteur, il cala sa nuque contre l'appui-tête et ferma les yeux. Tout irait bien, Jordon se remettrait vite. Des larmes de soulagement lui brûlèrent les paupières.

Il avait eu si peur pour elle ! Il avait tant redouté une autre fin pour cette nuit d'enfer, déjà marquée par le drame d'une jeune vie, stoppée net, ou presque...

L'idée que trois innocents aient été brutalement assassinés parce qu'une gamine n'aimait pas l'endroit où elle vivait était absolument inconcevable. Mais si Jordon avait perdu la vie ce soir, la tragédie aurait pris des proportions dépassant tout ce qu'il pouvait imaginer.

Elle allait bien. L'affaire était résolue. Et d'ici vingt-quatre heures, quarante-huit au maximum, elle aurait quitté la ville et disparu à jamais de sa vie.

Gabriel crispa les doigts sur le volant, rouvrit les yeux et s'aperçut qu'il avait commencé à neiger.

Jordon se réveilla très lentement.

Avant que ses yeux ne s'ouvrent, des arômes de café frais et de bacon dérivèrent jusqu'à ses narines, se mêlant à une légère odeur de désinfectant. Des chaussures crissèrent sur le sol quelque part dans le lointain et un tensiomètre se mit à gonfler par intervalles autour de son bras gauche.

Elle souleva les paupières avec effort. Elle était seule dans

Le chalet du mystère

une chambre d'hôpital. Le manchon autour de son bras se relâcha et le petit écran afficha une série de chiffres prouvant qu'elle avait survécu à cette longue nuit, alors que son corps meurtri tentait de lui souffler le contraire.

Elle jeta un regard à la fenêtre toute proche et fronça les sourcils. Encore de la neige ! Vivement cette plage en Floride, où il ferait délicieusement beau et chaud…

— Ah ! Bien ! Vous êtes réveillée.

Une femme blonde en blouse violette pénétra dans la chambre.

— Je m'appelle Marjorie et je serai votre infirmière pour la journée.

Elle s'avança jusqu'au lit et brandit un thermomètre.

— Ouvrez la bouche !

Jordon obéit.

— Tout est normal chez vous, trancha Marjorie en récupérant l'instrument.

— J'en connais certains qui ne seraient pas d'accord avec vous sur ce point, répliqua-t-elle.

Marjorie ne réagit pas. Jordon se rembrunit. Génial ! Une infirmière dépourvue de sens de l'humour.

— Sur une échelle de un à dix, où situez-vous votre niveau de douleur ?

Jordon changea de position et cilla.

— Sept, je dirais. Mais je n'ai plus besoin d'antalgiques.

Elle accueillait presque avec joie la souffrance comme un rappel qu'elle avait survécu.

— Ce que j'aimerais, c'est une grande tasse de café !

— Je vais demander en cuisine qu'on vous prépare un plateau de petit déjeuner.

— Parfait !

Après le départ de Marjorie, le regard de Jordon s'égara de nouveau vers la fenêtre. Gabriel. Une vision de lui la traversa : il était si séduisant, avec ces yeux bleus perçants qui la réchauffaient de l'intérieur…

Aussitôt elle canalisa ses pensées dans une autre direction.

Elle ne voulait pas penser à lui, à ses caresses douces, à sa force de caractère.

À la place, elle ferma les yeux et songea à sa confrontation de la veille avec Hannah. Elle avait été stupide de s'aventurer seule dans le labyrinthe, surtout sans savoir qui l'attendait là-bas.

Elle avait pris des risques inutiles en se passant des renforts. Elle n'était pas un chat aux neuf vies... Sa posture de loup solitaire lui avait déjà valu de frôler la mort par deux fois. Il était plus que temps d'apprendre l'esprit d'équipe et de jouer collectif.

Dieu merci, ces réflexions dérangeantes furent interrompues par l'arrivée du plateau-repas. Tout en mangeant, elle fut hantée par le souvenir de tous les petits déjeuners partagés avec les Overton, des conversations qu'elle avait eues avec Joan.

Eux, seraient hantés par les crimes de Hannah. Leur vie ne serait plus jamais la même. Un parent pouvait-il trouver un semblant de paix, sachant que son enfant avait commis trois horribles assassinats et passerait des années en prison ?

Une fois son assiette vidée, elle se rendormit sans faire le moindre cauchemar sur Ralph Hicks ou Hannah. Ce fut Gabriel qui s'invita dans ses rêves — des rêves enchanteurs émaillés de rires et regorgeant d'amour. Elle se réveilla en proie à un mélange de désir profond et de regrets déchirants.

Puis ce fut l'heure du déjeuner. Le chirurgien vint ensuite l'examiner.

— Quand pourrai-je sortir d'ici ? lui demanda-t-elle.

— Comment vous sentez-vous ? Nous avons dû vous recoudre un peu partout...

— Endolorie, concéda Jordon. Mais je compte quitter la ville dès que possible pour rentrer à Kansas City, et mon médecin assurera le suivi.

— Pourquoi ne pas profiter d'un dernier repas gratuit ce soir chez nous ? Nous verrons alors si nous pouvons vous libérer.

Elle hocha la tête, tout en songeant qu'elle n'avait aucune intention de passer une nuit de plus ici. Il fallait qu'elle rentre chez elle. Il fallait qu'elle retrouve ses propres repères et laisse derrière elle cette ville et cet homme.

Le chirurgien reparti, elle contacta son supérieur pour l'informer des événements. Tom Langford prit ses dispositions pour qu'un hélicoptère vienne la chercher le lendemain dans l'après-midi.

Elle venait de raccrocher lorsque Gabriel fit son entrée. Elle ouvrit des yeux ronds. Dans un bras, il portait un énorme palmier gonflable et dans l'autre, une boisson fruitée rose vif ornée d'une touillette en forme de parasol.

— Si Jordon ne peut pas aller en Floride, alors un petit avant-goût de Floride viendra à elle, déclara-t-il en posant le palmier près du lit.

Elle prit le verre qu'il lui tendait et batailla un moment contre l'énorme nœud qui lui bloquait la gorge, rendant toute parole impossible. Il était si merveilleusement séduisant, en uniforme et sans le stress de l'enquête qui, jusque-là, pesait sur ses épaules...

Il s'installa sur la chaise à côté du lit et lui sourit.

— Vas-y, goûte ! Je ne savais pas très bien ce qui te plairait, ce sera donc smoothie à la fraise avec morceaux d'ananas, fruits rouges et mangue.

Elle but une gorgée et sourit, incapable de déterminer si c'était bon parce qu'elle adorait les smoothies ou parce que Gabriel s'était donné tout ce mal pour elle. Cet idiot lui brisait le cœur...

— Délicieux, articula-t-elle avant de pointer le doigt vers le palmier. Où as-tu réussi à trouver ça ?

— Il y a deux ans, une fête hawaïenne a été organisée au poste de police. Il en reste cinq autres en stock.

Le sourire de Gabriel s'effaça.

— Comment vas-tu ?

— Bien. J'aurai juste une cicatrice toute neuve en travers du dos.

— Hannah aurait pu te tuer.

Sa voix était enrouée, ses beaux yeux assombris étaient

pleins d'une émotion sur laquelle Jordon se refusa à apposer un nom.

— C'est le moment du scénario où tu me traites de tous les noms pour avoir pris des risques imbéciles ?

Il se renversa contre le dossier de sa chaise.

— Il me suffit que tu reconnaisses ton imprudence.

— J'aurais dû t'appeler dès que j'ai vu la note. J'ai assez joué au cow-boy. J'ai eu de la chance quand Ralph Hicks me tenait prisonnière dans sa cave. J'en ai eu de nouveau hier soir, mais je ne peux plus me permettre de dépendre du hasard.

— Si tu as compris cela, alors tu n'auras pas perdu ton temps à Branson.

Il la fixait avec une telle intensité qu'elle dut détourner la tête.

— Comment va Hannah ?

Elle avait besoin de parler d'autre chose, n'importe quoi pourvu que cela dissipe un peu la tension ambiante.

Les yeux sur la fenêtre, elle écouta distraitement les informations qu'il lui donna sur la jeune tueuse : elle avait bien supporté l'opération et récupérait des forces dans une chambre de ce même hôpital, avec une sentinelle postée devant sa porte.

— Nous avons trouvé la voiture de Joan garée à un pâté de maisons du labyrinthe. Hannah a fait le mur pour quitter la maison. Ted et Joan n'ont rien entendu. Elle comptait te tuer puis rentrer tranquillement chez elle se coucher avant l'aube.

— Comment vont Ted et Joan ?

— Dévastés. Sous le choc.

— Ils s'en remettront un jour ou l'autre, répliqua Jordon. Ce sont des gens solides. Et sinon, ajouta-t-elle sans le regarder, je dois sortir d'ici ce soir et je me suis organisée pour repartir demain à Kansas City. Je me demandais si tu pouvais passer me prendre tout à l'heure et m'accompagner jusqu'à un motel où je prendrais une chambre pour la nuit.

Elle s'arracha à la contemplation du paysage pour enfin se tourner vers Gabriel. Dans son regard, elle lut les mots qu'il avait envie de prononcer et qu'elle ne voulait pas entendre. Ils s'étaient déjà dit l'essentiel la veille.

— Bien sûr, répondit-il enfin. Tu sais que je répondrai présent chaque fois que tu auras besoin de moi.
— Je t'appellerai plus tard, dit Jordon d'une voix étranglée.
Elle posa le verre sur son plateau. La douleur qui l'élançait dans le dos s'était mystérieusement déplacée de l'autre côté de son corps pour lui vriller le cœur.
— Je crois que j'ai besoin de faire une petite sieste maintenant.
Il se leva.
— Alors j'attendrai ton appel.
Il disparut sans rien ajouter.
Jordon sentit ses yeux brûler tout à coup et les ferma très fort pour conjurer ces larmes qu'elle n'attendait pas. La visite de Gabriel avait été inconfortable, guindée d'un bout à l'autre, à des années-lumière de la relation qu'ils avaient partagée pendant son séjour à Branson. Il lui avait apporté un palmier et un cocktail, ses yeux amoureux l'avaient invitée à embrasser une vie dont elle ne s'était jamais jugée digne…
Dans leur intérêt à tous les deux, elle devait lui dire adieu.

Gabriel se gara devant la porte de la chambre du motel en redoutant les adieux à venir. Le soleil brillait, la neige tombée la veille n'avait pas tenu longtemps. C'était une belle journée pour un tour en hélicoptère.
Lorsqu'il avait conduit Jordon ici, la veille au soir, le trajet depuis l'hôpital avait été tranquille, ils n'avaient discuté que des suites de l'enquête.
Comme il s'apprêtait à mettre pied à terre, Jordon sortit en coup de vent de sa chambre, deux bagages dans les mains.
— Reste assis, dit-elle. Je me débrouille.
Elle ouvrit une portière arrière, lança ses sacs sur la banquette, puis s'installa côté passager. Elle lui décocha un sourire joyeux qui ne fit que lui lacérer un peu plus le cœur.
— Merci de m'accompagner à l'aéroport…

— Pas de problème, répliqua Gabriel en déboîtant pour quitter le parking. Comment te sens-tu aujourd'hui ?

— Pas trop mal. Les points seront sensibles encore un moment, mais rien d'insurmontable.

Son parfum capiteux envahit l'habitacle, ranimant chez lui désir et sentiment amoureux, tandis qu'il l'emmenait là où elle le quitterait pour toujours. Au fil de cette longue nuit, de guerre lasse, il avait fini par se résigner à l'inévitable. Il l'avait perdue.

Il ne pouvait pas l'obliger à l'aimer, il ne pouvait pas la forcer à comprendre qu'ils étaient faits l'un pour l'autre si elle ne le croyait pas au plus profond de son âme.

Il ne pouvait que la laisser partir pour qu'elle trouve sa propre formule du bonheur. Jordon était la femme la plus courageuse qu'il ait jamais connue et pourtant c'était bien la peur qui la retenait, il en aurait mis sa main au feu.

— Belle journée pour voler, commenta-t-il. Et maintenant tu vas pouvoir enfin savourer ces vacances que tu attendais. Tu les auras amplement méritées.

— Et toi ? demanda-t-elle. Quand as-tu pris des congés pour la dernière fois ?

— Je n'en ai pris aucun depuis mon arrivée à Branson, avoua Gabriel.

Il n'allait pas lui confier que l'idée de partir quelque part tout seul ne le tentait pas.

— Tu les as pourtant mérités toi aussi. Je dis ça...

Pourquoi parlaient-ils de vacances alors qu'il avait le cœur à l'envers ? Il ne voulait pas d'une conversation inepte... Et cependant il savait que c'était tout ce qui restait entre eux.

Ils atteignirent le parking de l'aéroport, qui offrait une vue imprenable sur l'hélicoptère qui attendait de ramener Jordon chez elle.

— On dirait que tu es attendue.

— Tu n'as pas besoin de descendre, dit-elle en détachant sa ceinture.

— Je t'accompagne jusqu'à la porte, répliqua Gabriel.

Exactement comme il l'avait fait chaque soir après son agression et sa course éperdue dans la forêt en pleine tempête de neige.

Il mit pied à terre et attrapa le sac le plus volumineux. En silence, ils traversèrent le bâtiment de l'aéroport, puis ressortirent sur le tarmac où se tenait le pilote de l'hélicoptère.

En les voyant approcher, celui-ci grimpa dans l'appareil, et les pales se mirent à tourner de plus en plus vite. Jordon reprit son sac et regarda Gabriel, ses yeux verts remplis d'émotion.

— Gabriel, je ne pourrai jamais te remercier assez pour tout ce que tu as fait pour moi pendant mon séjour ici.

— Jordon, je...

Elle leva la main.

— S'il te plaît, ne dis rien. C'est déjà suffisamment difficile. Au revoir, Gabriel.

Sans attendre sa réponse, elle s'éloigna rapidement vers la porte de l'hélicoptère et se hissa à l'intérieur. Gabriel recula, accablé de tristesse.

Les pales de l'hélicoptère tournèrent bientôt à plein régime et le moteur se mit à vrombir. Un grand vent de solitude s'engouffra en lui. Il tourna les talons pour regagner le parking. Toutes ces années pour trouver enfin la femme de sa vie, et voilà qu'elle était partie.

— Gabriel !

Gabriel tressaillit et se retourna. Elle courait à sa rencontre. Avait-elle oublié quelque chose ?

En arrivant devant lui, elle jeta les bras autour de son cou et sourit.

— Je la veux, dit-elle.

Son regard étincelant manqua le faire tituber.

— Je la veux, répéta-t-elle, cette vie avec toi ! Je croyais pouvoir te quitter comme ça, mais non, c'est impossible... Je t'aime, Gabriel, et je suis prête à tenter ma chance avec toi !

Incapable de prononcer un mot, Gabriel captura ses lèvres d'un baiser qui contenait tout son espoir, ses rêves et son amour pour elle.

— Je te soulèverais dans mes bras dans la seconde si tu n'avais pas ces points de suture dans le dos, chuchota-t-il lorsqu'ils se séparèrent.

Le rire un peu voilé de Jordon l'enchanta.

— J'ignore comment tout cela va fonctionner, mais ce que je sais, c'est que mes vacances se passeront ici même avec toi !

— Et la plage ?

— Au diable, la plage ! Je veux passer tout mon temps à l'endroit où tu seras.

— Moi aussi, Jordon, dit-il avec ferveur. Nous allons le réussir, ce pari. Nous trouverons toujours une solution, tant que l'amour nous unira.

— Tu sais que je n'ai aucun sens de l'ordre et que je ne sais pas cuisiner...

— Tant mieux, assura Gabriel.

Elle jeta un bref regard vers l'hélicoptère.

— Je dois y aller.

Vite, il l'embrassa encore et trouva cette fois sur ses lèvres le goût de l'amour qu'elle éprouvait pour lui, ainsi que la promesse d'un avenir ensemble.

— Je t'appellerai, promit-il.

— Et moi, j'attendrai ton appel.

Elle pivota sur ses talons et courut vers l'hélicoptère, qui l'avala bientôt.

Immobile, Gabriel regarda l'oiseau décoller avec l'amour de sa vie. Elle lui manquait déjà, mais son cœur maintenant se dilatait de bonheur.

Le soleil fit étinceler les vitres de l'appareil qui dessinait un cercle au-dessus de l'aéroport. Ébloui par les reflets, Gabriel sourit. Il aimait Jordon, et Jordon l'aimait. Jamais il n'avait été aussi sûr de son avenir.

Elle ne le savait peut-être pas encore, mais elle était la femme qu'il allait épouser et qui porterait leurs enfants.

Ce n'était pas un au revoir, c'était un commencement. Il ne faisait aucun doute pour Gabriel que la vie avec Jordon serait une merveilleuse aventure. Il était plus que partant pour relever le défi.

Épilogue

Le soleil tapait fort en Floride en cette fin de mois d'août.

Assise sur son transat, Jordon ferma les yeux pour offrir son visage aux rayons brûlants et soupira de bien-être.

— Quelle merveille !

— Tu trouves cela merveilleux parce que tu as à ton service un démon ensorcelant qui enduit ton dos de crème solaire, fit observer Gabriel dont les mains appliquaient avec sensualité sur sa peau un onguent parfumé à la noix de coco.

— Tu as raison. La plage est bien plus agréable avec toi.

Il déposa un baiser sur sa nuque. De petits frissons de volupté dévalèrent la pente jusqu'à ses reins.

— Si tu continues à faire ça, dit-elle, nous ne profiterons pas longtemps du soleil… L'après-midi se terminera encore une fois dans la chambre, comme tous les autres jours depuis notre arrivée.

Gabriel éclata de rire et se rassit sur le transat voisin du sien.

— Les vacances sont toujours plus agréables avec un doudou à portée de main !

Jordon le regarda et sourit.

— Tu es parfait comme doudou, j'avoue.

Elle s'allongea et referma les paupières.

Par moments, elle devait se pincer pour s'assurer qu'elle ne rêvait pas. Les six derniers mois avaient été magiques…

Bravant la distance, ils avaient saisi les moindres opportunités de se retrouver. Jordon était allée passer des weekends chez Gabriel, il était venu à Kansas City dès qu'il en avait eu la possibilité.

Leur amour s'était épanoui de jour en jour. Sa confiance en ce qui les liait tous les deux s'était renforcée avec le temps. Il l'avait convaincue de croire en elle-même — jamais personne n'avait pris cette peine jusque-là. Il avait fait d'elle une femme meilleure et Jordon se plaisait à penser qu'elle faisait de Gabriel un homme meilleur.

Elle n'avait pas été surprise lorsqu'il lui avait annoncé que Joan et Ted Overton avaient finalement choisi de rester à Branson et de rouvrir les portes de Diamond Cove. Au-delà du désespoir dans lequel les avaient plongés les crimes commis par leur fille, ils étaient décidés à ne pas laisser ce plan démoniaque aboutir.

Et quel plaisir d'apprendre que le couple semblait plus uni que jamais... L'un et l'autre comptaient soutenir Hannah, bien sûr, mais pour eux sa place était derrière les barreaux et nulle part ailleurs.

— Il fait décidément très chaud ici, déclara Gabriel d'une voix teintée d'un accent séducteur qui arracha Jordon à ses pensées. Je parie que notre chambre est toute fraîche. Nous pourrions mettre un peu de musique et danser en petite tenue dans l'air conditionné.

Jordon se mit à rire, sans rouvrir les yeux pour autant.

— C'est vrai que tu es plutôt sexy quand tu danses en petite tenue !

Elle était dingue de cet homme, décidément.

— Là-bas nous pourrions aussi commander une bouteille de champagne au service d'étage.

Intriguée, elle se tourna vers lui.

— Nous avons quelque chose à fêter ?

Gabriel balança les jambes sur le côté du transat et tira son sac de plage près de lui tout en la couvant du regard.

— Ces six derniers mois ont été les plus heureux de ma vie.

Le cœur de Jordon se serra.

— Tu sais que c'est la même chose pour moi. Je croyais

tout savoir de l'amour, mais il a fallu que je te rencontre pour comprendre ce que c'était vraiment.

— Et toi, tu sais que je mise tout sur toi, Jordon.

— Vu que tu as donné ta démission, que tu vas entrer dans la police de Kansas City et emménager chez moi le mois prochain, tu n'as pas trop le choix en effet !

— La vraie question est : es-tu certaine, toi, de vouloir tout miser sur moi ?

Là-dessus, Gabriel plongea la main dans son sac de plage et en sortit un petit écrin de velours.

Jordon retint son souffle et se redressa sur son transat tandis que Gabriel posait un genou sur le sable. Dans son regard flottait une légère incertitude.

Il souleva le couvercle de l'écrin pour révéler une bague ornée d'un diamant princesse étincelant.

— Veux-tu faire de moi l'homme le plus heureux du monde et m'épouser, Jordon ?

Le cœur de Jordon se mit à trembler, non de peur, mais de joie, une joie d'un caractère tout à fait inédit, sauvage, galvanisante...

— Sot que tu es, efface vite ce doute dans tes yeux... Oui, oui, mille fois oui, je t'épouserai !

Gabriel glissa la bague à son annulaire, puis il l'invita à se lever pour l'enlacer. Le long baiser passionné qu'ils échangèrent valait serment d'amour indissoluble.

— Hé ! Trouvez-vous une chambre !

Jordon se détacha de Gabriel et tourna la tête vers la voix qui les hélait. Un vieil homme très maigre les observait. Elle lui décocha son plus beau sourire.

— Nous avons déjà une chambre et nous y allons de ce pas !

Puis elle posa une main sur le cœur de Gabriel et ajouta :

— Et voici l'homme avec lequel je vais faire des bébés.

Le visage du vieil homme s'éclaira.

— Alors, qu'est-ce que vous attendez ? Fichez vite le camp de la plage !

— Tu as entendu ce qu'il vient de dire ? souffla Jordon à Gabriel. Viens, mon fiancé...

Gabriel lui prit la main, et ensemble ils foulèrent le sable à longues enjambées vers l'hôtel, vers un avenir gorgé d'amour, de rires et de bonheur en famille.

RITA HERRON

Double révélation

Traduction française de
GAËLLE BRAZON

Titre original :
WARRIOR SON

© 2016, Rita B. Herron.
© 2017, HarperCollins France pour la traduction française.

1

Le shérif adjoint Roan Whitefeather n'avait pas sa place sur les terres des McCullen.

Et pourtant, il était là, en marge de la fête de mariage de Ray McCullen et de Scarlet Lovett, comme un intrus.

Même s'il était du même sang que les frères McCullen. Même si Joe McCullen était son père à lui aussi.

Il était seul. Et il ne ferait rien pour que cela change.

Maddox, Brett et Ray ignoraient qu'il était leur demi-frère. Lui-même ne l'avait découvert que quelques mois plus tôt, à la mort de sa mère, lorsqu'il avait trouvé ce fichu acte de naissance.

Étant donné les épreuves subies par les McCullen une semaine plus tôt — deux incendies sur la propriété, ainsi que la révélation choc que Joe avait eu un fils nommé Bobby avec sa maîtresse, Barbara —, Roan comptait garder le silence sur sa filiation.

En entendant un bruit provenant de la colline sur sa droite, il pivota, tous les sens aux aguets. Comme l'incendiaire n'avait toujours pas été arrêté, il devait se tenir prêt en cas de problème. Au milieu de cette ambiance festive, tous les membres de la famille avaient baissé la garde. Autrement dit, c'était l'occasion rêvée pour n'importe quel ennemi des McCullen de passer à l'attaque.

Maddox, le shérif de la ville et le supérieur de Roan, s'avança devant le groupe réuni sur la pelouse près de la rivière. Il leva sa coupe de champagne pour porter un toast aux jeunes mariés.

Pendant un instant, Roan éprouva une bouffée de jalousie.

Il regarda Ray embrasser Scarlet, tandis que les autres frères et leurs femmes échangeaient félicitations et embrassades.

Ils avaient affronté bien des tempêtes, mais ils formaient désormais une grande famille soudée et heureuse.

Lui n'avait eu dans sa vie que sa mère et les gens de la réserve.

Il n'avait pas besoin d'une famille, ou de qui que ce soit d'autre, se répéta-t-il.

Il protégerait les McCullen, parce que c'était son travail. Et cela seul comptait à ses yeux.

Malgré tout, plusieurs questions le taraudaient. Si Joe McCullen avait été au courant pour Roan, aurait-il passé du temps avec lui ? L'aurait-il amené à Horseshoe Creek pour le présenter à ses demi-frères ?

Ou l'aurait-il caché comme il l'avait fait avec Bobby Lowman, son autre fils naturel ?

Le vent fit bruisser les feuilles des arbres, et Roan balaya de nouveau les alentours du regard. Le ranch s'étendait sur des centaines de kilomètres à la ronde. Bétail et chevaux allaient et venaient en liberté dans les pâturages. Joe McCullen avait transmis un bel héritage à ses fils, c'était indéniable. Et même si Ray et Brett étaient partis pendant des années, ils étaient revenus récemment et comptaient aider Maddox à gérer le ranch.

Mais quelqu'un ne voulait pas que les McCullen prospèrent. Quelqu'un qui avait peut-être une dent contre Joe à cause de sa maîtresse et de leur fils. À moins qu'il ne s'agisse d'un souci avec l'exploitation ou avec la façon dont Joe menait ses affaires...

Bon sang, si jamais Maddox, Brett ou Ray apprenaient que Roan avait un lien de parenté avec eux, ils risquaient de l'accuser *lui* de sabotage.

Raison de plus pour garder pour lui ses questions à propos de la mort de Joe, décida-t-il, jusqu'à ce qu'il découvre si ses soupçons avaient lieu d'être.

*
* *

Le Dr Megan Lail termina le rapport d'autopsie concernant Morty Burns. Cet ouvrier agricole avait été retrouvé mort, abattu par une arme à feu, à la sortie de Pistol Whip, dans le Wyoming. Pour le moment, la police ignorait qui lui avait tiré dessus, mais Megan avait fait son travail : elle avait déterminé l'heure et la cause du décès, et récupéré la balle.

Sa fascination pour les cadavres remontait au meurtre de sa sœur. Elle n'éprouvait aucun attrait pour le côté morbide de la mort, mais s'intéressait à l'histoire que ces corps racontaient.

À l'époque, elle avait brûlé de savoir qui avait tué Shelly. Comme elle, les proches des victimes méritaient d'avoir des réponses à leurs questions. Et les aider à faire leur deuil lui apportait une sorte de réconfort.

Mais elle avait déçu son père. Il s'était toujours extasié sur la beauté de Shelly, rappelant constamment à Megan qu'elle avait un physique quelconque et qu'elle n'avait que son intelligence pour trouver sa place dans la vie. Cela ne l'avait pas dérangée. La science l'avait toujours intéressée.

En écoutant les enquêteurs après l'assassinat de sa sœur, elle s'était rendu compte d'une chose : c'était le médecin légiste qui avait découvert l'indice menant au coupable. Alors qu'elle assistait au procès avec son père, elle avait décidé de suivre la même voie.

Elle ôta ses gants, rangea son rapport, puis ouvrit un site d'actualité. Elle y trouva un article sur la récente arrestation de Bobby et Barbara Lowman par le shérif et son adjoint Roan Whitefeather. L'affaire avait fait grand bruit à Pistol Whip, parce qu'elle concernait les McCullen de Horseshoe Creek et avait révélé que Joe, le patriarche qui venait de mourir, avait une famille cachée.

Une maîtresse, Barbara, et un fils naturel, Bobby.

Bobby en avait voulu à Joe pendant des années. Quant à sa mère, elle s'était sentie trahie, parce que son amant ne l'avait jamais épousée. Ils avaient également été contrariés par les clauses que Joe avait ajoutées dans le testament à propos de l'héritage de Bobby, notamment que le jeune homme aurait l'obligation de travailler sous la tutelle de Maddox.

Après avoir braqué une arme sur Scarlet et menacé la famille, ils avaient fini en prison. Mais aucun des deux n'admettait avoir allumé les deux incendies sur le ranch, dont l'un avait détruit la vieille maison familiale.

Elle parcourut rapidement la suite de l'article.

L'ancienne vedette de rodéo Brett McCullen a offert une récompense de dix mille dollars pour toute information menant à l'arrestation du pyromane.

Les pensées de Megan prirent une autre direction, et elle se massa la tempe. Quelque chose la tracassait à propos de l'autopsie de Joe McCullen.

Sa curiosité, la qualité qui la servait le plus dans le cadre de son travail, la bombardait de « et si ? » Et si Joe n'était pas mort des suites de sa maladie ?

Après avoir remarqué des anomalies dans les résultats de l'analyse toxicologique, elle avait fait part de ses inquiétudes au Dr Cumberland, médecin de famille des McCullen et ami de longue date de Joe.

Elle repassa la conversation dans sa tête.

— Vous êtes jeune, vous débutez dans le métier, Megan. Vous avez forcément fait une erreur, avait affirmé le Dr Cumberland. J'ai soigné Joe pendant sa maladie. Il avait de l'emphysème. Il suffit de regarder ses radios et ses scanners pour s'en rendre compte.

C'était bien ce dont souffrait Joe McCullen, elle avait vérifié.

— Mais il y a de légères traces d'une toxine indiquant qu'il a été empoisonné, avait-elle rétorqué. Du cyanure, a priori.

Les sourcils froncés, le médecin avait examiné ses notes.

— Refaites les analyses. Ça ne colle pas.

Megan était retournée au labo pour prélever un nouvel échantillon, qu'elle avait fait tester à nouveau. Une heure plus tard, le Dr Cumberland était venu en personne lui remettre le rapport.

— Vous voyez, il n'y a aucun signe de poison. Le technicien a confondu les dossiers. Le résultat que vous avez reçu concernait un autre cas…

Néanmoins, le fait que quelqu'un s'en prenne aux McCullen préoccupait Megan. En outre, elle était méticuleuse et ne commettait jamais d'erreurs.

Impossible de laisser tomber avant d'avoir vérifié encore une fois, décida-t-elle brusquement. Une bouffée d'adrénaline l'envahit, et elle ouvrit le rapport d'autopsie. Elle éprouvait malgré tout une certaine culpabilité à douter du Dr Cumberland.

Le praticien exerçait à Pistol Whip depuis des années. Tous les habitants l'adoraient. Il avait mis au monde la moitié des bébés de la ville, y compris Maddox, Brett et Ray McCullen.

Et il avait été bouleversé par la mort de Joe.

Quelle raison aurait-il de mentir ou d'étouffer un rapport toxicologique ?

Pourtant quelque chose clochait. Megan n'avait pas l'impression de s'être trompée…

Elle téléphona au laborantin, un jeune homme nommé Howard, et évoqua les deux résultats différents.

— Je les ai peut-être intervertis, c'est possible, admit-il. Mais je vérifie toujours tout deux fois, je suis un vrai maniaque.

Tout comme elle. Dans leurs métiers, le moindre détail avait son importance.

Howard s'éclaircit la voix.

— S'il te reste un échantillon, je peux le tester à nouveau.

— Justement j'en ai un, répondit-elle, le cœur battant. Je te l'envoie tout de suite, Howard. Mais il faut que ça reste entre nous, s'il te plaît.

— Pas de souci, Megan. Qu'est-ce qui se passe ?

— Je veux seulement revérifier, par acquit de conscience.

Il promit de la rappeler au plus vite, puis raccrocha. En attendant les résultats, elle allait parler à Roan Whitefeather. Il saurait si Joe avait des ennemis. Elle ne voulait pas alarmer les McCullen tant qu'elle n'avait rien de concret.

À l'idée de revoir le shérif adjoint, une boule de chaleur se forma au creux de son ventre. Megan avait rencontré Roan lorsqu'il faisait partie du conseil tribal de la réserve. Quand sa mère était morte, elle s'était occupée de l'autopsie. Il avait été anéanti par ce décès, qui le laissait seul au monde.

Elle n'avait pas supporté de voir le chagrin de cet homme grand et fort. Elle l'avait pris dans ses bras pour le réconforter, et leur étreinte avait été suivie d'un baiser. Un baiser exprimant une telle solitude qu'elle avait été incapable de résister. Ils avaient fait l'amour ensuite pendant des heures.

Parfois, quand elle était seule la nuit, elle fermait les yeux et pouvait encore sentir ses mains la toucher, la caresser, l'aimer. Elle n'avait jamais rien ressenti d'aussi intense.

Mais le lendemain matin, il était parti et ne l'avait jamais recontactée.

Comment allait-il réagir si elle lui confiait ses doutes à propos de la mort de Joe McCullen ?

Roan alla féliciter les jeunes mariés avant de reprendre la voiture pour rentrer chez lui. Il louait un chalet au bord de la rivière. Vivre dans la réserve lui manquait, mais comme il travaillait désormais au bureau du shérif, c'est-à-dire pour tous les habitants de Pistol Whip et du comté, il trouvait plus judicieux d'habiter dans un endroit plus central.

— Tu n'as rien vu de suspect ? demanda Maddox, tandis qu'ils regardaient Scarlet lancer le bouquet.

— Non. Mais sur le chemin du retour, je vais traverser la propriété pour jeter encore un œil.

— Super, répondit le shérif en lui serrant la main. Je te remercie de t'être occupé du bureau pendant que Rose et moi étions partis. Brett a décidé d'embaucher des agents de sécurité pour le ranch, en attendant qu'on découvre qui a allumé ces incendies. Il est en train de reconstruire les écuries, et la maison principale est déjà finie.

— Ce n'est pas une mauvaise idée d'avoir des vigiles en plus, approuva Roan.

Maddox, Brett et Ray ne pouvaient pas gérer et surveiller le ranch vingt-quatre heures sur vingt-quatre tout seuls. Après tout, dans une propriété aussi vaste, il y avait des douzaines de cachettes possibles.

Une femme blonde attrapa le bouquet sous les cris des invités, puis Maddox rejoignit Rose sur la piste de danse.

Roan s'appuya contre le bar provisoire installé pour la réception. Il mourait d'envie d'une bière bien fraîche, mais il ne buvait pas pendant le service.

En voyant les trois frères danser avec leurs femmes, il eut un pincement au cœur. Ils semblaient tous tellement heureux.

Ils formaient une famille.

Quelque chose qu'il n'avait plus.

Et pourtant... Ils avaient des liens de parenté.

Aucune importance. Tu ne vas pas le leur dire.

Ils risqueraient de croire qu'il était comme Bobby Lowman et qu'il attendait quelque chose de leur part.

Il voulait seulement vivre en paix. Il ne fallait pas s'attacher aux gens, sinon on souffrait lorsqu'ils disparaissaient.

Le visage de sa mère apparut de façon fugace dans son esprit. En toute honnêteté, c'était la seule personne au monde qu'il ait jamais aimée.

Son téléphone vibra, et Roan jeta un coup d'œil sur l'écran. Surpris, il vit s'afficher le nom du Dr Megan Lail. Nom d'un chien... Il ne l'avait pas revue depuis la nuit où sa mère était morte, l'année dernière.

La nuit où ils avaient laissé libre cours à leur passion.

Il essuya son front moite de transpiration. Il n'avait jamais eu de rapport sexuel aussi érotique. Pendant des mois, il en avait rêvé. Il se réveillait avec en tête l'image des seins de Megan se balançant doucement pendant qu'elle s'empalait sur lui. De sa peau ivoire qui s'empourprait et de ses gémissements de plaisir tandis qu'il bougeait en elle.

Le portable vibra à nouveau. Roan jura et s'éloigna de quelques pas pour mieux entendre. C'était elle la légiste, après tout. Elle avait peut-être du nouveau sur une affaire.

— Shérif adjoint Whitefeather.
— Roan, c'est le Dr Lail. Megan.

Le timbre voilé de la jeune femme lui fit remonter en mémoire d'autres souvenirs de leurs ébats torrides. Son érection fut instantanée.

Il s'efforça de faire court, craignant de laisser transparaître le désir dans sa voix s'il parlait trop.

— Ouais ?
— J'ai besoin de te voir.

Son souffle se bloqua dans sa gorge. Elle avait *besoin* de lui ? L'inquiétude l'envahit aussitôt. Et si les préservatifs n'avaient pas rempli leur office, cette nuit-là ? Ils avaient fait l'amour... Combien de fois, au juste ?

— Megan, que se passe-t-il ? Tu vas bien ?
— Oui, ça va, répondit-elle doucement.

Roan sentit de tendres sentiments s'éveiller en lui. Des sentiments qu'il ne voulait pas éprouver.

— Alors pourquoi m'appelles-tu ?

Il avait été cassant, comprit-il en l'entendant inspirer brusquement.

— Je suis désolée. Si je tombe mal, je peux rappeler.
— Non, c'est bon. Je monte la garde au mariage de Ray McCullen, au cas où l'incendiaire frapperait à nouveau.
— C'est un peu pour ça que je veux te parler.

Les sourcils froncés, il regarda les pâturages autour de lui.

— Tu as des informations qui pourraient nous aider ?
— Je n'en suis pas sûre. Mais je me pose des questions à propos de l'autopsie de Joe McCullen.
— De quel genre ? demanda-t-il en se figeant sur place.
— Je n'ai pas trop envie d'en parler au téléphone. On peut se voir ?

Il imagina aussitôt ses longs cheveux ondulés et indisciplinés. En général, elle les coiffait en un chignon sévère. Dès qu'il l'avait défait, il avait libéré une partie d'elle-même qu'elle cachait au reste du monde.

Ce n'était pas une bonne idée de la voir.

— S'il te plaît, insista Megan. C'est important. Et puis... Tu es le seul en qui j'aie confiance.

Bon sang... Pourquoi fallait-il qu'elle le formule ainsi ?

— D'accord. Où es-tu ?

— Je suis encore à la morgue. Mais je préférerais te retrouver ailleurs.

Il pouvait aller chez elle, songea-t-il. Mais ce serait trop intime. La tentation serait trop grande.

— J'ai bientôt terminé ici. Retrouvons-nous au Silver Bullet dans une heure, si ça te convient.

Elle accepta, puis raccrocha. Au cours de l'heure suivante, il continua son observation, jusqu'à ce que la fête arrive à son terme. Après de multiples embrassades, les jeunes mariés montèrent dans la limousine que Ray avait louée. Ils allaient prendre l'avion pour le Mexique afin d'y passer leur lune de miel.

Roan confia la surveillance du ranch aux vigiles engagés par Brett et monta dans sa voiture. Il traversa rapidement la propriété, à l'affût d'un véhicule isolé ou d'un feu, mais tout semblait paisible.

Lorsqu'il arriva au Silver Bullet, il était stressé rien qu'à l'idée de revoir Megan. À peine entré, il la repéra dans un box sur le côté. La pièce était remplie de fumée. De la musique country jaillissait des haut-parleurs et les pieds des danseurs en ligne martelaient la piste.

Megan leva des yeux inquiets vers lui, et sa main se crispa sur son verre de vin. Roan commanda une bière, puis la rejoignit. Elle avait les cheveux tirés en un chignon sévère, elle n'était pas maquillée et ses vêtements étaient quelconques. Elle dédaignait vraiment son apparence physique, songea-t-il. Mais pourquoi ?

Même vêtue d'un sac de jute, elle serait toujours la plus jolie fille qu'il ait jamais rencontrée. Et il savait à quoi elle ressemblait quand elle était nue, les cheveux détachés, et qu'elle couvrait son torse de baisers.

— Salut, Megan, dit-il en se glissant sur la banquette en face d'elle.
— Merci d'être venu.
Lorsqu'elle se mordilla la lèvre, Roan se focalisa un instant sur sa bouche. Il but une gorgée de bière pour tenter de calmer sa libido.
— Tu as dit que c'était important.
Par pitié, qu'elle s'explique vite, pour que je puisse rentrer chez moi et l'oublier. Il n'y était jamais parvenu, mais ce n'était pas faute d'essayer.
— Roan, je me précipite peut-être, mais il fallait que j'en parle à quelqu'un.
À en croire l'inquiétude dans sa voix, c'était du sérieux.
— De quoi s'agit-il ? demanda-t-il en se redressant.
Megan baissa les yeux sur son verre.
— Quand j'ai fait l'autopsie de Joe McCullen, j'ai cru voir quelque chose de suspect dans le bilan toxicologique.
Le cœur de Roan fit un bond, tandis qu'elle continuait :
— Avec tout ce qui s'est passé à Horseshoe Creek ces derniers temps, les arrestations de cette Barbara Lowman et de son fils, et puis ces incendies… Ça m'a fait penser à ce rapport.
— Je ne comprends pas. Qu'est-ce qui t'a dérangée ?
Elle prit une profonde inspiration, puis regarda autour d'elle d'un air méfiant, comme si elle ne voulait pas qu'on entende leur conversation. Elle avait déjà refusé d'en parler au téléphone, se souvint-il, sa curiosité éveillée.
— Dis-le-moi, Megan.
— Je ne crois pas que Joe McCullen soit décédé de mort naturelle.
Elle se pencha vers lui et murmura :
— Je crois qu'il a été assassiné.

2

Les mots prononcés par Megan résonnèrent en Roan : « Joe McCullen a été assassiné ».
— Comment ça, assassiné ?
— Empoisonné. Au cyanure.
— Tu en es sûre ?
Elle fit la grimace.
— Pas tout à fait, mais…
— Mais quoi ?
Il se pencha au-dessus de la table et enchaîna à mi-voix :
— Pourquoi venir m'en parler, dans ce cas ?
Elle tortilla une mèche de ses cheveux, puis la replaça dans son chignon. Roan brûlait d'envie de dénouer sa chevelure et de passer ses doigts dedans. Mais il devait garder ses esprits.
— Je sais ce que j'ai vu dans le rapport initial, répondit-elle. Mais le Dr Cumberland m'a fait douter de mes résultats et a fait refaire les analyses. Cette fois, tout était normal.
— Donc tu as deux tests, l'un normal, l'autre anormal ?
— Oui.
— Continue.
Elle remonta ses lunettes rondes sur son nez.
— J'ai parlé au technicien du labo. C'est quelqu'un de méticuleux. Il ne pense pas avoir mélangé les rapports comme le prétend le Dr Cumberland.
— Tout le monde peut se tromper.
— Je sais, acquiesça-t-elle, avant de boire une gorgée de vin. Mais je connais le travail de ce type. C'est un maniaque. Il vérifie tout au moins trois fois.

Roan ne sut que répondre. Ils ne pouvaient pas se mettre à porter des accusations sans avoir d'éléments plus concrets. Cela ne ferait que compliquer davantage la vie des McCullen.

En revanche, si elle voyait juste, cela signifiait que quelqu'un avait tué Joe — son père — en toute impunité. Hors de question de le laisser s'en tirer à si bon compte.

— Bref, poursuivit Megan, j'avais gardé un échantillon, que le laborantin va analyser à nouveau.

Roan hocha la tête.

— Quand auras-tu les résultats ?

— Probablement demain. Je lui ai demandé de faire ça en toute discrétion.

— Bien, approuva-t-il en la regardant dans les yeux. N'en parle à personne. Pas la peine de semer la panique sans raison.

Une lueur circonspecte traversa le regard brun de Megan.

— Bien sûr, que je ne dirai rien. Mais si c'est vrai, quelqu'un doit découvrir qui a empoisonné Joe McCullen.

— Et comment il s'y est pris, marmonna Roan. Avec le Dr Cumberland qui surveillait sans cesse son état de santé, ça semble quasiment impossible.

Et il ne comptait pas accuser le bon docteur d'homicide. Il connaissait personnellement Cumberland. C'était l'homme le plus généreux qu'il ait jamais rencontré. Il avait donné de son temps à la réserve lorsqu'ils avaient eu besoin d'un médecin.

Il avait même soigné la mère de Roan. Bon sang, il lui avait tenu la main et l'avait réconfortée avant qu'elle ne meure.

Mais Joe avait peut-être eu des visiteurs. Quelqu'un avait pu lui glisser quelque chose à l'insu de son entourage.

— Et si c'était Barbara la coupable ? Ou son fils ? suggéra Megan. On sait qu'elle en a eu assez d'attendre que Joe l'épouse. Elle a peut-être décidé de le tuer et de récupérer ce qui lui revenait de droit.

Roan fronça les sourcils.

— C'est vrai. Mais, s'il était déjà mourant, pourquoi l'achever ? Pourquoi ne pas attendre que la maladie l'emporte ?

Megan réfléchit à sa question. En effet, pourquoi prendre la peine de tuer un homme qui, de toute façon, allait mourir ?

— Megan ?

Sa voix rauque l'avait toujours troublée au plus haut point. Quand elle releva les yeux vers lui, il la fixait avec une intensité qui la fit frissonner.

— Je ne sais pas.

Barbara et Bobby étaient furieux que Joe ait caché leur existence au reste de la famille. Une partie d'elle-même comprenait leur animosité.

— Barbara savait peut-être que Joe l'avait couchée sur son testament. Mais imaginons qu'il ait décidé de le modifier récemment. Il comptait peut-être les écarter de la succession.

— Et l'un des deux a décidé de le tuer avant qu'il ne puisse le faire, termina Roan.

— Ça semblerait logique.

Il serra les mâchoires.

— Si c'est le cas, j'ai besoin de preuves. Ça m'étonnerait que l'un des deux Lowman soit prêt à avouer un meurtre.

Elle en doutait, elle aussi.

— Qu'est-ce qu'on fait, maintenant ?

— *On* ne fait rien, Megan, rétorqua-t-il fermement. Si tu commences à lancer des accusations, tu risques de t'attirer des ennuis.

Elle se mit à pianoter sur la table. Comme Roan suivait le mouvement du regard, elle baissa les yeux sur ses doigts. Elle avait bien besoin d'une manucure. Les produits chimiques qu'elle utilisait à la morgue étaient agressifs pour la peau et les ongles. Elle s'empressa de fermer les poings pour les cacher.

Les doutes qu'elle avait eus en relevant la présence de poison dans les analyses de Joe se bousculaient toujours dans son esprit. Elle n'était pas du genre à fuir les difficultés. Quand elle se posait des questions, elle cherchait des réponses. C'était dans sa nature de scientifique et de médecin.

— Mais je ne peux pas laisser tomber, Roan.

Il posa la main sur les siennes.

— Écoute, c'est moi le policier. Chaque chose en son temps. Dès que tu reçois le rapport, appelle-moi pour me communiquer les résultats. S'il y a bien du poison, j'enquêterai.

Le contact de sa peau fit naître en elle des souvenirs intimes. Elle voulait revivre cette nuit. Au moins une fois.

Mais Roan retira vite sa main. Son visage aux pommettes saillantes, que ses cheveux retenus en arrière par une lanière en cuir accentuaient encore, s'était de nouveau crispé. La seule fois où il avait baissé la garde était la nuit où sa mère était morte.

Il regrettait manifestement de s'être laissé aller à l'époque, pensa Megan. Mais au moins, il ne la prenait pas pour une folle. Il était prêt à mener l'enquête.

Elle devrait s'en contenter pour l'instant.

Roan essaya de se défaire du besoin ridicule de prendre Megan dans ses bras et de lui demander de l'accompagner chez lui. Il n'aimerait rien tant que de passer à nouveau la nuit avec elle.

Mais ce serait une erreur, comprit-il en observant son visage vulnérable. Elle méritait mieux qu'une aventure sans lendemain.

Il s'en voulait d'autant plus d'avoir profité d'elle la nuit où sa mère était morte et de ne jamais l'avoir recontactée.

Elle savait à quoi s'attendre. C'est une grande fille.

Sauf qu'elle n'était pas comme les autres femmes qu'il connaissait. Elle était intelligente, curieuse, perspicace.

Et elle ne se rendait pas compte de sa beauté.

Mais les révélations qu'elle avait faites le troublaient. Elle pensait que Joe avait été assassiné. Et elle avait proposé un mobile crédible.

Il allait enquêter là-dessus. Tout seul. Il ne voulait pas côtoyer Megan de trop près. Elle était beaucoup trop désirable. En outre, poser des questions pouvait s'avérer dangereux.

Il jeta quelques billets sur la table pour régler sa boisson.

— Comme je l'ai dit, appelle-moi quand tu auras les résultats.

Il se leva, toucha son Stetson en guise de salut, puis traversa à grands pas le bar bondé. La musique faisait trembler l'établissement, où régnait un brouhaha de rires et de bavardages. Les hommes comme les femmes venaient ici pour se détendre et pour flirter.

Mais Roan sortit sans prêter attention aux femmes qui le lorgnaient d'un air intéressé. Il était déjà en train de passer en revue les choses qu'il devait faire.

Maddox et lui cherchaient toujours le responsable des incendies. Et si le pyromane était aussi l'assassin de Joe ?

Sans oublier Barbara et Bobby Lowman…

Repensant à la remarque de Megan sur le testament, il s'installa au volant de son SUV, sortit son portable et composa le numéro de Darren Bush. Il tomba sur la messagerie du notaire.

— Ici le shérif adjoint Whitefeather, déclara-t-il. Rappelez-moi dès que possible, s'il vous plaît.

Il brûlait peut-être les étapes, mais il allait se rendre chez les Lowman dès ce soir pour faire le tour de la maison.

Perplexe, Megan regarda Roan s'éloigner. Elle était soulagée qu'il ait pris ses inquiétudes au sérieux, mais déçue qu'il n'ait pas manifesté le moindre intérêt pour elle.

Elle cligna des yeux pour s'empêcher de pleurer. Elle n'avait pourtant pas la larme facile. Elle avait appris voilà bien longtemps à ne pas se laisser abattre par le fait d'être rejetée. Comme son père le disait, elle était intelligente, ce qui lui avait servi pour survivre.

En réalité, c'était mieux qu'elle ne soit pas magnifique comme sa sœur l'était. D'après la police, Shelly avait sans doute été visée par son assassin à cause de sa beauté.

Même leur mère avait un physique de top model. Mais elle ne s'était jamais remise de la mort de sa fille. Elle avait fini par se suicider, comme si Megan ne suffisait pas à combler le vide laissé par Shelly.

Comme si c'était elle qui aurait dû mourir plutôt que sa sœur.

À ces souvenirs, Megan se sentit soudain nauséeuse et elle repoussa son verre de vin. Elle se leva, puis se fraya un passage à coups de coude à travers la foule. Ignorant les sifflets des cow-boys avinés, elle se dirigea vers la porte.

Un homme baraqué coiffé d'un grand chapeau noir l'attrapa par le bras.

— Pourquoi tu es si pressée ? Détends-toi, et on pourra prendre un peu de bon temps tous les deux.

Elle le fusilla du regard.

— Désolée, monsieur. Je ne suis pas intéressée.

Il resserra sa prise.

— Hé, je vous connais, non ? C'est vous la légiste qui avez envoyé mon frère en prison.

Elle haussa un sourcil et essaya de se remémorer les détails.

— Je suis désolée, mais je ne sais pas de quoi vous parlez.

— Vous ne vous souvenez pas ? Vous avez dit que mon frère avait tué ce vagabond, et maintenant, il est en taule à cause de vous.

Megan sentit ses cheveux se hérisser sur sa nuque. La voix de l'homme débordait d'agressivité.

— Je suis désolée de ce qui est arrivé à votre famille, répondit-elle. Mais je ne faisais que mon travail.

— Eh bien, vous aviez tort, ma p'tite dame. Mon frère n'a tué personne.

Elle s'obligea à garder son calme.

— Mon rapport repose sur les preuves scientifiques que je trouve lors de l'autopsie. Le reste dépend de la loi et du jury.

Elle se dégagea et prit une profonde inspiration.

— Et maintenant, bonne nuit.

L'homme marmonna une obscénité lorsqu'elle le dépassa. Tout en marchant, elle regarda par-dessus son épaule pour s'assurer qu'il ne la suivait pas.

Elle appuya sur sa clé pour déverrouiller sa camionnette et s'installa au volant.

Elle démarra, puis jeta un coup d'œil dans son rétroviseur.

L'homme l'avait suivie dehors et la regardait s'éloigner d'un air mauvais.

Le ventre noué, elle réfléchit. Il avait dit qu'elle s'était trompée à propos de son frère. Était-ce le cas ?

Tout le monde faisait des erreurs. Mais elle était consciencieuse. Même si elle se laissait parfois entraîner par sa curiosité. Comme maintenant ?

Cherchait-elle quelque chose d'anormal dans la mort de Joe McCullen alors que ce n'était pas le cas ?

Roan se gara dans l'allée de la maison de Barbara. Elle était plongée dans l'obscurité, ce qui était normal, ses occupants ayant été incarcérés. La plupart des fenêtres du quartier n'étaient pas éclairées non plus.

Il éteignit ses phares, puis regarda autour de lui. Il devait éviter d'attirer l'attention de qui que ce soit. Maddox serait sûrement contrarié d'apprendre que Roan était ici et qu'il ne l'avait pas informé de sa conversation avec Megan.

Mais ce n'était pas la peine d'inquiéter le shérif avec des questions sur la mort de son père, tant qu'il n'y avait pas de preuves concrètes que Joe avait bien été assassiné.

Muni de sa lampe-torche, Roan contourna la maison et s'approcha de la porte de derrière. Après avoir crocheté la serrure, il se glissa à l'intérieur. Une odeur de moisi, de tabac froid et de bière l'accueillit.

Il éclaira la cuisine, s'attendant à voir de la vaisselle sale, mais l'évier était vide. Le plan de travail était bien rangé, en dehors de quelques cadavres de bouteilles de bière.

Il ouvrit le réfrigérateur et inspecta son contenu : une brique de lait, du jus de fruits, du soda, un cœur de laitue flétri, une boîte à œufs, des yaourts. Il ouvrit le carton et réprima un haut-le-cœur à l'odeur de lait tourné.

Mais il ne vit rien de suspect.

Il passa ensuite aux placards, puis regarda sous l'évier. Parmi les produits ménagers qu'il trouva, certains étaient toxiques, mais s'agissait-il du poison qui avait peut-être tué Joe ?

Il fit rapidement la liste des bouteilles, avant d'explorer le salon, les chambres et les salles de bains. Il tomba sur d'autres produits d'entretien, mais rien de potentiellement dangereux.

Bien sûr, Barbara aurait eu amplement le temps de se débarrasser du poison.

Mais, comme personne n'avait mis en doute la cause de la mort de Joe, elle ne s'en était peut-être pas donné la peine. Certaines personnes étaient assez arrogantes pour croire qu'elles ne se feraient jamais prendre.

Avec cette théorie en tête, il fouilla dans les poubelles des salles de bains, puis de la cuisine. Mais il ne trouva rien d'autre que des canettes de bière, un carton à pizza vide, d'autres ordures diverses et variées.

Frustré, il ressortit par la porte de derrière et jeta un coup d'œil dans le bac à l'extérieur. Surpris, il n'y trouva qu'un seul sac. Mais, avant de l'ouvrir, il avisa la remise située derrière la maison.

Persuadé de tenir quelque chose, il s'empressa de crocheter le verrou. Une fois la porte ouverte, il éclaira la pièce et aperçut plusieurs sacs de terreau, des cache-pots et des outils de jardinage.

Un bac de rangement était posé à droite. Roan souleva le couvercle et braqua le faisceau de sa lampe dedans.

De l'engrais.

Le cœur battant, il repensa à d'anciennes affaires d'empoisonnement. Les engrais contenaient du cyanure…

3

Roan prit quelques photos des sacs d'engrais et des autres produits chimiques présents dans la remise, mais veilla à ne toucher à rien. S'il s'avérait que Joe McCullen avait été assassiné, il devrait procéder en bonne et due forme pour réunir des preuves.

Mais le fait que Barbara ait eu à portée de main des substances contenant du cyanure la mettait clairement sur sa liste des suspects.

Cela dit, comment s'y serait-elle prise pour empoisonner Joe ? se demanda-t-il. Peut-être en avait-elle mis dans ce qu'il mangeait ou buvait ? Ce serait la méthode la plus courante et la plus simple.

Dans ce cas, cela signifiait qu'elle avait été en contact avec lui, qu'elle lui avait rendu visite.

Maddox en saurait peut-être davantage. Mais Roan n'était pas prêt à discuter de la situation avec lui.

Il aperçut une paire de gants de jardinage, puis une boîte de gants jetables en latex, qu'il photographia. Beaucoup de gens en mettaient pour faire le ménage, mais Barbara aurait pu s'en servir au moment de préparer la mixture où elle avait introduit le cyanure.

Sans doute tirait-il des conclusions hâtives, se dit-il. Ce n'était pas parce que Barbara avait un mobile qu'elle était la seule à vouloir la mort de Joe.

Arlis Bennett, de Circle T, était soupçonné d'avoir payé quelqu'un pour allumer les feux en son nom et celui de son cousin, Boyle Gates. Après son arrestation pour vol de bétail, Gates avait été furieux contre Maddox.

Mais cela ne concordait pas au niveau des dates. Joe était déjà mort lorsque Gates s'était fait prendre.

Mais il était possible que le patriarche des McCullen ait découvert ce que faisait Gates. Celui-ci avait pu l'empoisonner, dans l'espoir qu'il emporte dans la tombe ce qu'il savait sur lui.

De toute façon, il était trop tard pour interroger ces hommes ce soir, songea Roan. Il attendrait demain pour poser ses questions.

Il sortit de la remise et la verrouilla. Tout en rejoignant son véhicule, il inspecta une dernière fois du regard le jardin et la maison. Mais dès qu'il s'éloigna du quartier, ses pensées se tournèrent vers Megan.

Le fait de l'avoir revue ce soir avait fait remonter à la surface les souvenirs de leur brève aventure.

Comment le pire jour de sa vie avait-il pu être aussi l'un des meilleurs ?

Il avait tellement souffert de la mort de sa mère qu'il s'était laissé aller à oublier son chagrin en profitant du corps doux de Megan. Les caresses érotiques de la jeune femme avaient apaisé sa douleur et lui avaient permis d'oublier un moment que la seule personne qu'il ait jamais aimée, la seule à s'être souciée de lui, avait disparu pour toujours.

Mais peut-être que cette nuit avec Megan l'avait autant marqué parce qu'il était en plein deuil...

C'était forcément l'explication. S'ils couchaient à nouveau ensemble, il ne pourrait être que déçu.

Roan traversa la ville, puis se gara devant son chalet. Lorsqu'il sortit de son véhicule, il entendit le bruissement du vent et le cri d'un coyote à proximité.

Il redressa les épaules et entra chez lui. La pièce froide et vide ne fit que lui rappeler combien il était seul.

Parfois, il s'imaginait faire le tour du chalet et trouver Megan dans sa cuisine ou son bureau. Mais le plus souvent, il la visualisait dans sa chambre.

Se réveiller avec elle dans ses bras cette nuit-là avait été un pur bonheur. Mais quand il avait regardé son joli visage innocent, il avait été submergé par la culpabilité.

Comment avait-il été capable de prendre du plaisir alors que sa mère était morte ? Et comment avait-il pu profiter ainsi de Megan.

Il savait qu'elle n'était pas le genre de femme à coucher avec quelqu'un sur un coup de tête. Qu'elle risquait de voir leur aventure sexuelle comme le début d'autre chose — peut-être d'une relation à long terme.

Et il ne pouvait pas se lancer là-dedans. Il ne voulait pas s'attacher à qui que ce soit.

La perte d'un être cher était trop douloureuse.

C'était aussi pour cela qu'il ne se permettrait aucun rapprochement avec les McCullen. Bien sûr, il démasquerait le meurtrier de Joe — s'il avait bien été assassiné — mais ensuite, il prendrait ses distances.

Et les McCullen ne sauraient jamais son secret.

Le lendemain, Megan pensait encore à sa rencontre avec l'inconnu à la sortie du bar.

Pistol Whip était une petite ville, mais elle travaillait également pour l'hôpital du comté et le bureau du médecin légiste qui couvraient un territoire beaucoup plus vaste.

Frank Mantle, le médecin légiste en chef, avait supervisé tous ses examens la première année, mais la laissait désormais travailler seule. Il approchait de la retraite, avait de l'arthrite et voulait passer plus de temps avec sa femme. C'était donc Megan qui faisait la majorité des autopsies.

Comme elle n'arrivait pas à se souvenir de l'affaire dont l'homme en question lui avait parlé, elle fouilla dans ses dossiers. Le cinquième qu'elle sortit était le bon.

La victime s'appelait Carlton Langer. Il avait vingt-cinq ans, venait d'obtenir son diplôme universitaire et voyageait à travers le pays pour faire les quatre cents coups avant de commencer à travailler à plein temps.

Se rappelant peu à peu les détails de l'affaire, Megan se frotta le front. Carlton avait reçu trois violents coups de couteau dans le torse. Son aorte avait été sectionnée. Il s'était vidé de son sang immédiatement.

En s'appuyant sur l'angle de pénétration de la lame et sur le fait que le couteau n'avait pas été retrouvé, elle avait établi qu'il s'agissait d'un homicide. Elle alluma son ordinateur et chercha l'article paru suite au meurtre. Un dénommé Tad Hummings avait été arrêté le lendemain de l'attaque.

D'après le policier qui l'avait appréhendé, Hummings était drogué lors de l'agression. L'arme avait été retrouvée chez lui, couverte de ses empreintes. Plus tard, quand le meurtrier avait repris pied dans la réalité, il avait tout oublié.

Comme s'il avait eu un trou noir, songea-t-elle en se massant la tempe. Elle lut le bilan toxicologique. Cocaïne.

L'avocat engagé par Dale Hummings, le frère de Tad, avait plaidé que le comportement violent et instable de l'accusé s'expliquait par la prise de stupéfiants.

Mais il y avait eu mort d'homme, c'est pourquoi Tad avait été envoyé en prison.

Megan referma le dossier. Dale Hummings lui en voulait, mais elle n'avait pas fait d'erreur. En revanche, son frère, lui, en avait fait une, et une grave. Car il n'y avait aucun doute non plus sur la cause du décès de Langer.

Il en allait autrement pour Joe McCullen. Elle décrocha le téléphone, impatiente de demander à Howard s'il avait terminé ses analyses.

Roan roulait vers la prison où Barbara avait été incarcérée. Il allait peut-être un peu vite en besogne, mais il avait toujours soupçonné qu'elle mentait à propos des feux allumés à Horseshoe Creek.

Un mégot de cigarette avait été retrouvé dans les cendres

de l'écurie incendiée, de la même marque que celles qu'elle fumait.

Son téléphone vibra. C'était Maddox.

— J'ai une piste concernant Romley, dit-il. Il a été aperçu à Cheyenne. Je suis en route pour vérifier. Je te confie les rênes.

Stan Romley travaillait pour Gates et Arlis Bennett. Il avait pris un emploi à Horseshoe Creek pour espionner les McCullen.

— Je m'occupe de tout, répondit Roan.

Certes, il se trouvait à plus de quarante-cinq kilomètres de Pistol Whip, mais s'il se passait quoi que ce soit, il rentrerait au plus vite.

— Appelle-moi si tu as besoin de renforts.

Maddox acquiesça, avant de raccrocher. Roan s'arrêta au poste de sécurité et s'identifia, puis il avança lorsque le gardien lui fit signe de passer. Après s'être garé, il attendit dehors quelques instants, sous les hurlements du vent. Il lui fallut dix minutes de plus pour franchir les contrôles de sécurité.

Barbara avait été écrouée dans une prison de sécurité minimale pour purger sa peine d'un an pour violences aggravées contre le shérif et Scarlet Lovett. Elle avait sectionné le câble de frein sur la voiture de la jeune femme. Scarlett avait failli mourir lorsqu'elle avait percuté le bâtiment des services sociaux où elle travaillait.

Barbara avait négocié une peine moins sévère, acceptant en contrepartie de ne pas faire appel.

Roan s'assit au parloir, tandis qu'un surveillant escortait la femme jusqu'à la chaise en face de lui, derrière une vitre en Plexiglas. En repensant à son histoire, il ne put s'empêcher de ressentir une pointe de compassion pour elle. Joe McCullen et elle avaient eu une liaison quand Maddox et ses frères étaient enfants, et elle était tombée enceinte de Bobby.

Quand Grace, la femme de Joe, avait péri dans un accident de voiture, Barbara avait attendu en vain que Joe l'épouse. Son amertume avait grandi peu à peu. À la mort de Joe, elle avait espéré que son fils hérite de sa part de Horseshoe Creek.

Joe l'avait inclus dans son testament, mais ni Barbara ni Bobby ne s'étaient estimés satisfaits.

La prisonnière avait le visage pâle et maussade. Ses cheveux blonds décolorés étaient désormais parsemés de mèches d'un châtain terne. Elle l'observa un instant, visiblement curieuse de savoir ce qu'il lui voulait.

Lors de son arrestation, elle avait été agressive et instable. La prison l'avait vidée de sa combativité.

Il décrocha le combiné et attendit qu'elle l'imite.

— Madame Lowman. Merci d'avoir accepté de me voir.

Elle haussa les épaules sans le quitter des yeux.

— Je n'avais pas tellement le choix.

Non, en effet, songea Roan. Elle était à la merci du système judiciaire.

— Comment allez-vous ? demanda-t-il.

— Parce que ça vous intéresse ? ironisa-t-elle.

Elle avait raison. Il s'en moquait. Elle avait tenté de tuer une femme innocente. Scarlet était l'une des personnes les plus gentilles qu'il connaisse.

— Que faites-vous vraiment ici, monsieur l'adjoint ? reprit-elle.

— J'ai pensé que vous seriez peut-être prête à dire la vérité à propos des incendies à Horseshoe Creek. Je pourrais parler au juge en votre nom et obtenir votre libération conditionnelle si vous avouez.

Le rire sarcastique de Barbara résonna sur la ligne.

— Ben tiens... Je confesse un autre crime, et vous me faites sortir d'ici plus tôt ? Vous me prenez pour une idiote ?

— Je ne crois pas du tout que vous soyez idiote, répondit Roan. Je pense que vous en vouliez à Joe de ne pas vous avoir épousée, surtout après l'avoir attendu toutes ces années.

— Qui dit que je l'ai attendu ?

— Vous ne vous êtes jamais mariée.

Il se pencha plus près de la vitre.

— Est-ce que vous avez fréquenté quelqu'un d'autre,

Barbara ? Ou êtes-vous restée chez vous, à attendre que Joe appelle ?

Il baissa la voix, adoptant un ton railleur.

— Vous pensiez vraiment que le mois ou l'année d'après, il allait enfin admettre qu'il vous aimait et qu'il allait vous épouser ?

Les narines de la femme palpitèrent.

— Comment osez-vous ?

— Je comprends votre colère. Vous avez donné un fils à Joe, comme Grace, mais ses fils à elle ont eu la chance de vivre au ranch, de porter le nom de Joe et de grandir près de lui. Ils ont eu un vrai père. Alors que McCullen a gardé le secret sur vous et Bobby. Il vous a contrainte à vivre dans l'ombre, à grappiller les moindres miettes laissées par sa vraie famille.

Il marqua une pause théâtrale.

— Il avait honte de vous deux.

Elle se leva brusquement, tremblante de fureur.

— Espèce d'enfoiré ! Joe nous aimait, moi et Bobby.

— S'il vous avait aimés, il vous aurait présentés à ses fils. Il vous aurait épousée. Mais il ne l'a pas fait. Et au fur et à mesure que les mois, les années passaient, vous êtes devenue de plus en plus aigrie. Et ensuite... Que s'est-il passé ? Vous lui avez peut-être donné un ultimatum, vous l'avez peut-être menacé de révéler la vérité à Maddox, Brett et Ray s'il ne vous épousait pas.

— C'est ridicule, rétorqua Barbara.

Mais la lueur de culpabilité dans son regard indiqua à Roan qu'il avait tapé dans le mille. Il haussa un sourcil.

— Mais il a quand même refusé. Ça a dû vous anéantir.

Elle se rassit et baissa les yeux, le visage ravagé par le chagrin.

— Il se reprochait la mort de sa femme. C'est pour ça qu'on ne s'est jamais mariés. Même morte, elle a continué à le tenir sous son emprise.

— Et vous avez fini par craquer, n'est-ce pas Barbara ? Vous avez décidé que s'il ne vous épousait pas, vous alliez vous débarrasser de lui. Au moins, votre fils et vous auriez ce qui vous revenait.

— Il nous le devait bien, déclara-t-elle sèchement. On l'aimait, on a gardé son secret pour le protéger, et il nous a laissés tomber.

— La goutte d'eau qui a fait déborder le vase, c'est ça ? Il a refusé de se marier avec vous. Il vous a peut-être même dit que ça n'arriverait jamais.

Il leva un sourcil.

— Il a peut-être menacé de vous rayer de son testament.

Les yeux embués, la prisonnière redressa le menton, mais garda le silence.

— Alors vous avez décidé de le supprimer. Comme il était déjà malade, vous l'avez empoisonné. Tout en douceur, à petites doses.

— Quoi ? s'exclama-t-elle, manifestement abasourdie. Joe a été empoisonné ?

— Oui. Lui avez-vous apporté à boire ou à manger lors de vos visites ? L'avez-vous lentement empoisonné jusqu'à ce qu'il meure ?

Barbara blêmit.

— Qu'est-ce que vous dites ? Joe a été assassiné ?

— À vous de m'éclairer, madame Lowman. Avez-vous tué Joe McCullen ?

Tout en attendant que le labo réponde, Megan ferma la porte de son bureau. Howard finit par décrocher.

— Howard, c'est Megan.

— Je m'apprêtais à t'appeler.

— Tu as terminé les analyses ?

— Oui. Retrouve-moi au café en face de l'hosto.

— J'arrive.

Elle attrapa son sac, sortit à la hâte et verrouilla la porte derrière elle. Elle prit l'ascenseur pour quitter le sous-sol, où se trouvait la morgue, puis parcourut les couloirs de l'hôpital.

Elle passa devant la boutique de cadeaux, quitta le bâtiment et traversa la rue.

Lorsqu'elle rejoignit Howard, il était en train de commander du café. Elle commanda un *latte*, puis ils s'installèrent dans un box au fond de la pièce.

— Qu'est-ce que tu as trouvé ? demanda-t-elle, trop impatiente pour attendre.

Howard jeta un coup d'œil autour de lui, puis murmura :

— Tu avais raison, Megan. Il y avait bien des traces de cyanure dans l'organisme de McCullen.

Le cœur de Megan se mit à battre plus fort. Joe avait été assassiné, c'était désormais une certitude.

— Que vas-tu faire de cette information ? demanda-t-il.

Elle souffla sur la vapeur que dégageait sa boisson.

— Je dois aller voir la police.

À vrai dire, elle l'avait déjà fait.

— Joe était le père du shérif, n'est-ce pas ? poursuivit le laborantin.

— Oui.

— Le shérif vivait avec lui, non ?

— Si, répondit-elle en fronçant les sourcils.

— Comment son père a-t-il pu être empoisonné à son insu ?

— Je l'ignore, mais je connais quelqu'un qui va le découvrir.

Megan sortit son téléphone de son sac et composa le numéro de Roan. Elle écouta l'annonce du répondeur, puis laissa un message demandant qu'il la rappelle.

— Et le Dr Cumberland ? demanda Howard.

— Il était proche de Joe, mais comme celui-ci était malade je suppose qu'il n'a jamais pensé à chercher une autre cause.

— Tu vas le lui dire ?

— Bien sûr.

Elle n'était pas pressée de le faire, surtout après avoir vu sa réaction quand elle avait émis des doutes sur le bilan toxicologique.

Une fois leurs boissons terminées, Howard dut repartir au labo. Elle s'attarda un peu, dans l'espoir que Roan la rappelle, mais finit par se lever. Lorsqu'elle sortit, un vent glacé soufflait dans la rue. Le ciel était chargé de nuages sombres, même s'il n'avait pas plu depuis des jours.

Megan frissonna. Elle avait l'étrange sensation d'être observée. Repensant à sa rencontre avec le frère de Hummings la veille, elle regarda autour d'elle en marchant vers le passage pour piétons, mais elle ne le vit nulle part.

Elle s'approcha du groupe de personnes qui attendaient pour traverser. Son portable sonna au moment où le feu changeait. Elle s'apprêtait à répondre lorsqu'un coup de feu retentit. Les gens se mirent à hurler et à courir en tous sens. Quelqu'un la poussa dans le dos, lui faisant perdre l'équilibre.

Elle tomba en avant, lâchant son téléphone qui vola à travers la rue. Levant les yeux, elle hurla en voyant une voiture foncer sur elle dans un crissement de pneus.

4

Roan observa la réaction de Barbara. Elle semblait choquée par son accusation.

— Avez-vous empoisonné Joe McCullen, Barbara ?

La prisonnière agita les mains vivement, faisant cliqueter ses menottes.

— Bien sûr que non. Je n'arrive pas à croire que vous me posiez une question pareille. J'aimais cet homme plus que tout au monde.

— Vous l'aimiez, mais on sait tous les deux que vous lui reprochiez de ne pas vous avoir épousée.

Elle baissa les yeux sur ses ongles rongés.

— Quelqu'un l'a vraiment empoisonné ?

— Il y avait des traces de cyanure dans son organisme.

Elle releva brusquement la tête. Elle paraissait surprise. Ou coupable ?

— Du cyanure ?

— Oui. L'engrais contient du cyanure, Barbara. Or vous en avez en grande quantité chez vous. Vous l'utilisez pour le jardinage.

Il perçut à nouveau de la tension dans le regard de la femme. Puis elle sembla se ressaisir.

— Le jardinage, c'était un de mes passe-temps. Mais beaucoup de gens jardinent. Ce n'est pas un crime.

— Non, mais mettre du cyanure dans la nourriture ou dans la boisson de quelqu'un en est un.

— Je n'ai pas mis de cyanure dans quoi que ce soit.

Roan tordit la bouche.

— Alors c'est peut-être votre fils.

Les traits tirés de la prisonnière se déformèrent sous l'effet de la colère.

— Mon fils n'a rien fait de ce genre.

— En êtes-vous sûre, Barbara ? Il en voulait encore plus que vous à Joe. Il détestait tous les McCullen. Il est peut-être même allé voir Joe, mais Joe lui a dit de ne pas revenir, qu'il ne voulait pas que ses vrais fils soient au courant de son existence.

Il marqua une pause, avant de reprendre :

— Il a peut-être dit à Bobby qu'il ne serait jamais un McCullen. Que s'il obtenait un bout de terrain, il devrait travailler aux ordres de Maddox comme une espèce de domestique.

Barbara bondit sur ses pieds.

— Arrêtez ! Joe n'aurait jamais parlé à Bobby comme ça. Il aimait notre fils.

— Mais pas comme il aimait Maddox, Brett ou Ray, insista Roan.

Les yeux de Barbara flamboyèrent de rage.

— Écoutez-moi, monsieur l'adjoint : Bobby et moi, on a assez souffert. On est en prison à cause de cette famille, mais on n'a pas tué Joe. Alors laissez-nous tranquilles.

Elle fit volte-face et agita la main vers le surveillant.

— Ramenez-moi à ma cellule, s'il vous plaît.

L'homme jeta un coup d'œil vers Roan, qui haussa les épaules et hocha la tête. Mais avant que la prisonnière ne franchisse la porte, il se racla la gorge et lança :

— Vous aussi, écoutez-moi, Barbara : si vous ou Bobby avez tué Joe, je le découvrirai. Et vous pourrez dire adieu à vos chances de libération.

Elle lui lança un regard assassin, puis sortit en traînant des pieds, suivie du surveillant.

Roan réfléchit à sa réaction.

Avait-elle voulu protéger son fils et lui permettre d'avoir ce qui lui revenait au point de tuer l'homme qu'elle aimait ?

Le cœur battant à tout rompre, Megan fixa la voiture qui fonçait vers elle. Terrifiée, elle roula en direction du trottoir quelques secondes seulement avant que le véhicule ne pile dans un crissement de pneus.

Elle avait bien failli se faire percuter.

Toute sa vie repassa devant ses yeux. Jouer avec sa sœur quand elle était petite. La perdre. Perdre sa mère... Son père qui la regardait comme si elle ne valait rien.

Se sentir tellement seule qu'elle avait parfois l'impression qu'elle allait en mourir...

Et puis cette nuit avec Roan... Son beau visage. Lui au-dessus d'elle, en train de lui faire l'amour.

Elle voulait vivre, pour être à nouveau avec lui.

Des cris s'élevèrent autour d'elle, puis un homme se précipita pour l'aider à se relever.

— Tout va bien, mademoiselle ?

La conductrice sortit à la hâte de la voiture. Le visage livide, elle s'avança vers Megan d'un pas mal assuré.

— Oh ! Seigneur... Ça va, mon petit ?

— Oui.

Megan regarda autour d'elle et aperçut plusieurs personnes qui observaient la scène, tandis que les autres s'étaient dispersées sans demander leur reste.

— Quelqu'un a tiré un coup de feu.

— J'ai entendu, répondit l'homme qui l'avait aidée. Mais je n'ai pas vu d'où ça provenait.

— Je crois que c'était un moteur qui pétaradait, intervint un passant aux cheveux gris.

— Non, non, c'était un pistolet, pas de doute, contredit une autre femme.

Megan ne savait plus quoi penser. Cela dit, il lui semblait que quelqu'un l'avait poussée avant qu'elle ne tombe.

Ne sois pas paranoïaque.

Même si elle se posait des questions sur la mort de Joe

McCullen, les seuls à être au courant étaient Howard et Roan. Et ils étaient de son côté.

Il ne fallait pas oublier le frère de Tad Hummings. Serait-il prêt à essayer de la tuer parce qu'elle avait contribué à envoyer son frère en prison ?

— Vous êtes sûre de ne pas avoir besoin d'une ambulance ? demanda la conductrice.

— Oui, c'est bon.

Elle n'avait qu'une envie : appeler Roan. Et ensuite, aller se cacher dans son bureau, là où elle serait en sécurité.

Sauf qu'elle devait parler au Dr Cumberland. Et il n'allait pas apprécier ce qu'elle avait à dire.

Roan envisagea d'interroger Bobby, avant de renoncer. Il avait d'abord besoin d'amasser des preuves solides. Quelque chose qui pourrait obliger le prisonnier à avouer.

Il monta dans son SUV, rejoignit la grande route et appela Megan. Elle décrocha au bout de trois sonneries. Elle semblait à bout de souffle.

— Ça va, Megan ?

— Non. Enfin, oui. Je suis en route pour la morgue.

— Qu'est-ce qui ne va pas ?

— Je suis allée voir Howard pour discuter des résultats des analyses, mais sur le chemin du retour, il y a eu un coup de feu. La foule a paniqué et a commencé à se sauver, et je suis tombée dans la rue.

— Tu es tombée ? répéta Roan.

— Oui… À vrai dire, je ne sais pas. J'ai cru pendant une minute qu'on m'avait poussée, mais je n'en suis pas sûre. Tout le monde était en train de courir.

— Qui a tiré ?

— Pas la moindre idée, répondit-elle. La rue était bondée, et tout est arrivé très vite. Un passant a dit que c'était un moteur qui avait pétaradé, mais j'en doute.

— As-tu vu quelqu'un de suspect ?

Double révélation 227

— Non. Mais comme je l'ai dit, tout s'est passé très vite. Une voiture arrivait sur moi à toute allure, alors j'ai dû rouler sur le côté pour l'éviter.

Roan n'aimait pas cela du tout. D'abord, Megan venait le voir pour évoquer la mort de Joe McCullen. Et voilà que quelqu'un tirait en pleine rue, qu'elle tombait et manquait se faire heurter par une voiture...

Cela faisait un peu trop de coïncidences.

— À qui d'autre as-tu parlé du rapport toxicologique ? demanda-t-il, serrant le portable dans sa main moite.

— À part toi, à Howard, le technicien du labo, et au Dr Cumberland. Mais je ne l'ai pas vu depuis mon rendez-vous avec Howard, tout à l'heure.

— Qu'ont dit les résultats ?

— Qu'il y avait bien du cyanure dans l'organisme de Joe. Probablement administré à petites doses au fil du temps pour ne pas éveiller les soupçons.

Roan tourna sur la route qui menait au ranch des McCullen, Horseshoe Creek. Il devait découvrir qui avait rendu visite régulièrement à Joe.

— Ça va bouleverser le Dr Cumberland, ajouta Megan. Lui et les McCullen sont bons amis.

— Alors comment a-t-il pu passer à côté du fait que son patient ait été empoisonné ?

— Comme je l'ai dit, ça a sûrement été progressif. Comme Joe était déjà malade, le Dr Cumberland a dû penser que son état empirait à cause de ça.

Tout se bousculait dans l'esprit de Roan. Barbara était sa principale suspecte, mais sa surprise avait semblé réelle.

Son téléphone vibra. C'était Maddox.

— Écoute, Megan, Maddox est en train de m'appeler. Je vais te laisser.

— Tu vas lui dire que son père a été assassiné ?

Roan hésita. Ce n'était pas une conversation qu'il avait hâte d'avoir.

— Pas encore. Je veux d'abord avoir un suspect valable.

— Je te comprends. Les McCullen ont traversé beaucoup d'épreuves. Mais il faut les mettre au courant.

— Ne t'inquiète pas. Je le lui dirai le moment venu.

Il hésita, puis se souvint qu'elle avait frôlé la mort.

— Sois prudente, Megan. Et ne parle de tout ça à personne, hormis le Dr Cumberland.

Il répondit ensuite à Maddox :

— Ici Roan.

— Je crois que j'ai localisé Romley. Je planque devant le motel où il a été aperçu en dernier.

— Tu as besoin de renforts ?

— Pas encore. Je te préviens au cas où. Et de ton côté ?

Roan déglutit péniblement. Il détestait mentir… Mais il n'était pas prêt à révéler la vérité.

— Rien de neuf. Je ne vais pas tarder à aller au ranch.

— Merci. Les agents de sécurité que Brett a engagés sont sur le coup, normalement. Mais je m'inquiète pour Mama Mary et Rose. Elles sont restées à la maison en mon absence. J'ai essayé de les convaincre d'aller chez une amie, mais elles sont toutes les deux têtues comme des mules. Mama Mary a dit que personne ne la chasserait de chez elle, et Rose a insisté pour rester avec elle.

— Ne t'inquiète pas. Je vais passer les voir.

Mama Mary était restée au chevet de Joe pendant toute sa maladie. Elle vivait déjà avec les McCullen avant la mort de la mère des garçons, et faisait office de cuisinière, de gouvernante et de mère de substitution. D'après Maddox, elle faisait partie intégrante de la famille.

Elle saurait qui avait rendu visite à Joe. Et s'il avait d'autres ennemis, elle pourrait lui fournir une liste de noms.

Megan n'arrivait pas à se défaire de la sensation que quelqu'un avait voulu lui faire du mal dans la rue.

Était-ce l'homme du bar, le frère de Tad Hummings ?

Elle ferait bien de signaler leur altercation à la police.

À Roan. Mais elle ne pouvait pas prouver qu'il était responsable de ce qui s'était passé aujourd'hui. En outre, il était déjà en colère contre elle. Si elle l'accusait de l'avoir poussée sous les roues d'une voiture ou de lui avoir tiré dessus, il serait encore plus furieux.

Elle ne voulait pas affronter ce genre de rancune. Ni accuser quelqu'un injustement.

Elle enregistra les résultats concernant Morty Burns et les envoya au shérif de Laredo. C'était son enquête à lui, pas celle de Roan ou du shérif McCullen. Mais, comme elle était curieuse à propos de la victime, elle entra son nom dans la base de données et lança la recherche.

Morty Burns, cinquante-neuf ans, un mètre soixante-dix-huit, quatre-vingt-six kilos, pas de maladies préexistantes.

Il était marié à une dénommée Edith Bennett.

Bennett… Pourquoi ce nom lui semblait-il familier ?

Un coup frappé à la porte de son bureau lui fit relever la tête, mais avant qu'elle ne puisse répondre, le Dr Cumberland déboula dans la pièce.

— Qu'est-ce qui vous prend, bon sang, Megan ? Je viens de découvrir que vous aviez refait des tests sur Joe McCullen. Je croyais qu'on avait réglé le problème.

Elle se tourna vers lui en s'efforçant de garder son calme. Elle ne s'était pas laissé intimider par son père, elle ne se laisserait pas faire non plus par cet homme.

— Je suis désolée, docteur, mais j'étais troublée par ces deux résultats différents. Alors j'ai décidé de lancer une nouvelle analyse.

Le Dr Cumberland fourragea dans ses cheveux, et ses mèches blanches se dressèrent en épis indisciplinés.

— Je n'arrive pas à croire que vous ayez agi dans mon dos…

— Ça n'a rien à voir avec vous, rétorqua Megan. Ça concerne votre ami Joe. Si quelqu'un lui a fait du mal, vous ne voulez pas le savoir ?

— Bien sûr que si, bégaya-t-il.

— Je ne comprends pas ce résultat faussement négatif.

Le médecin détourna les yeux.

— Parfois, nos échantillons sont contaminés, ce qui change les résultats.

C'était déjà arrivé auparavant, en effet.

— Je sais que vous teniez à lui, déclara Megan d'une voix douce. Tout comme ses fils. Je veux seulement découvrir la vérité.

Il cessa d'arpenter le bureau et se tourna vers elle, la fixant d'un air peiné.

— Que voulez-vous dire ? Que quelqu'un a tué mon plus vieil ami ? Alors que j'étais responsable de sa santé ?

5

Le Dr Cumberland semblait complètement bouleversé. Megan s'approcha de lui et lui serra l'épaule.

— Je suis désolée, docteur. Je sais que c'est une affreuse nouvelle.

Le visage du médecin se crispa sous l'effet de l'émotion.

— Comment ai-je pu passer à côté de ça ? Je le voyais tout le temps...

— Ça s'est fait peu à peu. Vous n'aviez aucune raison de soupçonner quoi que ce soit, étant donné que Joe était déjà mourant.

— Ça n'a aucun sens, s'exclama-t-il. Pourquoi le tuer ? Il ne lui restait plus longtemps à vivre.

— C'est la grande question. Et je suis sûre que ses fils voudront connaître la réponse.

La mine accablée, le Dr Cumberland s'effondra sur une chaise et se prit la tête entre les mains.

— Mon Dieu, Joe... Qu'est-ce que j'ai fait ?

La culpabilité dans sa voix toucha Megan.

— Vous n'avez rien fait. Joe savait que vous étiez son ami. S'il avait pensé que quelqu'un l'empoisonnait, il vous en aurait parlé.

— Mais j'étais son médecin traitant. J'aurais dû m'apercevoir de quelque chose.

— Comme je l'ai dit, la personne qui l'a empoisonné l'a fait à petites doses sur une longue période.

Elle pianota sur le bureau.

— Vous avez une idée de qui aurait pu en vouloir à Joe ?

— Barbara, c'est tout. Et peut-être Arlis Bennett, mais il est en prison.

Il se releva lourdement et vacilla sur ses pieds. Il avait le teint gris et respirait de façon saccadée.

Megan se précipita pour le soutenir.

— Ça va ? Vous avez des douleurs thoraciques ?

Il fit non de la tête, puis se redressa et essuya la sueur sur son front.

— Je dois y aller.

— Attendez, protesta-t-elle en l'attrapant par le bras. Vous devriez peut-être consulter.

— Je vais bien, j'ai seulement besoin de prendre l'air.

Il se dégagea et se hâta vers la porte avant qu'elle ne puisse l'arrêter.

À l'idée que Joe McCullen avait bien été assassiné, Roan avait l'estomac noué.

Pendant une fraction de seconde, il envisagea la possibilité d'une euthanasie. Apparemment, Mama Mary aimait les McCullen comme sa propre famille. Elle avait pris soin de Joe tout au long de sa maladie.

Et si elle avait décidé de hâter sa mort parce qu'elle ne supportait plus de le voir souffrir ?

Mais empoisonner lentement quelqu'un n'avait rien de très clément... Si Mama Mary ou une autre personne, comme le Dr Cumberland, avait décidé d'abréger les souffrances de Joe, elle aurait trouvé un moyen plus rapide.

Tout en parcourant la longue allée sinueuse qui menait à la maison principale de Horseshoe Creek, Roan observa la propriété. C'était un domaine impressionnant, qui appartenait désormais aux trois fils de Joe.

Du bétail paissait dans les prés, tandis que des chevaux galopaient dans les champs. Brett en avait ramené davantage au ranch, avec pour projet de les dresser et de proposer des leçons d'équitation. Il se chargeait aussi de reconstruire les écuries qui avaient brûlé. Il avait emmené loin du ranch son fils et sa femme, Willow, pour quelques semaines, le temps que Maddox découvre qui était coupable des actes de sabotage contre les McCullen.

Avec un peu de chance, le shérif arrêterait Romley, et tout rentrerait dans l'ordre.

Mais le fait que Joe ait été assassiné changeait tout. Gates était-il responsable ? Ou Barbara ? Ou Bobby ?

Alors que Roan se garait, quelques rayons de soleil éclairèrent l'allée de gravier et la maison. Le sol était sec à cause du manque de pluie. Des coups de vent soulevaient la poussière et éparpillaient les feuilles à travers le jardin. Avec un peu de chance, le printemps arriverait bientôt, avec un temps plus doux, et la vie au ranch reprendrait son cours normal.

Mais il n'avait rien à voir là-dedans, pensa-t-il. Il n'avait pas sa place ici.

Cela dit, il devait obtenir justice pour son père.

Le bruit fait par les bovins s'intensifia, couvrant le sifflement du vent. Il aperçut un cow-boy en haut de la colline qui menait le troupeau vers le pâturage à l'est.

Tandis qu'il montait les marches du perron, un nuage gris avança dans le ciel et cacha le soleil. Les réparations de la maison étaient terminées, constata-t-il en tapant à la porte. Il frappa à nouveau, puis entendit un bruissement à l'intérieur.

— Minute papillon, j'arrive, lança une voix féminine.

Il regarda à nouveau autour de lui, à l'affût du moindre individu suspect, mais ne vit personne. Une seconde plus tard, Mama Mary ouvrit la porte.

Une odeur de cannelle flotta jusqu'aux narines de Roan, le faisant saliver.

La petite femme potelée l'invita à entrer, tout en s'essuyant les mains sur son tablier saupoudré de farine. Elle portait un bandana sur ses boucles brunes coupées au carré. Ses yeux marron étaient si chaleureux et affectueux que Roan ne put s'empêcher d'envier les McCullen. Mais l'inquiétude s'y affichait désormais.

— Shérif adjoint Whitefeather. Quelque chose ne va pas ? Vous avez eu des nouvelles de Maddox ?

— Il va bien, la rassura-t-il. Je lui ai parlé tout à l'heure. Il piste Stan Romley.

Le soulagement se lut sur le visage de la gouvernante.

— Dieu merci... Cet homme va peut-être être mis en prison, et mes garçons pourront revenir travailler ici.

Ses garçons. À en juger par la tendresse dans sa voix, elle ne ferait jamais rien qui puisse faire souffrir cette famille, c'était évident.

— Je peux entrer ? J'ai quelques questions à vous poser.

Elle plissa les yeux.

— Il se passe quelque chose. Quelque chose dont vous ne voulez pas parler.

Elle ne manquait pas d'intuition, songea Roan en enfonçant les mains dans ses poches.

— J'essaie seulement d'aider Maddox à identifier le pyromane.

Mama Mary hocha la tête, mais elle le dévisagea comme si elle ne le croyait pas vraiment. Elle lui fit quand même signe d'entrer.

— Vous voulez du thé ou du café ?

— Du café, s'il vous plaît.

Ils seraient peut-être plus à l'aise tous les deux s'il agissait comme si c'était une visite de courtoisie, et non une quête d'informations. Mais si elle savait que son patron et ami avait été assassiné, elle serait sûrement prête à l'aider.

Elle fit un geste en direction du salon où un feu flambait dans la cheminée, puis elle disparut dans la cuisine. Roan inspecta la pièce du regard. Une photo de Joe et de ses trois fils, alors adolescents, était accrochée à un mur. D'autres cadres étaient posés sur une étagère : sur deux des clichés, Joe était avec une femme, sûrement son épouse, Grace ; sur un autre, elle avait un bébé dans les bras et deux petits garçons à ses côtés. Ray devait être le tout-petit, Maddox et Brett, les plus grands.

Comment Grace aurait-elle réagi si elle avait su que Joe

avait un autre fils à l'époque ? Roan n'avait que quelques mois de plus que Maddox.

Il toucha le portefeuille où il gardait une photo de sa mère. Il n'avait jamais eu de père, parce qu'elle avait choisi de ne pas parler de lui à Joe. Qu'aurait fait ce dernier s'il avait été au courant ? Aurait-il demandé la mère de Roan en mariage ?

Roan aurait-il grandi en portant le nom McCullen et vécu dans un ranch comme celui-ci ?

Une vague de déception le submergea, mais il se ressaisit. Cela ne servait à rien de ressasser ce qui n'était pas arrivé.

Mama Mary revint, munie d'un plateau chargé d'une cafetière, de deux mugs et de viennoiseries à la cannelle. Elle le posa sur la table basse, puis tendit à Roan une assiette avec une brioche. Après avoir servi le café, elle lui proposa du lait et du sucre.

— Noir, ça me va, répondit-il en prenant le mug.

Les tasses étaient ornées d'un *M*, comme pour lui rappeler que si sa mère avait épousé Joe, il se serait appelé McCullen, lui aussi.

Mama Mary l'étudia, les sourcils froncés.

— Bon. Que se passe-t-il vraiment, monsieur l'adjoint ? Maddox est aux trousses de Romley qui, on le sait, a travaillé pour Boyle Gates, l'homme que Maddox a arrêté pour vol de bétail. Et vous vous êtes tous renseignés sur son cousin Bennett. Avez-vous de nouvelles informations ?

Il sirota son café, choisissant ses mots avec précaution.

— On espère encore que Romley passera aux aveux à propos des incendies.

— Alors pourquoi êtes-vous ici ?

— Dans les derniers mois de la maladie de Joe, le Dr Cumberland est souvent passé le voir, n'est-ce pas ?

Elle acquiesça, puis ajouta du sucre à son café.

— Presque tous les jours. Joe et lui se connaissaient depuis très longtemps. Il a même mis au monde les fils de Joe.

Sauf lui. Et Bobby. Mais ils ne comptaient manifestement pas.

— Joe et Boyle Gates étaient brouillés ?

Mama Mary soupira.

— On peut dire ça. Boyle a essayé de convaincre Joe de lui vendre quelques-unes de ses terres. Ça l'a beaucoup contrarié que Joe refuse.

— Gates est-il venu voir Joe quand il était malade ?

— Deux fois. Je n'en revenais pas qu'il insiste autant. Il devait penser que Joe était faible et finirait par craquer. Mais Joe a été inflexible : son ranch appartenait aux McCullen, et il n'avait pas l'intention d'en céder la moindre parcelle.

Pour que le poison apparaisse dans le bilan toxicologique, il aurait fallu que Gates en administre plus de deux fois, pensa Roan. Peut-être avait-il recruté quelqu'un pour en mettre dans la nourriture ou la boisson de Joe ?

— D'autres visiteurs ?

— Eh bien, quelques-uns des employés sont passés. Le contremaître et Joe étaient proches. Il venait lui rendre visite au moins une fois par semaine.

— En voulait-il à Joe pour une raison ou pour une autre ?

— Non. Joe s'est toujours bien comporté avec lui. Ils étaient comme des frères, plutôt qu'employeur et employé.

Elle fit claquer sa langue contre ses dents.

— Pourquoi toutes ces questions sur les visiteurs de M. Joe ?

— J'essaie de me faire une idée précise de tous ceux qui étaient en rapport avec le ranch ou Joe. Il est possible que Gates ait payé quelqu'un d'autre que Romley pour saboter le ranch.

Elle se mordilla la lèvre et détourna les yeux.

— Brett a déjà fait des vérifications sur les employés. Il s'est avéré que Romley était malhonnête. Maddox a découvert qu'il était de mèche avec un autre employé du nom de Hardwick. Ils étaient tous aux ordres de Gates.

— Et les visiteurs extérieurs ? Autres que le Dr Cumberland ?

Elle posa sa tasse sur le plateau et se massa le genou comme s'il la faisait souffrir.

— Barbara est passée plusieurs fois, toujours en l'absence de Maddox. Une fois, je l'ai entendue pleurer à son chevet.

J'essayais de rester à l'écart quand elle venait. Elle ne m'appréciait pas beaucoup.

— Elle était amère, fit remarquer Roan. Est-ce qu'elle apportait des cadeaux ou de la nourriture quand elle lui rendait visite ?

Le front de Mama Mary se plissa sous l'effet de la réflexion.

— Elle lui apportait parfois des cookies. Elle disait que c'étaient ses préférés, qu'elle les avait faits pour lui la première fois qu'ils s'étaient rencontrés.

— Joe en mangeait ?

— Un ou deux par-ci par-là. À vrai dire, il n'était pas friand de sucreries. Lui, c'était plutôt viande et pommes de terre.

Barbara avait quand même pu empoisonner les cookies, songea Roan.

— Et Bobby ? A-t-il rendu visite à Joe ?

Elle leva les yeux au ciel.

— Ce garçon était comme du vinaigre, à la fois acide et amer. Il passait de temps en temps, mais je gardais mes distances. Il mettait Joe dans tous ses états. Parfois, je les entendais crier depuis la cuisine.

Elle émit un bruit de désapprobation.

— Quand Joe est tombé malade, on aurait pu croire que Bobby deviendrait plus gentil. Mais un soir, je l'ai entendu demander à Joe quand il allait parler de lui aux autres garçons. En plus, il lui réclamait sans cesse de l'argent.

Roan sentit son intérêt grandir.

— Et le testament de Joe ? Bobby savait-il qu'il était inclus dedans ?

— Joe y a fait allusion, mais il a répété plus d'une fois à Bobby que s'il voulait hériter d'un morceau de terrain, il devait se faire aider.

— A-t-il jamais parlé de modifier son testament ?

Mama Mary baissa les yeux sur ses doigts qui pétrissaient son tablier.

— Si. Je lui ai dit un jour qu'il ferait mieux de retirer ce garçon de la liste. Bobby était ingrat, il avait l'alcool mauvais, et il ne méritait pas d'avoir ce pour quoi Joe avait travaillé aussi dur.

— Joe en a-t-il parlé à son notaire ?
— Je n'en ai franchement aucune idée.

Il n'y avait qu'une façon de le découvrir. Roan devait parler au notaire de Joe, Darren Bush.

Megan passa le reste de l'après-midi à autopsier une victime d'accident de voiture.

À la fin de la journée, elle s'inquiétait toujours pour le Dr Cumberland. Il avait peut-être besoin d'assistance médicale. Elle décida de l'appeler, mais tomba sur la messagerie. Une seconde plus tard, son portable vibra. Pensant que c'était lui, elle décrocha rapidement.

— Docteur Lail, ici North, le shérif adjoint de Laredo. J'ai reçu les résultats de l'autopsie de Morty Burns.
— Oui.
— Avez-vous trouvé le moindre indice ?
— J'ai bien peur que non, répondit Megan. Mais la balle qui l'a tué a été tirée par un 45.
— Hum...
— Quelque chose vous embête à propos du rapport ?
— Pas exactement, répondit North. Mais j'ai parlé au shérif de Pistol Whip. Apparemment, Morty Burns était marié avec une certaine Edith Bennett.
— Oui, c'est ce que j'ai vu.
— Eh bien, elle a un frère : Arlis Bennett, un homme que le shérif McCullen soupçonne de travailler avec Boyle Gates.
— Elle a été prévenue, pour son mari ? demanda Megan.
— Pas encore. Quand j'ai appelé chez elle, personne n'a décroché. Elle vit près de Pistol Whip, et non de Laredo.

Megan tambourina sur son bureau du bout des doigts.

— Je peux aller lui parler.
— Il faudrait vraiment qu'un agent de police soit présent. Il s'agit d'une enquête pour meurtre, maintenant.

Double révélation 239

— D'accord. Je vais demander au shérif adjoint Whitefeather de m'accompagner.
— Très bien. McCullen pense que le meurtre de Burns a peut-être un lien avec les incidents sur son ranch. On a pu payer ce type pour allumer les incendies, avant de le tuer pour couvrir ses agissements.

Il marqua une pause, avant de reprendre :
— Bref, j'espérais que vous auriez trouvé des traces d'ADN qui nous permettent de relier cette mort à Gates ou Bennett.
— Je suis désolée, j'aurais aimé pouvoir vous en dire plus.

Il la remercia et raccrocha, laissant Megan en pleine réflexion. Elle n'avait pas envisagé qu'une victime autopsiée sur sa table puisse être liée aux McCullen.

Elle envoya un SMS à Roan pour lui transmettre les propos de l'adjoint et lui annoncer qu'elle le retrouverait chez les Burns. Ils devraient annoncer le décès et interroger la veuve au cas où elle saurait qui avait tué son mari. Après tout, ce meurtre n'avait peut-être rien à voir avec les McCullen. Il s'agissait peut-être d'une dispute conjugale ayant mal tourné ou d'un problème personnel de Burns. Il devait peut-être de l'argent à quelqu'un…

Son téléphone bipa. Roan venait de lui répondre.

Suis à Horseshoe Creek. RDV à la ferme Burns. Attends-moi.

Elle accepta le rendez-vous, puis prit son sac et sortit.
Dehors, le soleil se couchait, des nuages d'orage s'amassaient et le vent se levait. Le parking de l'hôpital était toujours plein, le changement d'équipe ne s'étant pas encore fait. Une ambulance roulait vers l'entrée.

Une fois dans sa voiture, Megan prit la direction de la ferme des Burns. Elle traversa la ville, profitant de la circulation fluide, puis emprunta la grande route sortant de Pistol Whip. Dix minutes plus tard, elle trouva la ferme, une propriété qui avait connu des jours meilleurs.

Les mauvaises herbes abondaient dans ce qui avait dû être un grand jardin, les clôtures étaient cassées, et la maison avait besoin d'un bon coup de peinture. Le chemin en terre était parsemé d'ornières qui faisaient cahoter la voiture.

Megan explora les alentours du regard, à la recherche d'un employé, mais il n'y avait personne. Les seuls véhicules étaient un tracteur et un pick-up garé devant la maison décrépite. Elle se gara et regarda à nouveau autour d'elle avec nervosité.

Elle ne savait rien à propos de cette femme, sinon que son mari avait été assassiné.

Brusquement, quelqu'un entrebâilla la porte latérale, et un chat se faufila au dehors. En voyant le sang qui maculait les poils et les pattes de l'animal, Megan sentit son ventre se nouer.

La peur la figea un instant, mais ses réflexes de médecin reprirent le dessus. Elle sortit de son véhicule en jetant des coups d'œil à gauche et à droite, à l'affût du moindre individu suspect, mais elle ne vit personne. Le chat courut se réfugier dans la grange derrière la maison.

Elle marcha jusqu'au perron, une main sur la bombe lacrymogène dans son sac, l'autre effleurant son portable. La maison tremblait sous l'assaut des bourrasques et un volet claquait contre le mur en bois délabré.

Megan monta les marches inégales. Le grincement des lattes sous son poids ne fit qu'augmenter sa nervosité. Lorsqu'elle atteignit la porte d'entrée, sa nuque ruisselait de transpiration. Elle s'immobilisa et tendit l'oreille.

Le vent sifflait sous l'avant-toit. De l'eau coulait d'un robinet ou d'une baignoire quelque part dans la maison.

Elle passa la tête à l'intérieur. Il y flottait une odeur âcre désagréable. Le salon rempli de meubles en piteux état était vide. Elle prit une profonde inspiration, puis entra.

Ce qu'elle vit lui glaça le sang : une femme était étendue sur le seuil entre la cuisine et le salon. Elle gisait dans une mare de sang, un bras tendu comme si elle appelait à l'aide. Ses yeux étaient grands ouverts et figés par la mort.

6

Roan termina sa viennoiserie et remercia la gouvernante. Il n'avait jamais rien mangé d'aussi bon.

— Mama Mary, connaissez-vous un certain Morty Burns ?

— Ça ne me dit rien, répondit-elle, la mine perplexe. Je devrais ?

Il haussa les épaules, puis demanda :

— Et une dénommée Edith Bennett ? C'était la femme de Burns.

Elle fronça les sourcils.

— Bennett ? Oh ! bien sûr. Edith était amie avec Grace. Même si son frère était Arlis Bennett... Et elle venait voir Joe de temps en temps. Pourquoi ?

— Ce SMS a été envoyé par le bureau du légiste. Le mari d'Edith a été retrouvé mort, tué par balle. Je me demandais s'il travaillait pour Bennett.

La gouvernante leva les mains en signe d'ignorance.

— Eh bien... Je ne sais pas. Je n'arrive pas à imaginer Edith et son mari faisant quoi que ce soit d'illégal. Vous pensez que quelqu'un l'a tué parce qu'il sabotait Horseshoe Creek ?

— À ce stade, j'envisage toutes les possibilités. Qui d'autre a rendu visite à Joe ?

Mama Mary tripota à nouveau son tablier.

— Hum... Il y avait un autre propriétaire de ranch, Elmore Clark. Il était redevable à Joe. Il a eu des soucis pour rembourser son emprunt, et Joe lui a acheté des terres pour l'aider.

— Alors il n'avait aucune raison de s'en prendre à Joe ?

— Pas à ma connaissance, répondit-elle en secouant la tête.

Il faudrait se renseigner sur lui, décida Roan. Ce type n'avait peut-être pas apprécié les modalités de la vente ?

— Joe vous a-t-il parlé du contenu de son testament ?

La gouvernante épousseta son tablier.

— Pas en détail. Il a seulement dit que tous les membres de la famille seraient protégés.

Elle secoua la tête d'un air désolé.

— Je lui ai vivement conseillé de parler de Barbara et Bobby aux garçons, mais il culpabilisait beaucoup à propos de sa liaison. Et franchement, je pense qu'il était trop faible pour affronter le choc qu'il allait voir sur leurs visages.

— Alors vous étiez au courant pour Barbara, au moment de leur liaison ?

Elle cilla et détourna le regard.

— Je ne ferai pas de commérages sur cette famille. Joe a fait des erreurs, mais c'était un homme bon.

— Je ne le juge pas, la rassura Roan.

Il était presque tenté de lui confier que le patriarche avait été assassiné. Elle aimait Joe, c'était évident, et elle aurait voulu connaître la vérité.

Même si elle était très protectrice envers cette famille et ne l'accueillerait probablement pas plus que Maddox, Brett ou Ray...

— J'essaie seulement de comprendre la situation, afin de pouvoir arrêter celui qui sabote Horseshoe Creek.

Elle se détendit un peu.

— Barbara, Bobby et Boyle Gates sont les trois seuls qui me viennent à l'esprit.

Il était temps d'avoir une petite discussion avec Boyle Gates, pensa Roan. En sentant son téléphone vibrer, il jeta un coup d'œil sur l'écran. Megan.

— Merci, Mama Mary. Si vous pensez à un autre visiteur, ou à quoi que ce soit qui puisse nous servir, appelez-moi.

Elle se leva pesamment, puis l'attrapa par le bras lorsqu'il l'imita.

— Shérif adjoint Whitefeather, y a-t-il quelque chose que vous ne me dites pas ?

Roan la regarda dans les yeux. Il hésita à nouveau à lui dire que Joe avait été assassiné. Mais Maddox, Brett et Ray méritaient d'être informés en premier. Il se contenta de secouer la tête, pressa une touche sur son portable et sortit par la porte de la cuisine.

— Whitefeather.

— Roan, c'est Megan... Il faut que tu viennes ici.

Le cœur de Roan se mit à battre plus vite.

— Que se passe-t-il ? Où es-tu ?

— À la ferme des Burns, répondit-elle d'une voix fêlée. Edith Burns est morte.

Les yeux rivés sur la mare de sang autour du cadavre, Megan inspira profondément à plusieurs reprises.

Elle sortit des gants de son sac et se faufila à l'intérieur, tous les sens en éveil, au cas où un intrus soit toujours présent. Le linoléum crissa sous ses semelles tandis qu'elle traversait le salon en direction de la cuisine. La main crispée sur le téléphone, elle se pencha pour prendre le pouls de la femme. Non pas qu'elle ait le moindre doute... Les odeurs et la pâleur ne faisaient que confirmer ses soupçons. Mais c'était une formalité. En outre, il lui fallait déterminer l'heure et la cause du décès.

— Tu en es sûre, Megan ? demanda Roan qui n'avait pas raccroché.

— Oui.

La robe d'intérieur jaune de la femme était imprégnée de sang.

— Apparemment, elle a reçu une balle dans la poitrine et s'est vidée de son sang, comme son mari.

— Je suis en chemin, déclara Roan. Attends-moi pour entrer.

— Je suis déjà à l'intérieur. J'ai vu du sang depuis le seuil. Il fallait que je vérifie si elle était toujours vivante.

— Bon sang, Megan ! Et si le tueur était toujours là ?

— Il est parti depuis longtemps, Roan. À en juger par la rigidité, elle est morte depuis plusieurs heures.

— Tu es seule ?

Elle pivota sur elle-même, dressa à nouveau l'oreille, mais n'entendit que le vent qui secouait la charpente en bois et les carreaux.

— Oui. Je vais faire venir une équipe de l'identité judiciaire pour passer la maison au crible.

— Est-ce que tu vois une douille ou une arme quelque part ?

Megan souleva légèrement la femme pour chercher une blessure de sortie, mais ne vit rien.

— La balle doit toujours être logée à l'intérieur du corps. Je ne vois pas d'arme.

Elle balaya la cuisine du regard. Une corbeille de fruits était posée sur une table en chêne. Sur l'îlot, un couteau reposait à côté d'une planche à découper couverte de pommes de terre et de carottes, comme si Edith était en train de préparer le dîner quand son assassin avait frappé.

De sa position, Megan ne pouvait pas voir si la porte de derrière avait été forcée. Si l'assaillant était entré par effraction, Edith l'avait-elle entendu ?

Elle inspecta les ongles de la morte, mais ne vit pas de traces de résidus cutanés ou autres. Elle effectuerait des prélèvements et les ferait analyser pour s'en assurer. Pas de sang ni de fibres capillaires.

Et le couteau ? Edith avait-elle tenté de se défendre avec ?

Megan contourna le corps avec précaution, à la recherche d'empreintes de pas ou de pièces à conviction. Elle aperçut des taches de sang près de l'îlot, mais le couteau semblait propre.

Elle étudia la disposition de la cuisine et élabora un scénario plausible. Le tueur était peut-être entré par la porte de derrière, ce qui signifiait qu'Edith avait le dos tourné. Pourtant elle avait reçu la balle dans la poitrine.

Alors... Elle avait dû entendre un bruit et avait fait volte-face. Peut-être connaissait-elle l'intrus. Elle ne s'était donc pas enfuie.

L'inconnu avait ensuite tiré, atteignant la femme en plein cœur. Sous le choc, elle avait agrippé l'îlot. Du sang avait aussitôt jailli de la blessure, éclaboussant le sol.

Edith avait trébuché vers le salon et s'était effondrée sur le seuil. Elle essayait de sortir par l'avant de la maison... Peut-être pour rejoindre sa voiture ? À moins que ce ne soit pour arriver jusqu'à son téléphone et appeler à l'aide ?

Mais elle avait saigné abondamment, s'était vite affaiblie et avait perdu connaissance avant de pouvoir atteindre la sortie ou son téléphone.

Megan frissonna. Et si la même personne s'en était prise aux deux époux ? se demanda-t-elle.

À moins qu'il ne s'agisse d'un meurtre suicide... Morty avait pu tirer sur Edith avant d'aller se supprimer ailleurs.

Sauf que la chronologie des événements semblait problématique. En outre, la plupart du temps, les gens se suicidaient en se tirant une balle dans la tête. Morty était mort d'une balle dans le cœur. Et s'il s'était tué, pourquoi ne l'aurait-il pas fait à côté de sa femme ?

Quelqu'un s'était débarrassé du corps de Morty Burns.

Ce qui la ramenait à la théorie de l'intrus, songea Megan. Quel genre de personne impitoyable tirait sur une femme innocente, puis restait sur place à la regarder mourir ?

Et pourquoi tuer l'un ou l'autre des Burns ? Ces morts avaient-elles un rapport avec celle de Joe McCullen ?

Les questions se bousculaient dans l'esprit de Roan tandis qu'il roulait à toute allure vers la ferme des Burns.

Le fait qu'Edith soit la sœur d'Arlis Bennett, le cousin de Boyle Gates, un homme que les fils de Joe avaient arrêté pour vol de bétail, était une drôle de coïncidence, qui avait de quoi éveiller les soupçons.

Il devait discuter de la situation avec Maddox. Trouver

l'assassin du couple serait peut-être déterminant pour découvrir qui avait empoisonné Joe.

Les nuages d'orage qui se pourchassaient dans le ciel baignaient la ferme d'une lumière grise déprimante. Les prés et les champs étaient envahis de mauvaises herbes, le matériel agricole paraissait rouillé et cassé, et la grange avait besoin d'une nouvelle toiture. Aucune vache ni aucun cheval n'était visible nulle part.

Morty avait-il aidé son beau-frère ou Boyle Gates à saboter Horseshoe Creek parce qu'il avait des problèmes d'argent ? se demanda Roan en se garant près de la camionnette de Megan. Il observa avec attention le périmètre de la propriété, prêt à intervenir si quelqu'un rôdait à proximité.

Des feuilles mortes tourbillonnaient sur l'herbe sèche et la porte de la remise près de la maison ne cessait de claquer. En entendant un bruit de moteur, il se tourna et aperçut la fourgonnette de la police scientifique qui dévalait la colline.

Il jeta un coup d'œil vers la maison. Megan venait d'apparaître sur le seuil. Elle portait ses lunettes et était coiffée de son chignon sévère habituel. Son expression était stoïque, mais ses yeux étaient assombris par l'horreur de ce qu'elle avait découvert à l'intérieur.

Pendant un instant, Roan eut envie de l'emmener loin des réalités macabres de leurs métiers respectifs. De la conduire dans un endroit intime et romantique, comme un chalet à la montagne, où ils pourraient descendre la rivière en rafting, avant de se blottir l'un contre l'autre sur une couverture et de faire l'amour sous les étoiles.

Le claquement des portières le tira de ses pensées ridicules. Il n'était pas du genre à faire l'amour sous les étoiles ou... à faire l'amour tout court. Le sexe n'était qu'une délivrance physique.

Coucher avec Megan avait été bon, très bon. Mais cela ne se reproduirait pas.

Elle aimait son travail et elle était aussi douée pour faire des autopsies que lui pour résoudre des crimes. Les cadavres étaient au cœur de leur vie.

Pas les refuges montagnards douillets.

— Le Dr Lail a appelé, lança le lieutenant Hoberman en approchant, suivis de deux techniciens. Elle a trouvé un corps ?

— Oui, répondit Roan. Celui de la femme d'une victime d'homicide qu'elle avait autopsiée.

Hoberman haussa les sourcils.

— Ils ont été assassinés tous les deux ?

— Apparemment. Vous pourrez peut-être nous aider à comprendre ce qui s'est passé.

Ils marchèrent jusqu'au perron et gravirent l'escalier.

— Ça va ? demanda Roan à Megan.

Elle hocha brièvement la tête, puis les précéda à l'intérieur. En voyant le cadavre de la femme, ses cheveux gris et sa main crispée, tendue comme pour appeler à l'aide, Roan sentit la colère l'envahir.

Dès qu'ils entrèrent, ils enfilèrent tous des gants en latex, puis se regroupèrent autour de la victime. L'un des techniciens commença à prendre des photos, tandis que l'autre se mettait à chercher des indices.

— A priori, elle coupait des légumes quand quelqu'un est entré par-derrière, déclara Megan. Je pense qu'elle a entendu du bruit et s'est tournée pour voir qui c'était. À ce moment-là, il lui a tiré dans la poitrine.

La pauvre femme devait avoir une soixantaine d'années, estima Roan. Des douzaines de photos, sur lesquelles elle apparaissait aux côtés d'une femme d'environ trente ans, étaient posées sur les étagères. D'autres clichés montraient Edith avec un garçon et une fille aux cheveux sombres. Il y avait aussi une carte avec l'inscription :

Joyeuse fête des mères, mamie.

C'était une grand-mère, nom d'un chien, se dit-il, le cœur serré. Elle n'avait pas mérité de se faire abattre chez elle de cette façon.

Son portable se mit à vibrer. C'était Darren Bush. Il s'excusa auprès des autres et ressortit pour prendre l'appel.

— Shérif adjoint Whitefeather ? demanda le notaire. J'ai bien eu votre message.

— Oui. On enquête toujours sur les incendies à Horseshoe Creek. Quand Joe McCullen a-t-il fait son testament ?

— Il y a dix ans, mais il le revoyait tous les ans.

— A-t-il fait des modifications importantes au cours des derniers mois qui ont précédé sa mort ?

— Non. Enfin, si. Il a acheté deux parcelles de terrain supplémentaires. Il en a ajouté une dans la succession. En faveur de Bobby Lowman.

— Alors il n'avait pas l'intention de modifier son testament pour en exclure Barbara ou Bobby ?

— Non, non, pas du tout. Il tenait plus que tout à prendre soin de sa famille.

Autrement dit, un des mobiles possibles des Bowman s'envolait. Restait leur immense amertume.

Roan remercia son interlocuteur, puis raccrocha. Le lieutenant Hoberman sortit de la maison, un calendrier à la main.

— Regardez ça, Whitefeather. Morty Burns avait rendez-vous avec son beau-frère, Arlis, le matin de sa mort.

Megan enregistra mentalement les détails de la scène de crime. Pour une raison ou une autre, le visage de la victime l'avait particulièrement touchée. À en juger par les photos sur le manteau de la cheminée et les étagères, c'était le genre de grand-mère qui préparait des cookies et gâtait ses petits-enfants.

Il s'agissait d'une mort absurde, ce qui rendait Megan d'autant plus résolue à ce que justice soit rendue à Edith.

— Je vais aller voir Arlis Bennett pour lui annoncer la mort de sa sœur, déclara Roan. S'il cache quelque chose, le meurtre d'Edith va peut-être le décider à parler.

Il fit un geste en direction du corps. Les ambulanciers étaient en train de le placer dans le véhicule qui allait l'emmener à la morgue.

— Dis-moi ce que tu trouveras au cours de l'autopsie.
— D'accord, répondit Megan.

Alors qu'elle rejoignait sa camionnette, son téléphone vibra.
— Ici le Dr Lail.
— Docteur Lail, Ruth Cumberland à l'appareil. Qu'avez-vous dit à mon mari pour le troubler à ce point ? Je ne l'ai jamais vu aussi bouleversé. J'ai cru qu'il faisait une crise cardiaque.

Megan se mordit la lèvre. À l'évidence, le médecin n'avait pas révélé ce qu'elle avait découvert. Elle ne pouvait donc pas en parler, elle non plus.

— Je suis désolée qu'il se sente mal, madame Cumberland. Les dernières semaines semblent avoir été difficiles pour lui.

Un silence tendu régna quelques secondes, puis la femme répliqua :

— C'est pire que ça, et je pense que vous en êtes la cause. Je sais bien que vous êtes jeune et que vous pensez tout savoir, mais mon mari est un homme bon. Alors laissez-le tranquille.

En entendant le ton accusateur dans la voix de son interlocutrice, Megan sentit son pouls accélérer. Alors qu'elle ouvrait la bouche pour répondre, il y eut un « clic », puis plus rien. Déroutée par la réaction de Mme Cumberland, elle démarra et quitta la ferme.

Même si les gens étaient contrariés à cause d'elle, elle avait un travail à faire. Et il était hors de question qu'elle se laisse intimider. Elle avait admiré le médecin légiste qui s'était battu pour découvrir la vérité à propos de la mort de sa sœur. Elle comptait faire de même pour toutes les victimes qui se retrouveraient sur sa table.

Les petits-enfants de la pauvre Edith n'auraient pas le plaisir de grandir avec elle ou de passer les fêtes à faire des cookies dans sa cuisine. Quelqu'un devait régler cette histoire.

Il fallait que le meurtrier paie.

Lorsqu'elle arriva à la morgue, les employés étaient en train de transporter le cadavre à l'intérieur. Megan dut faire un effort pour rester professionnelle et se prépara pour commencer l'autopsie.

Une fois la femme sur la table, Megan prit quelques instants pour lui parler, comme elle le faisait souvent avec ses patients.

— Je vais découvrir qui vous a tuée, Edith. C'est promis.

Quand elle repoussa les cheveux gris du front de la morte, les mèches fragiles cassèrent. Les coins de ses lèvres étaient tachés de sang et de salive séchés. La bouche était grande ouverte, comme si la victime avait hurlé à l'aide avant de mourir.

Ravalant ses émotions, Megan enfila sa tenue et commença l'autopsie. Tout en travaillant, elle parlait dans son micro, détaillant le contenu de l'estomac, les cicatrices, les blessures et les indices médico-légaux.

Comme elle le soupçonnait, Edith s'était vidée de son sang. La balle qu'elle récupéra semblait venir d'un 45. Son mari avait été tué par une arme du même calibre.

La femme avait aussi une cicatrice de césarienne, souffrait de polyarthrite rhumatoïde, s'était fait opérer des amygdales et avait mangé en dernier des petits pains et de la sauce.

Megan établit que le décès remontait à la veille, soit le même jour que Morty, sauf qu'Edith était morte plusieurs heures après. Rien à voir avec un meurtre suicide.

Cette balle laissait entendre qu'ils avaient été assassinés par la même personne. Mais pourquoi tuer Morty, puis sa femme ? Savait-elle qui était le meurtrier de son mari ? Si oui, pourquoi ne serait-elle pas allée voir la police ? Au lieu de cela, elle était chez elle, pour préparer le repas.

Parce qu'elle ne savait pas qu'il était mort.

Megan envoya la balle au laboratoire de balistique pour corroborer ses soupçons, puis informa le lieutenant Hoberman de l'heure du décès.

— On va vérifier les relevés téléphoniques du couple, ainsi que leurs finances, annonça-t-il. Avec un peu de chance, on trouvera des empreintes dans la maison.

Elle le remercia et raccrocha. Hantée par le visage blême et choqué d'Edith, elle termina de noter les résultats.

Quand elle regarda l'horloge, l'heure du dîner était passée depuis longtemps. L'équipe de nuit avait dû arriver et les patients s'apprêtaient à dormir. L'hôpital était silencieux. Bien sûr, la morgue était toujours calme, d'autant qu'elle était située dans un coin du sous-sol.

Megan suspendit sa blouse à la patère, puis se massa la nuque avec un soupir fatigué.

Alors qu'elle arrivait dans le couloir menant à la chambre froide et aux ascenseurs, les lumières clignotèrent. Elle fronça les sourcils. Alors qu'elle cherchait à tâtons l'interrupteur, un son la fit sursauter.

Des bruits de pas.

Elle sentit qu'on la poussait brutalement contre le mur et qu'on lui enfonçait un genou dans le dos. Elle poussa un grognement sourd et essaya de se débattre, mais son assaillant pressa le canon d'un pistolet contre sa colonne vertébrale.

C'était froid et dur. Avec un « clic », une balle monta dans la chambre.

Megan poussa un hurlement et projeta son coude en arrière pour se défendre. Mais son agresseur la plaqua contre le mur, avant de lui recouvrir la tête d'un tissu lourd et épais, la plongeant ainsi dans l'obscurité.

7

Tout en frappant à la porte, Roan observa Circle T, le ranch de Boyle Gates.

Suite à l'arrestation du propriétaire pour vol de bétail, son cousin Arlis Bennett avait emménagé sur place pour gérer ses affaires. Personne ne savait si Bennett était au courant des activités illégales de Gates et s'il en était le complice. Jusqu'à présent, aucune accusation n'avait été portée contre lui.

À en juger par la taille du troupeau sur la propriété, Bennett semblait maintenir le ranch à son niveau habituel. Mais la communauté et le club d'éleveurs local le tenaient à l'œil, prêts à intervenir s'il poursuivait les méthodes répréhensibles de Gates pour augmenter son cheptel.

La nuit était tombée, et les nuages étaient gonflés de pluie. D'après le SMS de Megan, Edith avait été tuée par une arme de calibre 45, comme son mari.

Des bruits de pas résonnèrent à l'intérieur, puis la porte s'ouvrit sur un homme de haute taille, au teint coloré. Âgé d'une cinquantaine d'années, il était vêtu d'une chemise western bien repassée et d'un jean flambant neuf.

Bennett ne devait pas beaucoup mettre la main à la pâte sur le ranch, songea Roan. Il laissait sûrement ses employés faire toute la sale besogne.

Notamment les hommes qu'il avait engagés pour saboter Horseshoe Creek.

Roan avait seulement besoin d'éléments pour le prouver.

— Monsieur Bennett ?
— Oui.

— Je suis le shérif adjoint Whitefeather.
— Je sais qui vous êtes. Vous travaillez avec les McCullen.
— En réalité, je travaille pour les habitants de Pistol Whip.

L'éleveur leva les bras.

— J'ai les mains propres. Vous pouvez regarder ma comptabilité. Vous verrez que tout mon bétail a été acheté légalement.

Il était sûrement assez malin pour falsifier les documents, se dit Roan.

— À vrai dire, ce n'est pas pour ça que je suis ici. Je peux entrer ?

Bennett haussa un de ses sourcils broussailleux.

— Je suppose que oui.

Il s'écarta du passage et lui fit signe d'entrer. Roan le suivit jusqu'à une grande pièce aux boiseries sombres, meublée d'un immense bureau et d'une crédence en cerisier, ainsi que d'un minibar avec évier.

— Je vous sers à boire ? demanda l'éleveur.
— Je suis de service. Mais je vous en prie.

Bennett lui lança un regard noir, comme s'il n'avait pas besoin de sa permission. Il se versa un verre d'un bourbon vraisemblablement coûteux, puis alla s'asseoir dans un fauteuil en cuir.

— Alors... De quoi s'agit-il ?

Roan s'installa en face de lui et déglutit péniblement. Il détestait cet aspect de son travail.

— Monsieur Bennett, avez-vous parlé à votre sœur récemment ?

L'éleveur plissa les yeux d'un air méfiant.

— Pas depuis quelques jours. Pourquoi ?
— Et à son mari, Morty ?

Bennett poussa un long soupir.

— Je l'ai vu il y a deux semaines. Il est venu quémander de l'argent.
— Et ?
— Burns traitait bien ma sœur, mais il ne savait pas gérer

son exploitation. En plus, il aimait le jeu. Il a dilapidé leurs revenus et leurs économies, à tel point qu'ils n'allaient pas tarder à perdre leur ferme.

Autrement dit, Morty Burns était aux abois, conclut Roan.

— Donc, vous l'aidiez ?

— Au début, oui, admit Bennett. J'en ai parlé à Edith. Je lui ai dit ce qu'il faisait. Ils se sont disputés, mais elle a refusé de le quitter.

Il haussa les épaules.

— J'ai fait ce que j'ai pu. Mais, au bout d'un moment, j'ai dû lui couper les vivres.

Acculé, Burns avait peut-être accepté de l'argent pour faire quelque chose d'illégal, comme mettre le feu aux écuries de Horseshoe Creek.

Bennett sirota sa boisson, avant de reprendre la parole.

— Bon, vous allez me dire pourquoi vous posez toutes ces questions à propos de Morty et Edith ?

— Je suis désolé de devoir vous annoncer ça, monsieur Bennett, mais M. Burns et votre sœur sont morts.

Bennett écarquilla les yeux, puis descendit d'un trait le reste de son bourbon.

— Que s'est-il passé ? Comment ?

L'expression choquée de son visage semblait authentique. Cela dit, Roan ne le connaissait pas assez pour déterminer s'il simulait.

— Ils ont été assassinés tous les deux. Abattus à bout portant.

Il se racla la gorge.

— Le corps de M. Burns a été découvert à la sortie de Pistol Whip.

Bennett serra son verre vide d'une main tremblante.

— Et ma sœur ?

— Elle a été retrouvée chez elle.

L'éleveur se pinça l'arête du nez et cilla à plusieurs reprises, comme pour contenir ses émotions.

— Quand…

Sa voix se brisa.

— Quand est-ce arrivé ?

— Hier soir, d'après le légiste. Où étiez-vous à ce moment-là ? demanda Roan en s'efforçant de garder une intonation calme.

Une lueur de colère apparut dans le regard de l'homme.

— Vous n'êtes pas sérieux ! Vous pensez que j'aurais tué ma propre sœur ?

— C'est une question standard, monsieur Bennett. Où étiez-vous ?

Les narines frémissantes, l'éleveur se leva et marcha jusqu'au minibar. Il remplit à nouveau son verre, puis se tourna vers Roan, visiblement furieux.

— Ici, au ranch. Ma gouvernante pourra le confirmer.

— Toute la journée et toute la nuit ?

— Oui.

— Encore une question, monsieur Bennett, lança Roan en se levant à son tour. Possédez-vous un 45 ?

Un muscle tressauta sur la mâchoire de l'éleveur.

— Non.

Mais le rapide coup d'œil qu'il jeta de l'autre côté de la pièce laissait penser qu'il mentait. Roan examina les murs et remarqua un tableau représentant une chute d'eau. Il était prêt à parier qu'un coffre-fort se dissimulait derrière le cadre. Et que Bennett y avait rangé un 45.

Bon sang, songea-t-il, contrarié. Il allait avoir besoin d'un mandat pour pouvoir regarder à l'intérieur.

Bennett fit un geste en direction de la porte, indiquant que l'interrogatoire était terminé.

— Au lieu de me harceler, vous feriez mieux de chercher les types à qui Morty devait de l'argent. Ils les ont peut-être tués, Edith et lui, parce qu'il ne pouvait pas rembourser ses dettes.

Roan hocha sèchement la tête. C'était une éventualité, certes, mais comment un créditeur pouvait-il récupérer son argent auprès d'un homme mort et ruiné ?

Non... Il avait le mauvais pressentiment que ses soupçons étaient fondés et que les meurtres étaient liés aux McCullen.

Et que Bennett essayait de détourner les soupçons vers un autre coupable potentiel.

Megan essaya de respirer, mais l'épaisse housse mortuaire l'étouffait. Paralysée par la peur, elle ne voyait rien et ne parvenait pas à réfléchir.

Elle ne voulait pas mourir.

Elle balança son pied en arrière et parvint à percuter le genou de son assaillant. Il poussa un grognement de douleur, mais resserra sa prise autour de son cou. Puis il pressa la bouche contre son oreille à travers le tissu.

— Ne fouine pas sur la mort de Joe McCullen, sinon tu finiras dans ce sac pour de bon.

En tentant d'écarter les doigts de son cou, elle sentit qu'il portait des gants en latex. Elle fit de son mieux pour le griffer, dans l'espoir d'arracher de la peau ou quelques fibres qui permettraient de l'identifier plus tard. Si elle en réchappait...

Il la tira brutalement en avant, puis la frappa à l'arrière de la tête avec un objet dur. Une seconde plus tard, le monde se mit à tournoyer. Malgré l'obscurité qui l'envahissait, Megan lutta pour ne pas s'évanouir.

Un autre coup s'abattit sur elle, et elle s'effondra en gémissant. Terrifiée, elle battit des paupières pour rester consciente. Mais une douleur fulgurante lui traversa le crâne, puis son corps s'engourdit. Couleurs aveuglantes... Points noirs... Vision trouble...

Elle ne pouvait pas se redresser, ni lever les mains, ni remuer les jambes. Lorsque son agresseur la fourra dans la housse mortuaire, elle essaya de hurler, mais elle avait perdu la voix. Le son de la fermeture Éclair lui parvint de très loin, tandis qu'elle avait l'étrange impression de flotter...

Roan roula jusqu'à la prison où était incarcéré Boyle Gates, dans l'espoir d'obtenir quelques réponses. Un mince croissant de lune essayait de se frayer un passage à travers les nuages, ajoutant de temps en temps un éclat lumineux au ciel sombre. En dehors de cette faible lumière, les terres entre Pistol Whip et la prison semblaient désolées.

Il appela Megan, curieux de savoir si elle avait découvert des éléments utiles en faisant l'autopsie d'Edith Burns, mais il tomba tout de suite sur sa boîte vocale. Il laissa un message lui demandant de le rappeler.

Puis il composa le numéro du lieutenant Hoberman.

— Avez-vous trouvé quoi que ce soit qui relie les Burns aux incendies de Horseshoe Creek ?

— Pas directement, répondit le policier. Même s'il y a un jerrycan d'essence dans la remise. Mais beaucoup de fermiers en ont chez eux.

— C'est vrai… Et la situation financière de Morty ?

— Les comptes en banque étaient peu fournis, même s'il y a eu un versement de dix mille dollars il y a environ une semaine.

— Une idée de l'origine des fonds ?

— Non, c'était en liquide.

Exactement comme il s'y attendait, songea Roan. Pas de traces écrites.

Les heures de visite étaient passées, mais il informa le directeur de la prison des meurtres des Burns. Il lui expliqua qu'il voulait voir la réaction de Gates avant que quelqu'un d'autre ait l'occasion de lui apprendre la nouvelle.

Bien sûr, si le prisonnier avait payé un intermédiaire pour assassiner le couple, il était déjà au courant. Lui et Arlis Bennett avaient peut-être agi de concert. À moins que Bennett n'ait parlé des problèmes de sa sœur à Gates, qui en avait peut-être tiré parti, en proposant de sortir Burns du pétrin s'il lui rendait service en échange.

Roan s'installa sur la chaise au parloir. Alors que le surveillant accompagnait Gates dans la pièce, il se composa une expression professionnelle. Il avait vu l'éleveur déambuler dans Pistol Whip, affichant son air supérieur, et l'avait aussitôt pris en grippe. Gates avait aussi donné du fil à retordre aux Amérindiens de la réserve, à propos de terres qu'ils estimaient leur appartenir. Il voulait les acheter et en déloger les habitants, mais heureusement, la loi avait donné raison au peuple de Roan.

Même vêtu de sa tenue de prisonnier, Gates arborait la même attitude arrogante.

— Qu'est-ce que vous voulez, Whitefeather ?

Son ton était condescendant, comme s'il estimait que Roan ne méritait pas de partager le même espace que lui.

— Je me suis dit que vous seriez peut-être prêt à parler.

Gates passa la main sur sa joue rasée de près.

— J'ai déjà dit tout ce que j'avais à dire.

— Avez-vous engagé Stan Romley pour allumer ces incendies à Horseshoe Creek ?

Un éclair de rage traversa les yeux de Gates.

— Non. Je l'ai déjà dit au shérif. Et si vous croyez que vous allez me convaincre d'avouer quoi que ce soit, vous avez tout faux.

— Et Morty Burns ? Est-ce que vous l'avez payé pour saboter le ranch ?

Gates se leva d'un bond, faisant cliqueter ses menottes.

— C'est absurde.

Il adressa un brusque signe de tête au surveillant.

— Ramenez-moi à ma cellule.

— Asseyez-vous, Gates, ordonna Roan avec fermeté. Je n'ai pas fini.

— Eh bien, moi si, rétorqua l'autre d'un ton catégorique.

— Sûrement pas.

Roan agita la main vers la chaise pour lui intimer de s'asseoir.

— En ce moment même, j'ai deux corps à la morgue. D'après moi, ils ont un rapport avec vous.

Gates s'immobilisa, la mine interrogative.

— Quels corps ?

Roan tapa du pied pendant une minute, faisant attendre le prisonnier délibérément.

— Vous êtes venu me parler, Whitefeather, alors parlez. Les corps de qui ?
— Morty et Edith Burns.
La seule réaction de Gates fut une brève étincelle dans le regard, mais elle indiquait qu'il en savait plus qu'il n'était prêt à le dire. Peut-être même était-il au courant de ces morts.
— Quel rapport avec moi ?
— Edith était la sœur d'Arlis Bennett. J'ai discuté avec lui. Il affirme que Morty avait des difficultés financières.
— Comme je l'ai déjà dit, répliqua Gates d'une voix froide, quel rapport avec moi ?
— Voilà ma théorie : je pense que vous et votre cousin Bennett travaillez ensemble. Vous aviez besoin de quelqu'un pour faire votre sale boulot, alors vous avez engagé Romley. Et peut-être Burns. Il a très bien pu vous aider pour le vol de bétail ou les sabotages à Horseshoe Creek.
— C'est ridicule.
— Vraiment ? Cet homme était prêt à tout pour sauver sa ferme. Edith était votre cousine, tout comme Arlis, alors vous avez proposé de tirer son mari d'affaire. Mais les choses se sont mal passées. Il a réclamé plus d'argent, ou il a essayé de vous faire chanter, et vous avez dû vous débarrasser de lui.
— Vous oubliez quelque chose. Je suis en prison depuis des semaines.
Roan se leva, les lèvres pincées.
— Oui, en effet. Mais c'est vous qui oubliez quelque chose : je sais comment les prisons marchent. Il est très facile d'engager quelqu'un depuis l'intérieur.
— Vous croyez vraiment que je tuerais mon propre cousin ?
— Pour vous protéger ? Oui.
Gates le dévisagea un instant, puis cracha. Le surveillant s'approcha pour le réprimander, mais Roan l'arrêta d'un geste.
— Quand j'aurai les preuves nécessaires, vous serez à nouveau jugé, Gates. Et cette fois, vous ne serez pas admissible à la libération conditionnelle. Vous vous retrouverez dans le couloir de la mort, conclut-il en se dirigeant vers la porte.

— Attendez un peu, bon sang !

Roan s'immobilisa et croisa les bras.

— Quoi ?

— Au lieu d'essayer de tout me coller sur le dos, pourquoi vous n'enquêtez pas sur les autres personnes qui en voulaient à Joe McCullen ?

Roan garda une expression neutre, même s'il espérait bien tenir une piste.

— Qui, par exemple ?

— Elmore Clark.

— Je suis au courant. Mais McCullen l'a aidé en lui achetant des terres. Il les a gardées pour lui au cas où Clark retomberait sur ses pattes et voudrait les récupérer.

Gates poussa un juron.

— C'est un mensonge éhonté. Joe a refusé de donner à Clark les droits de captation d'eau et l'a contraint à vendre. Pour finir, il l'a jeté à la rue. Clark en a voulu aux McCullen pendant des années.

En proie à une douleur lancinante à la tête, Megan ouvrit les yeux, mais ne vit que les ténèbres qui l'engloutissaient.

Elle essaya d'inspirer, mais l'air était chaud, moite, étouffant. Lorsqu'elle tendit la main pour émerger de ce vide obscur, elle toucha quelque chose de lourd, d'épais… du vinyle. Et puis un matériau dur au-dessus.

La mémoire lui revint peu à peu, et la peur avec elle. Cet homme… Il l'avait attaquée. Il lui avait couvert la tête de la housse mortuaire.

Envahie par la panique, Megan s'efforça de bouger, mais elle était prisonnière de la housse, sans la moindre marge de manœuvre. Le bourdonnement des néons dans la morgue résonnait au-dessus d'elle.

Double révélation 261

La réalité s'imposa rapidement à elle.
Elle était enfermée dans l'un des tiroirs de la chambre froide où ils entreposaient les corps.
Terrifiée, elle se mit à hurler.

8

Roan jeta un coup d'œil sur sa montre. Il était trop tard pour parler à Clark ce soir. Il le verrait demain à la première heure.

Comme Megan ne l'avait toujours pas rappelé, il refit son numéro. Le téléphone sonna trois fois, quatre fois, puis la messagerie se déclencha à nouveau. Où diable était-elle passée ? se demanda-t-il. Était-elle encore en pleine autopsie ?

Telle qu'il la connaissait, elle ne partirait pas avant d'avoir étudié le moindre détail du cadavre. Et elle ne s'en arrêterait pas là. Il aimait le fait qu'elle soit méticuleuse et dévouée à son métier. Elle avait plus de compassion pour les morts que la plupart des gens pour les vivants.

Mais elle lui avait raconté que quelqu'un l'avait peut-être poussée dans la rue... Se pouvait-il que les questions qu'elle posait à propos de cette affaire — ou d'une autre sur laquelle elle avait travaillé — dérangent quelqu'un au point qu'il veuille l'empêcher de fureter partout ?

Les épaules nouées par la tension, Roan quitta la prison et reprit la direction de Pistol Whip. Les nuages chargés de pluie avaient fini par crever et les gouttes s'écrasaient sur le pare-brise. Comme il avait fait très sec ces derniers temps, les fermes et les ranchs avaient besoin de cette pluie. Malheureusement, cela lui rappelait la nuit où sa mère était morte.

Il la tenait contre lui lorsqu'elle avait rendu son dernier souffle. La pluie avait martelé le hogan où ils vivaient à un rythme irrégulier, faisant écho à celui de son propre cœur. Il s'était senti tellement impuissant. Il aurait tout fait pour la sauver.

Mais rien n'avait suffi, ni ses prières, ni les incantations traditionnelles, ni même les soins modernes pratiqués par le Dr Cumberland.

Il ravala ses émotions, mais son chagrin était toujours aussi vif qu'à l'époque. Seule Megan était restée à ses côtés, à lui offrir ses mots apaisants et ses bras réconfortants.

Et il en avait profité. Il avait tant besoin d'elle que même en s'ordonnant de garder ses distances, il n'avait pas eu la force de le faire.

Nom d'un chien, pourquoi pensait-il à elle maintenant ? Surtout de cette façon…

Elle l'aidait dans une enquête. C'était tout ce qu'il pouvait y avoir entre eux.

Dans cet esprit, il décida de l'informer de ses conversations avec Bennett et Gates et passa devant chez elle dans l'espoir qu'elle soit rentrée. Mais sa camionnette n'était pas garée dans l'allée.

Elle était forcément à la morgue.

Il fit demi-tour et prit le chemin de l'hôpital. Elle avait peut-être découvert un élément concret reliant Bennett ou Gates au meurtre d'Edith Burns.

Megan lutta contre la panique. Elle était prisonnière d'une housse mortuaire dans l'un des tiroirs de la chambre froide.

Mais elle était vivante.

En tout cas, pour l'instant.

Elle essaya de ralentir sa respiration pour ne pas gaspiller l'oxygène. Combien de temps pouvait-elle survivre là-dedans, à cette température ? Le froid permettait aux corps de ne pas se décomposer davantage avant qu'elle n'ait fini l'autopsie. Même lorsqu'elle avait terminé, les cadavres étaient identifiés et conservés ici avant d'être transportés au funérarium ou au crématorium.

Elle risquait l'hypothermie, mais elle pourrait s'en remettre si quelqu'un la trouvait à temps. Demain matin, Howard viendrait travailler. Ou le Dr Cumberland passerait peut-être la voir.

En dépit de sa nature rationnelle, Megan ne put retenir ses larmes. Et si aucun des deux ne venait à la morgue ? S'il n'y avait pas de nouveau cas, Howard irait peut-être directement au labo. Là, il tomberait sur les échantillons et les données qu'elle avait collectés lors de l'autopsie d'Edith. À moins qu'il n'ait des questions à lui poser, il passerait sûrement la matinée à tout analyser.

Elle risquait de rester ici toute la nuit, comprit-elle. Et le matin venu, elle serait trop faible pour appeler à l'aide.

Submergée par la terreur, elle se mit à trembler. Sa gorge se noua et son pouls s'accéléra. Elle était claustrophobe.

Elle l'avait toujours été.

Elle n'aimait pas les ascenseurs et les espaces confinés. Enfant, elle avait fait une crise de panique pendant l'attraction du sous-marin au parc aquatique.

Au prix de quelques efforts, elle bougea les mains et les bras, puis parvint à tâtonner dans sa poche. Si elle y trouvait un scalpel ou un stylo pointu, elle pourrait déchirer la housse. Mais elle fit chou blanc. Elle avait laissé tous ses instruments sur le plateau une fois l'autopsie terminée.

Malgré le froid, son corps se couvrit de sueur, qui imprégna rapidement ses vêtements et sa blouse. Elle émit un sanglot étranglé et se mit à haleter. Un flot de bile remonta dans sa gorge. Elle eut un haut-le-cœur et réprima sa nausée. Vomir ne ferait qu'aggraver la situation.

Désespérée, elle s'attaqua à la housse avec ses ongles, mais ils étaient trop courts pour entamer le matériau. Elle essaya quand même de le déchirer. Peine perdue. Elle pinça une portion du vinyle et tira dessus à deux mains.

La frustration faisait trembler ses doigts. Rien à faire. C'était trop épais, trop résistant…

Les larmes se mêlaient désormais à la transpiration et coulaient sur son visage, dans sa bouche et le long de son cou.

Megan crut entendre un bruit, quelque part dans le bâtiment. Howard était peut-être revenu. À moins que ce ne soit le Dr Cumberland... Retenant son souffle, elle tendit l'oreille, mais ce n'était qu'une ambulance.

Affolée, elle leva les poings et martela le dessus du tiroir, puis elle se mit à taper des pieds sur le fond.

Roan tenta à nouveau de joindre Megan, mais tomba une fois de plus sur sa messagerie.

L'inquiétude l'envahit.

Ce n'était pas normal. Depuis le temps, elle aurait dû décrocher ou le rappeler.

La dernière fois qu'ils s'étaient parlé, elle se rendait à l'hôpital pour faire l'autopsie d'Edith Burns. Elle s'y trouvait peut-être encore.

À moins qu'il ne lui soit arrivé quelque chose...

Il dut doubler les voitures qui ralentissaient à cause de la pluie. Un camion arrivant à vive allure dans l'autre sens l'aveugla avec ses feux, et il fit des appels de phares au chauffeur pour lui indiquer de faire attention.

En le croisant, le véhicule projeta des gerbes d'eau sur son pare-brise. Roan mit les essuie-glaces au maximum, puis tourna dans la petite rue qui menait à l'hôpital. Il traversa le parking des médecins et aperçut la camionnette de Megan.

Une ambulance au gyrophare allumé était garée devant l'entrée des urgences. Une voiture s'arrêta juste derrière dans un crissement de pneus. Un jeune couple en jaillit, tandis que les secouristes déchargeaient un homme âgé et l'emmenaient à l'intérieur. Visiblement bouleversés, ses proches se précipitèrent à leur suite.

Roan comprenait cet affolement. S'il arrivait quoi que ce soit à Megan, il ne savait pas ce qu'il ferait. Il aurait dû insister pour qu'elle lui donne les résultats, puis se tienne à l'écart de l'enquête.

Après s'être garé sur l'une des places visiteurs, il courut

sous la pluie jusqu'à l'entrée de l'hôpital. Une fois à l'intérieur, il s'ébroua, puis se hâta vers l'ascenseur.

Pourvu qu'il panique pour rien, pensa-t-il en entrant dans la cabine. Pourvu que Megan soit seulement absorbée par son travail ou ait désactivé la sonnerie de son portable.

Les portes de l'ascenseur s'ouvrirent. Le sous-sol était faiblement éclairé, les couloirs presque vides. Les semelles de Roan résonnèrent dans le silence, tandis qu'il marchait à grands pas vers la morgue.

L'endroit sentait la mort. L'odeur des produits chimiques et des antiseptiques imprégnait les murs, comme pour cacher le fait qu'il s'agissait d'une escale pour les défunts avant qu'ils ne rejoignent leur dernière demeure.

Roan essaya d'ouvrir la porte, mais elle était verrouillée, et les lumières étaient éteintes. Le véhicule de Megan était pourtant garé dehors. Si elle n'était pas ici, où diable était-elle ? se demanda-t-il.

Elle avait peut-être rendez-vous avec quelqu'un. Un rendez-vous galant.

Cette possibilité l'irrita, sans qu'il sache pourquoi. De toute façon, Megan était en pleine autopsie, ce soir. Il ne l'imaginait pas laissant en plan le corps d'Edith et les interrogations sur son meurtre pour une soirée de frivolité.

Cela dit, il projetait peut-être son propre vécu sur elle. Mais Megan était ici. Il le sentait au plus profond de lui-même.

Il frappa à la porte, puis jeta un coup d'œil à travers la cloison vitrée. Mais c'était difficile de voir à travers les stores, surtout dans l'obscurité.

— Megan !

Il toqua à nouveau, puis tapa sur la vitre. Le son du verre qui vibrait et sa propre voix se réverbérèrent sur les murs. Roan s'immobilisa, à l'affût du moindre signe d'une présence à l'intérieur, mais rien ne se passa.

— Megan ! Si tu es là, laisse-moi entrer. Il faut qu'on parle.

Il attendit à nouveau. Les secondes s'écoulèrent. Son cœur se mit à battre plus vite. Ses épaules se crispèrent.

Elle était à l'intérieur. Elle avait besoin d'aide.

Il le sentait comme il avait senti que sa mère allait mourir et qu'elle avait besoin de lui à ses côtés, ce soir-là.

La peur le transperça. Non, cela n'avait rien à voir.

Sauf qu'il ne pouvait pas partir avant d'être certain que Megan était hors de danger. Et si elle était blessée ? Immobilisée ? Incapable d'appeler au secours ?

Envahi d'une brusque bouffée d'adrénaline, il crocheta la serrure. La porte s'ouvrit en grinçant, et il entra dans le bureau, attentif au moindre son.

La forte odeur de formol lui sauta aux narines dès qu'il marcha vers la salle d'autopsie et en franchit le seuil. Les plateaux et les cuves métalliques semblaient propres, les brancards étaient vides, la table et le sol avaient été nettoyés à grande eau.

Megan avait terminé l'autopsie d'Edith Burns et l'avait sûrement ramenée dans la chambre froide, conclut Roan. Il traversa la pièce et vérifia la porte donnant sur le couloir.

La chaudière gronda, les conduits d'aération sifflèrent et les néons se mirent à bourdonner lorsqu'il appuya sur l'interrupteur. Une lumière vive inonda le couloir, accentuant la saleté sur les murs et l'odeur de mort qui s'en dégageait.

Pris de peur, il s'avança vers la chambre froide. Le corps d'Edith était entreposé ici, en compagnie de ceux récupérés par la morgue. La porte était verrouillée. Aucun son n'était audible à l'intérieur.

Mais un frisson glacé lui parcourut à nouveau l'échine, comme si les morts avaient murmuré son nom, le suppliant de les aider.

Ridicule. Il ne croyait pas à ces choses-là, même s'il avait été élevé dans le respect du chaman de la réserve.

— Megan ! cria-t-il. Si tu es là-dedans, envoie-moi un signe !

Le souffle court, il agrippa la poignée. Silence. Il n'entendait que les bruits assourdis venant du bâtiment. La pluie au dehors.

Puis il perçut un autre son. Léger, étouffé. Suivi d'un « boum ».

En provenance de la chambre froide ?

Ce n'était pas possible. Pourtant il pressa son oreille contre le battant et écouta attentivement. Un autre son étouffé. Un autre « boum ».

La panique s'empara de lui. Il secoua la poignée, mais en vain. Il marmonna un juron et entreprit de crocheter la serrure. Avec un grognement, il poussa brutalement la porte, puis alluma la lumière et aperçut les rangées de tiroirs.

Bon Dieu, se pouvait-il qu'elle soit dans l'un d'entre eux ?

Luttant contre les larmes et l'affolement, Megan tapa contre les parois du tiroir et hurla. Ses cris étaient bas et rauques. Elle s'était tant égosillée que sa voix s'était affaiblie. Ses poumons brûlaient à cause du manque d'air, son visage et son corps étaient inondés de sueur, et pourtant elle frissonnait.

Avait-elle entendu quelqu'un à l'extérieur ? Un bruit de pas ? Une voix ?

— Au secours ! s'écria-t-elle. Aidez-moi, par pitié !

Elle prit une inspiration et replia ses jambes autant que possible dans le petit espace. Avec l'énergie du désespoir, elle frappa des deux pieds contre le fond du tiroir. En même temps, elle tapa au-dessus d'elle, mais la housse étouffait tellement le son qu'il devait être à peine audible à l'extérieur.

Les joues ruisselantes de larmes, elle appela encore et encore. Si elle sortait vivante de cet enfer, elle veillerait à ce que le bureau du légiste fasse installer des loquets dans les tiroirs, au cas où quelqu'un se retrouverait piégé comme elle.

Elle frappa à nouveau avec ses pieds. Cria. Martela le métal de son poing.

Ses bras n'avaient plus de force. Sa voix était brisée, tellement faible qu'elle ne s'entendait presque pas elle-même. Ses pieds touchèrent à peine le fond la dernière fois qu'elle déplia les jambes.

Épuisée, elle se laissa aller dans la housse. Le plastique épais collait à sa peau moite. Elle n'en avait plus pour longtemps.

Le désespoir l'envahit. Elle allait mourir dans ce tiroir, et quand on la retrouverait, il serait trop tard...

9

Pétrifié, Roan contempla les tiroirs. S'il avait appris une chose en vivant dans la réserve, c'était de respecter les morts. Mais si Megan était là-dedans, il devait vérifier.

Il serra les poings et tendit l'oreille. Avait-il entendu un bruit ou était-ce seulement le martèlement de la pluie sur le bâtiment ?

Un son bas... à peine audible. Un cri ?

Son pouls s'accéléra, et il traversa la pièce. Priant pour ne pas trouver Megan morte, il tira d'un coup sec sur le premier tiroir, mais il était vide. Le deuxième contenait le corps d'Edith Burns.

— Désolé, madame, murmura-t-il en le refermant.

Quelque chose rompit alors le silence. Un autre « boum ».

Roan se raidit, puis se précipita vers le dernier tiroir, d'où le son était sorti. Il l'ouvrit d'une main tremblante. Il y avait quelqu'un dans la housse mortuaire... qui bougeait...

— Megan ?

Un cri déchira l'air.

— Megan !

Il attrapa la fermeture Éclair et tenta de la faire glisser, mais elle était bloquée. En insistant, il parvint à la descendre. Megan était allongée à l'intérieur, pâle et à bout de souffle.

— Je suis là, ma puce.

Il ouvrit le tiroir en entier et attrapa la jeune femme sous les épaules. Tremblant comme une feuille, elle se débattait maladroitement contre la housse.

— Je te tiens, marmonna-t-il dans son cou.

Double révélation 271

Il la sortit du tiroir après avoir écarté le vinyle. Il l'aida à s'en libérer complètement, puis elle s'effondra dans ses bras. Bouleversé, il la porta jusqu'au bureau.

Elle pleurait et s'accrochait à lui, le corps secoué de sanglots. Il se laissa tomber dans le petit canapé, l'attira contre lui et pressa sa tête contre son torse.

— Ça va aller, Megan. Je suis là.

Tout en la berçant, il lui caressa doucement les cheveux, jusqu'à ce qu'elle se calme et cesse de pleurer. Sa respiration ralentit, et il la sentit se détendre peu à peu.

Nom d'un chien, combien de temps était-elle restée dans ce tiroir ? se demanda-t-il. Et qui diable l'y avait enfermée ?

Megan détestait faire preuve de faiblesse, mais elle ne pouvait s'empêcher de frissonner. C'était une réaction naturelle au froid et au traumatisme, s'empressa de lui rappeler la scientifique en elle.

Mais c'était bien plus que cela, et elle le savait. Elle avait eu peur de mourir dans un de ces tiroirs réservés aux cadavres qu'elle autopsiait.

— Megan ?

La voix grave de Roan pénétra le brouillard de terreur qui l'enveloppait.

— Tu veux que j'appelle un médecin ?

Elle secoua la tête, luttant toujours pour retrouver son sang-froid. Il écarta doucement de son visage ses cheveux humides de larmes.

— Tu en es sûre ? Si tu as besoin d'un médecin, n'hésite pas.

— Ça va aller, murmura-t-elle.

Elle sentait le torse de Roan se soulever et s'abaisser sous sa joue. Apaisée par ce mouvement, elle absorba sa force et la chaleur corporelle qu'il dégageait. Elle ignorait si elle allait réussir à se réchauffer un jour.

Roan l'attira plus près de lui, puis lui releva le menton du pouce pour l'obliger à le regarder.

— Tu me le dirais, si tu étais blessée ?

Malgré ses dents qui claquaient, elle hocha la tête.

— Je suis f-frigorifiée, c'est tout.

Elle vit les mâchoires de Roan se crisper et ses yeux s'assombrir de colère.

— Combien de temps es-tu restée là-dedans ? demanda-t-il.

— Je ne sais pas. Ça m'a semblé interminable.

— Que s'est-il passé ?

Elle frissonna, puis ferma les yeux et se blottit plus près de lui.

— Quelqu'un m'a attaquée.

Il se crispa, mais continua à lui caresser doucement le bras.

— Est-ce que tu as vu qui c'était ?

— Non. Il a surgi derrière moi... et il a enfoncé la housse sur ma tête... J'ai essayé de me défendre, mais il m'a frappée par-derrière.

Roan la souleva légèrement et lui examina le crâne.

— Bon sang, tu es blessée. Tu as une bosse de la taille d'une balle de golf.

— J'ai lutté pour ne pas m'évanouir, poursuivit-elle d'une voix blanche. Ensuite, il m'a fourrée dans la housse. Je me suis débattue, mais... il m'a encore frappée, et j'ai perdu connaissance.

— Quel enfoiré...

Il lui frotta les bras pour la réchauffer.

— Il faut te faire examiner. Tu as peut-être un traumatisme crânien.

— Je ne veux pas voir de médecin, protesta-t-elle, agitée d'un autre frisson. Je veux seulement rentrer à la maison et prendre une douche.

— On doit faire venir une équipe ici pour vérifier si ton agresseur a laissé des empreintes.

— Il n'y en aura pas, affirma Megan. Quand j'ai essayé de le griffer, j'ai senti qu'il portait des gants.

— Tant pis. Mais tu as peut-être arraché un bouton ou quelque chose d'autre.

— Peut-être.

Elle en doutait, mais il avait raison. Le moindre indice les aiderait peut-être à capturer son agresseur.

Et elle voulait que ce salaud soit attrapé.

Roan prit son visage entre ses mains et la regarda dans les yeux. Il fronçait les sourcils, visiblement inquiet, mais elle le trouvait tellement fort et séduisant qu'elle se perdit dans son regard sombre.

— Tiens le coup, Megan. Je vais appeler la police scientifique.

Elle acquiesça, mais dès qu'il se leva pour téléphoner, elle regretta de ne plus avoir ses bras chauds autour d'elle.

Une fois qu'il eut le lieutenant Hoberman au bout du fil, Roan lui expliqua la situation, puis conclut :

— Merci. On attend ici.

Lorsqu'il raccrocha, Megan se leva en vacillant et refit son chignon. Il voulait lui dire de laisser ses cheveux détachés, lui assurer qu'elle était magnifique, même bouleversée. Mais il comprenait ce qu'elle faisait : elle avait besoin de reprendre le contrôle d'elle-même et, pour cela, elle devait se recomposer un visage.

— Je vais aux toilettes, déclara-t-elle.

— Megan, attends ! Tu devrais peut-être éviter de te laver les mains, au cas où tu aies des traces sous tes ongles.

Elle hésita, manifestement mal à l'aise, puis hocha la tête.

— Tu as raison.

Elle croisa les bras sur sa poitrine et se redressa.

— Je n'y avais pas pensé.

Roan éprouva une bouffée de compassion pour elle et lui caressa la joue de son pouce.

— Ce n'est pas grave. Tu viens de traverser une terrible épreuve.

Elle mordit sa lèvre inférieure qui s'était mise à frémir.

— Je n'arrive pas à y croire, fit-elle remarquer avant de

désigner la pièce autour d'elle. C'est bizarre, mais je me suis toujours sentie en sécurité ici. Et maintenant…

— Du fait de ton travail, tu es confrontée à la mort, Megan. Ça n'a rien de très joli. Et tu as eu trois victimes de meurtre sur ta table cette semaine.

— C'est vrai.

Elle se mit à faire les cent pas.

— Roan, l'homme qui m'a agressée m'a dit de ne plus fouiner sur la mort de Joe McCullen.

— Quoi ? s'exclama-t-il.

Le teint blême, elle hocha la tête.

— Il a dit que si je ne laissais pas tomber, je finirais dans cette housse mortuaire pour de bon.

Roan poussa un juron. Cet enfoiré avait menacé la vie de Megan. Il serra les poings. S'il lui mettait la main dessus, il le tuerait.

Son portable bipa. Le SMS indiquait que le lieutenant Hoberman et son équipe étaient arrivés.

Au cours de l'heure suivante, les techniciens de l'identité judiciaire passèrent au peigne fin la morgue, le bureau et la chambre froide. Ils placèrent la housse sous scellé pour l'emporter au labo et raclèrent sous les ongles de Megan.

Elle était repassée en mode professionnel et répondait aux questions comme si l'agression était arrivée à une inconnue.

— On a trouvé un cheveu, déclara l'un des techniciens. Court, foncé.

— Il n'est clairement pas à moi, répliqua Megan.

— Il pourrait venir de l'un des corps que vous avez ici ? demanda le lieutenant Hoberman.

Elle se mordilla l'intérieur de la joue.

— Je ne crois pas. Mais je vais prélever un échantillon sur chacun d'entre eux pour comparer.

Roan admirait sa force. Passer à l'action, c'était sa façon à elle de gérer la situation, songea-t-il sans la quitter des yeux. Il voulait aussi s'assurer qu'elle n'avait pas minimisé sa blessure et qu'elle n'avait pas de traumatisme crânien.

C'était l'une des raisons pour lesquelles il avait l'intention de passer la nuit près d'elle.

La seconde, c'était qu'il avait besoin de savoir qu'elle était vivante... Et que son agresseur n'allait pas venir chez elle pour mettre sa menace à exécution.

Tandis que l'équipe passait le labo au crible, Megan repassa les dernières heures dans sa tête. Elle préleva des cheveux sur les cadavres de la morgue, mais à en juger par la texture, la couleur et la longueur, il n'y avait pas de correspondance.

Le cheveu trouvé appartenait peut-être à son agresseur. Or un cheveu contenait de l'ADN.

La question, c'était de savoir si l'inconnu était fiché. Sinon, ils devraient trouver un suspect pour faire des comparaisons.

— Qui d'autre est venu à la morgue et dans ton bureau ? demanda Roan.

Elle se massa la tempe avec deux doigts.

— Moi. Le Dr Cumberland. Howard, mon laborantin. Il y a aussi deux autres techniciens et le médecin légiste en chef, même s'il ne passe plus régulièrement.

— Il nous faut leurs noms et des échantillons d'ADN.

— Je ferai une liste. Leur ADN est sûrement archivé.

— Bien. As-tu quelqu'un d'autre en tête ? Un proche ou un ami qui est venu ici pour faire une identification ?

Megan fouilla dans sa mémoire.

— La femme d'une victime d'un accident de la route, mais elle avait soixante-dix ans passés et les cheveux gris.

Roan s'assit sur la chaise en face d'elle.

— Megan, as-tu parlé de l'autopsie de Joe McCullen à qui que ce soit d'autre ?

— Non, seulement au Dr Cumberland. Ça l'a tellement bouleversé qu'il est sorti du bureau en état de choc. Et Howard, le technicien qui a fait les analyses, était au courant, bien sûr.

— Tu as confiance en sa discrétion ?

— Oui, absolument, répondit-elle De toute façon, il ne

connaissait même pas les McCullen. Pourquoi voudrait-il leur faire du mal ?

— Il a pu parler à la mauvaise personne sans s'en rendre compte.

— Je connais Howard, Roan. Je t'assure qu'il n'aurait jamais évoqué un cas en dehors du bureau, sauf avec moi.

Il parut réfléchir à ses réponses.

— La femme du Dr Cumberland m'a téléphoné, reprit-elle, elle était très contrariée. Elle a affirmé qu'elle n'avait jamais vu son mari dans un état pareil.

Megan hésita, toujours aussi troublée par sa conversation avec Mme Cumberland.

— D'après moi, elle avait peur que j'essaie de nuire à la réputation de son mari en révélant une de ses erreurs. Il est censé prendre sa retraite cette année.

— Mais tu n'as pas dit que tu comptais faire ça ?

— Bien sûr que non. Je suis sûre qu'il ne s'est pas rendu compte de ce qui arrivait à Joe. Il aimait Joe et ses fils. Il a pleuré comme un bébé à l'enterrement.

— As-tu eu des problèmes avec quelqu'un d'autre, ces derniers temps ?

Elle repensa à l'homme du bar et relata à Roan ce qui était arrivé.

— Mais ça n'avait rien à voir avec Joe McCullen.

— C'est vrai. Mais c'est peut-être lui qui t'a tiré dessus dans la rue.

Elle frissonna.

— Ou bien le tireur essayait peut-être de me faire peur et dans ce cas lui et mon agresseur sont une seule et même personne.

Roan lui serra la main.

— On va tirer cette histoire au clair, Megan. En attendant, ne parle de ça à personne. Je n'ai pas encore mis Maddox et ses frères au courant. Ils méritent de l'apprendre les premiers.

— Je suis d'accord. Tu sais, Roan, je ne divulgue jamais de

résultats médicaux à quiconque n'étant pas agréé ou concerné par le cas. J'ai prêté serment.

— Je ne doute pas de toi, répliqua-t-il d'une voix rauque qui éveilla quelque chose au plus profond d'elle. Je ne veux pas que tu sois blessée, c'est tout. C'est évident que notre enquête rend quelqu'un nerveux.

Une fois la tâche de la police scientifique accomplie, le lieutenant Hoberman annonça à Roan qu'il l'appellerait pour lui communiquer le résultat de ses découvertes. Megan se leva, impatiente de partir.

— Merci d'être venu, Roan. J'apprécie tout ce que tu as fait.

Il lui frotta le bras, une lueur intense dans ses yeux sombres.

— Je vais t'accompagner jusque chez toi, Megan.

Elle sentit le soulagement l'envahir. Elle ne voulait pas agir comme une fille faible et dépendante, mais elle était assaillie de flash-back, où elle se revoyait en train de suffoquer.

— Merci.

Elle verrouilla la porte, puis ils marchèrent jusqu'à sa voiture.

— Je te suis, déclara-t-il. Quand tu arriveras chez toi, attends avant d'entrer. Je veux d'abord fouiller la maison.

L'idée que quelqu'un soit caché chez elle provoqua une nouvelle bouffée de terreur chez Megan.

Elle n'avait pas envie d'être seule ce soir. Mais comment pouvait-elle demander à Roan de rester sans qu'il pense qu'elle voulait repasser la nuit avec lui ?

Cela dit, c'était bien ce qu'elle voulait, songea-t-elle. Mais elle avait été élevée pour être forte et courageuse. Après tout, elle n'avait pas un physique de rêve. Elle devrait s'en souvenir quand Roan serait chez elle.

Mais lorsqu'elle démarra, elle repensa au souffle de l'homme sur son cou. À ses mains qui l'étranglaient presque.

Elle entendait encore le son de la fermeture Éclair lorsqu'il avait refermé sur elle la housse mortuaire. Elle sentait l'obscurité qui l'engloutissait lorsqu'elle s'était réveillée, piégée dans ce tiroir.

L'avertissement menaçant de son agresseur résonnait encore à ses oreilles. Avait-elle déjà entendu cette voix auparavant ?

10

Tout en suivant Megan chez elle, Roan se sentait sur les charbons ardents. Il ouvrait l'œil, attentif au moindre comportement suspect. Le pick-up qui roulait derrière elle depuis un moment finit par s'engager sur le parking du Silver Bullet.

Il repassa dans sa tête la scène décrite par Megan une demi-douzaine de fois, et sa colère ne fit que grandir. Si son agresseur la voyait avec lui, penserait-il qu'elle avait tout raconté ? S'en prendrait-il encore à elle ?

Bon sang, quoi qu'il fasse, la situation était inextricable, pensa Roan. Mais il était hors de question de laisser Megan seule maintenant.

Cet enfoiré allait regretter de s'en être pris à elle. Et s'il avait tué Joe — son père —, il irait en prison.

Le moment semblait venu de parler à Maddox.

En parlant du loup... Son téléphone vibra, et le nom du shérif s'afficha. Avait-il appris ce qui s'était passé ?

— Whitefeather.
— C'est Maddox.
— Tu as attrapé Romley ?
— Non, il s'est échappé. Mais je suis sur sa piste en ce moment même. Il a fricoté dans un bar avec une certaine Darcy. Il lui aurait dit qu'il se dirigeait vers l'ouest. Je te tiens au courant. Et de ton côté ?

Roan détestait mentir à son chef. Mais comment pouvait-il lui annoncer au téléphone qu'il était son demi-frère et que leur père avait été assassiné ? C'était une conversation qu'ils devraient avoir de vive voix.

— J'ai les choses en main, se contenta-t-il de répondre.

Après l'avoir remercié, Maddox ajouta :

— J'espère que j'aurai mis Romley en garde à vue d'ici demain et que je pourrai rentrer à la maison.

Vingt-quatre heures, songea Roan. Il n'avait pas de temps à perdre.

Ils raccrochèrent, puis il tourna dans l'allée de Megan et se gara derrière elle. Il ne pleuvait plus, mais les nuages sombres voilaient toujours la lune, plongeant le jardin et la maison dans l'obscurité.

Il étudia le périmètre et dégaina son arme dès qu'il sortit de son véhicule. Megan ouvrit sa portière et descendit à son tour. Elle avait toujours le visage pâle et les traits tirés.

— Reste ici pendant que je fais le tour de la maison, déclara-t-il.

— Sois prudent, Roan, murmura-t-elle en lui touchant le bras.

Il ignora son inquiétude d'un haussement d'épaules.

— Je ne fais que mon travail.

Sauf que protéger Megan semblait plus personnel. La nuit qu'ils avaient passée ensemble avait changé la donne.

Un animal hurla dans les bois derrière la maison, puis un chien aboya non loin de là. Quand elle lui tendit ses clés, il les saisit de sa main libre, tandis que l'autre se crispait sur son arme.

Il monta les marches, qui grincèrent sous ses pas, et s'arrêta pour écouter à la porte. Tout semblait calme. Mais quelqu'un pouvait quand même se cacher à l'intérieur, même si le risque que l'agresseur de Megan repasse à l'attaque le même soir était faible.

Après avoir poussé le battant, il marqua une nouvelle pause. L'entrée était silencieuse, comme le reste de la maison. Il sortit sa lampe de poche pour éclairer autour de lui, puis avança sans bruit dans la pièce principale. Il ne remarqua rien d'anormal.

Il se rendit ensuite dans le couloir et inspecta les chambres. Aucun bruit, aucun désordre.

Soulagé, il retraversa la maison à la hâte. Une fois sur le seuil, il fit signe à Megan de le rejoindre.
— RAS, annonça-t-il.
— Je vais aller prendre une douche. Merci de m'avoir accompagnée.

La peur était toujours audible dans sa voix, remarqua-t-il tristement. Il se racla la gorge.
— Je reste ici, Megan. Au cas où.

Elle croisa son regard et sembla se détendre imperceptiblement tandis qu'une émotion indéfinissable passait dans ses yeux.

Il ne pouvait pas effacer ce qui lui était arrivé plus tôt dans la journée. Mais il pouvait la protéger ce soir.

Megan poussa un soupir de soulagement lorsque Roan insista pour rester avec elle. Elle détestait afficher sa peur ou paraître faible, mais elle n'avait rien d'une martyre non plus. Il était évident que l'homme qui l'avait menacée allait garder un œil sur elle. S'il voyait Roan, en conclurait-il qu'elle lui avait tout raconté ? Qu'elle ne comptait pas s'arrêter là dans ses investigations ?
— Si tu as faim, il y a de la soupe maison dans le frigo.
— Tu cuisines ? demanda Roan d'un ton étonné.

Elle haussa les épaules.
— Je n'ai pas vraiment eu le choix. Ma mère était trop prise avec ma sœur et ses concours de beauté pour s'en occuper.

Elle avait dû lui sembler aigrie, se dit-elle. Ce n'était pas son intention.
— Pardon, je me suis mal exprimée.

Elle avait parlé à Roan du meurtre de sa sœur, la nuit où il avait perdu sa mère. Un autre lien s'était tissé entre eux.
— J'aimais Shelly.
— Je n'en doute pas, répliqua-t-il d'un ton bourru. Mais on dirait que c'était toi qui prenais soin de ta famille.

Megan haussa à nouveau les épaules.

— Visiblement, je n'ai pas fait du très bon travail, sinon ma sœur serait toujours en vie.

— Arrête, rétorqua Roan d'une voix plus dure. Tu n'es pas responsable de sa mort.

Submergée d'émotions, Megan sentit sa gorge se nouer et faillit éclater en sanglots. Résolue à ne pas s'effondrer, elle se détourna en direction de sa chambre.

— Je réchaufferai la soupe après avoir pris ma douche.

Sans attendre sa réponse, elle entra dans la pièce, ferma la porte et s'affaissa contre le battant.

Mais l'odeur de la morgue et de sa propre peur la déstabilisait. Elle se sentait faible et vulnérable. Elle risquait de se jeter sur Roan si elle ne mettait pas un peu de distance entre eux.

Alors qu'elle posait son sac sur une chaise, son téléphone vibra. Elle jeta un coup d'œil sur l'écran. C'était son père.

Il voulait probablement essayer de la convaincre de quitter le bureau du légiste, comme lors de leur dernière conversation. Mais elle avait été inflexible : elle aimait son métier et n'avait pas l'intention de suivre le chemin professionnel que son père lui avait tracé.

Ce serait encore pire s'il savait qu'elle avait couru un danger à cause de son travail. Il insisterait sûrement pour qu'elle démissionne.

Quoi qu'elle fasse, elle était incapable de lui plaire.

Megan laissa sa boîte vocale prendre le message et se déshabilla. Elle était impatiente de se débarrasser de ses vêtements trempés de sueur. Le jet d'eau chaude lui parut divin, mais lorsqu'elle ferma les yeux pour se rincer les cheveux, elle frissonna de peur rétrospective.

Elle avait eu de la chance que Roan n'ait pas attendu le lendemain matin pour passer la voir…

Elle se savonna et se frotta partout, impatiente de se débarrasser de la puanteur des mains de son agresseur et de l'odeur de la housse mortuaire. La voix de l'homme résonna à nouveau à ses oreilles, et elle se concentra pour la chasser.

Quand il n'y eut plus d'eau chaude, elle se sécha, puis enfila un jean et un T-shirt à manches longues. Elle se frictionna les cheveux avec une serviette, les démêla et les laissa sécher à l'air libre. Ce soir, elle se moquait d'avoir une masse de boucles indisciplinées sur les épaules.

Lorsqu'elle revint dans la cuisine, des effluves de café et de soupe aux légumes l'accueillirent. Ces agréables odeurs domestiques l'aidèrent à se détendre.

— J'ai fait réchauffer la soupe. J'espère que ça ne te dérange pas.

— C'est super. Merci, Roan.

Elle se laissa tomber sur une chaise. Quand leurs regards se croisèrent, quelque chose de lourd et de sensuel frémit entre eux. À le voir, tellement grand et séduisant dans sa cuisine, elle imagina un instant se réveiller à ses côtés tous les jours.

— Megan, je sais que tu en as bavé ce soir, mais peux-tu me dire autre chose à propos de ton agresseur ? Sa voix t'a-t-elle paru familière ? Avait-il une odeur particulière ? De tabac, peut-être ?

La tension sexuelle qu'elle avait perçue entre eux n'avait existé que dans son esprit. Roan était ici pour faire son travail.

Il la protégerait, mais elle ne pouvait pas lui donner son cœur. Les hommes ne voulaient pas d'une fille quelconque comme elle. Ils voulaient des femmes belles, coquettes et amusantes. Ce qu'elle ne serait jamais.

Roan s'obligea à rester concentré sur l'enquête pendant qu'ils dînaient.

Le silence de Megan l'inquiétait. Revivait-elle le cauchemar qu'elle avait traversé ?

Elle jeta un coup d'œil sur son téléphone qui vibrait à nouveau, puis le mit sur silencieux.

— Tu ne décroches pas ? demanda-t-il.

Elle secoua la tête.

— C'est mon père.

— Pourquoi ne veux-tu pas lui parler ?

Elle soupira et reposa sa cuillère.

— Parce qu'il voudra savoir ce que je fais, et si je lui raconte tout, il va encore me sermonner pour que je quitte le bureau du légiste. Il estime que je gaspille mes talents à travailler sur des morts alors que je pourrais sauver des vies.

Roan fronça les sourcils.

— Il devrait être fier de toi. Tu es intelligente, tu aides les familles à faire leur deuil en leur donnant des détails sur le décès de leurs proches.

Une boule se forma dans sa gorge.

— Et tu as autant de compassion pour les morts que pour les vivants.

— C'est exactement ce que je ressens pour les familles, répondit Megan doucement. J'aimerais bien que mon père comprenne ça.

— Il le comprendra peut-être un jour.

Elle haussa les épaules comme si elle en doutait, puis passa les doigts dans ses cheveux humides. Ils reposaient librement sur ses épaules, la faisant paraître très jeune et incroyablement sexy.

Lui aussi rêvait de plonger les mains dans sa somptueuse crinière, songea Roan, avant de demander :

— Alors ton père est médecin ?

— Neurochirurgien.

Si cet homme dédaignait le travail de sa fille, il ne risquait pas d'être impressionné par un shérif adjoint métis. Après tout, que pouvait offrir Roan à une femme belle et intelligente comme Megan ?

— Laisse-moi deviner... Il voulait que tu marches sur ses traces.

Megan baissa les yeux et hocha la tête.

— La mort de ma sœur lui a brisé le cœur, murmura-t-elle. Shelly était tellement jolie et pleine de vie. Il s'illuminait dès qu'elle entrait dans la pièce. Elle le menait par le bout du nez, comme ma mère.

— Je suis sûr qu'il t'aimait aussi.

Elle laissa échapper un éclat de rire sardonique.

— Moi à côté de Shelly, c'était comme un cactus à côté d'un tournesol.

Roan n'apprécia pas la comparaison.

— Il préférait ta sœur ?

— Je ne peux pas le lui reprocher, répliqua-t-elle sans la moindre trace d'amertume. Elle débordait de vitalité. Elle avait une personnalité extravertie qui attirait les gens.

Elle affichait une tristesse qui le toucha profondément.

— Tu l'aurais beaucoup appréciée, Roan. Tout le monde adorait Shelly.

— C'est toi que j'apprécie, rétorqua-t-il. Arrête de te dévaloriser et de te comparer à elle, Megan.

— Je n'y peux rien. Mon père...

— Ton père aurait dû t'apprécier à ta juste valeur.

Incapable de se retenir, il tendit le bras par-dessus la table et prit sa main dans la sienne. Elle avait la peau froide et les doigts crispés.

— Tu n'es pas un cactus, affirma-t-il d'une voix rauque.

Megan fixa leurs mains jointes, et ses yeux se remplirent de larmes.

— Roan, c'est gentil de ta part de dire...

— Tais-toi.

Il repoussa brusquement sa chaise et se leva. Après avoir contourné la table, il l'attira contre lui.

— Je ne suis pas le genre d'homme qui complimente à tout-va. Quand je dis quelque chose, je le pense.

Il prit son visage entre ses mains.

— Tu n'es pas un cactus.

Un sourire se dessina sur les lèvres de Megan. Elle était vraiment la plus belle femme qu'il ait jamais vue. Et la plus modeste.

Incapable de résister à la chaleur qui brûlait entre eux, il pencha la tête et posa doucement sa bouche sur la sienne.

C'était une erreur.

C'était le paradis.

Il s'ordonna d'arrêter, mais en vain.

Il avait voulu l'embrasser à nouveau dès qu'elle était revenue dans sa vie. Il n'avait jamais oublié son goût, doux et érotique. Il s'était senti fort et viril grâce à ses caresses timides, et sa façon de s'abandonner à lui en silence avait décuplé son désir.

Megan se laissa aussitôt aller contre lui. Les lèvres de Roan, chaudes et persuasives, lui promettaient plaisir et oubli.

Toujours tremblante après ce qu'elle avait vécu, elle s'accrocha à ses bras pour garder l'équilibre. Il se mit à tracer des cercles lents dans son dos. Son corps musclé était comme un rempart contre le flot d'émotions qui la submergeaient. Le cœur battant la chamade, elle savoura son baiser calme et tendre.

Tendre, mais érotique.

Lorsque Roan lui taquina les lèvres de sa langue, elle les entrouvrit dans un soupir. Consumée de désir, elle glissa la main dans son dos pour l'attirer plus près d'elle. Elle brûlait de sentir ses muscles fermes contre son propre corps affamé.

Il l'embrassa avec une passion redoublée, prenant possession de sa bouche, explorant le moindre recoin, jusqu'à en perdre haleine. L'air entre eux était chargé d'électricité quand il abandonna enfin ses lèvres. Il couvrit de baisers sa mâchoire et son cou, lui mordilla l'oreille, puis parcourut la courbe de son décolleté. Elle pencha la tête en arrière en gémissant. Elle regrettait de ne pas avoir mis quelque chose de plus sexy après sa douche, de plus facile à enlever, comme son peignoir, par exemple.

Elle voulait qu'il soit en elle, tout de suite.

Roan émit un son guttural et approbateur. Il posa la main sur son sein pour le caresser, faisant durcir son téton. Il la glissa ensuite sous son T-shirt et la referma sur sa chair à travers la dentelle de son soutien-gorge.

Il frotta un téton du pouce, puis passa à l'autre, jusqu'à ce que Megan sente son ventre s'embraser. Elle passa les doigts dans son dos, descendit jusqu'à ses fesses, puis l'attrapa par les hanches. Une onde de plaisir la traversa lorsqu'il frotta son sexe contre le sien.

Une seconde plus tard, alors qu'il s'apprêtait à lui ôter son haut, il s'interrompit en entendant son téléphone sonner.

— Ignore-le, murmura-t-elle.

Il obéit et l'embrassa à nouveau. Leurs respirations se firent plus bruyantes. Mais comme la sonnerie continuait, il lui lança un regard désolé et s'écarta d'elle.

Tremblante de désir, Megan referma les bras autour de ses épaules, tandis qu'il attrapait le portable sur la table.

Roan était au comble de la frustration. Il voulait embrasser Megan. L'emmener au lit. Lui faire l'amour.

Ce qui était une mauvaise idée.

Et maintenant, le téléphone. Cette interruption brutale l'avait d'abord contrarié mais, après tout, peut-être tombait-elle à point nommé ?

Il vérifia le numéro. C'était le ranch McCullen. Il décrocha rapidement.

— Shérif adjoint Whitefeather.

— C'est Rose McCullen.

La voix de la jeune femme se brisa comme si elle pleurait.

— Que se passe-t-il, Rose ?

— C'est Maddox, gémit-elle. Il a capturé Stan Romley, mais il s'est pris une balle. Les secours viennent d'appeler. Ils sont en train de le conduire à l'hôpital.

— Il était à Cheyenne ?

— Non, il a suivi Romley jusqu'ici. Ils emmènent Maddox à l'hôpital en ville.

— Comment va-t-il ?

— Je ne sais pas, répondit-elle d'une voix entrecoupée de sanglots. Il est dans un état critique.

Roan serra les doigts autour du téléphone à en faire blanchir ses jointures.

— Je vous retrouve à l'hôpital. Sauf si vous avez besoin que je vous y conduise.
— Non, Mama Mary et moi y allons ensemble. On se verra là-bas.

Roan ferma les yeux et pria en silence pour que Maddox s'en sorte.

11

Megan ajusta ses vêtements. Elle était déçue que cet intermède avec Roan soit terminé, mais il se passait visiblement quelque chose d'anormal.

Lorsqu'il se tourna vers elle, son expression inquiète confirma ses craintes.

— Qui était-ce ? demanda-t-elle.
— La femme de Maddox. Il s'est fait tirer dessus en arrêtant Romley.

Il rangea son portable dans sa poche, récupéra son arme sur le plan de travail et sortit ses clés.

— Oh ! Roan... Comment va-t-il ?
— Il est dans un état critique, répondit-il en marchant vers la porte. Il a été transporté à l'hôpital. J'y vais.
— Attends-moi, je t'accompagne.
— Ne te crois pas obligée de venir, Megan. Essaie de dormir un peu.

Saisie d'un frisson, elle se frotta les bras.

— Après ce qui s'est passé ce soir, je vais avoir du mal à trouver le sommeil.

Roan fronça les sourcils.

— D'accord. Mais je vais peut-être rester là-bas un bon bout de temps.
— Pas de souci, répliqua-t-elle en attrapant sa veste et son sac. Je pourrai peut-être donner un coup de main.

Elle ignorait pourquoi, mais Roan semblait bouleversé. Au moins, elle pourrait être là pour lui. Il devait être plus proche de Maddox qu'elle ne le pensait.

Elle verrouilla la porte, puis le suivit jusqu'à son véhicule. Il démarra, alluma la sirène et prit la direction de l'hôpital.

Tout en conduisant, Roan réfléchissait. Et si Maddox ne survivait pas ? se demanda-t-il, rongé par l'angoisse. Il ne savait même pas que son père avait été assassiné. Il méritait de connaître la vérité...

Et la vérité sur toi ?

Les frères McCullen devaient-ils être mis au courant ? Ou la révélation que Roan était du même sang qu'eux allait-elle chambouler encore plus leur monde ?

Malgré l'heure tardive, quelques voitures circulaient sur la grande route. Le ciel se remit à déverser des trombes d'eau, et Roan mit ses essuie-glaces en marche. Le martèlement de la pluie sur la voiture faisait écho aux battements de son cœur.

Megan restait silencieuse. Elle était probablement épuisée, mais elle ne devait pas avoir envie de rester seule après ce qui lui était arrivé.

Il doubla un camion trop lent et une voiture, puis emprunta la voie d'accès à l'hôpital. Il se gara dans le parking des urgences et tendit un parapluie à Megan. Elle l'ouvrit, tandis qu'il enfilait sa veste et se coiffait de son Stetson.

Ensemble, ils pataugèrent dans les flaques jusqu'à l'entrée de l'hôpital. Dès qu'ils franchirent le seuil, ils aperçurent Rose et Mama Mary.

— Ils viennent de l'emmener, annonça la femme de Maddox d'une voix brisée. Ils le préparent pour l'opération.

La gouvernante essuya son visage couvert de larmes.

— Il faut qu'il s'en sorte, mademoiselle Rose. Il le faut.

Rose semblait terrifiée, mais elle attrapa les mains de Mama Mary et les serra.

— Oui, il va s'en sortir. Il est fort.

— Je suis le Dr Megan Lail. Où a-t-il été blessé ?

— Au torse, répondit Rose. Apparemment, la balle a manqué le cœur, mais elle a peut-être touché d'autres organes vitaux.

Megan passa le bras autour des épaules de la jeune femme.

— Je vais aller vous chercher du café, à vous et Mama Mary. L'intervention va prendre un certain temps.

Une infirmière s'approcha d'eux et s'adressa à Rose :

— Si vous voulez le voir avant qu'il n'entre au bloc, il faut y aller maintenant.

— J'aimerais lui parler, moi aussi, intervint Roan.

Elle plissa les yeux.

— Vous êtes de la famille ?

Il brûlait d'envie de dire oui. Il était le demi-frère de Maddox. Mais ce n'était pas comme cela qu'il voulait le révéler.

— Je suis l'adjoint du shérif. Je dois l'interroger sur la fusillade.

Elle jeta un coup d'œil vers Rose pour avoir son accord. Celle-ci hocha la tête, puis ils emboîtèrent le pas à l'infirmière pour se rendre aux urgences.

Megan s'empressa d'aller chercher du café pour tout le monde. Roan semblait perturbé, plus qu'elle ne l'aurait cru. Mais, après tout, il travaillait avec Maddox. Il devait sûrement le considérer comme un ami proche.

Lorsqu'elle revint dans la salle d'attente, Mama Mary était au téléphone et parlait à mi-voix :

— Non, Ray, mon chéri, n'écoute pas ta lune de miel. Rose est avec Maddox en ce moment. Ensuite, ils l'emmènent en salle d'opération. Je t'appelle dès qu'il en sort.

Megan resta à distance pour laisser la femme terminer sa conversation en paix. Les McCullen avaient le genre de lien familial dont elle avait toujours rêvé.

Après avoir raccroché, Mama Mary se laissa tomber sur l'une des chaises avec un soupir las. Pleine de compassion, Megan la rejoignit et lui tendit un gobelet.

— Merci beaucoup, ma chère, répondit la gouvernante.

Megan lui tapota l'épaule.

— Maddox a l'air solide, il va s'en sortir.

Mama Mary hocha la tête, bien que l'inquiétude creuse les rides autour de ses grands yeux.

— C'est ce que je croyais à propos de M. Joe. Je pensais que rien ne pourrait l'abattre, et pourtant, il est tombé malade.

Elle s'essuya à nouveau les yeux.

— Ça a été terrible de voir cet homme grand et fort s'affaiblir comme ça. M. Joe était quelqu'un de fier. Mon Dieu, comme il aimait ses garçons et ses terres...

— Je crois savoir que les trois frères ont perdu leur mère quand ils étaient jeunes et que vous les avez élevés.

L'affection que la femme portait à cette famille était visible dans le sourire triste qui apparut sur ses lèvres.

— À la mort de Mlle Grace, ça a été difficile. M. Joe était dévasté, et les garçons... Ils ont dû faire face à un vide immense.

— Elle est décédée dans un accident de voiture, c'est ça ?

— Oui, répondit Mama Mary. Mlle Grace, elle était adorable, mais elle avait son lot de problèmes.

— Quel genre de problèmes ?

— Ça, c'était entre elle et M. Joe.

L'histoire était plus compliquée qu'elle ne voulait bien le dire, devina Megan, avant de demander :

— À cause de Barbara et Bobby ?

La gouvernante but une longue gorgée de café.

— Je suppose que tout le monde est au courant, maintenant. Je n'approuvais sûrement pas la liaison que Joe avait avec cette femme, mais Mlle Grace était tellement déprimée. C'était difficile pour tous les deux.

— Si je peux me permettre, qu'est-ce qui a causé sa dépression ?

Mama Mary la regarda dans les yeux.

— Je ne cancanerai pas sur les membres de cette famille. Je les aime, et ils ont toujours été bons avec moi.

— Je suis désolée. Je ne voulais pas être indiscrète. Et je ne suis pas portée sur les commérages.

Double révélation

La gouvernante étudia son visage un instant, puis sembla percevoir sa sincérité.

— J'en ai parlé aux garçons il y a quelques jours seulement. Mlle Grace était enceinte de jumeaux, mais elle les a perdus. M. Joe et elle ont été anéantis. Après ça, elle est devenue dépressive.

— Je suis désolée, ça a dû être horrible, déclara Megan. A-t-elle été soignée ?

— Bien sûr. Le Dr Cumberland a fait tout son possible pour elle. Mais certaines choses sont trop difficiles à supporter.

— Je sais à quel point la perte d'un enfant est dévastatrice.

Sa mère ne s'était jamais remise de la mort de Shelly, songea Megan, les sourcils froncés. Mama Mary lui serra la main.

— Vous aussi, vous avez perdu quelqu'un ?

— Ma sœur. Ma mère s'est suicidée peu après. Elle ne supportait plus de vivre sans elle.

— Quelle tragédie... J'imagine que vous avez dû vous sentir seule et abandonnée.

Megan sentit sa gorge se serrer.

— Je suis désolée. Je ne voulais pas tout ramener à moi. J'espère que ça va bien se passer pour Maddox.

La gouvernante hocha la tête, puis ferma les yeux. Megan l'imita, mais elle avait l'esprit en ébullition.

M. et Mme McCullen étaient morts tous les deux. Grace, dans un accident de voiture. Et Joe...

Que dirait Mama Mary si elle savait que Joe n'était pas mort de cause naturelle, mais qu'il avait été assassiné ?

Roan laissa Rose seule avec Maddox pendant quelques instants. Le shérif était conscient, même s'il était faible et souffrait beaucoup.

— Tu vas t'en sortir, Maddox, affirma-t-elle en lui caressant le visage. Il le faut. Je t'aime et j'ai besoin de toi.

Elle prit sa main pour la poser sur son ventre.

— *On* a besoin de toi.

— Ne t'inquiète pas, ma chérie, murmura-t-il. J'ai beaucoup trop de raisons de vivre pour baisser les bras.

Roan éprouva une brusque pointe d'envie. Rose était enceinte. Leur amour était si fort qu'il lui donnait envie d'avoir une femme qui ressente la même chose pour lui. Le visage de Megan lui traversa l'esprit, manquant lui couper le souffle.

Rose embrassa son mari, puis se tourna vers lui.

— À vous.

Repoussant toute pensée de Megan, il s'avança à côté du lit.

— Que s'est-il passé ?

— Je l'ai coincé, et il a ouvert le feu, répondit Maddox. J'ai riposté et je l'ai touché à l'épaule et à la jambe.

— Est-ce qu'il a parlé ?

Le shérif secoua la tête.

— Pas encore. Il devait passer sur le billard. Un adjoint le surveille vingt-quatre heures sur vingt-quatre. Je veux que tu l'interroges.

— Pas de problème.

— Merci, marmonna Maddox, avant de serrer les dents.

Une des machines bipa, indiquant que sa tension artérielle chutait. L'infirmière se précipita auprès de lui.

— Le chirurgien est prêt à extraire cette balle, déclarat-elle en se tournant vers Roan et Rose. Il est temps d'y aller.

Rose battit des paupières pour chasser ses larmes et embrassa à nouveau son mari. Roan hésita avant de sortir de la chambre. Maddox méritait de savoir que son père avait été assassiné. Il serait probablement furieux que Roan lui ait caché la vérité.

Mais cette conversation devrait attendre jusqu'à ce qu'il soit dans un état stable.

Megan passa les deux heures suivantes à tenter de réconforter Rose et Mama Mary. Elle persuada Rose de lui raconter comment Maddox et elle s'étaient rencontrés, puis étaient tombés amoureux. C'était la diversion parfaite.

Roan semblait agité, mais il s'était réfugié dans un silence maussade. Elle avait essayé de lui parler, mais il semblait peu enclin à communiquer.

Il passa deux coups de fil, puis resta debout dans un coin de la salle d'attente, comme s'il n'avait pas sa place aux côtés de Rose et Mama Mary.

À moins que cette situation ne lui rappelle l'attente au chevet de sa mère avant qu'elle ne meure...

— Si Maddox ne m'avait pas sauvée, je ne sais pas où je serais aujourd'hui, murmura Rose.

Megan lui serra la main.

— Je suis sûre qu'il estime que c'est vous qui l'avez sauvé. Tout cet amour va l'aider à s'en sortir.

— Je l'espère.

— C'est certain, affirma-t-elle avec conviction.

Le chirurgien apparut sur le seuil de la pièce.

— Vous êtes la famille de Maddox McCullen ?

Rose et Mama Mary se levèrent d'un bond et s'élancèrent vers lui. Pendant une seconde, Megan crut que Roan allait se joindre à elles, mais il s'approcha de la fenêtre et regarda dehors. Même si elle était curieuse de ce qu'il avait en tête, elle décida de le laisser tranquille. Il était sûrement inquiet à propos de l'enquête et de la blessure de Maddox.

Une expression soulagée apparut sur le visage de Rose, puis la gouvernante et elle s'enlacèrent en pleurant. Roan s'avança alors vers le trio, Megan sur les talons.

— Il a bien supporté l'opération et se trouve actuellement en salle de réveil, déclara le médecin. Les prochaines vingt-quatre heures seront décisives, mais pour l'instant, il tient le coup.

— Puis-je le voir ? demanda Rose.

Il ôta son calot.

— Quand il sera transféré dans une chambre. A priori, dans deux ou trois heures. Si vous voulez rentrer chez vous, pour vous reposer ou manger un morceau, on vous appellera.

— Je ne vais nulle part, répliqua la jeune femme.

Mama Mary lui entoura les épaules de son bras.

— Moi non plus.

Quel effet cela faisait-il d'avoir quelqu'un d'aussi attentionné et protecteur dans son entourage ? s'interrogea Megan. Si Shelly n'était pas morte, seraient-elles proches, aujourd'hui ? Leur père agirait-il différemment avec Megan ?

Le jour où sa sœur avait été tuée, un gouffre s'était ouvert en chacun d'eux, et rien n'avait plus jamais été pareil.

— Appelez-moi si vous avez besoin de moi, lança Roan à Rose et Mama Mary. Je dois avoir une petite discussion avec Romley.

— Maintenant ? demanda la gouvernante. Mon garçon, vous ne pensez pas qu'il est trop tard ? Je suis sûre que Maddox comprendra que vous attendiez demain matin.

Il jeta un coup d'œil vers l'horloge. Il était 2 heures. Si l'homme avait été opéré, il devait être en salle de réveil.

— Vous avez raison. J'irai le voir demain à la première heure.

Megan salua les deux femmes. Lorsqu'elles la prirent dans leurs bras en la remerciant d'être restée, sa poitrine se serra.

Cela faisait longtemps qu'on ne lui avait pas fait sentir que sa présence était autant appréciée et désirée.

Le fait que Maddox ait failli mourir avait affecté Roan. Même si le shérif l'ignorait, ils étaient du même sang. Il avait pour lui un immense respect mêlé d'admiration, autant au travail qu'en dehors.

Lorsqu'il se gara devant la maison de Megan, il inspecta les alentours du regard, puis la suivit à l'intérieur. Leurs baisers et leurs caresses le hantaient. Après la tension des dernières heures, il avait besoin d'un exutoire. Il voulait emmener Megan au lit et terminer ce qu'ils avaient commencé plus tôt.

Bon sang, il voulait la prendre, vite et fort, jusqu'à ce qu'elle hurle son nom de plaisir.

Il voulait la faire sienne lentement, en douceur, et lui ôter ses vêtements en savourant chaque minute.

Il voulait lui faire l'amour.

Il jura en silence.

Il ne pouvait rien faire de tout cela, parce qu'en dépit de tous ses efforts il commençait à éprouver des sentiments pour elle.

Le fait d'avoir presque perdu Maddox ce soir avait été une piqûre de rappel. Il devait garder ses distances avec le shérif et avec Megan.

Quand ils entrèrent dans le salon, elle leva sur lui ses yeux à l'expression douce et séductrice. Il lui ordonna d'un ton bourru d'aller se coucher.

C'était mieux ainsi, se répéta-t-il, malgré la lueur peinée qu'il lut dans son regard. Sans protester, elle se hâta vers sa chambre, lui donnant l'impression d'être un mufle.

Il ressentait une immense fatigue. Même s'il se pensait incapable de dormir, il s'étendit sur le canapé. Il posa son arme près de lui, puis ferma les yeux.

Une image de Megan, allongée sur son lit, vêtue d'une nuisette vaporeuse, vint le tourmenter. Il avait gravé dans sa mémoire le souvenir de leur nuit de sexe. Il pouvait presque sentir le parfum délicieux de son corps et la douceur de son épaisse chevelure.

Il l'entendait presque murmurer son nom, comme si elle voulait qu'il la rejoigne.

Furieux contre lui-même, il roula sur le côté, face à la porte. Voilà qui lui rappelait pourquoi il devait rester. Megan était en danger, et quiconque essaierait de s'en prendre à elle devrait en passer par lui d'abord.

12

Assaillie par des images de Roan, Megan se débattit avec ses couvertures. Elle avait cru qu'ils s'étaient rapprochés à la mort de sa mère, plusieurs mois auparavant, mais elle avait dû se tromper. Pourtant, ce soir, elle avait eu l'impression de lire du désir et de la passion dans son regard.

Avait-elle besoin qu'un homme la trouve séduisante au point d'avoir tout inventé ?

Non. Elle n'avait pas imaginé le brasier qui s'était allumé entre eux quelques heures plus tôt, ni le fait que leurs ébats cette nuit-là avaient été explosifs. Sensationnels.

Ils avaient éveillé des émotions en elle qu'elle n'avait jamais ressenties auparavant.

Parce que tu es tellement inexpérimentée et naïve que tu as confondu le sexe avec les sentiments.

Elle donna un coup de poing dans son oreiller, puis roula sur le côté, face à la porte. Savoir que Roan était là, dans l'autre pièce, était une véritable torture.

Irritée contre elle-même, elle se tourna face au mur. Cela ne fit aucune différence.

Elle avait toujours envie de Roan.

Roan n'avait pas pensé qu'il s'endormirait, pourtant il fut réveillé par son téléphone. Il était tellement désorienté qu'il lui fallut une minute pour se rappeler où il était.

Et pour se rendre compte qu'en dépit de la tentation de rejoindre Megan il était parvenu à rester sur le canapé.

Quand le portable vibra à nouveau, il l'attrapa sur la table basse où il avait aussi posé son arme.

En voyant le numéro de Horseshoe Creek s'afficher sur l'écran, il se figea. Et si Maddox... Non, il ne devait pas envisager le pire. Son chef était fort et obstiné.

— Shérif adjoint Whitefeather.

— C'est Mama Mary.

— Maddox ? demanda-t-il, le cœur battant à tout rompre.

— Il va bien. Enfin, il a tenu le coup cette nuit, et le médecin a dit qu'il allait s'en sortir.

Il poussa un soupir de soulagement.

— Bonne nouvelle, alors.

Sauf que la gouvernante avait une drôle de voix.

— Oui. Mlle Rose est toujours à l'hôpital, mais je suis rentrée à la maison pour me changer et faire un petit somme. Je lui ai dit que je lui apporterais à manger plus tard. Ensuite, elle pourra revenir se reposer au ranch. Pour l'instant, elle ne veut pas quitter son chevet.

Une fois de plus, la jalousie tarauda Roan. Maddox était un sacré veinard, et de bien des façons.

— Mais quelque chose ne va pas ?

— En effet, répondit Mama Mary d'une voix tremblante. Quelqu'un est entré par effraction dans la maison hier soir.

— Quoi ?

— Dans le bureau de M. Joe — enfin, de Maddox. Tout est sens dessus dessous, comme si l'intrus avait cherché quelque chose.

— Vous êtes seule ? demanda Roan, soucieux pour elle.

Où étaient les agents de sécurité que Brett avait engagés ?

— Non. Le contremaître est là. Quand j'ai vu que la fenêtre avait été forcée, je l'ai appelé, et il est venu tout de suite. Mais... Je suis inquiète. Pourquoi voudrait-on nous cambrioler ?

— Je l'ignore, mais j'arrive tout de suite.

Il saisit son arme et la rangea dans son holster.

— Ne touchez à rien dans le bureau. Je vais faire venir une équipe de l'identité judiciaire pour relever les empreintes.

— D'accord. Merci, monsieur l'adjoint.

Roan aurait voulu lui dire que c'était son rôle en tant que membre de la famille, mais il ne faisait pas partie de leur petit groupe soudé. Il n'était que le collègue de Maddox. Même si, avec un peu de chance, le shérif le considérait comme un ami.

Cela devrait suffire.

Il raccrocha, puis jeta un coup d'œil vers la porte de la chambre de Megan. Il devait au moins lui dire où il allait. Elle serait sûrement en sécurité ici jusqu'à ce qu'il revienne.

Très tendu, il frappa quelques coups discrets au battant.

— Megan ?

Comme elle ne répondait pas, il toqua à nouveau. Il entendit alors un son à l'intérieur. Elle semblait... pleurer.

Terrifié à l'idée que quelqu'un soit entré par la fenêtre, il ouvrit la porte à la volée. Megan s'agitait sous les couvertures, battant des jambes et griffant une force invisible. Il se précipita vers elle, s'agenouilla sur le lit et l'attrapa doucement par les bras.

— Megan, tout va bien, je suis là.

Elle le repoussa d'un geste brusque et laissa échapper un sanglot. Il la secoua légèrement.

— Megan... Réveille-toi, ma puce. Tu fais un cauchemar. Je suis là, tu es en sécurité.

Elle continua à se débattre, mais il lui prit le visage entre ses mains et chuchota :

— Megan, regarde-moi. C'est Roan. Tu es chez toi, dans ton lit, en lieu sûr.

Elle s'immobilisa, comme si ses mots avaient eu un impact, mais elle tremblait de tout son corps. Elle gémit, puis s'effondra contre lui.

Il la prit dans ses bras et la berça doucement. Il la réconforta avec des paroles apaisantes, jusqu'à ce qu'elle se calme et cesse de pleurer.

Comme il détestait le salaud qui l'avait fourrée dans cette housse mortuaire, songea-t-il, avant de demander :

— Megan, ça va ?

Elle hocha la tête contre son torse, puis la releva. Ses yeux embués et encore un peu effrayés le bouleversèrent.

— Je suis désolée, murmura-t-elle d'une voix brisée. Je ne suis pas du genre à pleurer, pourtant.

Roan se mit à rire doucement.

— Je ne sais pas pourquoi, mais je m'en doutais un peu.

Il écarta les cheveux collés sur sa joue.

— Mais tu as le droit. Tu t'es fait agresser hier soir, après tout.

— Je sais, répondit-elle en frissonnant à nouveau. Mais ça va aller. Tout ira bien.

En entendant la fierté et la détermination dans sa voix, il sourit.

— Je n'en doute pas.

Il lui caressa le dos, plus résolu que jamais à retrouver l'homme qui lui avait fait du mal.

— Écoute, je suis désolé, mais je dois y aller. Mama Mary a appelé.

Elle se redressa aussitôt, son inquiétude pour les autres prenant le pas sur ses propres peurs.

— Est-ce que Maddox va bien ?

— Il est stable. Rose est avec lui. Elle refuse de le quitter.

— Ils s'adorent, c'est évident, remarqua-t-elle d'une voix presque mélancolique.

— Ouais. En fait, quelqu'un est entré par effraction dans le ranch.

Megan eut un hoquet de surprise.

— Tout le monde va bien ? Mama Mary était là ?

— Non, pas à ce moment-là. Elle n'a rien, elle est seulement secouée. Apparemment, le type cherchait quelque chose dans le bureau. Je vais rejoindre une équipe de l'identité judiciaire sur place.

Megan repoussa les couvertures.

— Je t'accompagne.

— Ce n'est pas la peine. Dors encore un peu ou va prendre une douche.

— Si tu crois que je vais être capable de me rendormir...

Elle balança les jambes hors du lit.

— Mais je ne dirais pas non à un café, et je ferais bien d'aller travailler.

— Tu veux vraiment retourner à la morgue aujourd'hui ?

Une expression troublée se dessina sur le visage de Megan.

— Non, mais je refuse de laisser qui que ce soit m'éloigner de mon boulot. Il faut bien que j'affronte la situation à un moment ou un autre.

— Alors laisse-moi te conduire à l'hôpital. On prendra un café en chemin.

Elle acquiesça, et il sortit de la pièce à regret pendant qu'elle s'habillait. S'il ne s'éloignait pas, il risquait d'oublier l'enquête, de la ramener au lit et de chasser ses cauchemars en lui faisant l'amour.

Mais Megan méritait mieux que cela, ce qui le conforta dans sa décision de garder ses distances. Une fois dans le salon, il appela le lieutenant Hoberman pour demander à son équipe d'intervenir.

Megan fut surprise de trouver le médecin légiste en chef, le Dr Mantle, dans son bureau. Il semblait contrarié. Son visage rond était rouge de colère, et ses yeux, exorbités derrière ses lunettes.

— Que diable se passe-t-il, Megan ?

Elle croisa les bras, sur la défensive. Elle ne l'avait jamais vu aussi furieux.

— De quoi parlez-vous ?

Il lui fit signe de fermer la porte du bureau. Elle obéit nerveusement. Qu'avait-elle fait de mal ?

— Mme Cumberland m'a appelé, très contrariée. Elle pense que vous essayez de détruire la réputation de son mari avant sa retraite.

Megan choisit ses mots avec précaution.

— Elle m'a également appelée, docteur Mantle. Mais je vous

assure que je n'ai pas l'intention de nuire au Dr Cumberland. J'admire son travail et je sais à quel point il tient à ses patients.

— Mais vous avez remis en question les résultats de l'autopsie et vous avez fait faire de nouvelles analyses dans son dos.

Elle prit une brusque inspiration.

— D'abord, je ne faisais que mon travail. En lisant le rapport la première fois, j'ai remarqué quelque chose d'étrange dans le bilan toxicologique. Quand j'en ai parlé au Dr Cumberland, il a réagi comme si j'avais fait une erreur, puis il m'a montré un rapport contradictoire qui avait été envoyé à son bureau.

Le médecin passa la main sur son crâne dégarni.

— Alors il y a eu confusion entre les rapports ?

— C'est ce qu'il a dit, répliqua Megan. Mais avec de tels résultats, je devais refaire un test pour vérifier.

— Et vous l'avez fait ?

— Oui, avec un autre échantillon que j'avais mis de côté. Ce n'est pas ce que vous auriez fait ?

Il ôta ses lunettes pour se frotter les yeux, puis les reposa sur son nez et les ajusta.

— Non ? insista Megan.

Il toussota, essayant manifestement de gagner du temps.

— Je suppose que oui, finit-il par marmonner. Mais d'après le Dr Cumberland, vous avez sous-entendu qu'il était incompétent.

— Mais enfin, ce n'est pas vrai ! s'exclama-t-elle. Je le respecte beaucoup. Je ne sais pas exactement ce qui s'est passé avec ces deux rapports, mais je ne pouvais pas m'estimer satisfaite sans vérification.

— Pourquoi était-ce si important pour vous ?

— Parce le bilan toxicologique indiquait que Joe McCullen avait été empoisonné.

Le Dr Mantle écarquilla les yeux.

— Vous insinuez qu'il a été assassiné ?

— C'est ce que les résultats montrent. En plus de ça, hier soir, quelqu'un m'a assommée, m'a mise dans un des tiroirs et m'a prévenue que si je n'arrêtais pas de poser des questions à propos de la mort de McCullen, il me tuerait.

Il s'avachit contre le bureau.

— Vous êtes sérieuse ?

— Je ne plaisanterais pas là-dessus. J'en ai déjà informé le shérif adjoint. Il enquête sur le meurtre de M. McCullen. Mais c'est strictement confidentiel. Il n'en a pas encore parlé à la famille.

— Oh ! Megan... Ça ne m'étonne pas que les Cumberland soient bouleversés.

Il poussa un profond soupir.

— Vous êtes douée, je l'admets. Et j'apprécie votre initiative. Mais vous ne devez pas dénigrer le Dr Cumberland. Je ne veux pas que ce bureau soit tenu pour responsable, et je ne veux sûrement pas détruire la réputation de ce brave homme alors qu'il est près de la retraite.

Megan se mordit la langue pour retenir une réplique acerbe. La vérité n'était-elle pas plus importante que la réputation du médecin ?

— En outre, le Dr Cumberland était l'ami de Joe McCullen. Je suis sûr que si quelqu'un veut la vérité, c'est lui.

Elle hocha la tête. Si c'était vrai, pourquoi ne pas la remercier plutôt que d'envoyer son patron la sermonner ?

Comment Megan vivait-elle son retour à la morgue après son aventure de la veille ? se demanda Roan. Elle était forte, mais cette expérience aurait perturbé n'importe qui.

Il remonta l'allée jusqu'à la maison du ranch. Le soleil matinal baignait les pâturages et les collines vertes d'une lumière dorée. La pluie de la veille avait laissé sur les feuilles et les herbes des gouttelettes qui tombaient au gré du vent.

Il se gara, puis monta rapidement les marches du perron. Mama Mary vint à sa rencontre en se tordant les mains.

— Merci d'être venu, monsieur l'adjoint. Je ne voulais pas

embêter les garçons avec ça. Ils sont déjà bien assez inquiets comme ça, avec ce qui est arrivé à Maddox.

— Je comprends. Mais vous allez devoir leur en parler.

Tout comme il allait devoir leur parler de leur père. Et bientôt.

— Est-ce qu'il manque quelque chose ?

La gouvernante le précéda à l'intérieur.

— Je ne crois pas, mais il faudra que Maddox vérifie le contenu du coffre-fort.

Une fois dans le bureau, Roan regarda autour de lui, remarquant les papiers éparpillés partout, les tiroirs ouverts, le mur de photos de famille...

— Je n'ai touché à rien, déclara Mama Mary.

Il enfila une paire de gants en latex.

— Ça vous embête si je jette un œil ?

— Bien sûr que non. Je ne comprends vraiment pas qui fait tout ça. Et qui a allumé les incendies. Il faut que ça s'arrête.

— Ne vous inquiétez pas, la rassura-t-il. Je vais aller au fond des choses.

— Heureusement que vous êtes là.

Elle bâilla et se massa la tête avec les doigts.

— Je crois que je vais aller m'étendre un peu.

— Allez vous reposer. Je ferai entrer l'équipe de la police scientifique, et on verrouillera quand on partira.

Elle le remercia, puis s'éloigna d'un pas lourd. Roan commença à fouiller la pièce. Les dossiers sur le bureau contenaient des archives de ventes de bétail et d'achats de chevaux, des notes de frais, ainsi qu'un plan de développement que les frères avaient dû préparer pour une future expansion.

En inspectant les tiroirs, il trouva d'autres documents relatifs au fonctionnement du ranch. Mais, en passant la main à l'intérieur, il sentit quelque chose, coincé entre le fond du tiroir et l'un des coins.

Curieux, il tira dessus et examina sa trouvaille. Il s'agissait d'une carte de visite, portant l'inscription :

Barry BUCHANAN, détective privé.

Roan fronça les sourcils. Cet homme travaillait-il pour les frères McCullen ? Ou avait-il été engagé par Joe ?

Il enregistra le numéro du détective dans son téléphone. Il n'y avait qu'une façon de le savoir.

Ses pensées prirent une tournure sombre. Se pouvait-il que Joe ait soupçonné que quelqu'un voulait sa mort ?

13

Roan appela le numéro de Barry Buchanan. Au bout de trois sonneries, une femme répondit :

— Allô.

Il s'était attendu à un accueil professionnel. Avait-il les bonnes coordonnées ?

— Ici le shérif adjoint Roan Whitefeather, de Pistol Whip. Je cherche à joindre M. Buchanan. À qui ai-je l'honneur ?

— Sa femme, Carrie.

— Je vois. Ce numéro est-il bien celui de son agence de détective privé ?

— Oui, mais elle est fermée, répondit-elle d'un ton sec. Je peux vous adresser à quelqu'un d'autre.

— Non, je n'ai pas besoin d'une recommandation. Je voulais lui parler en personne. Y a-t-il un autre numéro où je puisse le joindre ?

Une longue pause s'ensuivit.

— J'ai bien peur que non. Mon mari est mort il y a deux semaines.

Roan se raidit.

— Je suis navré de l'apprendre. Puis-je vous demander ce qui s'est passé ?

— Un accident de voiture. Du moins, c'est ce qu'a dit le shérif.

Il sentit sa curiosité s'éveiller en entendant la suspicion qui perçait dans sa voix.

— Excusez-moi, madame... Vous ne croyez pas à la thèse de l'accident ?

Elle attendit un instant, avant de répondre :

— Non. Le shérif a dit que les freins de Barry avaient lâché, mais mon mari était très à cheval sur l'entretien de sa voiture. Son père avait un garage, et il y a travaillé pendant des années.

— Que s'est-il passé, selon vous ?

— Je pense que quelqu'un a trafiqué ses freins.

— M. Buchanan avait-il des ennemis ?

— Mon époux était détective privé, monsieur l'adjoint. Bien sûr, qu'il s'était mis à dos quelques bons à rien de maris et femmes infidèles. Et ce n'était qu'une partie des affaires sur lesquelles il travaillait.

— Vous croyez qu'il a été tué à cause d'une des enquêtes qu'il menait ?

— C'est exactement ce que je crois. Même si notre shérif n'est pas d'accord.

Étant donné les circonstances, Roan devait la prendre au sérieux.

— Pourquoi vous intéressez-vous à mon mari ? demanda-t-elle.

La fourgonnette de la police scientifique apparut dans l'allée. Roan salua ses collègues d'un geste de la main.

— Il a peut-être travaillé pour la victime d'un meurtre sur lequel j'enquête.

— Eh bien, je n'étais pas au courant des affaires de Barry. Et il ne me disait jamais les noms de ses clients.

— Ça vous ennuierait si je m'arrêtais à l'agence pour étudier ses dossiers ?

Elle prit une brusque inspiration.

— Non... Enfin, si vous me rendez un service.

— Quel genre de service ?

— Si vous découvrez quelque chose de suspect, si vous apprenez que quelqu'un en voulait assez à Barry pour le tuer, vous me prévenez.

— C'est promis, madame.

Elle accepta de le voir après le déjeuner. Après avoir raccroché, Roan alla accueillir l'équipe de l'identité judiciaire.

∗
∗ ∗

Comme il n'y avait aucune autopsie à effectuer, la morgue était étrangement calme. Un silence de mort qui ne faisait que rappeler à Megan le fait que quelqu'un l'avait presque tuée la veille au soir.

Comme elle voulait des informations sur le frère de Tad Hummings, elle appela le procureur qui avait instruit l'affaire. Gerard était quelqu'un dont elle admirait et respectait l'opinion.

— Il y avait des témoins, les preuves étaient accablantes. Tu n'as pas fait d'erreur, Megan.

— Son frère avait-il posé problème ?

— Hummings a l'alcool mauvais, mais c'est aussi un lâche. Il n'a pas le cran d'aller au bout des choses. Ce n'est rien qu'une brute qui aime jouer les gros bras.

Et il avait la masse pour le faire, songea Megan. Il devait peser plus de cent vingt kilos.

— Tu veux porter plainte contre lui ? demanda Gerard.

— Non. Je voulais... Je voulais seulement m'assurer qu'il n'était pas dangereux.

Il attendit quelques secondes, avant de remarquer :

— Il y a quelque chose que tu ne me dis pas, Megan. Que se passe-t-il ?

Il y avait beaucoup de choses qu'elle ne lui disait pas, mais elle n'avait pas envie de vider son sac maintenant. Surtout sans avoir de preuves.

— Ce n'est rien, Gerard. En fait... Eh bien, le lendemain du jour où je l'ai croisé, alors que j'étais au milieu d'une foule de passants, j'ai cru que quelqu'un m'avait poussée. Mais j'ai probablement trébuché...

— Bon sang, Megan ! Pourquoi ne m'as-tu pas appelé ?

— J'en ai parlé au shérif adjoint de Pistol Whip. Alors ce n'était pas la peine d'ameuter la cavalerie.

— Par précaution, laisse-moi me renseigner sur le frère de Tad. Quand a eu lieu l'incident dans la rue ?

Megan lui indiqua la date et l'heure. Une seconde plus tard, il se racla la gorge.

— Megan, Hummings ne t'a pas poussée. C'est impossible.
— Pourquoi dis-tu ça ?
— Il a été arrêté pour conduite en état d'ivresse la veille et a passé les deux jours suivants en prison, avant d'être libéré sous caution.

Megan se figea. Si Hummings ne l'avait pas poussée, alors quelqu'un d'autre avait pu le faire. Peut-être la personne qui l'avait agressée la veille au soir, songea-t-elle en frissonnant.

Roan rejoignit le lieutenant Hoberman dans le bureau.
— Vous avez trouvé quelque chose ?
— Quelques empreintes, mais, étant donné que le shérif et ses frères doivent tous fréquenter cette pièce, je vais devoir procéder à des comparaisons.

Roan lui montra la carte de visite du détective privé.
— Mama Mary n'a aucune idée de ce que l'intrus cherchait, mais j'ai trouvé cette carte. J'ai appelé à ce numéro pour savoir si ce type travaillait pour Joe. C'est sa femme qui a répondu. Elle m'a appris qu'il était mort.
— Vous pensez que c'est lié ?
— C'est possible. Je crois qu'il est temps de parler à Maddox.

Il fit sauter ses clés dans sa main.
— Je vais aller interroger Romley, puis je passerai voir Maddox.

Hoberman promit de le prévenir s'il trouvait quoi que ce soit, puis Roan prit le chemin de l'hôpital. En voyant le garde posté devant la porte de la chambre du prisonnier, il déclina son identité.
— Vous pouvez faire une pause. Allez vous chercher un café ou manger un morceau, si vous voulez.

L'homme hocha la tête et s'éloigna, laissant Roan entrer dans la pièce. Romley était branché à une poche de perfusion et à un moniteur cardiaque. Sa cuisse et son épaule étaient entourées de bandages. Il avait le visage pâle, les yeux fermés, et ses cheveux blond foncé étaient ébouriffés.

Roan ne fit aucun effort de discrétion et traversa la pièce en faisant claquer ses semelles sur le sol. Romley lui lança un regard plein de colère.

— Je ne suis pas d'humeur à parler, au cas où vous vous poseriez la question.

— Vous avez tiré sur le shérif, répliqua Roan. Si vous voulez qu'on fasse preuve de clémence envers vous, vous feriez bien de changer d'état d'esprit.

— J'ai des droits, grommela le prisonnier. Ça veut dire que rien ne m'oblige à vous parler.

— C'est vrai. Mais, comme je viens de le dire, il est dans votre intérêt de coopérer.

Il croisa les bras et lui adressa un regard sévère.

— Avez-vous allumé les incendies à Horseshoe Creek ?

— Si je parle, vous me faites une offre ? demanda Romley en se frottant la jambe.

— Ça dépend de ce que vous avez à dire.

L'homme tordit la bouche, avant de répondre :

— J'ai tiré sur le shérif en légitime défense.

Roan éclata de rire.

— Bien tenté, mais ça ne va pas le faire. Il y avait un mandat contre vous. Vous vous êtes enfui et vous avez résisté quand il a voulu vous arrêter.

Il fit claquer sa langue.

— Les chefs d'accusation s'accumulent.

Romley frictionna à nouveau son bandage.

— Gates nous a embauchés, Hardwick et moi, pour garder un œil sur Horseshoe Creek et lui rapporter ce que les McCullen faisaient.

— Alors vous l'avez informé que Brett montait une entreprise équestre, avec ajout d'écuries et achat d'animaux.

Romley hocha la tête.

— Et ensuite ? demanda Roan.

— Ensuite... Il m'a dit d'agir, bon Dieu.

— Gates vous a payé pour mettre le feu ?

Le blessé haussa les épaules, puis grimaça comme si le mouvement lui avait fait mal.

— Il a dit que j'aurais un gros bonus si je freinais leur progression.

— Alors c'était votre idée d'allumer ces feux ?

Romley détourna le regard.

— J'avais besoin d'argent.

— Au point de commettre des incendies criminels ? Et si quelqu'un s'était trouvé à l'intérieur des écuries ou de la maison ? Vous auriez pu tuer l'un des McCullen ou leur gouvernante.

— Personne n'était censé être sur place ce soir-là.

— Pourtant, ils y étaient, rétorqua Roan. Et les chevaux ? Vous êtes inhumain ou quoi ?

— J'ai seulement mis le feu à l'écurie vide, se défendit Romley. Je me suis dit que les McCullen l'éteindraient avant qu'il ne s'étende et que quelqu'un soit blessé. Le préjudice financier les aurait mis en difficulté, c'est tout.

— Et Arlis Bennett ? Travaillait-il avec Gates ?

Le prisonnier prit une expression butée.

— Je ne sais pas. Gates et moi, on n'était pas vraiment potes, vous savez. Il me payait. Je suivais ses ordres.

— Vous a-t-il payé pour tuer Morty Burns et sa femme ?

Romley releva brusquement les yeux sur Roan.

— De quoi diable parlez-vous ?

— Morty, le cousin d'Arlis, était criblé de dettes. On pense qu'il travaillait pour Gates, lui aussi. Et que lui et sa femme ont été assassinés parce qu'ils avaient des informations susceptibles de tous vous inquiéter et d'envoyer Arlis, le frère de Mme Burns, en prison.

— Écoutez, je ne sais rien de tout ça. Comme je l'ai dit, j'étais un employé.

— Vous étiez un tueur à gages, répliqua Roan. Vous avez abattu Morty et Edith Burns. Et vous avez assassiné Joe McCullen pour Gates.

Romley faillit en tomber du lit.

— Vous êtes dingue. Je n'ai tué personne.

— Vous pensez que je vais gober ça ? Vous avez tiré sur le shérif McCullen.

— C'était différent. Il me pourchassait. Mais je n'ai tué personne. Et vous n'allez pas m'expédier en prison en me collant un meurtre sur le dos.

Roan l'observa attentivement. Il demanderait au labo de balistique si l'arme qui avait blessé Maddox était du même calibre que celle qui avait tué les Burns.

Mais si Romley n'avait tué ni les Burns ni Joe McCullen, alors qui l'avait fait ?

Megan reçut un SMS de Roan, où il annonçait son intention de parler de Joe à Maddox. Il souhaitait qu'elle soit présente.

Elle redoutait cette conversation, mais Maddox méritait de connaître la vérité. Il serait peut-être même en mesure de les aider. Après tout, il avait vécu avec son père, alors il saurait sûrement qui d'autre lui avait rendu visite.

Toujours nerveuse après son agression, elle monta à l'étage de Maddox en restant sur ses gardes. Elle trouva Rose près de la machine à café. Elle avait l'air exténuée, mais elle lui sourit.

— Comment va-t-il ? demanda Megan.

— Il a mal, mais il est stable. Au moins, il est tiré d'affaire.

— Vous devriez rentrer vous reposer, Rose.

— Je vais y aller, répondit-elle en ajoutant du sucre à son déca. J'étais incapable de le quitter.

Elle rougit et haussa les épaules.

— Je rentrerai à la maison ce soir.

— Il a de la chance de vous avoir.

— On a tous les deux de la chance.

Megan soupira. Si seulement Roan ressentait la même chose pour elle...

— Que faites-vous ici ? demanda Rose, comme si elle s'apercevait brusquement que la légiste n'avait rien à faire là.

— Roan est en chemin. Il a parlé de la fusillade avec Romley. Et il doit discuter d'autre chose avec Maddox.

— J'espère qu'ils vont enfin trouver qui s'en prend à cette famille, déclara la jeune femme. Maddox et ses frères ont beaucoup perdu. D'abord leur mère, puis leur père. Ensuite, il y a eu tous ces problèmes avec Barbara et Bobby. Et maintenant, le sabotage du ranch.

Megan sentit la culpabilité l'envahir. Il restait la bombe qu'allait lâcher Roan à propos du meurtre du patriarche.

Il apparut alors, son corps imposant remplissant l'espace.

— Il y a du nouveau ? demanda Rose.

— Je viens de parler à Romley. Il a admis avoir allumé les incendies. Gates était derrière tout ça.

— Et les Burns ? intervint Megan.

Il fit non de la tête.

— Qui ça ? demanda Rose.

— Venez dans la chambre de Maddox, et je vous le dirai.

— Le Dr Cumberland est avec Maddox en ce moment, leur apprit-elle.

Le cœur de Megan fit un bond dans sa poitrine. Roan fronça les sourcils, puis fit demi-tour et descendit le couloir à grandes enjambées. Rose et elle lui emboîtèrent le pas.

Dès que Roan ouvrit la porte, la voix furieuse de Maddox envahit le couloir :

— À quoi tu joues, Whitefeather ? Tu découvres que mon père a été assassiné et tu ne me le dis pas ?

14

Roan jura en silence.

Son regard croisa celui du Dr Cumberland. Bon sang, le médecin avait déjà annoncé la nouvelle à Maddox.

— Je suis désolé, Whitefeather, dit ce dernier, mais j'ai estimé qu'il était de mon devoir de dire à Maddox ce que je savais sur son père. Il avait le droit de le savoir.

Une bouffée de colère traversa Roan, mais il resta de marbre. Après tout, le médecin était ami avec les McCullen. Il s'était peut-être senti obligé de mettre Maddox au courant.

— Pourquoi n'est-ce pas toi qui me l'as dit, nom d'un chien ? demanda le shérif d'une voix bourrue.

— Je venais justement te l'annoncer.

À en juger par l'expression incrédule de Maddox, cette explication était un peu faible.

— Mais je voulais vérifier mes informations avant de t'en parler. Ensuite, tu t'es fait tirer dessus, et je ne pouvais pas te le dire hier soir.

Le shérif enfonça les poings dans le matelas pour se redresser.

— Alors c'est vrai ?

Roan hocha la tête, puis jeta un coup d'œil à Megan. Elle répondit par un regard compatissant, avant de prendre la parole à son tour.

— En fait, j'ai partagé mes soupçons avec le shérif adjoint.

— Vraiment ? demanda Maddox d'un ton sec.

— Oui. J'ai repéré quelque chose d'anormal dans l'autopsie de votre père, mais…

Elle regarda le Dr Cumberland. Allait-elle annoncer que le médecin avait cru à une erreur de sa part ?

— Mais quoi ? insista le shérif.

— Mais il y avait deux rapports contradictoires, alors j'ai fait un troisième test pour vérifier le résultat. Comme vous n'étiez pas en ville, j'ai contacté votre adjoint et je lui ai transmis mes conclusions.

Rose s'approcha de Maddox et posa la main sur son épaule d'un geste rassurant. Il prit une brusque inspiration.

— Et quelles étaient ces conclusions ?

Roan s'obligea à adopter un ton neutre. Maddox ne pouvait pas savoir à quel point cette enquête le touchait personnellement.

— Dans le bilan toxicologique de ton père, le Dr Lail a trouvé du poison. Du cyanure, plus précisément.

Le shérif le fixa avec stupéfaction.

— Du cyanure ?

— C'est exact, confirma Megan.

— Je suis vraiment désolé, intervint le Dr Cumberland d'une voix fêlée. Ton père était tellement malade que je n'ai pas remarqué les signes. Enfin, s'il y en avait.

Il passa un mouchoir sur son visage luisant de sueur.

— Quand Joe s'est plaint de nausées, j'ai pensé que c'était dû à sa maladie, ainsi qu'à une réaction aux analgésiques.

Cela semblait logique, admit Roan pour lui-même.

— Je me sens terriblement coupable, s'exclama le médecin, d'une voix brisée. Si je m'en étais rendu compte, j'aurais peut-être pu prolonger sa vie.

— Ne vous faites pas de reproches, lui dit Maddox. Mais je ne comprends pas. Quel intérêt cela présentait-il de tuer mon père alors qu'il était déjà mourant ?

— C'est pour ça que je voulais enquêter avant de venir te voir, répondit Roan.

— Mes frères sont au courant ?

— Bien sûr que non. J'avais l'intention de t'en parler dès que j'aurais eu du concret.

— Et c'est le cas ?

— Pas exactement.

— Qu'est-ce que ça veut dire ?

Roan enfonça les mains dans ses poches et jeta un coup d'œil au médecin.

— On devrait peut-être en discuter en privé.

Maddox l'observa un instant, puis acquiesça. Il demanda à Cumberland et Rose de les laisser seuls. Roan attendit qu'ils soient sortis pour poursuivre :

— J'ai interrogé Barbara à propos du poison, mais elle a semblé choquée quand j'ai annoncé que quelqu'un s'en était pris à Joe. Je n'ai pas parlé à Bobby, et Barbara a défendu son fils, évidemment.

— Et tu les soupçonnais parce que... ?

— Je pensais que ton père avait peut-être prévu de les rayer de son testament. S'ils l'avaient appris, ça leur aurait fait un mobile.

— C'est vrai.

— Mais le notaire affirme que Joe n'avait pas l'intention de modifier son testament. Ton père a même insisté pour que Barbara et Bobby soient protégés, eux aussi, précisa Roan avant d'inspirer longuement. Arlis Bennett et Gates sont en haut de la liste des suspects, mais jusqu'ici, je n'ai pas de preuves qu'ils aient empoisonné ton père. Stan Romley a avoué qu'il avait allumé les feux à Horseshoe Creek. Il a dit que Gates l'avait payé pour surveiller la ferme et lui avait ordonné de faire le nécessaire pour freiner votre progression.

— Quel enfoiré, marmonna Maddox.

— Ce n'est pas tout.

Le shérif poussa un soupir las et laissa retomber sa tête contre la pile d'oreillers.

— Quoi encore ?

— Gates a mis en cause un autre homme, un dénommé Clark. D'après lui, ton père a refusé de donner à Clark des droits de captation d'eau, ce qui a fini par lui causer des difficultés financières. Apparemment, Joe l'aurait forcé à vendre.

— Il avait donc, lui aussi, des raisons de détester mon père. De son point de vue, en tout cas.

— On dirait bien. Je vais aussi enquêter sur lui.

Maddox se pinça l'arête du nez, tandis que Roan poursuivait :

— Il y a du nouveau sur deux autres points. Edith, la sœur d'Arlis Bennett, et son mari ont été assassinés. Je ne suis pas sûr que leurs morts soient liées à celle de ton père ou aux incendies, mais ils ont été tués tous les deux avec un calibre 45, alors c'est tout à fait envisageable.

— Edith ? Elle venait souvent rendre visite à mon père. Ma mère et elle étaient amies, à l'époque.

Mama Mary avait dit quelque chose de similaire. Si Edith avait été proche de la mère de Maddox, elle n'aurait sûrement rien fait à Joe...

— J'ai demandé à Mama Mary de me parler des gens qui rendaient visite à ton père régulièrement, déclara Roan. Il y avait le Dr Cumberland, Bobby et Barbara. Edith est venue, elle aussi. Et votre contremaître.

— Il n'aurait jamais fait de mal à papa. C'est l'homme le plus loyal que je connaisse.

— Mais qu'en est-il de Barbara et Bobby ? J'ai trouvé de l'engrais chez Barbara. Il contient du cyanure.

— Mais si c'est la même personne qui a tué mon père et les Burns, ça ne pouvait pas être l'un d'entre eux. Ils sont tous les deux sous les verrous.

— C'est vrai. Il y a autre chose, ajouta Roan, conscient qu'il était temps de tout dévoiler.

— Je t'écoute.

— Quelqu'un sait qu'on enquête sur le meurtre de ton père et que Megan nous aide. Hier soir, elle s'est fait agresser et a failli mourir.

L'instinct protecteur des McCullen s'éveilla. Le visage sombre, Maddox tourna les yeux vers Megan.

— Ça va, docteur Lail ?

— Oui, mais appelez-moi Megan, je vous en prie.

Maddox la contempla une seconde, puis hocha la tête. Roan croisa les bras.

— Mama Mary a appelé ce matin. Quelqu'un est entré par effraction dans le bureau de ton père.

Il secoua la tête en voyant le shérif tenter de se lever.

— Elle va bien, Maddox. Je lui ai parlé. Elle n'a rien.

— Alors pourquoi cette effraction ? Encore du sabotage ?

— Je ne crois pas, répondit Roan. À mon avis, l'intrus cherchait quelque chose.

— Quoi ?

— J'espérais que tu le saurais. Y avait-il des problèmes sur des actes notariés ? Des comptes en banque ou des transactions qui semblaient suspects ? Ton père gardait-il du liquide dans son coffre ?

— Non, rien de tout ça.

Roan tendit la carte du détective privé à Maddox.

— J'ai demandé à la police scientifique de chercher des empreintes. J'ai trouvé ça dans un tiroir du bureau. Tu connais ce détective ?

— Non. Je ne l'ai pas engagé.

Les sourcils froncés, le shérif parcourut la carte.

— Et je ne connais pas ce nom.

— Sais-tu pourquoi ton père aurait pu avoir recours à ses services ?

Maddox repoussa le drap comme pour tenter à nouveau de se lever, mais Roan lui attrapa le bras fermement.

— Je sais que tu es bouleversé, mais tu dois te reposer, Maddox. Je m'occupe de tout.

— Mon père a été assassiné, et cet homme sait peut-être pourquoi. Je dois lui parler.

Roan s'éclaircit la voix.

— Je suis désolé, mais ça ne va pas être possible.

— Et pourquoi, bon sang ?

— Parce qu'il est mort.

Un silence tendu s'installa.

— Comment ? demanda Maddox d'une voix hésitante.

— Les freins de sa voiture ont lâché. Sa femme dit que ça a été classé comme un accident, mais…

— Elle pense qu'il a été assassiné ?

Roan hocha la tête.

— Dès que je sors d'ici, je la rejoins à l'agence. Elle a accepté de me laisser regarder les dossiers de son mari.

— Je veux filer un coup de main, bon sang, s'exclama le shérif en se frottant les yeux.

Face à la contrariété de son demi-frère, un élan de sympathie traversa Roan.

— Je comprends. Mais je te promets de découvrir la vérité, Maddox. Je te dois bien ça, étant donné que tu m'as donné l'occasion de faire mes preuves dans cette ville.

Il le devait aussi à son père. Et Joe McCullen avait beau n'avoir jamais rien fait pour lui, il était quand même son père biologique, et Roan n'avait pas l'intention de laisser son meurtrier s'en sortir.

Megan était peinée pour Maddox, mais ils n'avaient pas le choix. Les questions se multipliaient. Il y avait beaucoup trop de coïncidences, trop d'éléments liés les uns aux autres pour qu'il s'agisse de hasards.

Elle était une scientifique. Il lui fallait des indices concrets. Des preuves.

Lorsque Rose revint dans la pièce, Maddox lui résuma ce qui venait d'être dit.

— Fais-moi confiance, shérif, implora Roan. Je trouverai les réponses pour toi.

— Laisse-le s'occuper de l'enquête, murmura Rose. Tu dois te reposer, mon chéri.

Le mot tendre fit tressaillir Maddox, mais sa main tremblait comme si sa blessure l'épuisait. Après tout, il avait perdu beaucoup de sang.

— Seulement si tu me tiens au courant de ce que tu trouves,

étape après étape, finit-il par dire. On m'a peut-être tiré dessus, mais je ne suis pas mort. Et c'est de *mon* père qu'on parle.

Megan se mordit la lèvre en voyant l'étincelle de colère dans les yeux de Roan. Bien qu'elle ne comprenne pas sa réaction, elle se dit que tous les préjugés n'étaient pas morts, et qu'il avait peut-être dû se battre pour arriver là où il était.

— Je vais appeler mes frères, poursuivit le shérif. Ray est détective privé. Il a peut-être entendu parler de ce type.

— Préviens-moi s'il sait quoi que ce soit.

Le téléphone de Roan vibra. Après avoir vérifié le numéro, il décrocha.

— Shérif adjoint Whitefeather.

Il écouta quelques secondes, avant de reprendre :

— Oui. D'accord, merci.

Il raccrocha en soupirant.

— C'est au sujet de l'arme de Romley et de la balle qui t'a touché... Ce ne sont pas les mêmes que celles qui ont servi à tuer Morty et Edith Burns.

— Alors quelqu'un d'autre les a abattus, lança Maddox, comme s'il réfléchissait à voix haute. Arlis, peut-être ?

— Vous pensez qu'il aurait tué sa propre sœur ? demanda Megan.

Roan et Maddox échangèrent des regards interrogateurs.

— Difficile à dire. Je ne connais pas très bien Arlis.

— On a peut-être tué Edith parce qu'elle avait découvert que ton père avait été assassiné.

Roan détestait la pointe de ressentiment qui grandissait en lui. Il ne pouvait pas en vouloir à Maddox de ce qu'il avait dit sur *son* père, alors qu'il ne savait pas la vérité. Cela dit, il se demandait parfois comment aurait été sa vie si Joe avait été au courant de son existence.

S'il l'avait reconnu comme son fils.

Mais si Maddox l'apprenait maintenant... Il le prendrait sans doute pour un menteur.

— Je peux te déposer chez toi ou chez des amis, suggéra Roan. Le taré qui t'a attaquée est toujours en liberté et je ne veux pas te laisser seule.

Megan lui adressa un sourire courageux.

— Je viens avec toi. Je pourrai peut-être me rendre utile.

Il l'observa un instant, puis acquiesça sans protester. Ils se hâtèrent vers son SUV et quittèrent le parking de l'hôpital.

— Est-ce que ça va ? demanda-t-elle.

— Pourquoi ça n'irait pas ? répliqua-t-il sèchement.

Elle fronça les sourcils.

— Tu semblais contrarié quand tu parlais avec Maddox. Y a-t-il déjà eu de la tension entre vous deux ?

Il secoua la tête. La dernière chose qu'il voulait, c'était que Megan devine la vérité. Et qu'elle voie à quel point il tenait à elle.

Tous ceux qui avaient compté pour lui étaient morts.

— Ne cherche pas à interpréter tout ce que tu entends, Megan. Je suis sur une enquête et j'essaie de te garder en vie, c'est tout.

Elle ne répondit pas et il garda les yeux rivés sur la route.

Vingt minutes plus tard, le silence régnait toujours entre eux lorsqu'il se gara devant un petit immeuble de bureaux dans un parc d'activités. Plusieurs autres entreprises étaient présentes dans le complexe, et le parking était rempli de voitures.

Roan ouvrit sa portière, sortit du SUV et ajusta son Stetson. Megan et lui remontèrent le trottoir en direction de l'agence de détective privé. Lorsqu'il frappa à la porte, une femme d'une quarantaine d'années, aux cheveux blond platine, ouvrit et se présenta comme étant Carrie Buchanan. Ils se nommèrent à leur tour, puis exprimèrent leurs condoléances pour son mari.

— Vous pensez qu'il est mort à cause d'une affaire sur laquelle il enquêtait ? demanda Roan.

La femme joua avec son alliance en or.

— Oui. Comme je vous l'ai dit, Barry était méticuleux à propos de l'entretien de sa voiture.

— A-t-il fait allusion à un problème ou une personne en particulier ?

— Non, mais il était agité, ces derniers temps. Il ne cessait de recevoir des coups de fil mystérieux qui le mettaient dans tous ses états, mais quand je lui posais des questions, il refusait d'en discuter.

Il pourrait peut-être étudier les relevés téléphoniques pour essayer d'en savoir plus sur ces appels, pensa Roan.

Megan passa les mains dans ses cheveux et repoussa les mèches ébouriffées par le vent derrière ses oreilles. Elle avait renoncé à son chignon aujourd'hui.

Et à cause de cela, il avait du mal à se concentrer.

C'est grâce à ce chignon qu'il avait réussi à ne pas la toucher les premières fois qu'il l'avait vue. Il avait besoin qu'elle se recoiffe, et vite.

— Votre mari a-t-il déjà parlé d'un homme nommé Joe McCullen ? demanda-t-il.

— Non. Comme je l'ai dit, il ne révélait jamais les noms de ses clients.

Ils la suivirent à l'intérieur. L'avant du local était occupé par une zone de réception. Une porte devait mener à l'arrière et au bureau de Buchanan.

Roan regarda Megan étudier les cadres sur les murs : des photos des références du détective, ainsi que des clichés de plusieurs familles en train de sourire et de s'enlacer. Des scènes pleines de nostalgie.

— Madame Buchanan, demanda-t-elle d'une voix douce, votre mari était-il spécialisé dans un type d'affaire en particulier ?

La veuve ajusta une pile de dossiers qui n'en avait nul besoin.

— Oui. Il travaillait avec des personnes qui essayaient de retrouver des proches perdus de vue. Des enfants disparus. Des adoptions. Des fugueurs.

Roan passa la main sur sa mâchoire mal rasée. Quel rapport avec Joe McCullen ? Le patriarche était au courant pour Bobby, son fils naturel, ce n'était donc pas lui qu'il voulait retrouver.

Mais... Se pouvait-il qu'il ait soupçonné qu'il avait un autre fils ? Joe le cherchait-il, *lui* ?

Non, c'était impossible. Sa mère avait gardé le secret jusqu'à sa mort.

— Ça vous dérange si j'examine ses dossiers ? J'ai besoin de savoir pourquoi Joe McCullen l'a engagé.

Mme Buchanan fit un geste vers la porte qui menait vers l'arrière. Elle les précéda dans le couloir, puis entra dans un bureau contenant des meubles en métal et des chaises en vinyle. Elle alluma la lumière et poussa une exclamation de stupeur.

Quelqu'un était entré dans la pièce et avait tout retourné. Les tiroirs du meuble de rangement étaient grands ouverts, les dossiers étaient répandus partout sur le sol et le bureau.

Roan poussa un juron furieux. Il avait le mauvais pressentiment que le dossier qu'il cherchait avait disparu.

— Seigneur, murmura Mme Buchanan d'une voix peinée. Ce n'était pas comme ça la semaine dernière.

La semaine dernière, Roan et Megan n'avaient pas posé de questions sur la mort de Joe McCullen.

15

Roan observa le fouillis de papiers d'un œil circonspect. Celui qui avait retourné la pièce cherchait manifestement quelque chose.

Mme Buchanan fit tourner son alliance autour de son doigt d'un geste nerveux.

— Qui a pu faire ça ?

— Quelqu'un qui ne voulait pas qu'on voie le contenu d'un des dossiers de votre mari, répondit-il en balayant la pièce du regard. Barry avait-il un ordinateur ?

— Un portable.

— Où est-il ?

Elle contempla le désordre autour d'elle.

— Je ne sais pas. Je croyais qu'il était ici.

L'ordinateur portable avait disparu.

Megan incita la veuve à s'asseoir, et celle-ci se laissa tomber sur une chaise dans un coin.

— Alors il a vraiment été assassiné ? murmura-t-elle d'une voix tourmentée.

— Je ne peux pas l'affirmer avec certitude, répondit Roan.

— Y a-t-il eu une autopsie ? demanda Megan.

La veuve repoussa ses cheveux en arrière d'une main tremblante.

— Oui. Il a été tué sur le coup lorsque sa voiture a percuté un bloc de roche.

— Verriez-vous un inconvénient à ce que j'étudie le rapport d'autopsie ?

Mme Buchanan prit une brusque inspiration.

— Non, allez-y. Je veux savoir la vérité sur la mort de mon mari.

Pendant que Megan allait chercher un verre d'eau pour la pauvre femme, Roan enfila des gants et commença à trier les papiers. Il cherchait le moindre document où le nom de Joe pouvait apparaître. Bien sûr, si le tueur avait volé le dossier, il ne trouverait rien.

Comme le détective privé avait classé ses dossiers par numéro, il put regrouper les pages éparpillées un peu partout assez facilement. Mme Buchanan n'avait pas menti : la plupart des affaires consistaient à rapprocher parents et enfants biologiques. Trois d'entre elles portaient sur un kidnapping. Il s'agissait à chaque fois d'un parent enlevant un enfant à l'autre parent.

Alors pourquoi Joe avait-il fait appel au détective ?

Bien résolu à trouver la réponse à cette question, il s'approcha du meuble de rangement. La plupart des dossiers avaient échoué sur le bureau et sur le sol, mais il en restait quelques-uns à l'intérieur, même si leur contenu avait également été exploré. Il les passa en revue, mais ne trouva pas celui de Joe. Dommage.

Il inspecta ensuite le tiroir étiqueté *M-P.* Vide. De plus en plus frustré, il passa à ceux du bureau. Ils ne contenaient que des Post-it, des stylos, une agrafeuse et des trombones.

Il farfouilla parmi les fournitures, puis aperçut un morceau de papier. Le mot « Grace » était écrit dessus, suivi d'un point d'interrogation.

Grace...

— Connaissez-vous quelqu'un du nom de Grace ?

La veuve secoua la tête.

— Quel est son nom de famille ?

— Ce n'est pas indiqué.

— Grace, répéta Megan à mi-voix. Ce n'était pas le prénom de la mère de Maddox ?

Roan croisa son regard. Elle avait raison.

Il baissa à nouveau les yeux sur le bout de papier. La femme de Joe McCullen était décédée des années plus tôt, quand les garçons étaient encore petits. N'était-elle pas morte dans un accident de voiture ?

Tout comme le détective privé...

Les questions se bousculaient dans sa tête, mais il n'avait aucune réponse. Mais le fait que Buchanan ait mis un point d'interrogation après le nom de Grace le poussait à s'interroger : ce que l'enquêteur cherchait pour le compte de Joe avait-il un rapport avec sa femme ?

Dès qu'ils sortirent de l'agence, Megan passa un coup de fil pour réclamer une copie du rapport d'autopsie.

— J'aimerais bien savoir ce que tout ça veut dire, déclara Roan.

— Maddox aura peut-être quelques idées.

— Je n'ai pas envie de l'embêter. Il a besoin de repos.

Megan lui frotta doucement le bras.

— Maddox veut sûrement savoir ce qu'il en est, Roan. Tu l'as entendu tout à l'heure. Ça concerne son père, et maintenant... peut-être sa mère. Tu ne peux pas ne pas lui dire.

Il crispa les mâchoires, puis répondit :

— Tu as raison.

Le ciel s'était assombri, annonçant une nouvelle tempête. Le vent qui s'était levé faisait tourbillonner les feuilles et la poussière sur le parking. Les nuages s'amassaient et masquaient les derniers rayons de soleil.

Alors qu'ils montaient dans la voiture, Megan reçut un e-mail sur son téléphone. Il s'agissait du rapport d'autopsie. Elle ouvrit aussitôt la pièce jointe.

Le médecin légiste qui avait pratiqué l'autopsie s'appelait Lindeman. D'après ses conclusions, la cause de la mort était un traumatisme crânien. Le cerveau du détective privé s'était gorgé de sang à cause de l'impact. Étaient également mentionnés lacérations, bleus et fractures du fémur, des côtes et de la clavicule. Des fragments de verre avaient lacéré la peau de la victime. L'un d'entre eux s'était enfoncé dans sa jambe, entraînant une hémorragie accrue.

Jusqu'ici, les blessures correspondaient bien à un accident.

En découvrant le bilan toxicologique, Megan fronça les sourcils.

— Le médecin a trouvé un taux d'alcool élevé dans son sang.
— Mme Buchanan n'a pas dit qu'il avait bu.
— Non, en effet.

Elle se massa la tempe avec deux doigts.

— Le légiste a peut-être décidé de lui épargner ce détail.
— Peut-être. Mais, étant donné les soupçons qu'elle a, il faut qu'on lui pose la question.
— Je vais l'appeler.
— Et je vais demander au shérif concerné s'il a enquêté.

Megan composa le numéro de la veuve.

— Mme Buchanan, j'ai le rapport d'autopsie de votre mari sous les yeux. Le médecin légiste a-t-il évoqué la présence d'une quantité d'alcool dangereuse dans l'organisme de votre mari ?
— Non. Ce n'est pas possible. Barry ne buvait plus depuis vingt ans.
— Alors, il était alcoolique ?
— Oui, alcoolique abstinent. Il assistait régulièrement à des réunions des Alcooliques anonymes.
— Il a peut-être fait une rechute ?
— Non, répondit la femme avec véhémence. Barry ne touchait *jamais* à l'alcool. Il avait fait des bêtises quand il était jeune à cause de ça et avait provoqué un accident au cours duquel un ami avait été gravement blessé. Il ne se l'était jamais pardonné. Il s'était fixé pour mission d'aller dans les écoles pour parler des dangers de l'alcool aux adolescents.

La main crispée sur le téléphone, Roan résuma au shérif de Laramie sa conversation avec la femme du détective.

— Vous avez vu le rapport d'autopsie ?
— Bien sûr, répondit l'homme. La présence d'alcool dans

le sang de Buchanan semble indiquer qu'il avait perdu le contrôle du véhicule. Ça expliquait l'accident.

— Et le problème de freins ?

— D'après le mécanicien, il y a eu une lente fuite de liquide de frein.

— Avez-vous envisagé la possibilité qu'on ait trafiqué les freins ?

— Pourquoi l'aurais-je fait ? Cet homme était ivre, sinon il n'aurait pas conduit aussi vite. S'il avait roulé plus lentement, il aurait peut-être pu s'arrêter, malgré cette fuite.

— Selon son épouse, il ne s'agissait pas d'un accident.

— Elle était dans le déni, affirma le shérif. Elle ne voulait pas croire que son mari était ivre. Elle a même affirmé qu'il ne buvait pas, mais c'était un alcoolique. Les maris ne disent pas tout à leurs femmes, vous savez.

C'était vrai. Mais cette explication ne satisfaisait pas Roan.

L'homme coupa court à la conversation et raccrocha. Tout en quittant le parking, Roan répéta ses propos à Megan.

— Le shérif savait pour l'alcool, mais il n'a pas trouvé ça suspect.

— Je sais que plein de gens rechutent, mais la femme de Barry a affirmé que son mari ne buvait plus une goutte.

— S'il n'a pas bu de lui-même, quelqu'un lui a peut-être forcé la main, remarqua Roan en haussant un sourcil.

— C'est possible.

Il réfléchit aux différents éléments qu'ils avaient découverts jusqu'ici : Gates et son plan de sabotage, les meurtres de Morty et d'Edith Burns, et maintenant, celui de Barry Buchanan.

Joe avait engagé le détective privé. Le nom de sa femme avait été griffonné sur un Post-it, ce qui suggérait qu'elle avait un rapport avec l'enquête du professionnel.

Il se remit à pleuvoir à verse, ce qui obligea Roan à ralentir. Alors qu'il atteignait l'embranchement pour l'hôpital, une camionnette sombre surgit brusquement derrière lui. Le véhicule accéléra dans un crissement de pneus et commença à le doubler.

Roan fronça les sourcils et agrippa le volant, prêt à allumer sa sirène et à prendre le chauffard en chasse. Mais lorsque la camionnette arriva à leur niveau, un coup de feu retentit.

Megan hurla, tandis qu'il faisait une embardée. La balle manqua la vitre d'un centimètre. Un deuxième coup de feu éclata, et Roan fit un nouvel écart.

— Baisse-toi et accroche-toi, Megan.

Il donna un coup de volant vers la gauche pour percuter la camionnette, qui dévia sur le côté, avant de bondir en avant.

Roan enfonça l'accélérateur pour la poursuivre, mais lorsqu'il parvint en haut de la côte, une voiture déboîta devant lui. Il dut freiner et rouler sur le bas-côté pour éviter la collision.

Megan tenta de recouvrer son calme, tandis que Roan descendait de la voiture pour l'inspecter. Il récupéra ensuite quelque chose dans le coffre.

Cinq minutes plus tard, il revint s'asseoir et posa un sac en plastique entre eux.

— J'ai réussi à extraire une des balles de la carrosserie. Je vais la faire analyser par le labo, pour voir si elle provient de la même arme que celle qui a tué les Burns. Tu vas bien ? demanda-t-il en couvrant sa main de la sienne.

Elle hocha la tête.

— Tu sais, je pensais que c'était Barbara et Bobby qui avaient le plus à gagner de la mort de Joe McCullen, mais là, clairement, je me rends compte que ça ne peut pas être eux.

— Tu as raison. Je commence à croire que le meurtre de Joe n'a rien à voir avec eux. Et que c'est à cause de cette enquête que menait le détective qu'ils sont morts.

Elle réfléchit à sa théorie, tandis qu'ils se garaient dans le parking de l'hôpital de Pistol Whip. La pluie avait diminué, mais de l'eau continuait à couler des arbres. Megan rabattit sa capuche sur la tête et Roan se coiffa de son Stetson, puis ils se hâtèrent à l'intérieur.

Rose et Mama Mary se trouvaient dans la chambre de Maddox.

— J'ai essayé de convaincre Rose de rentrer, déclara la gouvernante. Mais elle a refusé de partir.

Maddox posa la main sur le ventre de sa femme.

— Ce soir, elle rentre à la maison, même si je dois me lever pour l'y conduire.

Rose rit doucement.

— Maintenant, je sais que tu vas t'en sortir. Tu commences à être autoritaire.

Sa plaisanterie sembla détendre l'atmosphère.

— Merci pour la soupe, Mama Mary, lança Maddox en posant sa cuillère sur le plateau.

Elle posa les mains sur ses hanches.

— Je ne pouvais quand même pas laisser mon garçon manger cette horrible tambouille d'hôpital. Pour qu'un homme se rétablisse, il a besoin de bien se nourrir.

Maddox se laissa dorloter avec le sourire. Mais dès qu'elle eut repris le plateau, il redevint sérieux et leva les yeux sur Roan.

— Qu'as-tu trouvé ?

— En fait, j'ai encore plus de questions.

Il résuma leur visite à l'agence du détective privé et la conversation avec la veuve. Pendant qu'il parlait, Megan se glissa sur une chaise à côté de Rose et de Mama Mary.

— Quand j'ai discuté avec le shérif qui a enquêté sur l'accident, il n'a pas paru suspicieux. Mais Mme Buchanan a été catégorique : son mari ne buvait pas. Et il était méticuleux à propos de l'entretien de sa voiture.

Maddox se frotta le menton.

— Tu ne sais toujours pas pourquoi mon père l'a engagé ?

Roan jeta un coup d'œil à Megan. Elle comprenait son hésitation. Joe McCullen avait eu un fils illégitime avec sa maîtresse. Et s'il en avait eu un autre ?

— Pour l'instant, on ne sait pas, mais Buchanan était spécialisé dans le regroupement de familles avec des proches disparus.

— Comme après des adoptions, tu veux dire ?
— Oui. Il s'est occupé de deux affaires de kidnapping, mais il a surtout travaillé sur des cas d'enfants adoptés et de parents biologiques à la recherche les uns des autres.

Maddox soupira.

— Mais ça n'a aucun sens. Papa était au courant pour Bobby.

La tension redoubla. Il finit par tourner la tête vers Mama Mary.

— Tu savais, pour Bobby. Papa a-t-il eu d'autres écarts de conduite ?

Roan serra les poings. Voilà comment Maddox risquait de le voir : comme un écart de conduite, une erreur.

— Non, Joe n'a pas eu d'autre aventure, si c'est ce que tu demandes, répondit la gouvernante. Je te l'ai dit : tes parents traversaient une mauvaise passe quand c'est arrivé.

Elle gonfla la poitrine.

— Votre papa aimait Mlle Grace. Mais elle était extrêmement déprimée après avoir perdu les jumeaux.

— Je savais qu'ils étaient morts, affirma Maddox, mais j'ignorais que maman était déprimée à ce point.

— En parlant de ta mère, intervint Roan, j'ai trouvé un Post-it avec son nom dans le tiroir du bureau de Buchanan.

— Le nom de ma mère, murmura le shérif. Je ne comprends pas.

— Quelqu'un est entré par effraction et a retourné le bureau de Buchanan. S'il y avait un dossier sur ton père, il a disparu.

— Retour à la case départ, s'exclama Maddox d'une voix pleine de frustration.

Mama Mary se racla la gorge et s'adressa à Roan.

— Vous dites que M. Joe a engagé cet homme, dit-elle. Et qu'il avait le nom de Mlle Grace sur un Post-it.

— C'est exact.

— Oh ! ma parole… Ce n'est pas possible, murmura-t-elle en se tordant les mains.

Le cœur de Roan fit un bond. Maddox se redressa sur le lit avec une grimace de douleur.

— Qu'y a-t-il, Mama Mary ?

La brave femme semblait préoccupée.

— Je ne sais pas. Je ne peux pas en être sûre...

Rose lui tapota la main.

— Ça va aller, Mama Mary. Tu t'es souvenue de quelque chose ?

Elle hocha la tête, tout en mordillant sa lèvre inférieure.

— C'est juste que Mlle Grace était tellement triste d'avoir perdu ses bébés. C'étaient deux garçons, vous savez.

— Continue, l'encouragea Maddox, le visage peiné.

— Comme je l'ai dit, elle était déprimée. La nuit, elle ne dormait pas. Elle répétait sans cesse que ses bébés ne pouvaient pas être morts, qu'elle les entendait pleurer.

La température sembla chuter d'un coup dans la pièce. Ils s'étaient tous figés sur place.

— J'ai cru qu'elle était dans le déni, expliqua la gouvernante en se tamponnant les yeux. Elle vous aimait si fort. Vous et votre papa, vous étiez tout pour elle. Et elle voulait tellement ses deux autres petits bébés.

— Que s'est-il passé, Mama Mary ? demanda Maddox d'une voix grave.

— Le Dr Cumberland a dit que Grace souffrait de dépression post-partum. Elle était rongée de chagrin, alors il lui a donné des médicaments.

— Elle buvait en plus de ça ? demanda Maddox.

— C'est ce qu'il a dit la nuit où elle est morte.

Elle essuya la transpiration qui coulait sur ses joues.

— Mais la veille... J'ai entendu tes parents se disputer.

— À propos de quoi ? intervint Roan.

Mama Mary renifla.

— Mlle Grace a dit qu'elle ne pensait pas que ses bébés étaient morts. Elle se rappelait les avoir tenus quand ils sont nés et les avoir entendus pleurer. Et soudain, ils n'étaient plus là. Le médecin a dit qu'ils étaient mort-nés et que Mlle Grace était tellement traumatisée qu'elle avait imaginé leurs pleurs.

Quand il lui a annoncé qu'ils n'avaient pas survécu, elle est devenue hystérique et il a dû lui administrer des calmants.

Maddox la regarda d'un air à la fois troublé et choqué.

— Ma mère pensait que les bébés étaient en vie ?

Elle hocha la tête, la lèvre tremblante.

— C'est là-dessus qu'ils se sont disputés. Ton père était tellement inquiet pour elle qu'il a appelé le médecin. Il pensait qu'elle risquait de basculer dans la folie.

— Mais elle est morte le lendemain dans cet accident, murmura Maddox.

Elle acquiesça.

— M. Joe ne se l'est jamais pardonné.

— Alors tes parents se sont querellés à propos des jumeaux, résuma Roan. Et avant son décès, Joe avait engagé Buchanan, un homme dont la spécialité était de retrouver des disparus et de réunir les enfants adoptés et leurs parents biologiques.

La gouvernante poussa un gémissement.

— Vous pensez qu'il a découvert quelque chose à propos de ces bébés ? Que Mlle Grace avait raison ? Que quelqu'un lui a volé ses fils et lui a fait croire qu'ils étaient morts ?

16

Roan réfléchit aux différentes éventualités. Si quelqu'un avait volé les bébés de Grace McCullen, et qu'elle avait continué à contester leur décès, le kidnappeur avait peut-être paniqué et tenté de la réduire au silence.

Et elle était morte, en effet. Avec sa disparition, plus de questions. Jusqu'à ce que Joe engage Buchanan. Puis les deux hommes avaient péri à leur tour.

Mama Mary renifla et essuya à nouveau ses larmes.

— Je n'arrive pas à y croire… Toutes ces années, moi aussi j'ai cru que ces bébés étaient morts. Je pensais que Mlle Grace n'était pas parvenue à l'accepter…

— Pour l'instant, ce ne sont que des suppositions, déclara Maddox, avant de se tourner vers Roan. Mais s'il y a une possibilité que les bébés aient été kidnappés, ça veut dire que… Brett, Ray et moi avons deux frères dont nous n'avons jamais entendu parler.

Roan sentit sa gorge se serrer. Il éprouvait le besoin de confesser qu'il était leur demi-frère, mais ce n'était pas le moment. Ce ne serait peut-être jamais le bon moment.

Il allait devoir vivre avec ça.

Il n'agissait pas ainsi pour s'attirer les bonnes grâces des frères McCullen. Il était un policier qui croyait en la justice.

— Pauvre Mlle Grace, déclara Mama Mary. Elle avait toutes les raisons d'être déprimée. Si elle pensait que ses bébés avaient été kidnappés, et que personne ne la croyait, elle a dû se sentir tellement seule.

— A-t-elle donné des raisons expliquant sa conviction qu'ils étaient vivants ? demanda Maddox.

La gouvernante se toucha le front d'un air songeur.

— Seulement qu'elle les avait entendus pleurer à la naissance. Ensuite, elle s'est évanouie. Quand elle est revenue à elle, le Dr Cumberland lui a appris qu'ils n'avaient pas survécu.

— Je me souviens que maman a été triste pendant un moment et que papa a dit qu'elle avait perdu les bébés. Mais j'étais trop jeune pour comprendre ce qui se passait. Je me souviens quand même qu'ils parlaient d'une chambre d'enfants.

— Elle commençait tout juste à la préparer lorsqu'elle les a perdus, déclara Mama Mary. Ensuite, ton père a tout repeint à la va-vite, dans l'espoir que ça l'aide. Mais ça l'a seulement rendue furieuse.

Le shérif la contempla d'un air pensif.

— Parce qu'elle pensait que les bébés étaient vivants.

— Oui. Joe, lui aussi, a eu le cœur brisé par cette perte. Ensuite, Mlle Grace et lui ont commencé à se disputer, et elle a perdu pied.

— C'est à ce moment-là qu'il a rencontré Barbara, murmura Maddox.

Elle acquiesça avec gravité.

— Je crois qu'il avait besoin de réconfort, mais ça n'a pas duré longtemps. Il aimait ta maman plus que tout. Il voulait l'aider à guérir.

— Sauf qu'elle ne pouvait pas aller mieux, parce qu'elle croyait que ses bébés avaient été kidnappés, lança Roan, avant de se mordre l'intérieur de la joue. Où les petits ont-ils été enterrés ?

Mama Mary écarquilla les yeux.

— Eh bien... Ils... Ils n'ont pas été enterrés. Le Dr Cumberland les a fait incinérer. Il a dit que ce serait plus facile pour la famille.

— Quoi ? s'exclama le shérif d'une voix dure. Est-ce que mes parents lui ont demandé de faire ça ?

Elle tortilla son mouchoir entre ses mains.

— Je ne sais pas. M. Joe et le médecin discutaient en privé. J'ai... cru que c'était ce que ton papa voulait.

— Je dois parler à Cumberland, annonça Maddox en tendant la main vers le téléphone. Il nous doit des explications.

C'était le moins qu'on puisse dire, songea Megan.

Et sans cadavres, elle ne pouvait pas faire d'autopsie pour déterminer la cause de la mort ou utiliser l'ADN pour vérifier qu'il s'agissait bien des bébés McCullen.

— Mon Dieu, bafouilla Mama Mary. Et moi qui ai cru tout ce temps que Mlle Grace avait pris ces pilules avec de l'alcool et avait foncé droit dans le mur pour se tuer...

Maddox se passa la main sur le visage, puis composa le numéro du médecin.

— Si les jumeaux ne sont pas morts... Alors qui les a pris ? demanda Megan.

Elle fit une pause, assaillie par une multitude de questions.

— Si Grace soupçonnait un acte criminel et posait trop de questions, elle n'est peut-être pas morte dans un accident ou en se suicidant.

Des murmures inquiets s'élevèrent dans la chambre d'hôpital. Avant de poursuivre, elle attendit que Maddox termine son message au Dr Cumberland. Il le pria de le rappeler, indiquant qu'il avait des questions à propos de sa mère et des bébés qu'elle avait perdus. Les traits tirés, il reposa le téléphone.

— Grace a-t-elle été autopsiée ? demanda-t-elle.

— Je ne crois pas, répondit Mama Mary. M. Joe et le médecin en ont parlé. Ils ne voulaient pas qu'on sache qu'elle buvait et prenait des cachets. Ils estimaient que Mlle Grace avait assez souffert comme ça. M. Joe tenait à ce qu'elle repose en paix.

Elle adressa un regard plein d'affection à Maddox.

— Il se faisait aussi du souci pour vous. Pistol Whip est une petite ville, et il ne voulait pas que ça jase.

— Ça ressemble bien à papa, répondit le shérif en prenant la main de sa femme.

Roan prit la parole, résumant ce qu'ils pensaient tous :

— Alors on est face à l'éventualité que quelqu'un ait kidnappé les jumeaux, puis ait drogué ta mère, ce qui a causé l'accident qui l'a tuée.

— Mais qui aurait volé ces bébés ? demanda Rose.

Un lourd silence s'installa dans la pièce, tandis que tout le monde réfléchissait.

— Quelqu'un qui les voulait pour lui, suggéra Megan.

— Ou qui voulait faire du mal à Grace, et probablement à Joe, conclut Roan. Et le médecin ?

Mama Mary fronça les sourcils.

— Il aimait cette famille. Il a été bouleversé par la perte de ces bébés, lui aussi.

— Mais s'ils sont toujours vivants, il doit savoir quelque chose, fit-il remarquer.

— Je crois qu'un jeune médecin travaillait avec lui, à l'époque, déclara la gouvernante. Il était peut-être impliqué dans tout ça, à l'insu du Dr Cumberland.

— Je le découvrirai, affirma Maddox en frottant à nouveau le bandage sur son torse. Et si Barbara connaissait mon père avant que ma mère ne perde les jumeaux ? Elle a peut-être cru qu'en enlevant les bébés, elle pousserait mes parents à se séparer et aurait sa chance avec papa ?

Il tourna la tête vers Mama Mary.

— Se connaissaient-ils avant ?

Elle recommença à triturer son mouchoir.

— Mlle Grace a rencontré Barbara au club de jardinage. Plus tard, je me rappelle avoir entendu ton père dire à Barbara de ne pas s'approcher de ta mère, que c'était fini entre eux, que Grace avait déjà assez souffert.

Megan sentit une vague de compassion pour la famille la submerger.

Barbara jardinait. Elle avait accès à du cyanure. Roan en avait trouvé chez elle.

Cette femme avait-elle fait semblant d'être l'amie de Grace, avant de la tuer pour avoir Joe pour elle toute seule ?

Roan croisa les bras.

— Barbara est la suspecte la plus plausible, mais il y a plusieurs problèmes. Elle avait l'occasion et les moyens de tuer tes parents, d'accord. Mais quelqu'un a agressé Megan et a menacé de la tuer si elle ne cessait pas d'enquêter sur le meurtre de ton père. Barbara et Bobby étaient tous les deux derrière les barreaux, alors ça ne peut pas être eux.

— Ils ont pu engager quelqu'un, répliqua Maddox en tentant d'enlever son intraveineuse. Il faut que je me lève et que je fasse quelque chose.

— Tu ne vas nulle part.

Rose posa la main sur celle de Maddox pour l'arrêter, tandis que Mama Mary approchait en renfort.

— Écoute ta femme, lança la gouvernante, avant de désigner le ventre rebondi de Rose. Tu dois prendre soin de toi. Ta famille a besoin de toi.

Le shérif poussa un grognement agacé, mais se laissa retomber sur le lit.

— Ça m'énerve. Je devrais être en train d'explorer toutes ces pistes.

— Roan va s'en occuper, répliqua Rose. N'est-ce pas ?

— Bien sûr.

Roan avait plus de raisons de vouloir découvrir la vérité que ne l'imaginaient les autres, mais il garda le silence sur ce point. Il déclara :

— Je vais demander à l'équipe informatique d'éplucher les comptes de Barbara et de Bobby, histoire de voir s'ils ont fait des gros virements à quelqu'un. Et je veux parler au Dr Cumberland.

— Il était bouleversé quand il est parti, affirma Maddox. Il ne comprend toujours pas comment quelqu'un a pu empoisonner mon père alors qu'il le suivait au quotidien.

Roan grinça des dents, mais ne dit rien. Comme il n'avait pas le même attachement pour le médecin que Maddox et sa famille, il était plus sceptique qu'eux.

— Et Clark ? demanda-t-il. Il éprouvait de l'amertume à propos de sa terre.

— Mais c'est arrivé longtemps après la mort de ma mère, fit observer Maddox.

Cela dit, même si Grace McCullen n'avait pas été assassinée, Clark avait pu tuer Joe. Mais un scénario semblait se dessiner : Grace avait été éliminée en premier, puis Joe avait découvert quelque chose qui avait éveillé ses soupçons. Il avait embauché le détective privé, et ils étaient morts tous les deux à cause de cela.

— Tu n'as pas dit qu'Edith Burns avait rendu visite à ton père pendant sa maladie ? demanda Roan au shérif.

— Plusieurs fois. Elle disait qu'elle avait promis à ma mère de passer nous voir si quelque chose lui arrivait.

C'était comme cela que les amis proches agissaient, mais étant donné qu'Edith et son mari avaient été abattus, il y avait peut-être un lien. Une tentative de dissimulation qui remontait à des années.

Et qui avait été sur le point d'être découverte quand Joe McCullen avait engagé Buchanan.

Tandis que Roan roulait vers le cabinet du médecin, Megan refit son chignon. Elle se sentait anxieuse. Elle n'aimait pas le tour que prenaient ses pensées.

— Si ces bébés ne sont pas morts et ont été enlevés, ça signifie que le Dr Cumberland était au courant.

Un muscle tressauta sur la joue de Roan.

— C'est ce que je me disais. Maddox doit penser la même chose.

Le cabinet médical se trouvait dans le square de Pistol Whip. Deux voitures étaient garées dans le parking : une Lexus grise et un SUV noir.

— En tant que légiste, tu connais le médecin. Est-ce que tu le crois capable d'une telle tromperie ?

— Je ne sais pas, répondit Megan, gagnée par l'incertitude. Il semble vraiment attentionné et gentil avec les gens. Il écoute les personnes âgées et se montre patient avec les enfants. Tous les habitants le connaissent et sont venus le consulter pour une raison ou une autre. Il a mis au monde la plupart des bébés de la ville, et aucun procès n'a jamais été intenté contre lui. Dans une société aussi procédurière que la nôtre, ça tient du miracle.

— On se précipite peut-être un peu, admit Roan. Joe a pu engager ce détective pour enquêter sur Clark ou Gates.

Megan hocha la tête.

— Mais ça n'explique toujours pas ce Post-it avec le nom de Grace dans le bureau de Buchanan.

— Il s'agit peut-être d'une autre Grace.

Elle acquiesça de nouveau, même si elle n'était pas convaincue. Ils avaient une seule certitude : Joe avait été empoisonné. Il avait peut-être engagé le détective privé parce qu'il avait reçu des menaces ou soupçonnait quelqu'un de lui vouloir du mal.

Dans le cabinet, ils furent accueillis par la secrétaire, une femme aux cheveux gris et au sourire bienveillant.

— Bonjour. En quoi puis-je vous aider ?

Roan s'identifia et présenta Megan.

— On voudrait parler au Dr Cumberland.

— Je vais le prévenir. Il est avec le nouveau médecin.

Elle appuya sur l'Interphone et annonça leur arrivée. Le praticien répondit qu'il arrivait tout de suite.

— Un nouveau médecin ? demanda Megan. Le Dr Cumberland prend un associé ?

Le sourire de la femme se fana légèrement.

— Non. Le médecin a décidé de prendre sa retraite, alors il a fait venir quelqu'un pour le remplacer.

Roan étudia les photos sur les murs de la salle d'attente : des clichés des bébés que le Dr Cumberland avait mis au monde, ainsi que les familles et les personnes qu'il avait soignées.

— Je croyais qu'il ne partait pas avant l'année prochaine, fit remarquer Megan.

— La femme du médecin insiste pour qu'ils voyagent plus.

Intéressant, songea-t-elle. Il s'agissait peut-être d'une coïncidence, mais cela pouvait aussi indiquer que le médecin voulait quitter la ville pour éviter d'être interrogé sur le rapport d'autopsie de Joe McCullen.

S'il avait été furieux contre elle, c'était peut-être parce qu'il ne voulait pas qu'on découvre sa falsification du rapport, visant à cacher que son ami avait été assassiné.

Les photos sur le mur du Dr Cumberland relataient l'histoire d'un médecin de famille très apprécié, au service de sa communauté depuis qu'il était jeune homme.

Roan devait manœuvrer avec précaution, sinon il risquait de détruire la vie d'un innocent.

Ou alors il devait exposer la vérité et déchirer la ville en révélant des mensonges et des secrets qui remontaient à des décennies.

La porte menant aux pièces du fond s'ouvrit, et le vieil homme apparut, vêtu d'une chemise usée et d'un pantalon de costume. Il semblait fatigué, et les rides autour de ses yeux creusaient des sillons profonds dans sa peau.

Un homme d'une trentaine d'années, aux épais cheveux sombres et vêtu d'une tenue western, franchit le seuil à son tour.

Le Dr Cumberland haussa un sourcil en les voyant, puis fit les présentations. Après avoir serré la main du médecin, un dénommé Seth Griffin, Roan désigna la porte.

— Pouvons-nous parler en privé, docteur Cumberland ?

L'homme ajusta ses lunettes d'un geste las, mais hocha la tête. Tandis que son remplaçant s'éloignait, Roan et Megan le suivirent jusqu'à son bureau. Il leur proposa à boire, mais ils déclinèrent son offre. Après s'être servi du café, il s'assit dans le fauteuil derrière son bureau. D'une main tremblante, il posa le mug sur la table.

Double révélation 343

— Dr Cumberland, on a besoin de vous poser d'autres questions, commença Roan.

— Je ne sais pas ce qui vous prend, à tous les deux, mais j'ai présenté mes excuses à Maddox. Je lui ai dit que je ne comprenais pas comment j'avais pu passer à côté de ce qui est arrivé à Joe.

Roan jeta un coup d'œil vers Megan, puis reporta son attention sur le médecin.

— Ce n'est pas tout. On a découvert que Joe McCullen avait engagé un détective privé, Barry Buchanan.

Le médecin pâlit.

— Pourquoi Joe aurait-il eu besoin d'un détective privé ?

— On espérait que vous auriez une explication à nous donner.

— Je n'en ai aucune idée.

— Je pense que si, répliqua Roan, allant droit au but. Joe a été assassiné. Tout comme le détective privé.

Le Dr Cumberland laissa échapper un souffle d'air.

— Bonté divine...

— Le bureau de Buchanan a été mis à sac et certains de ses dossiers ont été volés. Celui sur Joe McCullen a disparu.

— Vous pensez que cet homme a été assassiné à cause de ce qu'il faisait pour Joe ? demanda le médecin.

— Oui.

— C'est sûrement lié à ce réseau de vol de bétail. Joe soupçonnait un membre de la communauté de voler aux autres. Il était résolu à découvrir qui.

— C'est possible, mais j'ai trouvé un Post-it avec le mot « Grace » écrit dessus. Je pense que Joe avait engagé le privé à cause de la mort de Mme McCullen.

— Mais Grace est décédée dans un accident de voiture il y a des années, fit observer le Dr Cumberland.

— Vous n'avez pas demandé d'autopsie, n'est-ce pas ? demanda Megan.

Il posa un regard stupéfait sur elle.

— Non. Ce n'était pas la peine. Grace sentait l'alcool, et

je savais qu'elle prenait des antidépresseurs. Je ne voulais pas infliger encore plus de souffrance à Joe.

— Mais les autopsies sont la procédure normale dans ce genre de situation, fit-elle remarquer.

La voix du médecin devint glaciale.

— Peut-être dans les grandes villes où les crimes sont légion, mais pas dans une petite bourgade. Ici, tout le monde connaît cette famille. Joe aimait Grace, mais elle souffrait d'une grave dépression. Ce n'était pas la peine de traîner son nom dans la boue.

— Grace était déprimée à cause de la perte de ses bébés, n'est-ce pas ? demanda Roan en haussant un sourcil.

Le Dr Cumberland fit tambouriner ses ongles sur le mug.

— Oui. Mais c'était compréhensible. Elle avait accouché de deux enfants mort-nés.

Roan et Megan échangèrent un regard.

— Ils étaient vraiment mort-nés ? demanda-t-il.

À en croire la fureur dans les yeux de l'autre homme, il avait touché une corde sensible.

— Oui, répondit le Dr Cumberland sans desserrer les dents.

— Racontez-nous la nuit où ils sont nés, enchaîna Megan. Les bébés étaient-ils prématurés ?

— Oui, d'environ quatre semaines, mais ça n'a rien d'inhabituel pour des jumeaux. Joe était allé acheter du bétail hors de la ville. Je l'ai appelé quand Grace a commencé le travail, mais il se trouvait à plusieurs heures de là. Il ne s'est jamais pardonné de ne pas avoir pu revenir à temps.

— A-t-elle accouché à l'hôpital ?

— Non. Tout s'est passé très vite. Edith est venue et a emmené les trois garçons chez elle pour la nuit. J'ai voulu conduire Grace à l'hôpital, mais ses contractions étaient trop rapprochées. J'ai essayé de l'installer confortablement et de l'aider, mais quand j'ai mis les bébés au monde, ils ne respiraient pas. Et l'un des deux... Eh bien, il avait une malformation.

Sa bouche se tordit sous l'effet de l'émotion.

— J'ai essayé de les ranimer, mais en vain.

— Avez-vous demandé une autopsie pour déterminer la cause de la mort ? demanda Megan.

— Écoutez, c'était il y a trente ans. Les règles étaient moins strictes, à l'époque. En outre, Grace était folle de douleur. Elle ne voulait pas que leurs petits corps soient profanés, et j'ai respecté ses souhaits.

— A-t-elle tenu ses bébés ?

— Non. Comme je l'ai dit, elle était bouleversée. J'ai dû lui donner un sédatif pour la calmer.

— Et vous avez fait incinérer les bébés au lieu de laisser la famille les enterrer ? insista Roan.

Le Dr Cumberland pinça la bouche.

— C'était ce que voulaient les McCullen. Grace ne se croyait pas capable de regarder ces tombes minuscules.

— Que sont devenues les cendres ? enchaîna Megan.

— Joe et Grace les ont dispersées dans l'étang de Horseshoe Creek.

Autrement dit, il n'y avait aucune possibilité de les analyser, songea Roan. Il croisa les bras et demanda d'une voix dure :

— Vous êtes sûr que ça s'est passé comme ça ?

— Bien sûr. C'était affreux. J'aimais cette famille. Par la suite, j'ai fait tout mon possible pour aider Grace et Joe à faire leur deuil.

— Je ne vous crois pas. J'ai des raisons de penser que Grace soupçonnait que ses bébés n'étaient pas morts et que quelqu'un les avait kidnappés.

— C'est ridicule ! s'exclama le médecin. Au nom du ciel, j'étais là.

Roan posa les mains sur le bureau et se pencha en avant,

— Exactement.

— Qu'est-ce que vous sous-entendez, bon sang ?

— Que pour je ne sais pas quelle raison, vous avez pris ces bébés et les avez donnés à quelqu'un d'autre. Peut-être pour de l'argent. Peut-être s'agissait-il d'une personne que vous connaissiez. Quoi qu'il en soit, Grace a mis votre version en doute, et elle a été tuée parce qu'elle refusait de cesser de chercher ses bébés.

17

Le Dr Cumberland se leva d'un bond.

— Je n'aime pas vos insinuations, monsieur l'adjoint. Maddox sait-il que vous êtes ici, à porter ce genre d'accusations contre moi ?

Roan le contempla froidement.

— Oui.

Face à cette réponse, le médecin sembla perdre contenance.

— Mais c'est incroyable... J'ai consacré ma vie à cette ville, et les McCullen sont mes amis. Je serais prêt à mourir plutôt que de faire du mal à l'un d'entre eux.

— Alors comment expliquez-vous toutes les incohérences et les morts ? demanda Megan.

— On sait que Joe a été assassiné, déclara Roan. On soupçonne que Grace s'est fait tuer, elle aussi. Le détective privé que Joe a engagé est mort dans un accident de voiture suspect, comparable à celui de Grace.

Il hésita un instant, avant de poursuivre :

— Morty et Edith Burns ont été abattus. Vous les connaissiez, n'est-ce pas ?

— Oui, mais...

Le Dr Cumberland secoua la tête d'un air hébété.

— C'est arrivé quand ?

— Il y a deux jours, répondit Roan. Vous avez dit qu'Edith s'était occupée de Maddox et de ses frères le jour de l'accouchement, n'est-ce pas ?

Le teint pâle, l'homme acquiesça.

— Edith et Grace étaient de bonnes amies.

— Alors Grace s'est probablement confiée à Edith.

De nombreuses questions se bousculaient dans l'esprit de Roan. Et si Edith avait été tuée parce qu'elle avait découvert que le Dr Cumberland avait kidnappé les jumeaux ? À moins qu'elle n'ait été complice de l'enlèvement ?

— Si vous cherchez qui aurait pu assassiner Joe, tournez-vous vers Barbara, lança le Dr Cumberland. Elle en voulait autant à Grace et à Joe.

— On l'a déjà interrogée, répondit Roan. Elle affirme qu'elle n'aurait jamais fait de mal à Joe.

— Mais elle aurait pu s'en prendre à Grace.

Le médecin se leva et les fusilla du regard.

— Maintenant que j'ai répondu à vos questions, il est temps pour vous de partir.

Roan se pencha à nouveau au-dessus du bureau.

— Encore une chose, docteur. Le jour où Megan a fait analyser le sang de Joe McCullen pour la troisième fois, quelqu'un l'a poussée dans la rue. Et peu de temps après qu'elle a reçu les résultats, quelqu'un l'a agressée dans la morgue et l'a menacée.

Une lueur de nervosité apparut dans les yeux du praticien.

— En dehors du laborantin qui a testé le prélèvement, vous étiez le seul à être au courant de l'analyse et des résultats, poursuivit Roan.

La froideur qui s'afficha sur les traits du vieil homme ressemblait fort à de la culpabilité. Une seconde plus tard, Cumberland agita la main vers la porte.

— Sortez, monsieur l'adjoint. J'en ai assez de vos accusations.

— Écoutez-moi bien, docteur Cumberland, déclara Roan, refusant de se laisser intimider. Si vous êtes mêlé à la mort de l'un des McCullen ou des Burns, ou si vous mentez à propos de ce qui est arrivé aux jumeaux, je le découvrirai.

Il se pencha plus près, le clouant sur place du regard.

— Et rien ne doit arriver au Dr Lail. C'est compris ?

Au bout d'une seconde tendue, le médecin hocha brusquement la tête. Mais Roan ne lui faisait pas confiance. Dès que

Megan et lui eurent quitté le cabinet, il appela les techniciens du labo et leur demanda d'étudier le téléphone et les comptes bancaires du médecin sur les trente dernières années.

Si quelqu'un avait payé Cumberland pour faire croire à la mort des jumeaux, c'est par là qu'il fallait commencer.

Megan se mordilla la lèvre.

— Si Barbara a quelque chose à voir avec la mort de Joe, on devrait peut-être lui parler à nouveau.

— Elle ne va pas avouer, répondit Roan. Elle est autant sur la défensive que le Dr Cumberland.

— Alors discutons avec Bobby. Si sa mère a tué Joe sans qu'il le sache, il se retournera peut-être contre elle.

— Bonne idée. Allons lui rendre une petite visite.

Ils prirent la direction de la prison où Bobby était enfermé. Il était détenu dans un établissement de sécurité minimale qui fournissait des soins psychiatriques.

— J'ai toujours du mal à croire que le Dr Cumberland ait fait ça aux McCullen, déclara-t-elle, réfléchissant à voix haute. Il semblait vraiment tenir à eux. Et personne n'a jamais porté plainte contre lui.

Roan secoua la tête d'un air dubitatif.

— On ne sait jamais de quoi les gens sont capables quand ils y sont acculés.

— Que veux-tu dire ?

— C'était il y a longtemps. On ne sait pas ce qui se passait dans la vie du médecin à l'époque. Imagine que lui et Barbara aient eu une aventure ?

— Ça semble peu probable, répondit Megan. Mais tu as sans doute raison. Ça m'attriste d'imaginer qu'il ait pu trahir la confiance de cette famille.

Ils se garèrent dans le parking de la prison, puis franchirent les contrôles de sécurité. Roan expliqua au directeur qu'il avait besoin de voir Bobby.

— Comment va-t-il ?

— Il a ses bons et ses mauvais jours. Le thérapeute travaille avec lui sur ses problèmes de maîtrise de soi. Il est sobre depuis des semaines, ce qui est positif.

Un surveillant les mena jusqu'au parloir. Quelques minutes plus tard, un autre homme escorta Bobby dans la pièce. Le prisonnier portait une tenue carcérale et était menotté, mais pas enchaîné. La pâleur grisâtre de sa peau indiquait qu'il n'avait pas beaucoup vu le soleil ces derniers temps. À en juger par la colère qui brillait dans son regard, il en voulait toujours au monde entier.

— Vous pouvez lui enlever ses menottes, dit Roan.

Bobby semblait sur la réserve, mais marmonna un remerciement lorsque le surveillant le libéra. Pendant un instant, il se frotta les poignets, comme si les bracelets lui avaient fait mal. À moins qu'il ne déteste être entravé…

Megan repensa à son séjour dans la housse mortuaire. Elle comprenait la sensation suffocante de perdre sa liberté de mouvement.

— Bonjour, Bobby. Je suis le shérif adjoint Whitefeather, et voici le Dr Megan Lail, le médecin légiste de Pistol Whip.

Bobby tourna ses yeux d'acier vers Megan. Une lueur d'appréciation masculine remplaça la rancœur.

— À quoi dois-je ce plaisir ?

Elle se força à adopter une expression neutre, bien décidée à ne pas se laisser déstabiliser.

— On doit vous parler de votre père.

— Mon père est mort, répliqua Bobby d'un ton détaché.

— Oui, en effet, acquiesça Roan. Mais on sait désormais la vérité sur son décès.

Des émotions indéfinissables se succédèrent dans les yeux du prisonnier.

— Qu'est-ce que ça veut dire ?

— J'ai fait l'autopsie de Joe, annonça Megan. Sa mort n'était pas naturelle. Quelqu'un l'a empoisonné.

Bobby les dévisagea, bouche bée.

— Mon père a été empoisonné ?

Elle hocha lentement la tête.

— C'est impossible, protesta-t-il. Il était malade. Il avait de l'emphysème.

— C'est vrai. Mais ce n'est pas sa maladie qui lui a coûté la vie. Le bilan toxicologique indique des traces de cyanure. Quelqu'un l'a lentement empoisonné jusqu'à ce qu'il en meure.

— Du cyanure ? s'exclama Bobby d'une voix stridente. Mais c'est dingue !

Il posa les mains devant lui et étudia ses jointures couvertes de bleus.

— C'est vous qui aviez le plus à gagner de la mort de votre père, déclara Roan abruptement.

Le prisonnier releva la tête. Il semblait furieux.

— Vous pensez que j'ai tué mon propre père ?

Megan déglutit péniblement en entendant le chagrin dans la voix de Bobby. Mentait-il ou était-il vraiment choqué par ce meurtre ?

Les yeux plissés, Roan observa le jeune homme.

— Vous saviez peut-être déjà ce que votre père avait mis dans son testament, et ça ne vous satisfaisait pas.

— Mais je ne le savais pas, bégaya Bobby.

— Mais peut-être pensiez-vous qu'il allait changer son testament pour vous en exclure complètement, ce qui n'était pas juste, suggéra Roan, avant de baisser la voix. Ça, je peux le comprendre. Vous étiez autant le fils de Joe McCullen que Maddox, Brett ou Ray, mais il ne vous a jamais traité de la même façon qu'eux. Vous avez eu droit aux miettes de son temps et de son attention quand il arrivait à se libérer un peu.

Le visage de Bobby se crispa.

— Je ne vous en veux pas d'être en colère, de détester les McCullen, poursuivit Roan. Joe aurait dû vous intégrer à sa famille. Il aurait dû vous donner les leçons d'équitation, et la terre, et son nom…

— Oui, il aurait dû, grogna-t-il.

— Vous lui avez rendu visite, pendant sa maladie ?

Le prisonnier hocha la tête.

— Il s'est excusé, il a dit qu'il savait qu'il m'avait déçu, mais que je devais me secouer. Bon sang, je parie qu'il n'a jamais parlé comme ça à ses autres fils. Ils n'ont pas eu à prouver qu'ils méritaient d'être des McCullen comme moi.

Comment ne pas comprendre l'animosité de cet homme ? songea Roan.

— Même au moment de mourir, il n'a pas parlé de vous à vos demi-frères ?

— Non… Il avait honte de moi.

Roan sentit son cœur se serrer. Joe aurait-il aussi eu honte de lui s'il avait su qu'il était son fils ?

— Alors vous avez décidé de vous venger, n'est-ce pas ? demanda-t-il. Vous avez versé du poison dans sa boisson et vous l'avez regardé mourir lentement.

Visiblement indigné, Bobby bondit de sa chaise.

— C'est un mensonge !

Le surveillant s'avança, une main crispée sur les menottes, l'autre posée sur l'arme à sa ceinture. Il fit signe au jeune homme de se rasseoir.

— Bon Dieu…, marmonna Bobby.

Tout en fusillant le gardien du regard, il se rassit sur la chaise métallique. Il serra les poings sur la table, puis inspira profondément à plusieurs reprises.

— Vous racontez n'importe quoi. Oui, j'étais furieux contre mon père et je n'ai jamais caché que j'en veux à mes demi-frères. Ils n'ont jamais rien fait pour moi. Je suis sûr qu'ils sont furieux que papa m'ait inclus dans son testament.

Ses yeux s'assombrirent.

— Ça vous a traversé l'esprit que l'un d'entre eux voulait peut-être le punir de sa liaison avec ma mère ?

— Ça n'a aucun sens, rétorqua Roan. D'abord, ils n'étaient pas au courant pour vous. Ensuite, s'ils l'avaient su, ils auraient essayé de convaincre Joe de ne pas vous coucher sur son testament. Le tuer signifiait seulement que vous alliez toucher votre part plus tôt.

Bobby se renfrogna. Apparemment, il n'avait pas bien réfléchi à sa théorie.

— Écoutez-moi... J'étais fâché contre mon père, mais je ne l'ai pas tué. Comme un imbécile, j'ai... continué à espérer qu'il arrangerait les choses avant sa mort.

Roan se mordilla l'intérieur de la joue. Le chagrin et l'espoir déçu dans la voix du prisonnier semblaient sincères.

— Et votre mère ? demanda Megan. Barbara avait autant de raisons que vous d'être en colère contre Joe.

Bobby tourna la tête vers elle.

— Elle l'a aimé jusqu'au bout. Elle ne lui aurait jamais fait de mal.

— Vraiment ? demanda Roan. Elle a été obsédée par Joe pendant des années. Elle voulait être avec lui, mais même après la mort de sa femme, il a refusé de l'épouser.

Bobby pinça les lèvres.

— En fait, on pense que Grace McCullen a elle aussi été assassinée, termina Roan.

— Quoi ? bredouilla le prisonnier.

— Saviez-vous que quelques mois avant sa mort, Grace était enceinte de jumeaux ? Et qu'elle a perdu ses bébés ?

Bobby regarda tour à tour Roan et Megan, puis secoua la tête.

— Je ne sais pas du tout de quoi vous parlez.

— Alors j'ai une histoire à vous raconter, répliqua Roan. Joe s'est marié avec Grace et a eu trois fils. Plus tard, elle est tombée enceinte de jumeaux. De son côté, Barbara avait rencontré Joe et avait des sentiments pour lui, mais elle savait qu'il ne quitterait pas sa femme. Alors elle a engagé quelqu'un pour l'aider à kidnapper ces bébés à leur naissance. Grace et Joe ont pensé que leurs enfants étaient morts, mais Grace ne s'en est pas remise. C'était le plan de Barbara : séparer Grace et Joe.

— Vous êtes fou, marmonna Bobby.

— Ça a marché un temps. Joe a eu une aventure avec votre

mère, et vous êtes né. Mais il aimait toujours sa femme et refusait de la quitter. Quelques mois plus tard, quand Barbara a compris que son plan n'avait pas fonctionné, elle a décidé que la seule façon d'avoir Joe était de se débarrasser de Grace. Elle a découvert que Grace prenait des antidépresseurs, alors elle a trouvé une façon de lui faire ingérer de l'alcool. À cause de cette association avec les cachets, Grace a perdu connaissance et est morte dans ce qui ressemblait à un accident de voiture.

Roan marqua une pause, avant de reprendre :

— Mais ça n'a pas suffi. Joe n'était toujours pas prêt à l'épouser. Il a continué à vous voir en cachette, vous et votre mère. Barbara a supporté cette situation pendant des années, mais sa rancœur n'a cessé de grandir. Et puis Joe a fini par tomber malade. Elle a découvert l'existence du testament et elle a été furieuse de voir ce qu'il contenait. Alors elle l'a empoisonné.

Bobby secoua la tête sans rien dire.

— Elle vous a pris votre père avant que son heure soit venue. Peut-être que si elle ne l'avait pas tué, il aurait trouvé une façon de vous présenter à vos demi-frères.

— Ma mère n'aurait jamais fait ça, protesta Bobby, le teint blême.

— Vous en êtes sûr ? Regardez ce qu'elle a fait il y a quelques mois. Elle a braqué une arme sur Scarlet Lovett et a menacé les McCullen.

Le prisonnier baissa les yeux sur ses mains d'un air tourmenté, puis se leva, le souffle court. Il croisa le regard de Roan avec une froideur résignée.

— Je veux voir ma mère.

Le cœur de Roan fit un bond. C'était l'ouverture qu'il attendait.

— Je peux organiser une rencontre. Mais seulement si vous me laissez écouter votre conversation.

Une veine se mit à battre dans le cou de Bobby.

— Vous voulez que je piège ma mère en la poussant à avouer un meurtre ?

— Je veux la vérité. Je sais que vous la voulez, vous aussi.
Le jeune homme redressa les épaules.
— Très bien, allez-y. Mais je sais que vous avez tort.
Roan hocha la tête, même si la voix de Bobby manquait de conviction, comme s'il ne croyait pas à ce qu'il disait.
Comme s'il pensait que sa mère était coupable.

18

Megan éprouva une bouffée de compassion pour Bobby. Si sa mère avait assassiné les McCullen et kidnappé les jumeaux, elle passerait le reste de vie en prison. Bobby perdrait le seul parent qu'il ait vraiment connu. Mais au moins, s'il la confrontait, ils découvriraient la vérité.

Bien que la soirée soit déjà entamée, Roan ne voulut pas repousser l'interrogatoire de Barbara au lendemain. S'il le faisait, Bobby risquait de changer d'avis. Il pouvait peut-être aussi trouver une façon de contacter sa mère, ce qui compliquerait l'obtention de cette confession.

Roan et elle s'arrêtèrent à la cafétéria locale. Tout en dînant, il organisa le transport et le rendez-vous. Deux heures plus tard, ils étaient assis dans une pièce équipée d'un miroir sans tain leur permettant de suivre la conversation entre la mère et le fils.

Bobby semblait encore plus agité que lorsqu'ils l'avaient laissé. Barbara paraissait... enthousiaste, heureuse d'être avec son fils.

— Mon garçon, je suis tellement contente de te voir.

Elle s'essuya les yeux et serra Bobby dans ses bras. Roan avait demandé aux gardiens de leur enlever les menottes, pour qu'ils puissent parler tranquillement. Si la situation tournait mal, le surveillant interviendrait. Roan était prêt à lui donner un coup de main.

— Maman, tu as... bonne mine.

Barbara rougit et secoua la tête.

— L'orange ne me va pas du tout. Et ils ne veulent pas que je me maquille. C'est inadmissible.

Megan faillit éclater de rire. La femme se plaignait de son aspect physique alors qu'elle était enfermée pour quelques mois. Si elle était coupable de kidnapping ou de meurtre, elle passerait le reste de sa vie derrière les barreaux.

— Tu m'as tellement manqué, Bobby. Ça a l'air d'aller. Même si tu as un peu maigri...

Barbara se laissa tomber sur la chaise, sans lâcher la main de son fils.

— La bouffe est infâme, répondit-il.

— Eh bien, dès qu'on sera dehors, je te préparerai tous tes plats préférés.

Elle leva la main de Bobby jusqu'à sa joue.

— J'en rêve constamment. J'ai envie de faire le porc au miel que tu aimes tant et le gâteau à la noix de coco à trois étages.

Bobby eut l'air gêné.

— Ouais, ça serait super.

— Comment as-tu organisé cette petite réunion ? demanda Barbara. Tu as droit à une libération anticipée ?

Il avait plaqué un sourire sur ses lèvres, mais ne parvint pas à le maintenir.

— Non, rien de ce genre, mais je suis en pleine cure de désintox.

— C'est bien, mon grand. Je veux que tu fasses des efforts, que tu sortes d'ici et que tu prouves à ces McCullen que tu méritais d'être l'un d'entre eux.

— Je n'en ai plus rien à faire, d'être un McCullen, répliqua Bobby.

— Mais tu vas hériter d'une terre bien à toi. Tu auras ta propre ferme un jour, comme je l'ai toujours rêvé pour toi.

Il grinça des dents.

— Je sais, maman. J'ai besoin de te demander quelque chose.

Les épaules nouées par l'anxiété, Megan observa Bobby. Elle ne parvenait pas à s'imaginer en train d'affronter l'un de ses parents dans une telle situation.

— Qu'y a-t-il, mon chéri ? Tu veux parler de ta thérapie ?
— Non, maman. Je veux parler de mon père.

Barbara repoussa une mèche de cheveux de sa joue.

— Très bien.
— La police dit que papa a été empoisonné. Est-ce que tu l'as tué ?

Elle poussa une exclamation de stupeur.

— Comment peux-tu me demander ça, Bobby ? Tu sais à quel point j'aimais Joe.
— Oui. Mais je sais aussi combien tu haïssais sa femme. D'après la police, elle a été assassinée, elle aussi.
— C'est vrai, je détestais cette femme, admit Barbara. Et je voulais qu'elle meure pour que Joe soit à moi, mais je ne l'ai pas tuée.
— Joe a été empoisonné au cyanure.

Bobby se pencha vers elle et déclara dans un murmure de conspirateur :

— Tu avais du cyanure chez toi, maman. Tu t'en servais pour jardiner. Et tu as rendu visite à Joe de nombreuses fois, et tu lui faisais toujours des cookies.

Le visage déformé par la rage, sa mère se leva.

— Je n'arrive pas à croire que tu m'accuses d'une telle chose !

Elle jeta un coup d'œil au surveillant, puis regarda autour d'elle.

— Est-ce toi qui as fait tout ça ? demanda Bobby. Est-ce toi qui as enlevé ces jumeaux, puis tué Grace pour que Joe soit avec toi ?

Barbara se figea. Elle se tourna lentement, observa le miroir sans tain sur le mur, puis se mit à parler comme si elle savait que la scène était observée depuis la pièce voisine :

— Comment osez-vous forcer mon fils à essayer de me piéger ? Je n'ai pas tué cette maudite femme, et je n'ai sûrement pas tué Joe.

Son regard se fit menaçant.

— Vous allez payer pour avoir monté mon fils contre moi.

Elle agita le poignet en direction du gardien.

— Sortez-moi de là. Je préfère être dans ma cellule qu'avec un fils prêt à me poignarder dans le dos.

— Ça ne s'est pas passé comme je m'y attendais, marmonna Roan.

— Je sais que tu espérais des aveux.

Megan boucla sa ceinture de sécurité, puis ils prirent la direction de Pistol Whip.

— Mais on a pu se tromper. Barbara n'est peut-être pas coupable.

Il poussa un grognement de frustration.

— C'est possible. Tout ramène au Dr Cumberland et à cette nuit où les jumeaux sont morts... ou ont disparu. Il a peut-être aussi camouflé les meurtres de Grace et Joe.

— Pourtant il a passé toute sa vie à aider les gens de cette ville, fit remarquer Megan.

Roan appela le médecin, mais tomba sur sa boîte vocale et lui laissa un message. Après avoir raccroché, il eut du mal à chasser l'homme de ses pensées. Une seconde plus tard, son portable vibra. C'était le labo.

— Whitefeather.

— Roan, ici le lieutenant Hoberman. On a épluché les comptes de Barbara Lowman, ainsi que ceux du Dr Cumberland. Des dépôts faits sur le compte de Barbara nous ont mis la puce à l'oreille, mais on a fait des recoupements avec le compte de Joe McCullen : ça correspond.

— Joe subvenait à leurs besoins, à elle et à Bobby ?

— Oui. Il l'a fait pendant des années.

Ce n'était pas surprenant. Aurait-il aidé la mère de Roan s'il avait su qu'elle avait donné naissance à son fils ? Ou aurait-il nié avoir un enfant amérindien ?

— Et le médecin ?

— Là, c'est un peu plus intéressant, répondit Hoberman.

Il a un revenu stable, mais on est remonté jusqu'au début de sa carrière.

— Il avait des dettes ?

— Ce n'est pas ça. Un an avant la mort des jumeaux, il a fait une erreur qui a coûté la vie à un bébé. Les parents ont affirmé qu'il avait pris des stimulants pour se tenir éveillé pendant l'accouchement. Les choses ont mal tourné et le bébé est mort. Le couple allait lui intenter un procès, mais quelque chose les a fait changer d'avis, et l'affaire a été abandonnée.

Roan retint sa respiration.

— Ils ont été achetés.

— Probablement. J'essaie d'obtenir leur nom, mais c'est difficile d'avoir accès aux dossiers médicaux.

Ce ne serait pas évident, en effet. Mais cet incident pouvait expliquer pourquoi le Dr Cumberland aurait enlevé les bébés McCullen. Il essayait peut-être de soudoyer le couple en leur fournissant un autre enfant.

Le cœur serré, Megan écouta Roan expliquer les résultats de la police scientifique.

— Eh bien ! s'exclama-t-elle. Avec une erreur de ce genre, il aurait été interdit d'exercer. Ça lui aurait coûté sa carrière.

— Mais ça a été passé sous silence. Sûrement en échange d'argent, à moins que le Dr Cumberland n'ait trouvé une autre solution.

— Que veux-tu dire ?

— Il aurait pu remplacer l'enfant par un autre. Ou deux.

Megan réfléchit à cette théorie. Malheureusement, elle tenait la route. Si le médecin avait provoqué la mort du bébé, la culpabilité aurait pu le pousser à kidnapper les petits McCullen.

Mais de là à voler un enfant — non, deux enfants — à ses propres amis ? Et pourquoi aurait-il choisi les McCullen ?

Parce qu'ils avaient déjà trois enfants ?

Elle contempla les bois sombres qu'ils longeaient. Les terres agricoles et les pâturages s'étendaient à des kilomètres à la ronde. Le terrain accidenté et les roches parsemées au milieu des prés verdoyants rappelaient que la nature sauvage n'était pas loin.

Malgré la nuit tombante, elle distinguait les oiseaux qui volaient au-dessus des arbres et descendaient en piqué pour se nourrir. Elle vit un lynx se faufiler parmi les arbres.

Roan s'arrêta dans une rue étroite à la sortie de Pistol Whip. En réalité, ce n'était pas tant une rue qu'une longue allée traversant les bois jusqu'à une propriété privée.

— Le Dr Cumberland vit là ?
— Oui. Apparemment, il a bien réussi dans la vie.

La maison des Cumberland était une bâtisse d'un étage, entourée d'une galerie dotée de jardinières et d'une balancelle. Face à une demeure à l'aspect aussi accueillant, Megan avait du mal à imaginer quoi que ce soit de sinistre à l'intérieur. En particulier un médecin de famille avec de funestes secrets.

Roan se gara sous un arbre géant, dont les branches ressemblaient à des bras tendus vers le ciel. La porte s'ouvrit à la volée avant même qu'ils n'arrivent sur le perron. Mme Cumberland dévala les marches et vint vers eux.

Elle croisa les bras sous sa poitrine et les fixa d'un regard accusateur.

— Où est mon mari ?

Megan s'arrêta à côté de Roan.

— En fait, on veut lui parler, déclara-t-il calmement.
— Eh bien, il n'est pas là. Quand j'ai discuté avec lui tout à l'heure, il était bouleversé. Il a dit que vous le traitiez comme un suspect dans le meurtre de Joe McCullen.

Elle agita le doigt vers eux.

— Vous devriez avoir honte de vous. Après tout ce que mon mari a fait pour cette ville et ces McCullen... Ces garçons ne peuvent pas penser qu'il a fait du mal à leur père.

— Madame Cumberland, lança Megan, on ne fait que poser des questions pour comprendre ce qui s'est passé.

— Parce que Joe McCullen a bien été assassiné, enchaîna Roan. On sait aussi que l'une des interventions de votre mari a mal tourné il y a quelques années. Un bébé est mort. Un couple a menacé de le poursuivre en justice.

Le visage de la femme devint livide.

— C'est arrivé il y a des années, protesta-t-elle d'un air perplexe.

— Et qu'en est-il de la nuit où les jumeaux McCullen sont morts ? demanda-t-il.

Elle posa la main sur son cœur.

— Ils étaient mort-nés, pour l'amour du ciel. Ce n'était pas la faute de mon mari.

Roan se racla la gorge.

— À vrai dire, on a des raisons de croire qu'il a menti sur la mort de ces bébés et les a donnés à quelqu'un d'autre.

— Quoi ? s'exclama Mme Cumberland en levant les mains au ciel. C'est ridicule !

Megan éprouva de la pitié pour elle. Mais si leurs soupçons se révélaient fondés, son mari avait détruit des vies.

— Vous allez regretter d'avoir fait ça, poursuivit la femme. Je vais parler au shérif McCullen. Maddox ne tolérerait pas que vous nous traitiez comme ça.

Roan crispa les mâchoires.

— Je fais mon travail, c'est tout.

— Un travail qu'on n'aurait jamais dû vous confier ! Pourquoi ne retournez-vous pas à la réserve, avec les vôtres ?

Megan en eut le souffle coupé. Elle commença à parler, mais Roan l'interrompit en secouant sèchement la tête. D'une voix dure, il déclara :

— Si vous parlez à votre mari, dites-lui qu'il peut se présenter au poste de lui-même, sinon je viendrai le chercher. Dans un cas comme dans l'autre, tant que je suis l'adjoint du shérif, il répondra à mes questions.

— Dégagez de ma propriété ! cria Mme Cumberland.

Les émotions nouaient la gorge de Megan. Elle savait que certaines personnes nourrissaient toujours des préjugés, mais elle n'avait pas pensé avoir affaire à l'une d'elles.

Certes, la femme du médecin était perturbée par les accusations qu'ils avaient portées et se défoulait probablement comme elle pouvait.

Cela ne justifiait quand même pas ses propos.

Était-elle autant sur la défensive parce que son mari était innocent, ou parce qu'elle essayait de cacher ce qu'il avait fait ?

Alors que Roan s'éloignait de la maison des Cumberland, il reçut un SMS. Il tendit son téléphone à Megan.

— Vas-y, lis-le.

Elle prit le portable et ouvrit le message.

— C'est le Dr Cumberland. Il veut nous retrouver à la morgue. Il est prêt à parler.

Le cœur de Roan se mit à tambouriner dans sa poitrine.

— Bien. On va peut-être enfin découvrir la vérité.

Il appuya sur l'accélérateur, s'engagea sur la route qui traversait la ville et alluma la sirène. Ce n'était peut-être pas une urgence, mais Megan avait déjà failli mourir. Trouver celui qui l'avait menacée et leur avait tiré dessus était impératif.

Il y avait déjà eu beaucoup trop de morts.

Dix minutes plus tard, il tourna sur le parking et se gara. Megan sortit avant qu'il ne puisse contourner le véhicule pour lui ouvrir sa portière.

Il la rejoignit à la hâte, tout en explorant les alentours du regard. Des buissons bordaient l'extérieur du bâtiment, ajoutant de la verdure et de la couleur, mais offrant aussi des cachettes à un prédateur.

Des bruits de pas résonnèrent derrière eux. Sur ses gardes, Roan tourna la tête à gauche. Mais c'étaient un homme et un enfant qui marchaient vers l'entrée. Ils tenaient un bouquet de roses et un ours en peluche blanc, ainsi qu'un ballon avec l'inscription « Félicitations, c'est une fille ! »

Un événement heureux au milieu de la vague de mort qui touchait la ville, songea-t-il.

L'homme et l'enfant franchirent le seuil en riant, prêts à accueillir le nouveau membre de leur famille.

Une pointe d'envie traversa Roan. Il n'avait jamais ressenti cela auparavant : le besoin d'une femme et d'un enfant à lui.

Il jeta un coup d'œil vers Megan, et une image d'elle avec leur bébé serré contre elle surgit dans son esprit.

Alors qu'ils suivaient l'homme et l'enfant à l'intérieur, elle l'attrapa par le bras. Se pouvait-il qu'elle pense la même chose que lui ? se demanda-t-il.

Elle fit un geste en direction de l'ascenseur. Comme pour lui rappeler qu'ils n'allaient pas à la nursery, où la naissance d'une nouvelle vie était célébrée, mais à la morgue, où les proches étaient confrontés à la mort, au meurtre et au chagrin.

Ils effectuèrent la descente en silence, puis marchèrent le long du couloir mal éclairé. La peinture lugubre sur les murs avait besoin d'une nouvelle couche, de préférence colorée. L'odeur était suffocante — un mélange d'antiseptiques puissants et de produit d'entretien, qui ne masquait pas les relents âcres de ce qui se passait de l'autre côté du mur.

C'était le domaine de Megan. Elle ne ressemblait à aucune autre femme de sa connaissance, pensa Roan. Malgré son cœur tendre, elle était forte, résolue à trouver les réponses dont les familles endeuillées avaient besoin.

Un diamant à l'état brut.

Elle passa sa carte d'accès dans le lecteur pour entrer, puis jeta un coup d'œil à travers la vitre. La salle d'autopsie était vide. Le laboratoire était également désert, indiquant que les employés étaient partis à la fin de leur journée de travail.

— Le Dr Cumberland doit être dans mon bureau.
— Il a la clé ?
— Non. Mais s'il est arrivé avant le départ de Howard, celui-ci l'aura laissé entrer.

Roan hocha la tête. Il n'aimait pas cela. Et cet endroit lui donnait la chair de poule. Avec leurs locaux installés dans le coin du sous-sol le plus éloigné de l'hôpital, Megan et les techniciens étaient très isolés.

Autrement dit, ils allaient peut-être tomber dans un piège.

Pris d'un pressentiment, il dégaina son arme et suivit Megan dans le couloir. Lorsqu'ils arrivèrent devant son bureau, il l'attrapa par le bras. La porte était fermée.

Megan leva des yeux inquiets vers lui. Il la fit passer derrière lui et enfonça la poignée. Le battant s'ouvrit dans un grincement. Arme au poing, Roan franchit le seuil.

La pièce était plongée dans l'obscurité, mais la faible lumière du couloir éclairait assez pour qu'il voie à l'intérieur. Le fauteuil derrière le bureau était occupé, mais il ne distinguait qu'une tête d'homme. Pas de mouvement.

— Docteur Cumberland ? demanda Megan doucement en avançant sur le pas de la porte.

Seul le silence lui répondit.

Roan détecta l'odeur métallique du sang.

Oh ! Seigneur...

Il tendit la main pour empêcher Megan d'entrer et alluma la lumière. Il savait ce qu'il allait trouver, mais la vision qu'il découvrit fit quand même monter la bile dans sa gorge.

— Oh non ! s'exclama Megan.

Ses jambes se dérobèrent sous elle. Il la rattrapa et l'attira contre lui pour lui cacher le spectacle macabre.

19

Sous le choc, Megan s'efforça de retrouver une respiration normale. Le Dr Cumberland était... mort. Dans son bureau.

— Ne touche à rien, recommanda Roan.

Elle lui enfonça les ongles dans le bras.

— Je connais la marche à suivre, Roan. Qu'est-ce que... Qu'est-ce qui s'est passé, selon toi ? Tu crois... qu'il s'est tué ?

— Je ne sais pas, répondit-il, avant de lui tendre son portable. Appelle l'identité judiciaire et reste dans le couloir.

Sans bouger de sa position, elle chercha le numéro dans son répertoire. Il n'avait pas besoin de lui dire deux fois de ne pas approcher. Elle avait vu de nombreux cadavres, mais elle connaissait cet homme, elle lui avait parlé, elle l'avait consulté.

Roan et elle avaient passé ces derniers jours à poser des questions. Était-il mort à cause d'eux ?

Au bout de trois sonneries, une voix masculine répondit :

— Lieutenant Hoberman.

— Dr Lail à l'appareil. Le shérif adjoint Whitefeather m'a demandé d'appeler. Je suis avec lui en ce moment.

— Que se passe-t-il ?

— On est dans mon bureau à la morgue. C'est le Dr Cumberland... Il est mort.

Il poussa une exclamation, puis soupira bruyamment.

— Je réunis une équipe et j'arrive.

Dans un état second, Megan le remercia et raccrocha. Elle observait Roan, qui avait sorti des gants en latex et contournait le bureau pour examiner le médecin.

Elle retint son souffle.

— Il a reçu une balle ?
— Oui, répondit Roan. Dans la tempe droite, à bout portant.
— Il était droitier.
— Il tient un 38. Je vais me renseigner pour savoir si c'était le sien.

Il s'accroupit pour examiner les mains du médecin, puis releva les yeux sur Megan.

— Il y a des résidus indiquant que c'est lui qui a tiré.

Elle fronça les sourcils.

— Pourquoi se serait-il tué après t'avoir envoyé un SMS dans lequel il demandait à te voir ?
— Bonne question.

Il leva son portable et prit des photos du bureau et du corps.

— Tu penses que quelqu'un d'autre était là ? lança-t-elle.

Il haussa les épaules.

— C'est une possibilité.

Cela expliquerait que le médecin soit mort avant leur arrivée. Quelqu'un savait qu'il s'était décidé à parler et voulait le faire taire.

Megan regarda autour d'elle. La pile de dossiers sur son bureau semblait intacte ; son mug préféré était à l'endroit où elle l'avait laissé ; ses livres étaient alignés sur l'étagère ; la lampe était à sa place.

Il n'y avait pas la moindre trace de lutte.

Roan poussa un juron guttural et fronça les sourcils.

— Qu'y a-t-il ? demanda-t-elle.
— Il a laissé une lettre d'adieu sur ton ordinateur.

Il se mit à lire à voix haute.

Docteur Lail,

Je sais que vous et le shérif adjoint posez des questions et que vous êtes sur le point de découvrir la vérité. Ma conscience me tourmente depuis longtemps, et le moment est venu d'avouer ce qui s'est vraiment passé il y a des années.

Au cours d'une intervention, j'ai commis une terrible erreur : j'aurais dû faire une césarienne à une patiente. Il y a eu des complications, et elle a perdu le bébé. Son mari et elle me l'ont reproché. J'ai essayé de m'arranger à l'amiable avec eux, mais la femme ne pouvait plus avoir d'enfant. Son mari a menacé de ruiner ma carrière si je ne les aidais pas à en trouver un autre.

J'ai paniqué. Je ne voulais pas que ma carrière s'achève. J'aimais les habitants de Pistol Whip, mais je ne supportais plus ce que j'avais fait. Alors la nuit où Grace McCullen a commencé à avoir des contractions, j'ai décidé de lui prendre ses bébés pour les donner à ce couple.

Je me rends compte que ce n'était pas bien, mais Joe et Grace avaient déjà trois enfants. Ils avaient une famille, et je me suis dit que Grace finirait par retomber enceinte.

Mais elle ne s'est jamais remise de cette nuit-là. Elle a commencé à poser des questions. Elle a affirmé qu'elle n'arrêterait pas de chercher tant qu'elle n'aurait pas retrouvé ses garçons.

Je croyais vraiment qu'elle avait pris des antidépresseurs avec de l'alcool et qu'elle avait eu un accident. Mais quand vous avez soulevé toutes ces questions, j'ai commencé à avoir des doutes.

J'ai passé quelques coups de fil. Je crois que l'homme à qui j'ai confié les jumeaux a fait tuer Grace. Je crois aussi qu'il a empoisonné Joe. Un jour, alors que celui-ci revenait d'un voyage d'affaires, il m'a dit qu'il avait croisé un jeune homme qui ressemblait beaucoup à Maddox. Il a commencé à se demander si sa femme n'avait pas raison. Alors il a engagé un détective privé pour fouiller dans le passé.

L'homme à qui j'ai donné les bébés s'appelle Bart Dunn. Il ne dira pas la vérité facilement, mais il est temps que les jeunes McCullen connaissent les faits.

Je ne peux plus vivre avec ces secrets et ces mensonges. J'ai laissé à ma femme une lettre qui explique tout. Elle n'a jamais su ce qui s'était passé. S'il vous plaît, dites-lui que je l'aime et que je suis désolé d'avoir gardé pour moi tous ces secrets. Plus que tout, je m'en veux d'avoir trahi mes amis. Si je pouvais revenir en arrière et tout changer, je le ferais.

Mais certaines erreurs ne peuvent pas être réparées.

Dites aussi à Maddox, Brett et Ray que je les aimais vraiment, leur père et eux. Je n'ai jamais eu l'intention de faire de mal à qui que ce soit.

— Je n'arrive pas à y croire, murmura Megan d'une voix peinée. Il l'a vraiment fait. Sa pauvre femme... Elle va être anéantie.

— Je suis désolé, Megan. Je sais que tu avais de l'amitié pour le médecin.

Elle haussa les épaules.

— Il avait ses bons côtés. Il a beaucoup fait pour les gens de Pistol Whip.

— Mais il a aussi trahi un de ses meilleurs amis, et il a fait beaucoup de mal à Grace McCullen.

— Je sais. Je n'arrive pas à imaginer ce que ça fait de donner naissance à un enfant et de le perdre. Pas étonnant que Grace ait sombré dans la dépression.

Elle soupira.

— Si elle soupçonnait qu'un crime avait été commis et clamait que les jumeaux étaient en vie sans que personne ne la croie, elle a dû se sentir terriblement seule.

Les deux heures suivantes passèrent dans une sorte de brouillard pour Megan.

Les techniciens de l'identité judiciaire prirent des photos et inspectèrent le moindre centimètre carré de son bureau à la recherche d'indices, tout en détaillant par écrit la scène et leurs trouvailles. Ils relevèrent aussi les empreintes sur son ordinateur, afin de vérifier que c'était bien le Dr Cumberland qui avait tapé le message.

Étant donné les circonstances, elle téléphona au médecin légiste en chef pour qu'il s'occupe de l'autopsie.

Au bord de la nausée, elle les regarda déplacer le cadavre de son bureau pour l'amener à la morgue.

— On doit prévenir Mme Cumberland, déclara Roan.

— Je peux m'en occuper, si vous voulez, suggéra le lieutenant Hoberman.

— Ce serait préférable. On ne s'est pas quittés en très bons termes, après notre dernière conversation.

Megan sentit la lassitude l'envahir.

— Elle va me reprocher la mort de son mari.

— Ce n'est pas ta faute, répliqua aussitôt Roan. C'est lui qui est responsable de toute cette histoire.

— J'en suis consciente, mais cette nouvelle va briser la vie de cette femme.

— Et de beaucoup d'autres... Il n'y a qu'à voir ce que les agissements du médecin ont fait aux McCullen.

— Ils vont vouloir retrouver leurs frères, fit-elle remarquer.

— Oui, en effet.

Il se tourna vers le lieutenant.

— Je vais localiser Bart Dunn. Si lui ou un homme de main a tué Grace et Joe McCullen, il est temps de payer.

Megan suivit Roan hors du bureau. Elle ne pourrait plus jamais travailler ici sans revoir l'image du Dr Cumberland, mort dans son fauteuil.

— Je vais appeler l'équipe technique pour essayer d'obtenir l'adresse de Dunn, déclara Hoberman.

Roan le remercia, puis téléphona à Maddox pour lui annoncer la mort du médecin.

Megan entra dans la salle d'autopsie, où le Dr Mantle étudiait le cadavre avant de commencer.

— Vous étiez amis, n'est-ce pas ? demanda-t-elle.

Il haussa les épaules d'un air perturbé.

— Oui. Il a mis mes deux filles au monde.

— Je suis vraiment désolée.

Il la regarda si longuement que le cœur de Megan se mit à battre plus vite. Lui en voulait-il pour la mort du Dr Cumberland ?

— Vous aviez raison, Megan. Bon sang, je ne voulais pas croire qu'il ait fait quelque chose de mal.

Elle lui adressa un sourire hésitant.

— À vrai dire, je ne voulais pas y croire non plus.

— Mais vos questions ont conduit à sa mort, fit-il observer en ajustant ses lunettes.

— Ce n'était pas mon intention.

Il fit la grimace.

— Non, mais c'était la leur.

Sa voix baissa d'un décibel.

— Soyez prudente, Megan. Je ne voudrais pas vous retrouver allongée là à votre tour.

Megan se raidit en entendant son ton dramatique. Était-il inquiet pour sa sécurité… Ou s'agissait-il d'une menace ?

Roan raccrocha, le cœur serré, tandis que Megan le rejoignait dans le couloir.

— Maddox va appeler Brett et Ray pour leur annoncer la nouvelle.

Il reçut un SMS et baissa les yeux sur l'écran.

— J'ai l'adresse de Bart Dunn. Allons-y.

Megan était pâle et silencieuse, mais il ne l'incita pas à parler. Elle avait traversé bien des épreuves au cours de ces deux derniers jours, et voilà qu'elle retrouvait un collègue avec une balle dans la tête dans son propre bureau. Il y avait de quoi déstabiliser n'importe qui.

— Où vit-il ? demanda-t-elle.

— Dans un ranch à environ quatre-vingts kilomètres d'ici.

— Tu vas l'appeler pour vérifier s'il est là ?

— Non. Je veux bénéficier de l'effet de surprise. S'il a gardé ces bébés, ils sont adultes aujourd'hui. Je ne veux pas leur faire peur.

Ils quittèrent Pistol Whip sous les mugissements du vent. La pluie avait cessé, mais des nuages sombres voilaient toujours la lune. La nuit semblait encore plus avancée qu'elle ne l'était.

À mesure qu'ils roulaient vers le ranch des Dunn, le paysage devenait plus vaste, rappelant à Roan sa vie dans la réserve. Il y avait peu de circulation, et les alentours étaient de plus en plus déserts au fur et à mesure qu'ils approchaient de leur destination.

Megan appuya la tête contre le dossier et ferma les yeux. Pendant une seconde, il crut qu'elle allait s'endormir, mais elle ne cessait de s'agiter, manifestement troublée.

Le panneau annonçant la propriété était presque illisible et accroché de guingois. Roan bifurqua sur la longue voie d'accès. Les pâturages et les champs étaient mal entretenus. La grange semblait abandonnée. Aucun animal n'était visible. La maison à bardeaux blancs était délabrée et les volets avaient besoin d'être réparés.

— On dirait que Dunn n'entretient pas son exploitation, fit remarquer Megan.

Un pick-up rouillé était garé devant la bâtisse et un beagle était couché sur le perron. Roan se gara, puis ils marchèrent jusqu'à la maison. Il garda une main sur son arme, prêt à dégainer s'ils tombaient dans un guet-apens.

Il frappa à la porte avec le heurtoir, un œil fixé sur le chien. L'animal grogna, releva la tête, avant de la laisser retomber comme s'il était trop épuisé ou trop vieux pour faire quoi que ce soit d'autre. Des pas se firent entendre à l'intérieur, et la porte s'ouvrit en grinçant.

Une femme enrobée aux cheveux châtains courts et bouclés apparut, s'appuyant sur une canne.

— Madame Dunn ? demanda Roan.

— Ouais, c'est moi.

Il se nomma, puis présenta Megan.

— On aimerait vous parler, à vous et à votre mari.

Elle émit un son sarcastique.

— Mon mari ne vit plus ici depuis longtemps.

Roan fronça les sourcils.

— Et vos fils ?

Elle le fusilla du regard.

— Je ne sais pas pour qui vous vous prenez, mais je n'ai pas de fils.

20

Megan étudia la réaction de la femme, agrippée au chambranle de la porte. Pourquoi niait-elle avoir des enfants ? Ils pouvaient facilement s'en assurer.

— Je vous prie de m'excuser, déclara Roan, mais on m'a dit que vous aviez des jumeaux.

Le visage de Mme Dunn devint blanc comme un linge.

— D'où tenez-vous ça ?

— Du Dr Cumberland, répondit Megan, hantée par le regard du médecin.

La femme secoua la tête.

— Vous êtes mal informés. Je... Je ne peux pas vous aider.

Elle commença à leur fermer la porte au nez, mais Roan attrapa le battant et entra en force.

— Arrêtez ! s'écria-t-elle d'une voix stridente. Vous ne pouvez pas entrer !

— Je peux et je le fais, rétorqua Roan sans ménagement.

Megan éprouva une bouffée de pitié pour elle, mais si elle avait enlevé les bébés McCullen et était au courant pour les meurtres, elle n'avait rien d'une innocente.

— Mais... Je n'ai rien fait de mal, protesta Mme Dunn.

— Personne ne vous accuse, riposta-t-il, mais son ton indiquait qu'il ne la croyait pas.

Il l'ignora et traversa le vestibule à grands pas pour se rendre dans le salon. La femme trottina derrière lui, tandis que Megan suivait plus lentement. Elle observait les murs pour trouver des photos des Dunn.

Des photos des jeunes McCullen, devenus adultes.

Mais seules deux reproductions, représentant l'une un paysage, l'autre une selle, ornaient les murs. Pas de portraits de famille ni de clichés des enfants en train de grandir.

Roan se campa devant la cheminée de pierre. Les meubles étaient vieux et usés, la maison était froide et semblait presque... vide.

La femme se cramponna à sa canne d'un air paniqué.

— Je vous jure, je ne sais pas pourquoi il vous a dit ça, mais j'ai perdu mon bébé il y a longtemps. Et après... Je n'ai jamais pu avoir d'enfant.

— Écoutez, Mme Dunn, arrêtez votre cinéma, répliqua Roan. On sait que votre mari a fait chanter le Dr Cumberland pour qu'il vole les bébés de Grace et Joe McCullen afin de vous les donner.

Elle étouffa une exclamation, puis vacilla sur le côté. Quelques secondes plus tard, les traits de son visage s'affaissèrent, et elle s'effondra sur le canapé en laissant échapper un sanglot.

— J'ai dit à Bart de ne pas les prendre... Que c'était mal.

Megan inspira profondément.

— Alors vous saviez qu'il les avait kidnappés ?

— On traversait une phase difficile, gémit la femme. J'étais déprimée. Il buvait trop. Il voulait que je sois heureuse.

Megan et Roan échangèrent un regard.

— Continuez, la pressa-t-il.

— La perte de notre bébé a creusé un fossé entre nous, murmura-t-elle d'une voix étranglée. Il pensait sûrement qu'un autre enfant arrangerait les choses, nous rapprocherait.

Elle se tamponna les yeux.

— Mais quand je l'ai entendu raconter à son contremaître ce qu'il avait prévu de faire, je lui ai dit non. Je ne voulais pas qu'une autre femme souffre comme moi je souffrais.

— Vous lui avez dit de renoncer ? demanda Megan.

Mme Dunn hocha la tête d'un air malheureux.

— Mais il a répondu qu'il était trop tard. On s'est disputés et je lui ai dit que je ne voulais pas des enfants de quelqu'un d'autre, que s'il faisait ça, il n'était pas l'homme que j'avais épousé. On s'est dit... des choses affreuses, et il est parti.

Roan laissa le silence régner une fraction de seconde.

— Mais il est revenu avec les bébés ?

Elle leva les yeux sur lui avec une expression tellement affligée que Megan ne put s'empêcher de la plaindre.

— Non. Il a dit qu'il avait tout risqué pour moi, mais que je ne lui en étais pas reconnaissante.

Elle poussa un soupir, avant de conclure :

— Ensuite, il est parti en voiture et il n'est jamais revenu.

Megan s'assit à côté d'elle et lui tapota les épaules.

— Et les jumeaux ?

— Je n'ai aucune idée de ce qu'il a fait de ces bébés, répondit-elle en s'essuyant les yeux. Je lui ai dit que je ne voulais rien savoir, qu'il devait les rendre à leur famille. J'ai prié pour qu'il le fasse. J'ai même cherché dans les journaux la moindre référence à un enlèvement, mais je n'ai rien trouvé. Alors j'ai cru qu'ils avaient retrouvé leurs parents.

— Rien n'a été mentionné, parce que le Dr Cumberland a menti aux parents en leur disant que leurs bébés étaient morts, déclara Megan.

Mme Dunn émit un hoquet horrifié.

— Quand avez-vous parlé à Bart pour la dernière fois ? demanda Roan.

Elle se frotta le visage avec un mouchoir, puis répondit :

— Il m'envoie une carte pour Noël et pour mon anniversaire tous les ans. Mais il n'écrit jamais grand-chose.

— Il n'a jamais fait allusion aux bébés ou envoyé des photos d'eux ? enchaîna Megan.

— Non. Comme je l'ai dit, j'ai cru qu'il les avait rendus.

Elle posa un regard terrifié sur Roan.

— Pourquoi posez-vous toutes ces questions maintenant ?

Roan observa Mme Dunn. La femme semblait sincère, et il ne voyait aucun signe qu'un homme ou des enfants aient occupé les lieux depuis longtemps.

— Parce que le père de ces bébés a été assassiné récemment. On pense que c'est arrivé parce qu'il avait engagé un détective privé pour retrouver ses fils.

Elle blêmit à nouveau et déchiqueta le mouchoir entre ses doigts.

— Avez-vous gardé les cartes et les enveloppes ? poursuivit-il.

— J'ai tout gardé. Je... J'aimais Bart, et j'espérais qu'il reviendrait et qu'on se réconcilierait. Mais la perte du bébé, et ce projet fou qu'il avait... Ça a complètement détruit notre mariage.

— Vous voulez bien aller chercher ces courriers ? demanda Roan gentiment. Ça nous aidera peut-être à le localiser.

Une lueur de panique traversa le regard de la femme.

— Si vous le retrouvez, qu'est-ce que vous allez lui faire ?

Il grinça des dents.

— On veut seulement lui parler, madame Dunn. S'il a pris ces bébés, la famille a le droit de savoir où ils sont. Vous n'êtes pas d'accord ?

— Si, murmura-t-elle. Mais il avait de bonnes intentions, et je l'aime toujours. Je ne veux pas qu'on lui fasse de mal.

Roan lui serra la main.

— Je vous promets que si on le trouve, je ferai tout ce qui est mon pouvoir pour qu'il ne lui arrive rien. Pour l'instant, on veut lui parler, c'est tout.

Elle hésita, mais finit par prendre une profonde inspiration. Elle se leva et disparut dans le couloir. Une minute plus tard, elle revint avec une boîte remplie de cartes et d'enveloppes.

— Les plus récentes sont sur le dessus, indiqua-t-elle d'une voix inquiète.

— Merci.

Roan prit la première enveloppe et l'étudia. L'adresse et le tampon indiquaient qu'elle avait été envoyée de Cheyenne. Ce n'était pas très loin d'ici, songea-t-il.

— Ça vous dérange si je les emporte ? demanda-t-il en désignant la boîte.

Mme Dunn parut hésiter, puis hocha la tête.

— J'aimerais les récupérer. S'il vous plaît.
— Bien sûr, répondit-il en lui tapotant la main. J'en prendrai bien soin.

Elle les escorta jusqu'à la porte. Tandis qu'ils se hâtaient vers le SUV, une rafale de vent fit tourbillonner les feuilles autour de leurs pieds.

— La dernière adresse était Cheyenne, déclara Roan en démarrant.

— J'espère pour cette femme qu'on pourra tenir notre promesse.

Lui aussi l'espérait. Mais si Dunn était derrière ces meurtres et si c'était lui qui menaçait Megan, Roan userait de tous les moyens qui étaient en sa possession pour l'arrêter.

Au bout d'une cinquantaine de kilomètres, il sentit qu'ils n'étaient pas seuls. Quelqu'un les suivait. Le véhicule derrière eux se rapprocha, manquant l'aveugler avec ses phares. C'était une camionnette avec des vitres teintées.

— Accroche-toi, conseilla-t-il à Megan. On a de la compagnie.

Elle jeta un coup d'œil par-dessus son épaule et fit la grimace.
— Il fonce sur nous.

Roan donna un coup d'accélérateur et prit un virage sur les chapeaux de roues, mais la camionnette continua à gagner du terrain.

— Bon sang...

Il mit pied au plancher. Une voiture qui arrivait en face lui fit un appel de phares et braqua pour l'éviter. Le conducteur de la camionnette la laissa passer, puis vint se mettre au niveau du SUV.

Un coup de feu déchira l'air. Comme la dernière fois.

Avec un nouveau juron, Roan donna un coup de volant à gauche pour percuter le véhicule. Celui-ci revint vers lui au même moment et le fit partir en tête-à-queue.

— Tiens bon et baisse-toi, Megan !

Il tenta de garder le contrôle, mais une balle fit éclater le pare-brise de son côté. Lorsqu'il se baissa pour ne pas être touché, la camionnette les emboutit à nouveau et les propulsa hors de la route.

Leur SUV dérapa, heurta un rocher, rebondit, puis fit un tonneau.

Megan hurla. Roan essaya de tendre le bras pour l'empêcher de heurter le tableau de bord, mais les airbags se déclenchèrent, les plaquant contre leurs sièges. Le véhicule glissa sur plusieurs mètres, avant d'atterrir dans un fossé.

— Roan ! cria-t-elle.

— Je suis là.

Quelques secondes plus tard, l'odeur d'essence lui brûla les narines.

— On doit sortir !

Tout en repoussant maladroitement l'airbag, il chercha un couteau dans sa poche. Il le tira d'un geste brusque, découpa à la hâte l'airbag et la ceinture, puis fit de même pour Megan.

L'odeur d'essence s'intensifia et une étincelle provoqua un début d'incendie. Leur véhicule avait pris feu. Il risquait d'exploser d'une minute à l'autre.

— On doit se dépêcher, Megan. La voiture est sur le point de sauter.

Elle secoua frénétiquement sa poignée, mais l'impact avait déformé le métal. Impossible d'ouvrir. La portière de Roan était elle aussi bloquée.

Les flammes s'élevèrent, visibles à travers le pare-brise arrière.

— Couvre-toi la tête ! cria-t-il.

Megan se pencha en avant et se protégea de ses bras. Roan changea de position pour donner des coups de pied dans le pare-brise. Au bout de plusieurs tentatives, le verre se fissura, puis se brisa. Roan enleva sa veste, l'enroula autour de son poing et fit tomber les éclats qui étaient restés en place.

Il se faufila dans l'ouverture, balaya les débris du capot et tendit la main vers Megan. Les flammes gagnèrent en intensité, tandis que la fumée se propageait. La chaleur lui brûla les mains et le visage lorsqu'il la tira hors de l'habitacle. Elle se raccrocha à lui en respirant bruyamment.

À peine s'étaient-ils éloignés que le feu s'étendit aux portières. Le sifflement annonciateur d'une explosion imminente emplit l'air. Ils coururent se mettre à l'abri et se jetèrent derrière un arbre au moment où le SUV se transformait en boule de feu.

Cramponnée à Roan, Megan regarda les flammes illuminer le ciel. L'odeur du métal et du caoutchouc en combustion, ainsi que le crépitement de l'incendie, parvenaient jusqu'à eux.

À quelques secondes près, ils seraient morts dans cette explosion.

— Tu ne l'as pas vu ? murmura Megan.

— Non, mais c'était une camionnette avec des vitres teintées, comme l'autre fois. Je n'ai pas pu relever le numéro de la plaque.

Elle ravala un sanglot. Elle n'allait pas craquer maintenant. Même s'ils avaient failli brûler vifs, ils étaient toujours en vie.

Roan lui frotta les bras. Lui aussi avait le souffle court. Son visage luisait de transpiration et des gouttes de sang perlaient sur ses avant-bras. Malgré la veste qu'il avait enroulée autour de son poing, le verre lui avait lacéré la peau.

— Tu es blessé, Roan.

— Non, ça va, répondit-il en haussant les épaules.

Pendant qu'il sortait son portable et appelait à l'aide, Megan essaya de recouvrer son calme. Une ambulance, un camion de pompiers et un adjoint du shérif de Cheyenne arrivèrent sur les lieux quelques instants plus tard.

Après avoir nettoyé les coupures de Roan, les secouristes les examinèrent tous les deux. Le policier prit des photos de la scène, puis écouta les explications de Roan sur l'enquête qu'il menait et sur ce qui s'était passé.

— Il vous a tiré dessus ?

— Oui. Je crois que c'était l'homme qui nous a déjà canardés l'autre fois.

Un peu avant minuit, l'équipe de l'identité judiciaire les rejoignit et commença à inspecter la voiture.

— Je vais demander à l'un de mes hommes de vous ramener chez vous, déclara l'adjoint. Je vais tenter de localiser Bart Dunn. S'il est à l'adresse que vous m'avez donnée, je le ramènerai au poste.

— On préférerait venir avec vous, répliqua Roan. Je ne veux pas que cet homme se rende compte qu'on le soupçonne et qu'il disparaisse.

— Madame, vous êtes sûre que ça vous convient ?

— Tout à fait, répondit Megan. Celui qui a fait ça a déjà essayé de me tuer trois fois. Si Bart Dunn sait de qui il s'agit, je veux qu'il soit arrêté.

Les deux hommes échangèrent quelques mots avec les techniciens, puis Roan et elle s'installèrent dans le SUV du policier. Celui-ci rentra l'adresse dans son GPS et s'engagea sur la nationale. Tout en roulant, il posa question sur question à Roan à propos de leur enquête.

Alors qu'ils approchaient du lotissement de mobile homes où Bart Dunn était censé vivre, Megan sentit son angoisse monter. Le site était délabré, des mauvaises herbes avaient envahi les petits jardins et des jouets d'enfant étaient éparpillés un peu partout.

— Dunn habite tout au bout, indiqua Roan.

L'adjoint éteignit son gyrophare et se gara devant le dernier mobile home. Une vieille Impala rouillée et délabrée reposait sur trois roues. Il n'y avait pas d'autres voitures dans l'allée.

— On dirait qu'il n'y a personne, fit remarquer l'adjoint.

Roan et lui dégainèrent quand même et remontèrent lentement le chemin de gravier.

Megan retint son souffle, espérant à moitié que l'homme soit là avec des réponses et croisant les doigts pour qu'il ne soit pas armé et dangereux.

La main crispée sur son Glock, Roan gravit les marches branlantes jusqu'à la porte d'entrée. L'adjoint contourna le mobile home par la droite, afin d'inspecter les alentours et de vérifier s'il y avait une porte de derrière, au cas où l'homme serait là et essayerait de fuir.

Roan pressa l'oreille contre la porte et écouta. Il n'entendit aucun son à l'intérieur. Il se pencha sur la gauche pour jeter un œil à travers la fenêtre, mais les lumières étaient éteintes, et il ne vit rien.

Les épaules raides, il frappa du poing sur le battant. Une bourrasque fit bruisser les feuilles des arbres et rouler une boîte de conserve à travers le jardin. Il toqua à nouveau, mais personne ne répondit.

Se préparant au pire, Roan ouvrit doucement la porte. La puanteur de la nourriture en train de moisir, de la bière éventée et du tabac froid le fit grimacer. Il se couvrit la bouche avec son mouchoir et balaya du regard le salon et la cuisine. Les pièces étaient vides.

Le canapé était plus qu'élimé. Des oiseaux étaient entrés dans le mobile home, avaient donné des coups de bec au rembourrage et y avaient fait leur nid. Roan passa dans le couloir, puis jeta un coup d'œil dans la salle de bains et la chambre. De la moisissure s'était formée le long du mur et sur le sol, la poubelle débordait et le lit avait subi le même sort que le canapé.

Il examina rapidement les murs et les meubles, à la recherche de photos, du moindre signe que Dunn avait vécu ici avec l'un des jumeaux, ou les deux, mais il ne trouva rien.

Il fouilla les tiroirs de la commode et du bureau, puis retourna dans la cuisine, dans l'espoir de trouver du courrier, des factures ou d'autres documents qui pourraient le mettre sur la piste de Bart Dunn.

La frustration lui noua le ventre. Bon sang, ils devaient absolument retrouver ce type. Il était la clé pour localiser les jumeaux McCullen.

21

Megan était toujours secouée lorsqu'ils arrivèrent au chalet de Roan. L'adjoint les avait d'abord conduits chez elle, mais Roan avait insisté pour qu'elle reste avec lui. Il continuait à agir en garde du corps et en vrai gentleman. Il avait refusé de la laisser seule, alors ils avaient pris sa voiture jusqu'au chalet.

— Tu peux passer à la douche en premier, déclara-t-il, avant d'aller faire le tour de la maison pour s'assurer que personne ne s'y cachait.

Munie du petit sac de voyage qu'elle avait récupéré chez elle, Megan se glissa dans la salle de bains, se déshabilla et entra dans la cabine. Ses bras et sa poitrine étaient couverts de bleus ; ses côtes étaient douloureuses à cause de l'airbag.

L'eau chaude lui fit un bien fou, et elle sentit la tension se relâcher dans ses membres. Elle se lava les cheveux, se débarrassant de la transpiration et de l'odeur de fumée, même si elle ne pouvait effacer de sa mémoire l'image du véhicule en train de flamber.

En tant que médecin légiste, elle avait vu les effets du feu et de la fumée sur un corps humain. Les ravages étaient énormes, et la mort extrêmement douloureuse.

Elle se rinça, essayant désespérément de chasser ces pensées de son esprit. Trop épuisée pour se rhabiller, elle enfila un pyjama, se peigna et laissa ses cheveux humides sur ses épaules. Quand elle sortit de la salle de bains, elle s'était réchauffée, pourtant elle frissonnait encore au souvenir de l'explosion.

Lorsqu'elle rejoignit Roan dans la cuisine, il lui tendit un verre de vin, qu'elle accepta avec un remerciement. Il tenait une bouteille de bière à moitié entamée. Avec sa lanière en cuir dans les cheveux, il avait un côté intense et sauvage qui la troublait. Ses yeux sombres débordaient d'émotions : colère, inquiétude... faim.

— À mon tour, déclara-t-il.

Elle voulait lui dire qu'il n'avait pas besoin d'aller se doucher. Elle voulait qu'il la prenne dans ses bras, qu'il la réconforte... qu'il l'aime. Mais il était imprégné de l'odeur de fumée, lui rappelant qu'ils avaient échappé de peu à la mort.

En outre, s'il restait dans la pièce, elle risquait de se jeter à son cou. Et s'il la repoussait, elle ne serait pas capable de le supporter.

Ce soir entre tous, elle ne voulait pas être seule.

Lorsqu'il eut disparu dans la salle de bains, Megan marcha jusqu'à la fenêtre pour regarder à l'extérieur. Quelques étoiles émergeaient timidement de derrière les nuages, mais les bois semblaient sinistres, sombres, remplis d'endroits où les prédateurs pouvaient se cacher.

Elle frissonna et ferma brusquement les rideaux. En entendant l'eau qui commençait à couler, elle imagina Roan nu sous le jet, et une bouffée de désir l'envahit. Pour résister à l'envie d'aller l'attendre dans sa chambre, elle appela le Dr Mantle. Comme il ne décrochait pas, elle laissa un message. Après lui avoir raconté l'accident, elle l'informa qu'elle était chez Roan et lui demanda de la joindre s'il avait des informations à lui communiquer concernant l'autopsie du Dr Cumberland.

Trop fébrile pour s'asseoir, elle se rendit dans le salon. En passant près de la table de cuisine où l'ordinateur portable de Roan était posé, elle effleura de la hanche une pile de papiers qui s'éparpillèrent sur le parquet.

Elle se baissa pour les ramasser et une des pages attira son attention.

C'était un acte de naissance. Celui de Roan.

Curieuse, elle ne put s'empêcher de le lire. Elle avait rencontré sa mère, mais quand elle l'avait interrogé sur son père, il s'était fermé comme une huître et avait refusé d'en parler.

En parvenant à la ligne indiquant le nom du père, elle écarquilla les yeux, sous le choc.

Joe McCullen.

Son souffle se bloqua dans sa gorge. Incroyable. Roan était le fils de Joe. Ce qui signifiait qu'il était le demi-frère de Maddox, Brett et Ray...

Tout en se séchant les cheveux avec une serviette, Roan revint dans la cuisine. Il avait enfilé un jean et une chemise qu'il avait laissée déboutonnée. Il avait trop chaud après sa douche.

Une exclamation de surprise résonna dans la pièce, et il aperçut Megan, accroupie, des papiers à la main. D'autres étaient dispersés sur le sol.

Leurs regards se croisèrent. Le ventre de Roan se noua lorsqu'il comprit ce qu'elle tenait. Son acte de naissance.

Furieux, il demanda :

— Qu'est-ce que tu fais ? Tu fouines dans mes affaires ?

— Non, bien sûr que non, répondit-elle d'une voix mal assurée. J'ai renversé la pile sans faire exprès et je la remettais en place.

Il jeta la serviette sur la chaise de cuisine, puis lui arracha les documents des mains. Elle se releva lentement.

— Je suis désolée, Roan. Je ne voulais pas être indiscrète.

Il serra les dents. Son cœur s'était mis à battre à cent à l'heure.

— Mais tu l'as été.

Megan tendit la main vers son bras, mais il fit un pas en arrière en ajoutant :

— C'est personnel.

Elle se mordit la lèvre d'un air malheureux.

— Ce n'était vraiment pas mon intention, murmura-t-elle. Pourquoi ne m'as-tu rien dit ?

Il cilla et déglutit pour ravaler ses émotions.

— Parce que ça ne te regarde pas.

— Tu l'as dit à Maddox ?

Il lui lança un regard glacial.

— Non. Aucun des McCullen n'est au courant, et tu n'as pas intérêt à le leur dire.

Megan parut à la fois blessée et surprise.

— Pourquoi ne pas leur en avoir parlé, Roan ? Ils méritent de le savoir.

— Tu es vraiment naïve si tu crois que ça peut apporter quoi que ce soit de positif.

Il fourra les papiers dans une chemise et la rangea dans le tiroir du bureau, qu'il ferma ensuite bruyamment.

— Mais ce sont tes demi-frères, protesta-t-elle. Tu enquêtes sur cette affaire parce que... ça te touche de près.

Elle hésita un instant, avant de poursuivre :

— C'est pour ça que tu es aussi déterminé depuis le début. C'est pour ça que ça t'a contrarié d'entendre les commentaires de Maddox sur son père et sa famille.

— Maddox, Brett et Ray n'ont pas besoin de le savoir.

Il fourragea dans ses cheveux humides et s'exclama :

— Bon sang, Megan ! Après tout ce qu'ils ont subi avec Bobby, ils risquent de penser que j'ai quelque chose à voir avec la mort de Joe.

— Mais c'est ridicule, bredouilla-t-elle. C'est toi qui mènes cette enquête.

— Et ils pourraient dire que je l'ai orientée dans une certaine direction pour détourner les soupçons sur quelqu'un d'autre que moi.

Megan secoua la tête, visiblement bouleversée. Que ressentait-elle à ce moment ? De la colère... Contre lui ? Des remords ?

— Maddox te connaît, Roan. Il sait que tu es un homme honorable.

Elle s'avança vers lui et poursuivit d'une voix plus douce :

— Tu as perdu ta mère, tu mérites de te rapprocher de la famille qui te reste.

— Tu crois vraiment que les McCullen vont m'accepter au sein de leur famille ? s'exclama-t-il. Ils n'ont pas voulu de

Bobby ! Ils ne vont sûrement pas adopter un métis comme moi. D'autant plus que Joe n'était même pas au courant de mon existence.

— Roan... Ne pars pas vaincu...

— Ce n'est pas le cas. Je vis dans la réalité, Megan.

Il traversa la pièce à grands pas et prit sa bière. Il la vida à grandes gorgées, puis reposa la bouteille avec un bruit sourd.

— Tu crois que les préjugés n'existent plus ? Tu as entendu Mme Cumberland. Elle n'est pas la seule à ressentir ça.

Elle secoua de nouveau la tête.

— Tu ne sais pas si les McCullen réagiront comme ça, Roan. Tu dois au moins leur donner une chance.

Il fonça vers elle et la saisit par les épaules. Il était furieux, il souffrait, et il la désirait au point d'en avoir mal.

— Laisse tomber, Megan. Les McCullen ne connaîtront pas la vérité. Je vais retrouver la personne qui a tué Joe et sa femme. Mais je ne veux rien en retour.

Il la secoua doucement.

— Tu comprends ?

Elle leva vers lui des yeux brillants de larmes.

— Oui, Roan, c'est promis. Ton secret sera bien gardé avec moi.

Il jura intérieurement. Il la relâcha tellement vite qu'elle manqua perdre l'équilibre, puis baissa les yeux sur ses mains. Avait-il été trop brutal ? Lui avait-il fait mal ?

Il ne se le pardonnerait jamais si c'était le cas.

Megan sentit que Roan se repliait sur lui-même. Elle ne pouvait pas lui laisser croire qu'il ne méritait pas d'être un McCullen.

— Roan, regarde-moi, déclara-t-elle en lui touchant le bras avec précaution.

Il fit un pas en arrière pour tenter de fuir son contact. Mais elle bougea plus vite qu'il ne l'avait anticipé et prit son visage entre ses mains.

— Regarde-moi, murmura-t-elle. Ne te sous-estime pas. Tu n'as peut-être pas été élevé comme un McCullen, mais tu t'es fait tout seul. C'est encore plus admirable.

Il courba la tête et crispa les mâchoires.

— Arrête, Megan. Je n'attends rien des McCullen.

— Je comprends, répondit-elle doucement. Mais ça ne veut pas dire que tu vaux moins qu'eux.

Elle se mit sur la pointe de pieds et l'embrassa sur la joue.

— Tu es fort et honnête. Tu protèges les gens. Tu fais ton possible pour que les habitants de cette ville soient en sécurité, y compris tes propres demi-frères qui ignorent tout ce que tu sacrifies en gardant le silence.

— On ne peut pas sacrifier ce qu'on n'a jamais eu, répliqua Roan d'un ton bourru.

Elle déposa un baiser sur son autre joue.

— C'est important une famille. Ne pas avoir l'amour et le soutien de gens proches de soi est un manque terrible. Et même si tu ne t'en rends pas compte, tu es devenu un homme bon et honorable. Un homme désintéressé qui veut obtenir justice pour Joe sans rien attendre en retour.

La respiration hachée de Roan résonna bruyamment dans le silence qui s'ensuivit. Megan avait le cœur gonflé du besoin de le réconforter et de le convaincre qu'il était digne d'amour. Digne de la famille McCullen.

En même temps, elle sentait son sang se réchauffer dans ses veines, tant elle brûlait de se rapprocher de lui, de sentir ses lèvres contre les siennes. Sa bouche sur sa bouche. Ses mains sur son corps.

Elle soupira, et le regard torturé de Roan croisa le sien. Quelque chose de sensuel et de passionné vibra entre eux.

— Megan...

— Ne réfléchis pas, chuchota-t-elle d'une voix rauque. Je sais que ça n'engage à rien et je m'en fiche. Je veux seulement être avec toi cette nuit.

L'expression de Roan se radoucit, mais sans rien perdre de son intensité. Une lueur affamée remplaça le chagrin dans ses yeux. Encouragée par ce signe, Megan se laissa emporter par son propre désir et pressa ses lèvres contre les siennes.

Il poussa un grognement puis, cédant soudain à l'alchimie qui crépitait entre eux, la souleva dans ses bras. Le cœur battant la chamade, elle se laissa porter jusqu'à la chambre.

La pièce était aussi masculine que Roan. Les têtes de flèche et les œuvres d'art sur les murs témoignaient de ses racines amérindiennes. La couverture était ornée de symboles indiens et un tableau représentant un troupeau de mustangs était accroché au-dessus du lit.

Il était comme ces chevaux sauvages, avec son énergie brute et son lien avec la terre, mais il faisait preuve d'une tendresse qui la rendait encore plus réceptive à chaque caresse.

Roan lui ôta son pyjama, tandis qu'elle le débarrassait de ses vêtements. À la vue de son torse hâlé, encore couvert de gouttelettes d'eau, elle sentit son pouls s'emballer.

Il plongea la langue dans sa bouche, goûtant et savourant le moindre recoin. Megan répondit à chacun de ses assauts avec passion. Leurs baisers devinrent de plus en plus torrides, jusqu'à ce que son corps brûle de désir.

Les muscles qu'elle touchait se contractaient au contact de ses mains. Elle baissa la tête et posa sa bouche sur la peau nue qu'elle venait de toucher. Elle le tourmenta avec ses lèvres et sa langue, puis lui suça les tétons. Il émit un gémissement guttural qui résonna aussitôt dans son bas-ventre.

Comme elle avait l'impression que Roan prenait rarement du plaisir pour lui, elle voulait faire de cette nuit un moment inoubliable.

Après l'avoir poussé sur le lit, elle passa les mains sur ses pectoraux et descendit le long de son torse, les yeux rivés sur ce qu'elle explorait. Elle fit courir ses doigts sur son ventre, puis les referma sur son sexe.

Avec un grognement, Roan la fit basculer et la recouvrit de son corps. Il parsema de baisers son cou, sa gorge, puis ses seins. Quelques secondes plus tard, il taquina ses tétons jusqu'à ce qu'ils durcissent, impatients de recevoir plus d'attention.

Il en prit un dans sa bouche et le suçota jusqu'à ce que Megan gémisse son nom. Tout en faisant de même avec l'autre, il effleura ses hanches et son ventre. Puis il glissa la main entre ses cuisses et accentua la caresse.

Elle voulait qu'il soit en elle sans plus attendre.

— Roan, murmura-t-elle. J'ai besoin de toi.

Il hésita, puis releva la tête pour croiser son regard. Le flot d'émotions qui obscurcissait ses yeux la frappa avec tant de force qu'elle sentit les prémices d'un orgasme monter en elle.

Pressée qu'il atteigne le même degré d'excitation, elle baissa la main et la referma autour de son membre rigide.

Il prit une brusque inspiration. Il céda à nouveau à ses instincts primaires et couvrit sa main de la sienne. Pendant un instant, il les amena au bord de l'abîme et parut sur le point de la pénétrer.

Mais il s'écarta avec un murmure de protestation. Elle tendit la main vers lui.

— Roan, s'il te plaît...

— Préservatif, marmonna-t-il.

Elle hocha la tête. Elle était heureuse qu'il y ait pensé, mais elle supportait mal de devoir attendre une seconde de plus qu'ils soient unis l'un à l'autre.

Roan parvint à résister au besoin intense de la faire sienne, mais, avec ses doigts et sa bouche, Megan l'avait privé de toute sa raison. Il ne savait plus qu'une chose : il ne pouvait pas s'éloigner d'elle ce soir.

Elle n'attendait rien de plus de lui. Elle l'avait dit.

Mais, bon sang, il voulait lui donner plus.

« Ne réfléchis pas », avait-elle conseillé.

Avec le désir qui faisait bouillir son sang, comment pouvait-il réfléchir à quoi que ce soit ?

Il attrapa un préservatif dans la table de nuit et déchira l'emballage avec ses dents. Il l'enfila, puis pressa son érection contre elle.

Tout en ondulant du bassin, Megan enfonça ses ongles dans le dos de Roan pour l'attirer plus près d'elle. Peau contre peau. Chaleur contre chaleur.

En proie à une passion intense et à un appétit désespéré, il la pénétra. Elle se cambra, souleva les hanches et vint à sa rencontre, coup pour coup. Ses cris rauques faisaient écho à ses propres sons de plaisir viril, tandis qu'ils se laissaient emporter ensemble par une déferlante de plaisir.

Le corps de Megan convulsa, et elle griffa le dos de Roan. Les yeux fermés, il abaissa toutes ses défenses et se perdit en elle.

Il ne s'était jamais perdu en aucune femme auparavant.

Les mots « je t'aime » flottèrent un instant sur le bout de sa langue, mais il se rattrapa et murmura son prénom à la place.

Alors qu'il atteignait l'extase, il grava le moment dans sa mémoire, pour qu'il lui tienne compagnie quand elle serait partie.

Le lendemain matin, Megan se réveilla en sursaut en entendant la sonnerie de son téléphone. Elle se sentait courbaturée, comblée et… épanouie. Même s'ils avaient failli mourir la veille, faire l'amour avec Roan l'avait fait se sentir plus vivante que jamais auparavant.

Elle se blottit contre lui et caressa son torse lisse. Elle sourit lorsqu'il grogna dans son sommeil. Ils avaient fait l'amour plusieurs fois au cours de la nuit, parfois lentement et tendrement, parfois vite et intensément, comme s'ils savaient qu'ils n'avaient que ces quelques heures pour vivre leur passion.

Le téléphone sonna à nouveau.

Comme ils avaient des questions sans réponses et que Bart Dunn était toujours introuvable, elle attrapa l'appareil et jeta un coup d'œil sur l'écran.

C'était le Dr Mantle.

Aussitôt sur ses gardes, elle roula sur le côté et décrocha.

— Allô.

— Megan, j'ai fini l'autopsie du Dr Cumberland hier soir. J'ai besoin que vous me retrouviez à la morgue pour discuter des résultats.

Le cœur de Megan fit une embardée.

— Qu'avez-vous trouvé ?

— Je ne peux pas en parler au téléphone. Rejoignez-moi vite à la morgue.

Elle jeta un coup d'œil par-dessus son épaule. Roan était désormais bien réveillé et la regardait attentivement.

— D'accord, j'arrive, répondit-elle.

Elle raccrocha, puis enfila son peignoir. Elle devait se doucher avant d'aller retrouver son chef. Mais Roan l'attrapa par le bras.

— Qu'est-ce que c'était ? Et où vas-tu ?

Son ton possessif l'agaça et l'attendrit à la fois. Tout compte fait, il existait peut-être la possibilité d'une relation plus longue entre eux.

— C'était le médecin légiste en chef qui m'appelait à propos de l'autopsie du Dr Cumberland. Il m'a demandé de passer le voir. Il a dû trouver quelque chose.

— Ce n'était pas un suicide ?

— Il a refusé de le dire. Mais je dois y aller, Roan.

— Tu ne vas nulle part sans moi.

Il sortit du lit et se rendit dans la salle de bains, entièrement nu. Elle admira son dos musclé et sentit le désir renaître en elle.

Bon sang, il avait encore envie d'elle, songea Roan. Et encore. Et encore.

Peut-être qu'il la voulait tout le temps.

Ce n'était pas une bonne idée.

Repensant à son véhicule qui avait brûlé la veille, il prit une douche rapide pour pouvoir accompagner Megan à l'hôpital.

Il n'allait sûrement pas la laisser seule aujourd'hui. Pas après ce qui s'était passé la nuit dernière. Pas avec un tueur en liberté.

Lorsqu'il revint dans la cuisine, Megan était prête, son chignon bien en place. Le médecin légiste était de nouveau aux commandes.

Roan ne put s'empêcher de sourire. Il pouvait lui arracher ce chignon et lui faire perdre tout contrôle à nouveau.

Il pouvait la pousser à avoir envie de lui, autant que lui avait envie d'elle.

Il avait vraiment un gros problème.

— Tu veux que je te dépose quelque part ? demanda Megan. Pour prendre une autre voiture de police, peut-être ?

— D'abord, je t'accompagne, ensuite je me trouverai un autre véhicule, répondit-il d'un ton sans réplique.

Elle récupéra ses clés dans son sac et ils montèrent dans sa camionnette. Elle passa au drive-in du fast-food du coin et commanda du café. Entre-temps, il téléphona pour obtenir une nouvelle voiture et transmettre les nouvelles à Maddox. Comme le shérif dormait, il demanda à Rose de lui dire de le rappeler.

Il passa le reste du trajet vers l'hôpital à se faire des reproches. Comment et quand était-il censé mettre fin à cette aventure avec Megan ?

Parce qu'il fallait que cela se termine.

Ils avaient partagé une folle nuit de sexe, torride et débridée, mais c'était uniquement parce qu'ils avaient frôlé la mort la veille. Ils avaient succombé à l'adrénaline et à la peur. Rien de plus.

Sauf que... Il en voulait plus.

Il voulait ce que ses frères avaient.

Pas la terre, pas l'argent, pas le nom. L'amour.

Mais c'était un sentiment qui, toute sa vie, avait été aussi insaisissable que le père dont il n'avait pas porté le nom.

Comment pouvait-il penser à Maddox, Brett et Ray comme ses frères alors qu'il avait vécu sa vie en solitaire ? Alors qu'ils ne le considéreraient jamais comme leur vrai frère...

Megan se gara, puis ils marchèrent jusqu'à l'hôpital en silence. Regrettait-elle d'avoir passé la nuit avec lui ?

L'aube éclairait le ciel lorsqu'ils entrèrent. Après le court trajet dans l'ascenseur, ils parcoururent les couloirs vides et sombres. Alors qu'elle utilisait sa carte d'accès pour entrer dans la morgue, il sentit ses cheveux se hérisser sur sa nuque. Une impression de déjà-vu l'envahit. La dernière fois qu'ils étaient venus ici, ils avaient trouvé le cadavre du Dr Cumberland et du sang partout.

Les portes s'ouvrirent avec un bruissement. Il hésitait à inspecter le couloir avant d'entrer dans la salle d'autopsie, lorsque Megan émit un bruit étranglé.

Il tourna brusquement la tête vers elle et tendit la main vers son arme. Trop tard.

Le Dr Mantle n'était pas là à les attendre. À la place, un homme aux cheveux blancs et au visage buriné attrapa Megan par le cou et pointa une arme sur sa tête.

22

Roan faillit exploser de rage en voyant le bras de l'homme se resserrer autour du cou de Megan. Le souffle coupé, elle se mit à tousser tandis que son assaillant la traînait devant lui et se servait d'elle comme d'un bouclier.

Sale lâche, pensa Roan en sortant son Glock pour viser l'homme.

— Laissez-moi deviner… Vous êtes Bart Dunn.

— Vous auriez dû laisser tomber comme je vous l'avais dit.

Dunn orienta son arme vers la tempe de Megan, qui écarquilla les yeux de terreur.

— Maintenant, lâchez votre pistolet, ou je lui tire une balle dans la tête, dit-il d'un ton menaçant.

— Comme vous l'avez fait avec le Dr Cumberland, marmonna Roan sans desserrer les dents.

— Je ne l'ai pas tué. Il était tellement dévoré par la culpabilité qu'il s'en est chargé tout seul.

En voyant la main qui tenait l'arme se mettre à trembler, Roan se crispa. Malgré son envie de démolir ce type, il s'efforça de garder son calme.

— Écoutez, Dunn, on sait ce que vous avez fait, le Dr Cumberland et vous. Vous avez volé les jumeaux de Grace McCullen, puis vous l'avez tuée. Le médecin a tout couvert.

L'homme riva ses yeux gris à ceux de Roan.

— Dire que j'ai fait tout ça, et que ma femme n'a même pas voulu prendre ces bébés, grommela-t-il. Je l'aimais tellement. Tout ce que je voulais, c'était la consoler de la perte de notre fils.

Roan adopta un ton plus compréhensif, dans l'espoir d'établir un lien avec Dunn.

— Ça a dû être affreux, en effet. J'ai perdu ma mère, et ça a failli me briser le cœur. Je ne peux pas imaginer ce que ça fait de perdre un enfant.

— On allait l'appeler comme moi, répondit l'homme d'une voix tremblante de chagrin. Notre petit Bart. On avait préparé son berceau, la chambre était peinte en bleu, ma femme l'avait décorée avec des images de trains… Mais les choses ont mal tourné.

— Et vous vous en êtes pris au Dr Cumberland.

Une expression rageuse apparut sur le visage de Dunn.

— C'était sa faute. Mon petit Bart est mort avant même qu'on ait pu le tenir dans nos bras.

Son regard se perdit dans le vague, comme s'il revivait ce cauchemar.

— Je suis désolée, chuchota Megan d'une voix rauque. Vraiment désolée, monsieur Dunn.

Il sembla desserrer sa prise sur elle pendant une seconde.

— Vous ne pouvez pas savoir ce que ça m'a fait, de voir ce tout petit bébé étendu là. Froid. Immobile. On a attendu qu'il crie, on a espéré et prié, mais en vain.

Des larmes jaillirent de ses yeux.

— Ma femme était tellement anéantie que j'ai bien cru que j'allais la perdre, elle aussi. Elle saignait beaucoup et a failli y rester. Mais le Dr Cumberland a réussi à la sauver.

Le pistolet tressauta dans sa main.

— Ça ne compensait quand même pas ce qui était arrivé au petit Bart.

— Rien n'aurait pu compenser ça, dit doucement Megan.

— Alors vous avez dit au médecin de vous trouver un autre bébé, poursuivit Roan. Est-ce que Morty et Edith Burns vous ont aidés ? Étaient-ils dans le coup ?

— Non, mais quelque temps plus tard, Morty nous a entendus nous disputer, ma femme et moi. Il a tout compris. Il voulait de l'argent pour garder le silence, cracha Dunn. Au début, j'ai casqué, mais ça a fini par atteindre des proportions inimaginables.

— Alors vous les avez tués, murmura-t-elle. Et vous m'avez poussée dans la rue, puis vous m'avez attaquée à la morgue.

— Mais vous avez continué à poser des questions.

Roan grinça des dents.

— Tous ces morts... Grace, Joe, le privé ? Vous les avez tous assassinés pour qu'ils ne retrouvent pas ces jumeaux.

Dunn essuya la transpiration qui coulait dans son cou.

— J'avais déjà perdu tant de choses... Hors de question d'aller en prison.

— Comment avez-vous empoisonné Joe ? demanda Megan.

— Ça n'a pas été très compliqué. Même malade, Joe insistait pour boire un verre de scotch tous les soirs. Je lui ai envoyé une bouteille en la faisant passer pour un cadeau du club d'éleveurs. Il ne s'est jamais douté de rien.

— Le Dr Cumberland a kidnappé les bébés McCullen et a dit à Grace qu'ils étaient morts, c'est ça ? demanda Roan.

— Il ne voulait pas le faire, mais je lui ai dit que je salirais sa réputation. Après tout, il a bien détruit ma vie.

Roan se rapprocha un peu de lui.

— À présent, on connaît la vérité, Dunn. On a parlé à votre femme.

— Elle m'a dit de rendre ces bébés, mais comment aurais-je pu le faire ? s'exclama-t-il, le visage plissé par le chagrin. C'était trop tard. Après tout ce que j'avais sacrifié pour elle, elle ne voulait pas d'eux.

— Parce c'étaient les enfants d'une autre, rétorqua Megan. Elle ne voulait pas que cette mère éprouve la même douleur qu'elle.

Dunn pressa le canon contre sa tempe. Roan se figea, terrifié à l'idée qu'il tire.

Il ne pouvait pas perdre Megan.

— Vous avez fait votre possible pour votre femme, déclara-t-il, dans l'espoir de flatter sa fierté. Mais ça ne vous apportera rien de tuer le Dr Lail. Personne ne peut vous ramener votre fils, et elle n'a rien à voir avec son décès. Il y a eu assez de morts comme ça. Si votre fils avait survécu, il n'aurait pas voulu ça.

L'homme laissa échapper un sanglot angoissé mais, au lieu de relâcher Megan, il la tira en arrière.

— Je n'irai pas en prison, affirma-t-il avec amertume. Je la relâcherai quand je partirai.

Roan croisa le regard de Megan. Il avait le pressentiment que, s'il ne la sauvait pas maintenant, le type l'abattrait avant de disparaître.

Un pas de plus, et Dunn arriva près de la porte de derrière. Roan fit signe à Megan de se baisser. Elle donna un coup de coude à son agresseur et se jeta à terre, tandis que Roan avançait en brandissant son pistolet.

— Lâche ton arme ! cria-t-il.

Dunn fit feu. Megan hurla et roula sur le côté. Roan sauta sur l'homme, mais celui-ci pressa à nouveau la détente. Cette fois, la balle atteignit Roan en pleine poitrine.

Il tira à son tour. Dunn rebondit contre le mur, et du sang jaillit de son torse. Il lâcha son pistolet d'un air étonné, tomba à genoux, puis s'effondra.

Roan s'efforça de rester debout, mais sa blessure saignait abondamment, et il chancela. Il parvint à donner un coup de pied dans l'arme de l'homme pour la pousser au loin, mais il finit par tomber à son tour.

— Roan ! s'exclama Megan en se précipitant pour l'aider.

Il s'appuya contre elle, sans cesser de viser Dunn.

— Où sont les jumeaux, McCullen ?

Le blessé le regarda d'un air hébété, puis toussa du sang.

— Je... ne pouvais pas me faire prendre...

Roan lui pressa le canon sur le front, priant pour qu'il n'ait pas fait de mal aux bébés.

— Qu'est-ce que vous en avez fait ?

— Je les ai laissés dans une église, marmonna Dunn.

— Où sont-ils maintenant ?

Il toussa à nouveau et cracha du sang.

— Sais... pas.
— Comment s'appelait l'église ?
Il essaya de prendre une inspiration. Roan le secoua.
— Dites-moi le nom de l'église !
Mais les yeux de l'homme roulèrent dans leurs orbites, et il rendit son dernier soupir.
Roan s'accrocha à Megan pour ne pas s'évanouir, mais il lutta en vain.

Megan allongea Roan sur le sol, puis essuya ses larmes. La blessure n'était pas belle.
Tout en appelant les urgences, elle trouva des chiffons, qu'elle plia et pressa contre la plaie pour ralentir l'hémorragie. Terrifiée à l'idée que Roan meure, elle se laissa tomber à côté de lui et prit sa tête entre ses mains.
— Ne me fais pas ça, je t'en prie, murmura-t-elle. Je t'aime, Roan. Tu es le seul homme pour qui j'ai jamais ressenti ça.
Sa vision se brouilla, mais elle cilla pour chasser ses larmes. Elle devait être forte. Elle devait appeler quelqu'un.
Maddox. Brett. Ray. Les demi-frères de Roan.
Un sentiment d'impuissance l'envahit. Elle allait prévenir Maddox que Roan avait été blessé, mais elle ne pouvait pas lui dire la vérité sur leurs liens. Elle l'avait promis.
— Docteur Lail ?
La voix provenait de la chambre froide.
— Je reviens tout de suite, Roan. Les secours sont en route.
Elle reposa doucement sa tête sur le sol, puis courut vers la porte.
— Megan ! Sortez-moi de là !
— Docteur Mantle !
— Un sale type m'a forcé à vous appeler et m'a enfermé là-dedans ! cria-t-il.
— Alors il n'y avait rien d'anormal concernant l'autopsie de Cumberland ?
— Il s'est suicidé, c'est tout.

Elle chercha ses clés à la hâte, puis déverrouilla la porte. Le Dr Mantle semblait indemne, mais il était furieux.

— Ce dingue est toujours là ?

— Il est mort, répondit-elle en le conduisant auprès de Roan. Mais il a d'abord tiré sur le shérif adjoint.

Elle prit le pouls du blessé, puis expliqua à son chef abasourdi ce qu'ils avaient appris sur le Dr Cumberland.

Quelques secondes plus tard, les secouristes arrivèrent. Ils vérifièrent les constantes vitales de Roan, puis le hissèrent sur un brancard et coururent vers l'ascenseur.

Megan les suivit, prise de nausée. Roan ne pouvait pas mourir et l'abandonner. Elle avait besoin de lui.

Trois heures plus tard, Megan était au bord de la crise de nerfs. Le pronostic de Roan n'était pas bon, mais il était toujours au bloc.

Pourquoi diable était-ce aussi long ?

Elle avait rendu une courte visite à Maddox pour lui résumer la situation. Il était censé rentrer chez lui, mais il avait insisté pour lui tenir compagnie dans la salle d'attente. Rose et Mama Mary les avaient rejoints, de même que Brett et Ray.

— Dunn n'a pas dit ce qui était arrivé aux jumeaux ? demanda Maddox.

Megan secoua la tête.

— Je suis désolée. Il a dit que sa femme lui avait ordonné de les ramener. Il avait peur d'être attrapé, alors il les a laissés dans une église.

Brett se racla la gorge.

— Quelle église ?

— Il est mort avant de pouvoir nous le dire.

Ray poussa un juron, et Megan fut touchée par la frustration des trois hommes. Ils voulaient vraiment retrouver leurs frères disparus.

Et d'un autre côté, ils ne soupçonnaient pas que celui qui

avait affronté l'assassin de leurs parents et découvert qu'ils avaient des frères jumeaux était du même sang qu'eux.

Ce n'était pas juste pour Roan, songea-t-elle en retournant à la salle des infirmières.

— Avez-vous du nouveau à propos de l'opération du shérif adjoint Whitefeather ?

L'infirmière fronça les sourcils.

— Le médecin va venir vous parler dans un instant.

Megan la remercia, puis alla se poster sur le seuil de la salle d'attente. Les secondes se transformèrent en longues minutes. Lorsque le chirurgien apparut enfin, son expression grave la fit paniquer.

— Que se passe-t-il ? demanda-t-elle.

— Malheureusement, il ne va pas bien. On a retiré la balle, mais il fait une hémorragie interne. Il a besoin d'une transfusion, mais on manque de sang du même groupe que le sien. Il a aussi un marqueur génétique rare.

Il passa la main sur son calot, puis demanda :

— A-t-il de la famille ? Quelqu'un qui pourrait faire un don pour l'aider ? Et, même en le transfusant, la situation risque d'être délicate pendant un moment...

Megan sentit la peur l'envahir. Elle avait promis de garder le secret de Roan, mais comment pouvait-elle se taire si sa vie dépendait de ses demi-frères ? Elle n'avait vraiment pas d'autre choix.

— Je dois parler aux McCullen. Je reviens vite vers vous.

Il hocha la tête.

— On est en train de faire le tour des autres hôpitaux pour essayer de trouver un donneur compatible.

Après l'avoir remercié, Megan prit une profonde inspiration, puis se hâta de rejoindre Maddox et ses frères.

— Comment va-t-il ? demanda le shérif.

— Il a perdu beaucoup de sang et a besoin d'une transfusion.

Elle répéta les explications du chirurgien sur le groupe sanguin de Roan et l'importance d'un don fait par un proche.

— A-t-il de la famille ? lança Brett.

— Il ne m'en a jamais parlé, répondit Maddox. Il a perdu sa mère il y a quelques mois.

Megan s'humecta les lèvres.

— En fait, il a de la famille.

— Qui ? demanda Ray.

— Je vais les appeler, suggéra Brett.

— Ce n'est pas aussi simple que ça, lança-t-elle.

Mama Mary lui adressa un regard plein de sympathie.

— De quoi s'agit-il, mon petit ?

Megan soupira, croisa les doigts pour que les McCullen ne se braquent pas et commença son récit.

Maddox avait la tête baissée et la secouait d'un air incrédule. Brett semblait sous le choc, tandis que la mine sombre de Ray indiquait sa méfiance.

— Pourquoi ne nous en a-t-il pas parlé ?

— Il l'ignorait jusqu'à ce que sa mère meure et qu'il trouve son acte de naissance. Elle a rencontré votre père longtemps avant qu'il n'épouse votre mère. Apparemment, quand elle est tombée enceinte, elle ne l'a pas dit à Joe. J'imagine qu'avec les différences culturelles, elle ne voulait pas causer d'ennuis.

— Mais Roan le sait depuis des mois, et il travaille avec moi, déclara Maddox. Comment a-t-il pu garder le silence ?

Megan croisa les bras.

— Il ne savait pas comment vous réagiriez. Il avait peur que vous l'accusiez de vouloir quelque chose, comme Bobby.

— Et que veut-il, d'ailleurs ? demanda Brett en grimaçant.

— Rien, justement, répliqua Megan, une trace de colère dans la voix. Il ne voulait rien de vous, mais quand il a appris que votre père — son père — avait été empoisonné, il a fait son maximum pour retrouver le tueur.

Un silence tendu régna un instant, puis Mama Mary tapa dans ses mains.

— C'est un homme bien, les garçons. Il a découvert que Mlle Grace avait été assassinée et que ses bébés étaient peut-être toujours en vie.

— Exact, approuva Megan. Et il a été blessé en cherchant les réponses pour vous.

Au bout d'un moment, Maddox agrippa les accoudoirs de son fauteuil roulant.

— Je vais me faire tester pour vérifier si je suis compatible.
— Je te suis, déclara Brett.
— Moi aussi, ajouta Ray.

Mama Mary les serra dans ses bras à tour de rôle, puis ils sortirent pour voir s'ils pouvaient contribuer à sauver Roan.

23

Pendant que les frères faisaient la prise de sang, Megan attendit avec Mama Mary et Rose. Brett et Ray avaient dû appeler leurs femmes, car Willow et Scarlet les rejoignirent peu après. Mama Mary fit les présentations, puis emmena le petit garçon de Brett à la cafétéria pour manger une glace.

Cette femme était bien plus qu'une cuisinière et une gouvernante. Elle était une mère pour eux tous, le lien qui maintenait les McCullen ensemble.

Maddox et Brett revinrent quelques minutes plus tard.

— Ray est compatible, annonça le shérif.

— Dieu merci, s'exclama Megan, profondément soulagée.

Les deux frères la regardèrent en plissant les yeux, mais les femmes lui serrèrent le bras comme si elles comprenaient parfaitement sa réaction.

Les heures s'écoulèrent avec une lenteur insupportable. Ray donna son sang pour la transfusion, mais ils durent attendre avant de savoir si l'état de Roan s'améliorait.

Ray en profita pour passer quelques coups de fil. Il découvrit qu'Elmore Clark n'avait rien à voir avec les dégâts à Horseshoe Creek. L'homme avait quitté la ville deux ans plus tôt pour s'installer avec sa fille et ses petits-enfants.

Comme seules les visites des membres de la famille étaient autorisées, les trois frères passèrent voir Roan à tour de rôle.

Mais Megan voulait être avec lui. Elle avait besoin de le toucher, de sentir qu'il était en vie, de voir son torse se soulever et la couleur revenir sur ses joues.

Il allait s'en sortir. Elle refusait d'imaginer une autre issue.

Lorsque Mama Mary s'apprêta à ramener le fils de Brett à la maison, les McCullen insistèrent pour que leurs femmes les accompagnent. Ils étaient possessifs et protecteurs. Trois cow-boys qui adoraient les femmes qu'ils avaient épousées.

Megan voulait la même chose avec Roan.

Mais lui, que voudrait-il à son réveil ?

Roan attrapa la main tendue de sa mère.

— Tu m'as manqué, mon fils.

Les pâles rayons du soleil projetaient des ombres autour de sa silhouette, mais il reconnut son visage. Son doux sourire. Sa longue natte sombre.

Des mélopées en langue amérindienne résonnaient quelque part au loin, peut-être derrière la lune. Le chaman agitait les bras et les mains au-dessus de Roan, faisant bouger ses plumes au gré de ses mouvements. Il entonna l'un des chants sacrés que leur peuple réservait aux défunts.

Il était mort.

Sa mère... La lumière... La musique.

L'obscurité l'engloutit, et il tomba dans le vide. Tout en tournoyant, il se débattit pour rattraper la main de sa mère, pour retrouver la lumière, mais ses doigts ne touchèrent que le vide. Le noir était complet.

Allait-il en enfer ?

Le son d'une autre voix lui parvint, dissipant sa confusion et apaisant ses peurs.

— Tu vas t'en sortir, Roan.

Il essaya d'ouvrir les yeux, mais ses paupières étaient lourdes. Il avait mal partout. La douleur brûlait dans ses veines, et sa peau lui donnait l'impression d'être en feu.

Il était en enfer.

— Reviens-moi, Roan, je t'en prie. J'ai besoin de toi.

Cette voix douce... S'il était mort et en enfer, alors il n'était pas le seul. Mais ce n'était pas possible. Megan était trop gentille et honorable pour échouer dans la fosse ardente.

— Je suis là, avec toi. Maddox, Brett et Ray sont dans la salle d'attente.

La salle d'attente ?

Il n'était pas en enfer, après tout.

Une image de Megan s'étendant lentement sur lui, nue, belle et désirable, envahit son esprit, accompagnée du son de sa voix séductrice.

Ses mains tendres lui effleurèrent la joue, puis ses lèvres touchèrent les siennes, et il se mit à flotter, rêvant qu'il était au paradis.

Quelque temps plus tard, la douleur l'arracha à son sommeil paisible. Il s'agita en gémissant et chercha à retrouver l'image de Megan, nue et amoureuse de lui. C'était le seul réconfort qu'il ait jamais connu.

Mais quand il ouvrit les yeux, il aperçut Maddox debout près de son lit, la mine sérieuse, inquiète et… furieuse.

Roan cilla, puis plissa les yeux pour émerger du brouillard dû aux médicaments. Il vit alors Brett et Ray à côté de leur frère. Bras croisés. Sourcils froncés. Yeux méfiants.

Ils n'eurent pas besoin de dire quoi que ce soit. Il ignorait comment, mais ils savaient la vérité sur qui il était.

La sensation de trahison lui fit l'effet d'un coup de couteau. La seule qui avait pu leur en parler était Megan.

Elle avait promis de garder son secret.

Mais elle avait manqué à sa parole.

Megan remercia l'infirmière de lui avoir donné des nouvelles de Roan. La femme l'avait aussi fait entrer en douce dans sa chambre au cœur de la nuit. Rassurée de constater que Roan respirait bien, Megan avait fini par s'assoupir dans la salle d'attente.

Son gobelet de café à la main, elle s'arrêta sur le seuil en voyant les trois frères McCullen debout près du lit.

— Tu aurais dû me le dire, lança Maddox. J'aurais compris.

Roan laissa échapper une expiration sifflante. Il était

toujours pâle, relié à des fils et des tubes branchés à plusieurs machines, mais au moins, il était vivant.

— Tu avais assez de soucis comme ça, marmonna-t-il. En outre, je n'attends rien de vous. Vous ne me devez rien.

Il l'affirma avec une telle conviction que Megan sentit son cœur se serrer. Roan n'avait pas eu les mêmes chances qu'eux, mais contrairement à Bobby, qui était devenu amer et vindicatif à force de s'apitoyer sur son sort, il avait avancé dans la vie et s'était construit tout seul.

— Tu as retrouvé l'homme qui a tué notre père, déclara Brett d'une voix étranglée par l'émotion.

— Et notre mère, ajouta Ray en se pinçant l'arête du nez. Tu ne sais pas ce que ça représente pour nous.

Maddox se racla la gorge.

— On n'aurait jamais su la vérité. On aurait continué à ignorer qu'on a deux autres frères.

— En tout cas, s'ils sont toujours en vie, murmura Brett.

— Dunn a dit qu'il les avait laissés dans une église, rappela Roan. C'est un point de départ.

Les McCullen hochèrent la tête puis, l'un après l'autre, ils serrèrent la main de Roan. Devant cette scène, Megan eut du mal à retenir ses larmes. Roan s'était peut-être trompé en pensant qu'ils ne l'accepteraient pas.

— On va te laisser te reposer, reprit le shérif.

Les deux autres acquiescèrent, avant d'assurer à Roan qu'ils repasseraient le voir.

— Merci pour la transfusion, lança Roan à Ray. Tu m'as sauvé la vie.

Ray lui serra à nouveau la main.

— C'est ce que font des frères. Tu peux aussi remercier Megan, ajouta-t-il en la désignant du menton. Je crois qu'elle veut te voir.

Lorsqu'ils furent sortis, elle traversa la pièce. Mais le sourire de Roan avait laissé place à une expression glaciale.

— Tu avais fait une promesse et tu l'as brisée.

Sa froideur fit frissonner Megan.

— Je suis désolée, mais tu étais en train de mourir, Roan. Je devais faire quelque chose.

— Peu importe. Je t'ai fait confiance et tu m'as trahi.

Il déglutit, faisant tressauter sa pomme d'Adam.

— Laisse-moi seul.

Megan tendit la main vers la sienne, prête à lui dire combien elle l'aimait, mais il ferma les yeux et se détourna, l'ignorant comme s'il la chassait de sa vie.

Roan ne savait pas quoi dire aux McCullen. Il était resté seul pendant si longtemps qu'il était beaucoup plus à l'aise comme cela qu'en ayant d'autres personnes dans sa vie.

Et Megan...

Elle n'était partie que depuis quelques heures, mais elle lui manquait déjà. Après son départ, il s'était endormi, et ses rêves avaient été hantés de visions d'eux faisant l'amour ou d'autres où elle rejoignait un autre homme devant l'autel.

Il avait aussi fait d'horribles cauchemars où Megan se faisait assassiner, où il la retrouvait dans l'un des tiroirs de la morgue.

Où il la perdait pour toujours...

Il s'était réveillé couvert de sueurs froides, les joues ruisselantes de larmes.

Il ne supporterait pas d'aimer Megan et de voir quelque chose d'horrible lui arriver.

De toute façon, il n'avait rien à lui offrir.

C'était mieux de rompre tout contact avant que quelqu'un ne finisse par souffrir.

Le chagrin grandissait en Megan.

Trois jours avaient passé depuis l'opération de Roan. Il allait mieux, et les médecins estimaient qu'il allait se remettre complètement. Les frères McCullen et Mama Mary lui avaient rendu visite tous les jours. La gouvernante semblait déjà l'avoir adopté. Elle lui avait apporté en cachette de la soupe maison et quelques parts de sa tarte aux myrtilles.

Son cœur se serra. Elle était heureuse que la famille de Roan l'ait accepté.

Mais il refusait de la voir.

Était-il simplement furieux qu'elle ait révélé la vérité aux McCullen à propos de leur lien de parenté ? Ou n'éprouvait-il vraiment rien pour elle ?

Avait-il couché avec elle parce qu'ils s'étaient retrouvés alliés face au danger et qu'elle était... disponible ?

En proie à de nombreux doutes, elle termina l'autopsie de l'homme sur sa table. Il avait fait un malaise au volant de sa voiture et avait percuté un arbre.

Elle devait reprendre contact avec Roan, décida-t-elle. Elle se lava les mains, ôta sa blouse et monta au premier étage. Lorsqu'elle arriva sur le seuil de sa chambre, il essayait de sortir du lit et se disputait avec l'une des infirmières.

— Dites au médecin que je suis prêt à rentrer chez moi. Je ne suis pas invalide, bon sang.

Megan se mit à rire en entendant son ton obstiné. Il allait vraiment mieux.

Mais il grimaça de douleur lorsque la femme l'aida à se recoucher, signe qu'il avait encore du chemin à parcourir avant de revenir à la normale.

Nerveuse, Megan s'écarta pour laisser passer l'infirmière. Lorsqu'elle entra, elle avait tellement hâte de le voir qu'elle ne se laissa pas décourager par son expression.

— Bonjour, Roan.

Il serra les mâchoires.

— Qu'est-ce que tu fais ici ? L'enquête est finie.

À en juger par son regard, leur relation aussi était finie.

Megan inspira profondément et se rapprocha du lit.

— Je sais. Mais tu me manques.

Une émotion qu'elle ne comprit pas brilla dans ses yeux.

— Megan, arrête.

— Quoi ? D'être honnête ? demanda-t-elle doucement. De tenir à toi ?

— Ne monte pas en épingle ce qui s'est passé entre nous. C'était une simple nuit de sexe. Rien de plus.

Elle avait redouté cette réponse, mais les mots lui firent l'effet d'un coup de poignard en plein cœur.

— Mais...

— Il n'y a pas de mais.

Il remonta le drap sur lui, mais Megan remarqua surtout ses jambes nues qui sortaient de sa chemise d'hôpital.

Elle brûlait d'envie de se glisser dans le lit avec lui, de remonter le pied le long de son mollet, de passer les mains sur son torse. Elle voulait l'aimer et qu'il l'aime en retour.

Tout ce que son père lui avait dit pendant son adolescence remonta à la surface. Elle avait son intelligence et son métier. En fait, elle était mariée à son boulot.

Aucun homme ne l'épouserait jamais, parce qu'elle n'était pas la jolie fille qu'il voulait avoir à son bras.

— Je comprends, déclara-t-elle, s'estimant heureuse que sa voix ne se brise pas. Je ne t'embêterai plus.

De peur de craquer devant lui, elle fit volte-face et s'enfuit de la pièce. Une fois devant l'ascenseur, elle fondit en larmes. Elle les essuyait rageusement lorsque les portes s'ouvrirent. Mama Mary sortit de la cabine. Gênée, Megan s'obligea à sourire, mais ses yeux rouges la trahirent.

— Qu'est-ce qui ne va pas, ma chère ? demanda la gouvernante. C'est Roan ? Il s'est passé quelque chose ?

— Il va bien. C'est juste que... Il ne veut pas de moi.

Mama Mary la regarda bouche bée, puis la serra dans ses bras.

— Venez, mon petit. Vous allez tout me raconter.

Megan avait été seule pendant si longtemps qu'elle accueillit cette étreinte maternelle avec soulagement. Elle se laissa entraîner à la cafétéria pour boire un café et pleurer un bon coup.

*
* *

Roan n'en pouvait plus de l'hôpital, des infirmières qui le harcelaient et de son état de faiblesse.

Il voulait rentrer chez lui et bouder tout seul dans son coin.

Sauf que Megan était venue dans son chalet et avait laissé sa douce odeur féminine sur ses draps. Sans parler des images qui le hantaient, où elle le chevauchait et le tourmentait avec son corps.

Comment allait-il pouvoir dormir dans son propre lit sans repenser à cette nuit ?

Tu lui as dit que ça ne voulait rien dire.

Cette fois, il avait menti.

Rien n'aurait pu être plus important.

Il ferma les yeux, essayant désespérément de chasser tous ces souvenirs de sa mémoire, mais il la revoyait, la tête rejetée en arrière, avec ses seins qui se balançaient au-dessus de lui, son sexe qui happait le sien...

Mama Mary frappa, puis entra d'un pas pesant.

— Dis donc, Roan, j'ai entendu dire que tu donnais des cheveux blancs à tout le monde.

En quelques jours, il en était venu à aimer la gouvernante. Et ses tartes en particulier.

En apportait-elle une aujourd'hui ?

Non. Elle avait les mains vides. Et, pour la première fois depuis qu'elle s'était donné pour mission quotidienne de lui remonter le moral, elle ne souriait pas.

— Je suis plus que prêt à rentrer chez moi.

— Ouais... Et tu as aussi fait pleurer Mlle Megan.

Elle renifla et posa les mains sur ses hanches.

— Cette fille paraît pourtant solide. Elle n'a pas l'air d'avoir la larme facile.

— Elle pleurait ?

Mama Mary s'approcha de lui.

— Il est possible que tu ne l'aimes pas, n'empêche qu'elle était morte d'inquiétude quand tu as été amené ici. Elle a attendu toute la nuit en se rongeant les sangs. Elle est folle amoureuse de toi, Roan.

Il serra les draps au point de s'en faire blanchir les jointures. Il ne savait pas comment répondre. Megan n'avait jamais dit qu'elle l'aimait.

Parce que tu ne lui en as pas laissé l'occasion.

— Le pire, c'est qu'elle pense que tu ne veux pas d'elle parce qu'elle n'est pas du genre reine de beauté.

Cette révélation le surprit.

— Quoi ?

Sans se soucier des bandages autour de son torse, Mama Mary lui enfonça le doigt dans les pectoraux.

— Tu m'as bien entendue. Apparemment, son papa lui a chamboulé le cerveau. Il lui a dit qu'elle n'était pas jolie comme sa sœur, que les filles comme elles devaient se servir de leur intelligence pour s'en sortir.

Elle émit un son indigné.

— En soi, ce n'est pas faux. Mais Mlle Megan est forte et courageuse. Et elle tient aux gens de tout son cœur, ce qui la rend dix fois plus belle que toutes ces filles au physique de mannequin, avec leurs vêtements chics, leurs talons vertigineux et leurs tonnes de maquillage.

Roan se souvint comme elle l'avait regardé, avec ses cheveux cascadant sur ses épaules, ses yeux assombris par la passion. Puis il repensa à sa remarque sur le fait d'être un cactus.

— Je suis d'accord.

Mama Mary plissa les yeux.

— Vraiment ?

— Oui, bien sûr. C'est la plus belle femme que j'aie jamais rencontrée.

Elle le contempla d'un air perplexe.

— Mais tu n'as pas de sentiments pour elle ?

Roan détourna le regard. La gouvernante était beaucoup trop perspicace.

— Je n'ai pas dit ça. Je n'ai rien à lui offrir, c'est tout.

— Mais qu'est-ce que c'est que ces bêtises ? s'exclama-t-elle. Tout ce qu'une femme veut, c'est un homme qui l'aime.

Elle le tapota à nouveau de son doigt.

— Tu l'aimes ?

Il se mordilla l'intérieur de la joue.

— Ce n'est pas si simple.

— Ça l'est si tu le veux. Si tu l'aimes, sors de ce lit et va le lui dire.

Il jeta un coup d'œil vers la porte, puis reporta son attention sur Mama Mary. Une image de Megan en train de pleurer le tortura. Elle pensait qu'il ne l'aimait pas parce qu'elle n'était pas assez belle.

Il n'avait pas l'habitude de faire partie d'une famille, d'avoir des frères, ou une figure maternelle, ou... quelqu'un qui l'aime.

Mais n'avait-il pas envié Maddox et Rose ? Il avait rêvé d'avoir ce qu'ils avaient. Peut-être était-ce le cas avec Megan.

Mais il avait été trop têtu et lâche pour admettre ses sentiments. Il avait eu trop peur de la perdre et de souffrir.

En se protégeant, il l'avait blessée, elle. La seule personne qui l'aimait pour lui-même.

Il repoussa les couvertures.

— Poussez le fauteuil roulant près du lit. Je vais aller la voir.

— Eh bien, ça alors...

Mama Mary le serra contre elle avec enthousiasme, au risque de déchirer ses points de suture, mais il rit lorsqu'elle s'écarta et l'aida à s'asseoir dans le fauteuil. Il roula jusqu'à l'ascenseur et prit la direction de la morgue, mais décida de passer d'abord chez le fleuriste.

La peur au ventre, il fit son achat et reprit l'ascenseur. Et s'il lui avait fait du mal au point qu'elle ne puisse lui pardonner ?

24

Megan s'aspergea le visage d'eau froide, puis sécha ses yeux gonflés d'avoir trop pleuré.

Elle n'en revenait pas de s'être épanchée ainsi auprès de Mama Mary. Mais la gouvernante avait une façon de vous entourer de ses bras qui vous donnait l'impression d'être à l'abri de tout.

Maddox, Brett et Ray n'avaient pas pu grandir avec leur mère, mais ils avaient eu la chance d'avoir une femme merveilleuse comme Mama Mary dans leur vie.

Roan aurait la même chance, désormais. Quand la gouvernante disait son nom, l'affection dans sa voix était audible. D'après l'une des infirmières, Mama Mary n'avait cessé de dorloter et gâter le blessé.

Il le méritait.

Megan se moucha, puis s'adressa quelques mots d'encouragement avant de reprendre le travail. Elle allait bien. Elle était peut-être seule, mais elle avait son travail.

Oui, tous ces gens morts attendaient qu'elle s'occupe d'eux. Mais les cadavres ne parlaient pas, ne tenaient pas chaud la nuit lorsque les cauchemars survenaient.

Elle allait peut-être adopter un chien. Ou un chat. Elle pouvait devenir une de ces « mémères à chats » qui en avaient une demi-douzaine...

Elle jeta la serviette en papier à la poubelle, mit un peu de poudre sur ses joues, puis sortit des toilettes pour retourner à la morgue. Elle fut surprise d'y trouver Roan, assis dans un fauteuil roulant.

— Que fais-tu ici ?

Elle baissa les yeux sur son torse. Le bandage était toujours en place, mais Roan avait meilleure mine.

— Je suis venu te voir, déclara-t-il, avant de crisper les mâchoires, comme s'il était là contraint et forcé. Tu as pleuré.

Son ton était à la fois accusateur et plein de compassion. Elle se sentit rougir. Elle n'avait pas l'intention de lui parler de sa crise de larmes.

— Qu'est-ce que tu veux, Roan ?

Elle avait parlé d'une voix plus dure qu'elle n'en avait eu l'intention, mais après tout, il l'avait jetée comme une moins-que-rien. Elle préférait qu'il la croie en colère plutôt que blessée.

— Je suis désolé de t'avoir fait de la peine, répondit-il d'une voix tendue.

Apparemment, elle n'était pas très douée pour cacher ses sentiments.

— Tu t'es montré honnête, Roan. Je suis une grande fille. Je vais bien.

— Eh bien, pas moi.

L'inquiétude la gagna aussitôt.

— Qu'est-ce qui ne va pas ? Tu as mal ? Tes points de suture ont sauté ?

Il se leva avec difficulté et sortit de derrière son dos un bouquet de tournesols.

— Ça n'a rien à voir avec ma blessure.

Lorsqu'il fit un pas vers elle, Megan sentit sa poitrine se comprimer.

— Roan, tu ne devrais pas être ici. Il faut que tu retournes dans ta chambre pour te reposer.

— Je ne pourrai pas me reposer tant que je n'aurai pas rétabli la vérité.

Le cœur de Megan palpita, mais elle s'ordonna de ne pas se laisser aller à espérer.

— Que veux-tu dire ?

— Tu n'es pas un cactus, tu es un tournesol.

Il lui fourra les fleurs dans la main.

— Et puis j'ai été lâche, admit-il sans détour. Je t'ai menti.

Elle contempla les fleurs en souriant. Disait-il vraiment ce qu'elle croyait entendre ?

— À propos de quoi ?

— En prétendant que notre nuit ensemble ne voulait rien dire. C'était...

Il prit sa main dans la sienne et la pressa sur son cœur.

— Ça signifiait tout pour moi. *Tu* signifies tout pour moi.

— C'est vrai ? demanda Megan d'une voix étranglée.

— Oui. J'ai tellement souffert quand j'ai perdu ma mère que je me suis juré de ne plus jamais aimer personne. Je ne me croyais pas capable de supporter à nouveau une telle douleur. Ensuite, je vous ai trouvés, toi et mes frères, et je ne pensais pas vous mériter.

— Oh ! Roan, ce n'est pas vrai. Tu es l'homme le plus formidable que j'aie jamais rencontré.

Il lui embrassa les doigts.

— Et tu es la plus belle femme que j'aie jamais rencontrée.

— Roan, tu n'as pas à dire ça. Ce n'est pas vrai...

— Si, c'est vrai, insista-t-il en lui caressant les bras. Ton père a eu tort de te faire croire que tu n'étais pas belle.

Elle poussa une exclamation.

— Mama Mary t'a tout raconté !

Il hocha la tête, mais ses yeux ne contenaient aucune pitié. Ils exprimaient une tendresse qui la réchauffa de l'intérieur.

— Je t'aime, Megan. Je ne veux pas te perdre.

Il baissa la tête et effleura ses lèvres d'un baiser.

— J'ai trois frères, maintenant. Je commence à peine à m'y habituer. Mais j'ai toujours besoin de toi.

Il l'embrassa à nouveau.

— J'ai toujours envie de toi.

— Moi aussi, j'ai envie de toi.

— Je t'aime, murmura-t-il.

— Je t'aime aussi.

Cette fois, il l'embrassa avec plus d'intensité. Quand il finit par s'écarter, ils étaient tous les deux à bout de souffle.

— Il faut vraiment que tu retournes au lit, chuchota-t-elle.
— Pas avant que tu me promettes quelque chose.

Le fait qu'elle ait rompu son autre promesse résonna dans son esprit.

— Quoi ? Tout ce que tu veux...

Il lui adressa un sourire taquin.

— Promets-moi de m'épouser.

Une vague d'amour et d'allégresse envahit Megan. Elle jeta les bras autour de lui, et ils s'affalèrent tous les deux dans le fauteuil roulant. Les tournesols tombèrent par terre, tandis qu'elle l'embrassait et lui disait oui.

Épilogue

Trois semaines plus tard

Alors que Mama Mary ajustait son voile, Megan sourit. Elle épousait Roan aujourd'hui. Après l'avoir accueillie comme une sœur, les femmes du clan McCullen l'avaient aidée à organiser le mariage, qui avait lieu à Horseshoe Creek.

Grâce à sa boutique d'antiquités, Vintage Treasures, Rose lui avait trouvé une robe de mariée qui rappelait à Megan celle que sa mère avait portée. Dans cette robe, elle se sentait... belle.

Willow et Scarlet avaient contribué à décorer le chapiteau. Il était dressé près de l'étang, sur les terres que les McCullen avaient offertes à Roan en guise de remerciement et de cadeau de mariage. Mais c'était bien plus qu'un terrain. Cela signifiait que Roan faisait officiellement partie de la famille.

Quelqu'un frappa à la porte du chalet. Roan et elle vivaient ici de façon temporaire en attendant que leur maison soit construite. Mama Mary alla ouvrir, puis revint un instant plus tard.

— Megan, il y a quelqu'un pour toi.

— Qui est-ce ? demanda-t-elle après avoir mis une couche de gloss sur ses lèvres.

— C'est moi, ton père.

En entendant la voix de baryton, Megan pivota sur elle-même. Bouche bée, elle contempla son père. Il était vêtu d'un costume sombre, il avait vieilli, ses cheveux grisonnaient, mais il était toujours grand et imposant.

Mama Mary et les autres femmes sortirent de la pièce en silence.

Une bouffée d'inquiétude envahit Megan.

— Bonjour, papa. Qu'est-ce que tu fais ici ?

Était-il venu pour tenter de la convaincre de ne pas épouser Roan ?

— J'ai appris que tu te mariais.

Elle hocha la tête, anticipant une dispute.

— Oui. Avec le shérif adjoint Roan Whitefeather. C'est un homme merveilleux.

Son père l'examina un instant. Plusieurs émotions se succédèrent sur son visage.

— J'ai essayé de te joindre plusieurs fois, récemment, mais tu ne m'as jamais rappelé.

— J'étais occupée. Je travaillais.

— Je sais. J'ai lu des articles sur ce que toi et ce policier avez fait.

Sa voix se fit plus grave.

— Je suis venu te dire que je suis fier de toi, Megan. Je sais que... ça arrive un peu tard, mais je le suis réellement.

Elle sentit sa gorge se nouer.

— Je... Je n'ai pas toujours été le père le plus compréhensif qui soit, ou, en tout cas, je ne l'ai pas montré clairement. Je n'ai pas supporté de perdre ta sœur et ta mère. Je suppose que je me suis replié sur moi-même.

— On était tous les deux dévastés, papa, répondit Megan doucement.

— Oui, mais je t'ai tenue à distance. Je t'ai laissée tomber.

— Je pouvais comprendre. Je n'étais pas jolie comme Shelly ou maman, je n'étais pas féminine...

— Mais justement... Tu es très belle, Megan, mais d'une façon différente. Tu es forte, intelligente, généreuse, et... tu as toujours semblé si indépendante. J'imagine que je gâtais plus Shelly parce qu'elle était facile à vivre, et qu'elle n'avait pas ton intelligence et ta volonté. J'ai cru qu'elle avait plus besoin de moi.

— Oh ! papa, j'avais besoin de toi, moi aussi, s'exclama Megan, luttant pour retenir ses larmes.

— Je m'en rends compte, maintenant.

Il se passa la main sur le front.

— Bref, j'ai bien réfléchi. Je voudrais qu'on se revoie et qu'on... renoue des liens.

Elle se mordit la lèvre.

— Je ne démissionnerai pas, papa.

— Je sais, répliqua-t-il en souriant. Et je ne te le demande pas. Tout ce que je veux, c'est que tu me permettes d'être ton père à nouveau. D'avoir une place dans ta vie.

Comment pouvait-elle dire non à cette requête ?

Il sortit un écrin en velours de sa poche et le lui tendit.

— Tiens, ma chérie. Ouvre-le, je t'en prie.

Megan prit la petite boîte et souleva le couvercle. Le souffle coupé, elle découvrit des boucles d'oreille en diamant étincelantes. Elles étaient magnifiques.

— Elles étaient à ta mère, déclara-t-il. Elle les portait à notre mariage.

Sa voix se fit plus bourrue.

— Je me suis dit que tu accepterais peut-être de les porter aujourd'hui.

Les yeux pleins de larmes, Megan se leva et courut vers son père.

— Merci, papa. Je ne sais pas quoi dire.

— Rappelle-toi combien elle t'aimait, ma chérie. J'aurais tellement voulu qu'elle soit présente aujourd'hui et qu'elle puisse te voir.

— Moi aussi...

Il referma les bras autour d'elle.

— Je t'aime, Megan. Très fort. Je suis désolé d'avoir perdu autant de temps.

— Moi aussi, je t'aime.

Elle l'embrassa sur la joue, puis lui serra la main.

— Tu veux bien m'amener à l'autel ?

Il croisa son regard, et le souvenir de leur passé douloureux s'estompa.

— Ce sera un honneur.

Roan ajusta sa cravate texane en souriant. Ses demi-frères lui avaient raconté avec humour à quel point ils détestaient porter un costume. Ils avaient été ravis qu'il leur demande de venir en jean.

Il avait été très touché que Maddox, Brett et Ray lui donnent le terrain que leur père avait acheté à Clark. Ils lui avaient assuré que c'était mérité et qu'il avait sa place à Horseshoe Creek.

Ses demi-frères sortirent du chalet et gagnèrent leurs places sous le chapiteau, installé au bord de l'étang, sur ce qui était désormais sa terre.

Lorsque Roan vit Megan traverser le champ au bras de son père, ses yeux s'embuèrent. Mama Mary l'avait prévenu que le Dr Lail Senior était arrivé sans prévenir. Il avait eu peur que Megan soit bouleversée.

Mais le sourire radieux qu'elle lui lança, avant de l'adresser à son père, le rassura. Ils s'étaient réconciliés.

Sa future femme était splendide dans sa robe ancienne en dentelle ivoire. Elle portait un voile court, maintenu en place par des peignes. Aujourd'hui, ses cheveux étaient détachés et flottaient dans le vent.

Il s'approcha pour la prendre par la main, et elle l'embrassa avant même que la cérémonie ne commence.

Des rires éclatèrent dans l'assemblée, et le petit garçon de Brett applaudit. Le Dr Lail regarda Roan avec gravité, puis lui serra la main.

— Prenez soin de ma fille, elle est précieuse, déclara-t-il avec gravité.

Roan hocha la tête.

— Comptez sur moi, monsieur.

Megan l'embrassa à nouveau. Roan éclata de rire et la prit

dans ses bras. Ce baiser n'était que le prélude de la vie qu'ils allaient mener ensemble.

Et un jour, eux aussi auraient une famille.

Mais pour l'instant Megan était tout ce dont il avait besoin. Cela dit, il était aussi reconnaissant d'avoir les McCullen auprès de lui, ainsi que cette terre où sa femme et lui allaient établir leur foyer.

Retrouvez en novembre,
dans votre collection

Dans les bras de son ennemi, de Carol Ericson - N°450

SÉRIE LES DISPARUS DE TIMBERLINE - TOME 4/4

Qui êtes-vous, mademoiselle Johnson, et que faites-vous à Timberline ? Désespérée, Caroline se tait et évite le regard insistant de Cole Pierson, l'agent de la DEA bien trop séduisant qu'un étrange hasard vient de mettre sur son chemin... Comment lui avouer qu'elle ne sait pas elle-même qui elle est ? La croira-t-il si elle lui révèle qu'elle s'est réveillée, quelques jours plus tôt, dans une chambre d'hôtel près du corps sans vie d'un inconnu, avec pour seul indice un mot griffonné sur un bout de papier : Timberline...

Pour protéger Joey, de Carla Cassidy

Perplexe, Tony regarde le bébé qu'il tient dans ses bras. Cet enfant est-il vraiment le sien ? La question le hante depuis qu'Amy, son ex-petite amie, lui a confié son petit garçon avant de disparaître. Mais tandis qu'il s'interroge ainsi, il revoit les yeux gonflés de larmes d'Amy et se remémore ses paroles : « Il s'appelle Joey, c'est ton fils, protège-le ». Balayant alors ses doutes, Tony prend une décision : qu'importent les résultats du test ADN qui est en cours, il va garder ce bébé et le défendre bec et ongles contre le truand notoire qui prétend être son père...

Une mission trop périlleuse, de Barb Han - n°451

Folle de rage, Alice se débat pour échapper aux griffes du rancher musclé qui vient de l'arracher malgré elle aux criminels qu'elle traquait depuis des jours. Sans le savoir, il a fait capoter sa mission d'infiltration, et elle ignore à présent comment elle va retrouver la trace du gang qui a enlevé son amie Isabel... Au bord des larmes, elle écoute les excuses de Joshua, son prétendu « sauveur ». Mais à sa grande surprise, il lui révèle alors qu'il a toujours rêvé de devenir policier et qu'il va enquêter avec elle sur cette affaire...

Une mystérieuse menace, de Cassie Miles

Comment a-t-elle pu se laisser séduire par Dylan Timmons, l'homme qui a vérifié l'alarme de sa maison après la tentative d'enlèvement dont elle a été victime ? Et pourquoi a-t-elle accepté que cet as de l'informatique devienne son garde du corps ? C'est la double question que se pose Jayne Shackleford, neurochirurgienne de renom et fille d'un magnat du pétrole. Pourtant, alors que le danger grandit autour d'elle, elle comprend que son intuition ne l'a pas trompée : sous ses allures d'intellectuel un peu distrait, Dylan est bien plus qu'un simple agent de sécurité...

Retrouvez en novembre, dans votre collection

BLACK  ROSE

Un garde du corps inattendu, de B. J. Daniels - N°452

Posée sur le lit, la poupée la fixe de ses yeux sans vie... Le cœur battant, DJ la regarde avec inquiétude. Que fait ici ce jouet, souvenir de cette enfance solitaire dont elle ne sait presque rien ? Seul son père — un escroc qui s'est occupé d'elle après la mort de sa mère —, peut la renseigner. Mais à ses questions ce dernier donne des réponses évasives et, au lieu de la rassurer, promet d'engager quelqu'un pour la protéger. Quelques jours plus tard, en effet, un homme sonne à la porte de DJ. Regard bleu d'acier, physique athlétique, il se nomme Beau Tanner et prétend être son garde du corps...

La femme sans souvenirs, de Julie Miller

La femme avance en titubant et s'écroule soudain sur le trottoir... Se précipitant pour l'aider à se relever, Keir Watson constate qu'elle n'est pas ivre mais gravement blessée à la tête. Il écarte alors les cheveux blonds qui masquent son visage et retient un cri de surprise en reconnaissant Kenna Parker, l'avocate qui, le matin même, a réduit à néant tout son travail de policier. Mais la femme vulnérable et effrayée qui se tient devant lui n'a plus rien de commun avec celle qu'il a affrontée un peu plus tôt dans la journée. Et aux propos incohérents qu'elle tient, Keir comprend bientôt qu'elle a oublié jusqu'à son propre nom...

Dangereux huis-clos, de Alice Sharpe - n°453

Alors qu'on annonce une terrible tempête sur la région reculée d'Alaska où il vit, Nick n'a qu'une obsession : renvoyer Katie Fields d'où elle vient avant que la neige et le blizzard ne l'en empêchent. Certes, il a été troublé quand elle l'a supplié de l'aider à retrouver sa mère, dont elle est sans nouvelles. Mais il pressent aussi que la présence de Katie et la quête dans laquelle elle s'est lancée ne peuvent qu'être source d'ennuis pour lui. Car en plus d'être émouvante, et aux abois, Katie est belle à couper le souffle — un immense danger pour Nick qui s'est juré de ne plus jamais tomber amoureux, depuis la disparition tragique de sa femme. Mais trop tard : voilà que, tandis que la tempête se lève et les cloître ensemble dans le chalet, des hommes armés les encerclent soudain...

Mariage sous tension, de Beth Cornelison

En découvrant qu'elle est enceinte, Zoey sent son monde s'écrouler. Elle désirait un enfant depuis des années, seulement il arrive au pire moment, alors que son fiancé vient de la quitter. Bouleversée, mais décidée à garder ce bébé qu'elle aime déjà de tout son cœur, elle accepte la proposition de Gage, son meilleur ami : l'épouser, pour lui éviter les questions embarrassantes de son entourage. Il ne s'agit pas là d'amour, Zoey en est consciente. Pourtant, quand, quelques semaines plus tard, son ex-fiancé se met à la harceler, allant jusqu'à menacer la vie de son enfant, Zoey trouve un réconfort inattendu auprès de Gage. Gage, qui lui jure de les protéger, elle et son bébé...

.★ 10 ANS BLACK 🌹 ROSE ★*.*

Pour fêter les 10 ans de

BLACK  ROSE

Découvrez tout au long de l'année 2017 la sélection des 12 meilleurs romans Black Rose que vous avez choisis !

En novembre, ne manquez pas
le onzième titre de la collection :

Les enfants de Copper Lake
de
Marilyn Pappano

www.harlequin.fr

Retrouvez en novembre,
dans votre collection

BLACK  ROSE

Les enfants de Copper Lake, de Marilyn Pappano
En reconnaissant l'homme qui vient d'entrer dans sa boutique, Sophy a bien du mal à cacher son émotion. Ainsi, après huit ans d'absence, Sean Holigan – le bad boy qui faisait battre son cœur d'adolescente timide – est de retour à Copper Lake… Troublée, et consciente que Sean ne la reconnaît sans doute pas, Sophy l'interroge : est-ce pour voir sa sœur Maggie, emprisonnée pour trafic de drogue, qu'il est revenu ? Mais Sean la détrompe : s'il est là, c'est pour protéger ses nièces, Dahlia et Daisy, deux fillettes que Sophy a recueillies chez elle et que les complices de Maggie menacent d'enlever si leur mère fait des révélations sur eux à la police…

OFFRE DE BIENVENUE

Vous êtes fan de la collection Black Rose ?
Pour prolonger le plaisir, recevez gratuitement

◆ 1 livre Black Rose gratuit ◆
et 2 cadeaux surprise !

Une fois votre colis de bienvenue reçu, si vous souhaitez continuer à recevoir nos romans Black Rose, cela se fera automatiquement. Vous recevrez alors chaque mois 3 volumes doubles inédits de cette collection au tarif unitaire de 7,50€ (Frais de port France : 1,99€ - Frais de port Belgique : 3,99€).

➡ **ET AUSSI DES AVANTAGES EXCLUSIFS :**

➡ **LES BONNES RAISONS DE S'ABONNER :**

Aucun engagement de durée ni de minimum d'achat.
◆
Aucune adhésion à un club.
Vos romans en avant-première.
La livraison à domicile.

Des cadeaux tout au long de l'année.
◆
Des réductions sur vos romans par le biais de nombreuses promotions.

Des romans exclusivement réédités notamment des sagas à succès.

L'abonnement systématique et gratuit à notre magazine d'actu ROMANCE.

Des points fidélité échangeables contre des livres ou des cadeaux.

➡ **REJOIGNEZ-NOUS VITE EN COMPLÉTANT ET EN NOUS RENVOYANT LE BULLETIN !**

N° d'abonnée (si vous en avez une) ⎵⎵⎵⎵⎵⎵⎵⎵   IZ7F09 / IZ7FB1

Mme ☐ Mlle ☐ Nom : .... Prénom : ....

Adresse : ....

CP : ⎵⎵⎵⎵⎵ Ville : ....

Pays : .... Téléphone : ⎵⎵⎵⎵⎵⎵⎵⎵⎵⎵

E-mail : ....

Date de naissance : ⎵⎵ ⎵⎵ ⎵⎵⎵⎵

☐ Oui, je souhaite être tenue informée par e-mail de l'actualité d'Harlequin.
☐ Oui, je souhaite bénéficier par e-mail des offres promotionnelles des partenaires d'Harlequin.

Renvoyez cette page à : Service Lectrices Harlequin – CS 20008 – 59718 Lille Cedex 9 - France

Date limite : **31 décembre 2017**. Vous recevrez votre colis environ 20 jours après réception de ce bon. Offre soumise à acceptation et réservée aux personnes majeures, résidant en France métropolitaine et Belgique. Prix susceptibles de modification en cours d'année. Conformément à la loi Informatique et libertés du 6 janvier 1978, vous disposez d'un droit d'accès et de rectification aux données personnelles vous concernant. Il vous suffit de nous écrire en nous indiquant vos nom, prénom et adresse à : Service Lectrices Harlequin - CS 20008 - 59718 LILLE Cedex 9. Harlequin® est une marque déposée du groupe HarperCollins France – 83/85, Bd Vincent Auriol – 75646 Paris cedex 13. Tél : 01 45 82 47 47. SA au capital de 1 120 000€ - R.C. Paris. Siret 31867159100069/APE5811Z.

Rendez-vous sur notre nouveau site
www.harlequin.fr

Et vivez chaque jour,
une **nouvelle expérience de lectrice connectée**.

- ♥ **Découvrez** toutes nos actualités, exclusivités, promotions, parutions à venir...
- ♥ **Partagez** vos avis sur vos dernières lectures...
- ♥ **Lisez** gratuitement en ligne, regardez des vidéos...
- ♥ **Échangez** avec d'autres lectrices sur le forum...
- ♥ **Retrouvez** vos abonnements, vos romans dédicacés, vos livres et vos ebooks en pré-commande...

ebooks

Le mag'

Le Salon

Promotions

 L'application Harlequin
Achetez, synchronisez, lisez... Et emportez vos ebooks Harlequin partout avec vous.

Suivez-nous !   facebook.com/HarlequinFrance
twitter.com/harlequinfrance

OFFRE DÉCOUVERTE !

Vous souhaitez découvrir nos collections ? Recevez **votre 1er colis gratuit*** avec **2 cadeaux surprise !** Une fois votre colis de bienvenue reçu, si vous souhaitez continuer à recevoir nos livres, cela se fera automatiquement. Vous recevrez alors vos livres inédits en avant première.

Vous n'avez aucune obligation d'achat et cette offre est sans engagement de durée !

*1 livre offert + 2 cadeaux / 2 livres offerts pour la collection Azur + 2 cadeaux.

☛ COCHEZ la collection choisie et renvoyez cette page au
Service Lectrices Harlequin – CS 20008 – 59718 Lille Cedex 9 – France

Collections	Références	Prix colis France* / Belgique*
❏ **AZUR**	ZZ7F56/ZZ7FB2	6 livres par mois 28,19€ / 30,19€
❏ **BLANCHE**	BZ7F53/BZ7FB2	3 livres par mois 23,20€ / 25,20€
❏ **LES HISTORIQUES**	HZ7F52/HZ7FB2	2 livres par mois 16,29€ / 18,29€
❏ **HORS-SÉRIE**	CZ7F54/CZ7FB2	4 livres tous les deux mois 33,15€ / 35,15€
❏ **PASSIONS**	RZ7F53/RZ7FB2	3 livres par mois 24,49€ / 26,49€
❏ **NOCTURNE**	TZ7F52/TZ7FB2	2 livres tous les deux mois 16,79€ / 18,79€
❏ **BLACK ROSE**	IZ7F53/IZ7FB2	3 livres par mois 24,49€ / 26,49€
❏ **VICTORIA**	VZ7F53/VZ7FB2	3 livres tous les deux mois 25,49€ / 27,49€

*Frais d'envoi inclus

N° d'abonnée Harlequin (si vous en avez un) |_|_|_|_|_|_|_|_|_|

Mme ❏ Mlle ❏   Nom : _____

Prénom : _____ Adresse : _____

Code Postal : |_|_|_|_|_| Ville : _____

Pays : _____ Tél. : |_|_|_|_|_|_|_|_|_|_|

E-mail : _____

Date de naissance : _____

❏ Oui, je souhaite recevoir par e-mail les offres promotionnelles des éditions Harlequin.
❏ Oui, je souhaite recevoir par e-mail les offres promotionnelles des partenaires des éditions Harlequin.

Date limite : 31 décembre 2017. Vous recevrez votre colis environ 20 jours après réception de ce bon. Offre soumise à acceptation et réservée aux personnes majeures, résidant en France métropolitaine et Belgique, dans la limite des stocks disponibles. Prix susceptibles de modification en cours d'année. Conformément à la loi Informatique et libertés du 6 janvier 1978, vous disposez d'un droit d'accès et de rectification aux données personnelles vous concernant. Par notre intermédiaire, vous pouvez être amenée à recevoir des propositions d'autres entreprises. Si vous ne le souhaitez pas, il vous suffit de nous écrire en nous indiquant vos nom, prénom et adresse à : Service Lectrices Harlequin CS 20008 59718 LILLE Cedex 9.
Service Lectrices disponible du lundi au vendredi de 8h à 17h : 01 45 82 47 47 ou +33 1 45 82 47 47 pour la Belgique.

Composé et édité par HarperCollins France.

Achevé d'imprimer en septembre 2017.

Barcelone

Dépôt légal : octobre 2017.

Pour limiter l'empreinte environnementale de ses livres, HarperCollins France s'engage à n'utiliser que du papier fabriqué à partir de bois provenant de forêts gérées durablement et de manière responsable.

Imprimé en Espagne.